KB220479

2012 제57회

現代文學賞
수상소설집

안규철, 「두 개의 빈 의자」, 드로잉

| 현대문학상 기념조각 |

안규철

책은 양면적인 요소들이 중첩되어 있는 물건이다.
책에는 왼쪽과 오른쪽 페이지가 있고, 보이는 앞면과 보이지 않는 뒷면이 있다.
안과 밖이 있고, 시작과 끝이 있다. 흰 종이와 검은 잉크가 있고,
드러난 것과 숨겨진 것이 있으며, 저자와 독자가 있다.
서로 상반되면서 동시에 상호의존적인 이런 요소들은 책이 닫혀져 있을 때는 드러나지 않는다.
책은 상자와 같아서, 책장이 펼쳐지기 전에 그것은 무뚝뚝한 한 덩이 종이뭉치에 불과하다.
책을 열면 이렇게 하나였던 것이 둘이 된다. 왼쪽과 오른쪽이, 안과 밖이, 저자와 독자가 거기서 생겨난다.
그리고 그 둘 사이에서, 낯선 한 세계의 지평선이 떠오른다.
마술사의 손바닥에서 피어나는 꽃처럼, 작은 책갈피 속에서 세계 하나가 온전한 윤곽을 드러낸다.
문학작품 앞에서 늘 그것이 경이롭다.

제57회 現代文學賞 수상소설집

전성태

낚시하는 소녀 외

현대문학

| 차례 |

수상작

수상작가 자선작

수상후보작

역대 수상작가 최근작

심사평

수상소감

수상작

낚시하는 소녀

전 성 태

수상작가 자선작

이미테이션

전성태

낚시하는 소녀

1969년 전남 고흥 출생.
중앙대 문창과 졸업. 1994년『실천문학』등단.
소설집『매향埋香』『국경을 넘는 일』『늑대』.
장편소설『여자 이발사』.
〈신동엽창작상〉〈오영수문학상〉등 수상.

낚시하는 소녀

*

여자아이가 침대를 딛고 이 층 창밖으로 낚싯대를 드리우고 있다. 푸른 오동나무가 창을 가득 메웠다. 붉은 플라스틱 컵이 창턱에 놓여 있다. 비 끝에 난 햇살이 낚싯대에 날 서게 앉아 휘었다.

낚싯대 끝은 오동나무 속으로 숨어들어 있다. 여자아이는 낚싯대에서 시선을 흩뜨리지 않는다. 오랫동안 낚아내지 못한 낚시꾼처럼 입술은 삐죽하고 눈은 간잔지런하다.

이 층으로 난 철제계단을 딛는 발소리가 들린다. 여자아이는 고개를 뺀다. 세탁소 사내가 양손에 세탁물을 들고 계단을 오른다. 가오리 아가미를 꿰고 오는 어부 같다. 아이는 창밖으로 몸을 더 밀어낸다. 창턱에 올려둔 컵을 건드리고 만다. 컵이 창 너머로 떨어진다. 시멘트 마당에 우유가 흐른다.

　이내 새시 문 두드리는 소리가 들린다. 아이는 미동도 않는다. 마당에 새끼 고양이 두 마리가 나타나 엎질러진 우유를 할짝할짝 핥는다. 아이는 비긋이 웃는다. 다시 문 두드리는 소리가 들린다.

　집 안 어디에선가 잠기 가득한 여자 목소리가 들려온다.

　"세진아!"

　아이는 낚싯대를 창턱에 가만히 올려놓고 침대에서 내려온다. 눈이 먼다. 미간을 찡그리며 눈을 감는다. 아이는 오른팔을 뻗어서 벽을 쓸듯이 하고는 달려간다.

　식탁에는 붉은 핸드백이 놓여 있다. 아이는 핸드백을 열어 만 원짜리 지폐를 꺼낸다. 현관문을 열 때 녹슨 경첩에서 마찰음이 날카롭다. 후덥지근한 공기에서 물비린내가 풍긴다. 세탁소 사내가 비닐에 싼 원피스 두 벌을 건네고 아이는 돈을 셈한다. 사내의 얼굴이 검은 구멍처럼 보인다. 아이는 세탁물을 한껏 치켜들고 거실을 가로지른다. 닫힌 안방 문고리에 세탁물을 걸어놓는다.

　세탁소 사내가 사라진 마당으로 여자아이가 나온다. 그새 새끼 고양이들이 사라지고 없다. 담과 건물 사이의 좁은 틈 어딘가에 네 마리 새끼 고양이가 산다. 그 축축하고 어두운 곳이 궁금하다. 마법사가 찾아오지 않는 이상 아이는 도둑고양이들의 집을 영영 구경하지 못할 것이다. 여자아이는 시무룩해져서 붉은 컵을 집어 든다. 냅킨만 한 초여름 볕들이 울울한 오동잎 사이로 내려앉는다.

　식탁에는 어머니와 여자아이가 함께 찍은 스티커사진들이 유리에 눌려 있다. 모녀는 동화 속 캐릭터처럼 노란 가발을 썼다. 탁자 구석에 놓인 나무그릇에는 약봉지 서너 개가 쌓여 있고, 소염진통제 파스도 보인다. 공과금고지서도 수북하다.

아이는 식탁 의자 하나를 현관으로 끌어간다. 다시 부엌으로 돌아와 싱크대 아래 찬장을 연다. 조미료들이 늘어서 있다. 아이는 올리브유 병을 꺼내 든다.

아이는 현관문을 활짝 열고 슬리퍼로 고정한다. 벤자민고무나무 그림자가 거실 깊숙이 넘어진다. 열린 문으로 벤자민고무나무 화분 하나가, 그 배후로 녹음 짙은 오동나무 풍경이 펼쳐진다. 아이는 의자를 딛고 올라선다. 까치발로 서서 현관문 경첩에 올리브유를 붓는다. 의자에서 내려와서는 하단부의 경첩에도 기름을 두른다. 아이는 문을 닫아본다. 소리가 여전하다. 문을 몇 차례 더 여닫는다. 문소리가 차츰 잡힌다.

"어디 가니?"

안방에서 여자 목소리가 난다. 목소리는 이내 깊은 기침을 토해낸다. 기침 소리 잦아들기를 기다렸다가 아이는 풀죽어 대답한다.

"아니."

안방에 들릴까 싶게 자그맣다. 안방이 잠잠하다. 집 안은 다시 적요에 휩싸인다. 햇빛은 부유하는 먼지마저 새겨낸다. 아이는 현관을 나서서 계단 끝에 선다. 벤자민고무나무 화분은 이삿짐을 들여놓다가 깜박 잊어 밖에 둔 물건처럼 보인다. 나무는 도톰한 밑동 줄기가 아랫도리처럼 배배 꼬였다. 오줌 마려워 다리를 꼰 모습이 연상된다. 사타구니에 담뱃재가 묻어서 거뭇거뭇하다. 아이는 쪼그려 앉는다. 화분 뒤편으로 손을 넣어 낡은 어린이용 칫솔을 꺼낸다. 칫솔로 담뱃재를 털어낸다.

아이는 쫑긋하여 몸을 세운다. 오동나무에서 때까치 한 마리가 총총거리고 나와서 두리번거리다가 날아간다. 비탈진 동네다. 다세대주택과 연립주택 들이 다닥다닥 붙어 있다. 마치 누진 센베이가 쌓여 있는 것 같다. 전신주와 가로등과 현수막이 얽힌 비탈길에 주차된 차들은 구를 듯 위태롭다. 새는 비탈을 거슬러 올라간다. 뉴타운 예정지 선정 환영 현수막들이 눈에 띈다. 우암본동 주민여러분 뉴타운 결정을 축하합니다. 누구 좋은 뉴타운이냐! 뉴타운 생떼 쓰는 구청은 자폭하라! 비탈길 끝에 숲이 얼핏 보인다. 근린공원과 약수터가 있는 숲이다.

아이는 새가 날아간 부신 하늘을 바라보다가 뭔가를 깜박한 듯 현관으로 뛰어든다. 집 안 공기가 술렁인다. 제 방 침대로 뛰어오른 아이는 낚싯대를 조심스레 끌어당긴다.

오동나무 우듬지에서 낚싯대 끝이 나온다. 엠피스리가 끝에 묶여 낭창거린다. 아이는 엠피스리를 낚싯대에서 풀어내고 헤드셋 잭에 연결한다. 기대감 가득한 표정으로 아이는 미색 헤드셋을 머리에 올린다. 커다란 귀마개를 착용한 것 같다.

굿, 굿, 키치, 키치, 키, 키, 키……

새끼 새들이 지저귀는 소리가 들린다. 아이는 나무로 눈길을 돌린다. 오동나무 속을 꿰뚫듯 바라본다. 새끼 새는 모두 세 마리 같다. 새끼 새들이 가장 소란스러울 때는 어미 새가 나타날 때다. 그러나 어미 새는 모를 것이다. 키, 키, 키…… 어미 새가 없을 때도 새끼 새들은 곧잘 논다.

"야, 미친년아! 너 어디야?"

새소리를 밀어내고 날 선 여자 목소리가 끼어든다. 깜짝 놀라 아이는 헤드셋을 귀에서 뗀다. 엠피스리에서 흘러나온 목소리가 맞다. 옆집 고등학생 언니의 목소리이다. 옆집은 여관이고 낚싯대는 가끔 옥상에서 전화통화를 하는 언니의 목소리를 낚아온다. 그 언니가 분홍색 낡은 추리닝을 입고 터덜터덜 약수터를 다녀오는 모습을 아이는 몇 번 보았다.

"나는 수술비 구해보려고 별짓을 다하는데 넌 참 태평하구나. 졸라…… 왜 별안간 질질 짜고 지랄이야. 그 새끼는 왜 찾아가? 그니까 왜 그딴 놈한테 가랑이를 벌리느냐고.…… 기다려봐. 나올지 안 나올지는 모르지만…… 그래, 화내서 미안해. 병원은 알아봤어?"

"졸라……."

아이는 중얼거려놓고 킥킥 웃는다.

거실 벽시계가 오후 세 시 사십 분을 가리키고 있다. 아이는 재킷을 걸치고 피아노학원 가방을 챙겨서 집을 나선다. 계단 중간쯤 내려와 아이는 오동나무를 한참 들여다본다. 오동나무 아래 마당에는 희고 검은 물감 같은 새똥이 점점이 떨어져 있다.

*

아이가 사라진 거실로 몸이 비대한 여자가 나온다. 얼굴이 부스스하다. 여자는 문고리에 걸린 원피스를 거두어서 안방 침대에 올려놓는다. 여자는 거실을 가로질러 아이 방을 들여다본다. 창턱에 낚싯대가 걸쳐 있다.

그녀는 식탁에서 약봉지를 뒤적여 봉지마다 약을 꺼낸다. 액상 위산제를 먼저 먹고, 가루약을 털어 물을 넘긴다. 마지막으로 조그맣고 흰 약통에서 알약을 꺼내 다시 물과 함께 삼킨다. 숨소리가 거칠다. 공과금고지서 위에서 아이가 학교에서 갖다 놓은 가정통신문이 눈에 띈다. 롯데월드로 봄소풍을 간다는 안내장이다. 삼만 원이나 하는 소풍비용을 보고는 한숨을 흘린다.

그녀는 냉장고에서 냉동피자를 꺼내 전자레인지에 덥힌다. 그사이 아이가 남긴 스낵을 입에 털어넣는다.

그녀는 화장실로 들어가 씻는다. 밤새 눈 밑이 더 거무스레해진 것 같다. 양치를 할 때는 구역질이 올라온다. 구역질은 그치지 않는다. 눈물이 맺힌다. 그녀는 바닥에 쪼그려 앉아 뒷물을 한다. 배와 가슴이 눌려서 얼굴이 붉어진다.

여자는 거실 창가에 앉는다. 젖은 머리에서 물이 듣는다. 여자는 발톱에 검은 매니큐어를 바른다. 볕이 발등에 오른다. 그녀는 발을 말리는 기분으로 가만히 들여다본다. 짐승의 눈알들이 박힌 것 같다. 살지고 거친 발은 다른 동물의 사체처럼 낯설고 이물스럽다. 새끼발가락의 발톱은 바깥이 눌리고 닳아서 형체를 알아볼 수 없다. 여자는 비로소 자신이 아주 오래 산 느낌이 든다.

*

모텔 샹그릴라. 모텔이란 말이 무색하게 낡고 추레한 여관이다. 한때 큰 제과공장이 있을 때는 일대가 꽤 번화했다지만 공장이 떠나고 구도심 변두리가 된 지금에는 그 시절이 짐작도 되지 않는다.

카운터 방에 주인 여자와 고등학생 딸이 앉아 있다. 주인 여자는 산더미 같은 수건을 개고 딸은 상을 펴놓고 문제집을 푼다.

"방 많이 놔두고 왜 독서실을 얻어 나가겠다는 거야?"

"면학 분위기가 돼?"

안경을 벗으며 딸은 되통스럽게 쏘아붙인다.

"새삼스럽게……."

그러나 어미는 딸의 눈치를 살핀다.

"달방 광고 내는 거 좀 몇 장 더 뽑아다 줘. 장마에 다 못쓰게 됐지 뭐니. 독서실 끊는 데 얼마라고? 뭐가 그렇게 비싸대니? 우리도 이참에 깨끗이 고시원으로 바꿀까?…… 에고, 그도 목돈이 있어야지."

휴대폰 알림음이 울린다. 딸은 전화기를 들고 슬그머니 밖으로 나간다.

"어디 가지 마. 엄마 머리하러 가야 해."

딸은 슬리퍼를 신고 계단을 오른다.

여관은 삼 층 건물이다. 딸은 옥상에 오른다. 이웃집 마당에서 자라는 오동나무가 우듬지를 옥상에 펼쳐놓고 있다. 여학생은 휴대폰 단축키를 누른다. 전화가 연결되자 그녀는 대뜸 소리친다.

"야, 미친년아! 너 어디야?"

*

"오늘은 일찍 자야 해."

여자는 침대 끝에 앉아서 말한다. 아이는 잠옷으로 갈아입고 침대에 엎드려 그림을 그리고 있다. 둥글고 자줏빛 나는 불꽃 같은 나무에 큼지막한 새집이 있고, 새끼 새 세 마리가 노란 부리를 한껏 벌린 그림이다. 아이는 그림을 대충 마무리하고 하단에 '노래나무'라 적어넣는다. 침대 옆 벽에는 크레파스로 그린 그림이 몇 장 붙어 있다. 여자, 고양이, 새를 그린 그림들이다. 여자는 아이가 그림을 정리하는 동안 인내심을 갖고 기다린다.

"오늘은 일찍 자야 돼."

그제야 아이가 불만스럽게 고개를 든다.

"벌써?"

"열 시야. 오늘은 조금 일찍 나가봐야 하거든."

아이가 스케치북을 덮는다. 여자는 크레파스 정리를 도와준다. 여자는 미안스럽다는 듯 딸을 꼭 끌어안는다. 서로 으스러지게 끌어안아서 포옹은 장난스럽다.

"참, 엄마!"

아이가 숨 막힌 듯 밀어낸다.

"우리 집 가훈이 뭐야?"

"가훈家訓?"

"우리 학교 교문에 써진 말 있잖아. 그것처럼 집집마다 그런 말이 있대. 우리 건 뭐야?"

"숙제니? 그런 거 없는데……. 교문에 뭐라고 씌어 있었지?"

"어……."

아이가 또박또박 글씨를 짚듯이 허공에다가 검지를 댄다.

"글,로,벌,인,재,를,육,성,하,겠,습,니,다."

손가락을 따라 아이는 몸을 오른쪽으로 반 바퀴나 돌린다. 여자는 아이 몸을 바로 돌려놓는다.

"우리 집도 그걸로 할까?"

아이가 머리를 흔든다.

"에이, 안 돼. 그건 학교 거고."

"언제까지 해 오래?"

"내일."

"엄마가 일하면서 생각해 올게. 너도 생각해봐. 어서 자."

아이는 이불 속으로 든다. 여자는 전등을 끄고, 어두운 거실로 나온다.

그녀는 불을 켜지 않은 채 어둠 속에서 움직인다. 가스밸브를 잠그고, 거실 창문이 닫혔는지 확인한다. 그녀는 신발장 위에 놓은 열쇠꾸러미를 챙겨 들고 한동안 어둠 속에 잠긴 거실을 둘러본다. 늘 뭔가를 빠뜨린 느낌이 든다.

문득 생각난 듯 여자는 오른쪽 어깨로 손을 넘긴다. 얼굴을 일그러뜨리며 원피스를 들추고 파스를 떼어낸다. 핸드백에서 향수를 꺼내 어깨에 뿌린다. 그런데도 파스 냄새가 가시지 않은 것 같다. 그녀는 어깨에 코를 드밀고 킁킁거린다.

새시 문을 조심스레 민다. 고개를 갸웃한다. 여자는 문을 한 번 더 여닫아본다. 역시 문소리가 작다. 장마로 축축해져서 그런가. 여자는 암전된 무대를 떠나는 배우처럼 숨죽여 현관을 나선다. 열쇠 돌아가는 소리가 집 안으로 울린다.

문소리는 지난해 이사했을 때부터 났다. 짐정리를 하면서 식용유를 둘렀는데 그때만 잠시뿐 소음은 잡히지 않았다. 겨울 나고는 문소리가 부쩍 심해졌다. 집에 하자가 있는 걸 무시하고 세를 얻은 것처럼 드나들 때마다 마음에 걸렸다.

여자가 집을 나서자 아이는 침대에서 일어난다. 창문을 살짝 밀고 밖을 내다본다. 엄마는 여느 날처럼 계단 끝에서 담배를 물고 있다. 담 너머 골목에 선 가로등도 마당을 넘본다. 담배 연기는 가로등 불빛 농밀한 밤하늘로 풀리며 흩어진다. 엄마는 출정하는 군인처럼 천천히 깊게 담배연기를 마신다. 스스로 풍선처럼 빵빵해져서 하늘로 날아갈 준비를 하는 것 같다. 그대로 떠나서 돌아오지 않을까 아이는 조바심이 난다.

오동나무 그림자가 계단을 배회한다. 여자는 담배를 귓전에 올리고 오도카니 도시의 불빛을 바라본다. 그녀는 벤자민고무나무 화분에 담뱃불을 눌러 끄고 계단을 내려간다. 그런 그녀가 문득 멈춰 고개를 쳐든다. 아이는 깜짝 놀라서 창문에서 몸을 뗀다. 다시 아이는 살그머니 밖을 내다본다. 엄마가 그새 사라지고 없다. 아마 엄마는 창문을 본 게 아니라 오동나무를 올려다보았는지 모른다. 엄마는 그림자를 저만치 키워버린 오동나무를 문득 깨달았을 것이다.

엄마는 결코 무딘 사람이 아니다. 그런데도 요즘 부쩍 덤벙덤벙한다. 정신을 쏙 빼놓고 사는 사람 같다. 잠자는 시간도 길어졌다. 아이가 점심 급식을 하고 집으로 돌아올 때까지 일어나지 못할 때도 있다. 도대체 엄마는 밤마다 얼마나 멀리 외출을 하는 것일까?

정말 노래나무가 얼마나 빨리 이파리를 키우는지 엄마는 모른다. 노래나무는 주먹 쥔 손을 활짝 펴듯 이파리를 벌린다. 때까치가 앙상한 노래나무 잔가지에 둥지를 지을 때 아이는 조마조마한 마음으로 지켜보았다. 저번 학교에서 남자애들이 운동장가 히말라야시다에 지은 박새 둥지를 털어서 털도 나지 않은 새끼 새 여섯 마리를 운동장에 버린 일이 있었다. 그때 아이는 짝과 함께 나무 밑에 묻어주었더랬다.

바보 새. 저렇게 훤한 곳에 둥지를 짓다니……. 아이는 창에 매달려 안타까워했다. 새는 낡은 노끈과 나뭇가지 따위를 입에 물어다가 둥지를 틀었다. 그러나 이내 때까치 둥지는 무성한 이파리들 속으로 숨었다. 노래나무 이파리들은 신비롭게도 새 둥지를 감춰주려고 손을 쫙쫙 폈다. 새 둥지가 흔적도 없이 숨었을 때 아이는 박수를 쳤다. 머잖아 그 속이 수런수런했다. 어미 새가 벌레를 물고 숨은 둥지로 드나들었다.

아이는 세상에서 가장 이파리가 큰 게 오동잎이라고 말했던 짝을 떠올린다. 시골에서 전학 온, 거짓말을 잘하는 아이다. 제가 자란 곳에서는 아이들이 오동잎을 우산처럼 쓰기도 하고 팬티처럼 가리기도 한다고 했다. 선악과를 따 먹은 이브가 아랫도리를 가린 이파리도 오동잎이라고 우겼다. 아이는 그게 무화과나무잎이라는 걸 알지만 무화과나무잎을 본 적이 없다. 이브가 오동나무 이파리로 아랫도리를 가렸대도 전혀 이상하지 않을 것 같다. 도시 하나는 너끈히 가릴 수 있을 만큼 오동나무 이파리들은 큼지막하다. 오동나무 너머에는 이 세상과는 아주 다른 세상이 숨어 있을 것만 같다.

아이는 잠이 오지 않는다. 엄마가 외출하고 나면 모든 소리들이 잠든다. 혼자 남게 되는 밤이 익숙해지지 않는다. 아이는 부스럭거리며 일어나 거실로 나간다. 텔레비전 받침대에서 붉은빛 한 점이 깜박인다. 낚싯대에 걸었던 엠피스리다. 아이는 헤드셋을 머리에 쓰고 침대에 눕는다.

낮의 소리들이 깨어난다. 텔레비전 소리, 문 여닫는 소리, 드라이기 소리가 다시 살아난다. 저 짓눌린 짐승 소리는 무엇일까? 아이는 소리를 되돌린다. 구역질 소리다. 듣고 싶지 않다. 아이는 재생버튼을 빨리 돌린다. 이내 소리는 식탁으로 옮겨간다. 아이는 저녁식탁에 오른 계란찜을 떠올린다. 엄마는 계란찜을 한 숟가락 떠서 밥 위에 올려준다. 식사를 하면서 둘이 도란도란 얘기를 나누었지만 잘 들리지 않는다. 소풍 얘기를 나누었던가? 엄마는 롯데월드로 소풍을 가서 좋겠다고 얘기했다. 아이는 엄마가 제 소풍 소식을 아는 게 기쁘다.

아이는 개수대 물소리와 그릇 부딪는 소리를 좋아한다. 아침이면 언제나 엄마는 돌아와 있고, 그리고 아주 멀리 여행한 사람처럼 깊은 잠에 빠진다. 아이는 베란다로 난 거실 문이 열리는 소리를 기다린다. 뭔가를 기다리면 오줌이 찔끔 나와 팬티를 적신다. 이윽고 베란다 쪽으로 실내화를 끄는 소리가 들린다. 엄마는 베란다에서 빨래를 거두어들인다. 텔레비전을 켜놓고 빨래를 갠다. 엄마는 소파에서도 발을 올려 양

반다리로 앉는다. 세탁물을 탁탁 터는 소리도 참 좋다. 그때는 아이도 엄마 무릎을 베고 누워 「1박 2일」 재방송을 보곤 한다.

집 밖에서 흘러든 소리들도 있다. 야채 장사꾼 트럭에서 틀어놓은 호객 소리도 들리고, 개 짖는 소리도 들리고, 남자애들이 내뱉는 욕지거리도 섞여 들린다. 소리들은 서로 몸을 섞지 않는다. 멀고 가깝고, 높고 낮고 간에 소리들은 저마다 고유하다. 붉은 물감에 노란 물감을 섞으면 주황이 되고, 파란 물감을 섞으면 보라가 되지만 소리는 섞여도 다른 소리가 되지 않는다. 지저귀는 새소리는 고양이 울음소리와 섞이지 않는다. 텔레비전에서 나는 웃음소리는 엄마가 웃는 소리와 섞이지 않는다. 여러 소리가 동시에 일어도 소리들은 양파처럼 겹을 이룬 채 제 모양을 흐트러지지 않는다. 아이가 느끼기에 모든 소리들은 표정과 감정을 갖고 있다. 엄마가 웃을 때 손가락을 물어뜯거나 가슴을 치고 있을 때도 있다. 때까치도 속삭일 때는 굿, 굿, 굿 하고 지저귀지만 무서우면 키욧, 키욧 하고, 엄마가 오면 키치, 키치, 하고 반긴다. 싱싱한 생선이 왔어요, 하는 호객 소리가 들리는 순간에도 생선장수 아저씨는 트럭 차창에 매달려 쭈쭈바를 빨면서 궁벽한 산동네를 맥맥하게 바라본다.

아이는 마음이 편안해진다. 깊고 어두운 밤이지만 엄마가 곁에 있으니까. 아이는 귓가에 전해지는 소리들에 실려 잠이 든다.

*

여관은 국철역과 떨어진 곳에 있다. 역 쪽에는 여관을 영업장으로 잡아놓고 장사하는 여관바리가 생기면서 일거리가 많이 줄었다. 이 구역은 다행히 아직 여관바리가 많지는 않다. 여관에서 연락이 오면 아가씨들이 출장 가는 보도방이 많다. 손님은 대개 투숙객이다. 여자는 한 번도 녹록한 손님을 치러본 기억이 없다. 세 번에 두 번은 퇴짜를 맞는다.

여관방으로 들어섰더니 청년 하나가 침대에 앉은 채 기다리고 있다. 청년은 술에 취한 것 같지 않다. 가방 같은 소지품도 따로 보이지 않는다. 투숙객이라기보다 여자를 사러 온 짧은 밤 손님 같다. 침대며 가운이 흐트러지지 않고 그대로다. 희롱하는 기색 없이 바짝 긴장한 손님의 모습에서는 비감마저 느껴진다. 애인과 헤어졌거나 자신을 망치고 싶을 만큼 피폐한 심리로 찾은 손님인지 모른다. 여자는 가장 까다로운 유형의 손님이라는 걸 직감한다.

청년은 말이 없다. 옷도 벗지 않고 침대 끝에 가만히 앉아서 눈에 띄지 않게 여자를 훔쳐본다. 여자는 기색을 살피며 묻는다.

"처음이야?"

청년이 입을 꾹 다물고 고개를 가로젓는다. 십중팔구 처음일 것이다.

"씻었어? 그냥 할래?"

그래도 청년은 미동이 없다.

여자가 원피스 밑으로 팬티를 벗자 비로소 청년이 입을 뗀다.

"있잖아요…… 물릴 수 있죠?"

"다른 아가씨로 바꿔달라는 소리?"

청년이 눈길을 피한 채 고개를 끄덕인다. 여자는 자존심이 상하지만 너러 겪어본 일이라 내색하지 않는다.

"이 지역에 젊은 아가씨는 없어. 다른 사람 부르면 오래 걸릴걸."

청년이 여자를 유심히 바라본다.

"잘해줄게."

여자가 마저 옷을 벗자 청년이 결심하듯 일어선다.

"미안해요."

그러더니 그는 도망치듯 방을 나간다.

여자는 청년의 온기가 남은 침대에 우두커니 앉아 담배를 문다. 한두 번 겪은 일도 아닌데 버려진 기분이다.

승합차를 대기해놓고 기다리던 조 실장은 툴툴거린다.

"한 코 뛰는데 이것저것 따지는 새끼들이 제일 진상이더라."

그는 몸을 훑듯이 둘러본다.

"좀 잘해보지 그랬어?"

그래놓고 뒷말을 삼킨다. 나이와 얼굴이 안 되면 다른 기술이라도 부리라는 소리겠지. 그는 닳고 닳은 늙은 꽃들을 데리고 영업하는 자신의 처지에 화가 났는지 모른다.

여자는 담배를 문다.

"에이, 차에서는 좀 피지 마."

조 실장은 창문을 연다. 그의 휴대폰이 울린다.

여관에서 아가씨를 찾는 전화다. 전화를 마친 조 실장이 여자를 돌아보며 말한다.

"헛걸음 안 해서 다행이네. 언니, 샹그릴라 알지? 한 번 뛰고 가자. 퇴짜 맞지 말고 잘해봐. 서비스 있잖아, 서비스, 응?"

여자는 꺼림칙하다. 샹그릴라는 집 곁이다. 그냥 곁이 아니라 담을 사이에 둔 이웃이다.

샹그릴라 여자는 놀다 갈 손님이라고 말한다. 여관에는 엘리베이터도 없다. 여자는 침침한 계단을 오른다. 이 층 계단 중간에 흰 침대보와 베갯잇이 뭉쳐 있다. 삼 층 올라오는데도 다리가 파근하다. 여자는 손님방에 노크를 하고 들어간다. 그녀는 문고리를 잡은 채 무르춤하여 굳는다. 조금 전 남도장에서 만난 그 청년이 침대에 앉아 있다. 청년도 놀라서 벌떡 일어난다.

"에이, 참!"

청년은 고통스럽게 머리를 쥐어뜯는다.

"미안해요."

여자가 희죽 웃고는 돌아선다. 등 뒤에서 청년이 말한다.

"……그냥 해요."

청년은 표정 없이 주섬주섬 옷을 벗는다. 여자가 다시 말한다.

"미안해, 오빠."

*

여자는 거실 소파에 앉아 빨래를 개고 아이는 무릎을 베고 누워 텔레비전을 본다. 모녀가 함께 지내는 시간은 늘 이렇다. 그래도 아이가 밝아서 모녀는 수다를 많이 떠는 편이다.

"엄마, 나도 1박 2일 갔으면 좋겠다."

"어디로?"

"아무 데나, 저기처럼 산도 있고 강도 있는 데루."

여자가 대답 없이 텔레비전을 본다.

"엄마, 샹그릴라가 뭔 뜻이야?"

"숙제니?"

"아니. 그냥 궁금해서."

여자는 이웃 여관 이름인 줄은 알아도 무슨 뜻인지 모른다. 그녀는 대수롭지 않게 대답한다.

"글쎄, 뭘까? 네가 공부 많이 해서 알아보면 안 될까?"

아이는 다시 텔레비전으로 눈길을 박는다.

"엄마!"

하고 아이는 벌떡 일어나 앉는다.

"밤탱이가 집 나갔어."

아이는 울상을 짓는다. 여자는 덤덤하게 아이를 바라본다.

"도둑고양이 한 마리가 만날 찾아오더니 꾀서 데려갔나봐."

"언제?"

"한 두 밤 됐나."

"고양이가 원래 그렇지 뭐. 그리고 걔도 원래 도둑고양이잖아?"

"왜 밤탱이가 도둑고양이야? 우리 집이 걔네 집이지."

"암튼 요전에도 내가 말했지만 엄마는 고양이 싫어."

"왜?"

"싫은 것에 다 이유가 있어? 넌 콩을 싫어하잖아."

"글쎄, 세진이는 왜 콩을 싫어할까?"

다시 아이는 엄마 무릎을 베고 눕는다. 아이는 잠잠해지고, 여자는 베갯잇을 탁탁 턴다. 아이는 텔레비전 볼륨을 낮춘다.

*

여자는 샹그릴라 안내실 반달창으로 고개를 드민다. 방 가운데에 상이 놓여 있고, 『하이라이트 자율학습 영어2』와 연습장이 펼쳐져 있다. 연습장 위에는 날렵하게 생긴 붉은 테 안경과 샤프펜슬이 놓여 있다. 종종 어른들을 대신해 카운터 방에 앉아 있곤 하던 여관 딸이 기억난다. 여자애가 몸만 빠져나간 듯 얇은 담요가 양초 밑동처럼 뭉쳐 있다. 내실 안쪽으로 방문이 하나 더 나 있다. 아마 살림집과 연결된 문일 것이다.

"저기요!"

여자는 문 너머로 들리게 목청을 높인다. 여자 목소리가 멀리서 들려온다.

"아람아! 아람이 없니?"

대답이 없자,

"잠깐 기다려요."

하는 목소리가 이어진다.

그러나 주인은 금세 나타나지 않는다. 여자는 비디오테이프들이 비치된 진열장을 건성으로 훑어본다. 이내 흥미를 잃는다. 그녀는 벽거울에 대고 눈 화장을 매만진다. 거무스레한 다크서클이 거슬린다. 내실 문이 열리고 파마캡을 둘러쓴 중년 여자가 나타난다.

"아니, 애는 카운터 좀 잠깐 봐달랬더니 그새 못 참고 어디로 샌 거야?"

여자는 반달창으로 여자를 훑어본다. 썩 반기는 표정이 아니다. 뭔가 트집이라도 잡을 눈치다.

"이제 오면 어떡해?"

주인은 벽시계를 올려다본다.

"손님한테는 늦을 거라고 말해두었지만, 너무 늦었네. 맘 돌렸을라……. 한 번 올라가봐. 302호야."

여자는 301호를 지나 302호 앞에 선다. 복도로 피자상자가 나와 있다. 노크를 하려는데 문이 찌긋이 열리고 추리닝을 입은 웬 여자애가 바깥을 살피며 나온다. 여자는 놀라서 물러난다. 여자애가 복도로 나온다. 여관집 딸이다. 여자아이는 상기된 얼굴에 안경을 낀다. 부끄럽거나 무안한 기색이라고는 없고 얼핏 꼬였다는 표정이다. 만만한 담임한테 불려온 아이처럼 고개를 꼬아 발뺌하듯이 말한다.

"언니가 너무 늦었잖아요?"

여자는 여학생을 물끄러미 쳐다본다.

"새치기는 좀 지나치지 않니?"

"흥, 그런 거 아니란 말예요. 취소한다고 전화했다구요. 안 받아서 그렇지."

아마 조 실장에게 전화했다는 소리인 모양이다.

"네 엄마는 아시니?"

여학생이 고개를 돌려 쏘아본다. 웬 협박이냐는 투다. 여학생은 한숨을 쉬고 추리닝 바짓주머니를 더듬는다. 지폐를 꺼내 삼만 원을 셈하더니 여자의 손을 끌어다가 쥐어준다.

"됐죠?"

여학생은 슬리퍼를 끌고 계단을 내려간다. 여자는 쫓듯이 여학생을 따른다. 여학생은 툭툭 발을 내던지듯 계단을 밟는다. 이 층 계단을 반이나 내려왔을 때 로비에서 텔레비전 소리가 올라온다. 여학생은 잇새에 뭐라도 끼었는지 손가락으로 더듬어서 뱉어낸다.

"변태 새끼……."

여자는 그런 아이의 어깨를 잡아 돌려세운다. 여학생의 눈에 설핏하니 눈물이 어렸다. 여자는 여학생의 바짓주머니를 틀어쥔다.

"이것 먹고 떨어지라고?"

둘은 좁은 계단에서 숨죽인 채 엉킨다. 객실 손님 한 쌍이 계단을 내려온다. 두 사람은 엉킨 몸을 떼어낸다. 여학생이 씩씩거리며 쏘아본다.

여학생은 주머니에서 돈을 꺼내 계단에 집어던진다.

여자가 돈과 여학생을 번갈아 바라본다. 두 사람은 침침한 계단에 가만히 서 있다. 서로 날 서고 소란했던 분위기가 점차 가라앉는다. 그 틈으로 왠지 서먹서먹한 분위기마저 끼어든다.

"너 피임이나 제대로 하는 거야?"

물론 걱정을 해서 한 말은 아니다. 이런 일을 아르바이트쯤으로 생각하는 애에게 확실히 이 세계를 환기시켜주고 싶다. 여학생은 대답이 없다. 표정에 두려움이 비끼며 눈길이 흔들린다.

"좀 있다가 내려와요."

여학생이 몸을 획 돌리더니 계단을 총총 내려간다. 홀로 남은 여자는 담배를 빼 문다. 계단에는 누군가 재떨이로 사용한 종이컵이 놓여 있다. 그녀는 계단에 흩어진 지폐를 줍는다. 모두 일곱 장이다. 왠지 참담하다. 로비에서 주인 모녀의 목소리가 올라온다.

"카운터 좀 맡겼더니 비우면 어떡해?"

"아, 머리가 터지려고 해서 옥상에 좀 올랐다구."

"너 혹시 담배 하는 거야?"

"엄만!"

"미장원 문 닫기 전에 얼른 머리 풀고 올게."

잇따라 현관에서 방울 소리가 울린다.

여자는 계단을 내려간다. 카운터 너머로 여학생이 휴대폰을 귀에 대고 있다. 여학생은 여자를 보고는 몸을 틀고 앉는다.

"자꾸 질질 짜지 말라니까. 짜증 나게. ……내가 구해본다고 했잖아. 그래. 아직 좀 부족해. 그래. 내일 아침에 스타벅스 앞에서 봐."

여자는 안내실 앞으로 다가간다. 반달창으로 사만 원을 던져놓고 여관을 나선다.

*

새벽 다섯 시. 여자는 지쳐서 집으로 돌아온다. 먼저 아이 방부터 열어본다. 늘 그렇듯 아이는 깊이 잠들어 있다. 아이가 깨려면 두 시간은 더 있어야 한다. 그사이 여자는 아침을 짓고 아이 등교준비를 한다. 아이가 등교하고 나면 여자는 비로소 잠이 든다.

여자는 안방으로 건너와 옷을 갈아입는다. 오른쪽 어깨가 결린다. 왼팔을 올려 어깨를 두드려보지만 통증은 가시지 않는다. 부쩍 어깨 통증이 심해졌다. 몸이 피곤하면 어김없이 어깨가 결리고 새벽이면 더 심해진다. 요새는 손가락까지 저려와 라이터 켤 힘이 없을 때가 많다. 이럴 때는 어깨 부위를 도려내고 싶다. 참다 참다 안 되면 벽 모서리 같은 데 등을 대고 찧어댄다. 그렇게 푸닥거리처럼 하고 나면 통증이 조금 가신다. 여자는 웃옷을 벗고 어깨 너머로 파스를 힘겹게 붙인다.

여자는 다시 아이 방문을 연다. 아이가 침대 끝으로 몰린 채 헤드셋을 끼고 잠들어 있다. 잠투정이 심한 아이다. 아이를 굴리듯 바로 눕힌다. 아이 얼굴을 쓸어주고 헤드셋을 가만히 벗겨낸다. 여자는 헤드셋을 창턱에 올리려다가 귀에 대본다. 아이는 곧잘 피아노학원이나 전파사를 이용해 음악파일을 다운받아 왔다. 전파사 사내는 딸 둘을 기르는 홀아비다. 지난겨울 여관에서 몸으로 안았을 때 전달되던 궁기와 외로움이 생생하다. 딱 한 번인데도 그 느낌은 오래 남았다. 창녀와 손님. 얄궂은 비밀을 안은 채 골목에서 마주치면 부끄럽기보다 쓸쓸하다. 날

콩을 씹은 기분이다. 사내는 이 골목에서 유일하게 그녀와 같은 얼굴을 한 인생 같다. 이 뻔뻔하고 적나라한 제 생이 여자는 더는 낯설지도 불편하지도 않다.

전파사 사내는 아이에게 잘했다. 중고 엠피스리도 선물하고 헤드셋도 들려 보냈다. 낡은 낚싯대도 그에게서 얻었다. 전파사 사내의 행동에 무슨 다른 뜻이 있는 게 아니라는 걸 여자도 잘 알아서 그냥 두고 지낸다. 그도 어쩌면 여자를 대하는 마음이 자신과 비슷한 심정일지 모른다. 그저 가늠할 수 없는 진창 같은 제 삶을 연민스럽게 응시하고 있을 것이다.

헤드셋에서는 음악은 들리지 않고 웬 소음이 흘러나온다. 무슨 소리인지 도통 알아들을 수가 없다. 녹음이 잘못 된 모양이다. 정체불명의 소음이 계속된다. 엠피스리를 더듬거려 '빠른 재생' 버튼을 누른다. 낯익은 목소리가 흘러나온다. 여자는 미간을 접고 집중한다.

난 일찍 나가기가 좀 그런데…… 가깝기는 하지만…… 그리고 지금 준비해 나가도 한참 걸릴 텐데…… 그래? 그럼 할 수 없네. 응. 샹그릴라라고 그랬지?……

여자는 맥없이 헤드셋을 벗는다. 잠든 아이 얼굴을 뚫어지게 바라본다. 생에 허방이 있다면 이런 순간을 일러 말할 것이다.

여자는 식탁에 앉아 안주도 없이 소주를 마신다. 새벽 미명이 창가로 번져 있다. 여자는 가슴에 얹힌 뭔가를 내리듯 소주를 거푸 두 잔 비워낸다. 엠피스리에서 듣던 제 목소리가 귀에서 쟁쟁하다. 그녀는 거칠게 숨을 토해낸다. 어깨가 절로 부르르 떨린다. 돌연 생이 너무나 부끄럽다. 그녀는 주먹으로 가슴을 누르고 억눌린 울음을 토해낸다.

아이는 침대에서 눈을 뜬다. 창밖이 훤하다. 부엌에서 아무 소리도 들리지 않는다. 아이는 불길한 예감에 사로잡힌다. 부엌으로 달려간다. 탁자에 소주병이 놓여 있다. 엄마는 보이지 않는다. 낯익은 공포가 밀려온다.

아이는 안방으로 달려간다. 엄마는 침대 이불 위에 엎드려 있다. 앓는 소리를 낸다.

"엄마! 술 마셨어?"

아이가 상심한 목소리로, 그러나 반가움도 실어서 묻는다. 엄마는 기척이 없다.

아이는 바짝 굳어서 침대로 다가선다. 발길에 미끈한 게 밟힌다. 아이는 침대로 달려들어 여자의 머리를 젖힌다. 입가와 뺨에 피가 묻어 있다. 얼굴이 묻힌 이불에도 피가 얼룩져 있다.

"엄마! 엄마!"

아이는 사색이 되어 여자를 흔든다. 이내 거실로 나온 아이는 탁자에 놓인 엄마의 핸드백에서 휴대폰을 찾아든다.

"이모, 빨리 와요. 엄마가 또…… 빨리요……."

아이는 소파에 앉아 빨래를 개고, 여자는 드러누워 있다. 여자는 얼굴이 파리하다. 아이는 빨래를 곧잘 갠다. 아이의 표정에서는 소꿉놀이하는 아이처럼 꾸며진 조숙함이 느껴진다.

"참, 가훈이랬지? 그거 숙제 못했네. 어떡하니? 선생님한테 혼났어?"

"내가 그냥 써냈어."

아이는 심드렁하게 대답한다. 손길은 빨래에 눈길은 텔레비전에 가 있다.

"미안하다. 깜박 잊어먹었어. 뭐라고 썼니?"

"그냥 썼어."

"그냥 뭐라고 썼는데?"

아이는 여전히 심드렁하다.

"가까이, 더 가까이."

"뭐라고?"

아이가 귀찮은 얼굴로, 눈앞에 손가락을 세우고 말한다.

"가, 까, 이, 더, 가, 까, 이."

여자는 눈을 치켜뜨고 잠시 생각한다.

"오, 멋있다. 어떻게 그런 걸 생각했어?"

"남자 화장실에서 봤어."

여자는 대번에 얼굴이 굳는다.

"니가 왜 남자 화장실에 들어가?"

"학원 여자 화장실은 만날 고장이라고 문 잠가논단 말이야."

*

아이는 침대 위 창가로 가 앉는다. 엠피스리에 작은 마이크를 연결하고 녹음버튼을 누른다.

"안녕. 엄마 새, 그리고 아기 새 원, 투, 쓰리…… 내 말 잘 들리지? 음…… 나는 멀리 갈 거야. 언젠가 내가 바다에 가고 싶다고 했지? 드디어 바다로 가기로 했어. 엄마가 많이 아픈 건 너희도 알지? 엄마는 바다가 보고 싶은가봐. 나는 이 집이 참 맘에 들지만 떠나야 해. 엄마가 건강해져야 하거든. 그동안 나를 즐겁게 해줘서 고마워. 아기 새 원, 투, 쓰리! 너희들 날게 되면 나한테 꼭 놀러 와야 해. 오늘은 「뻐꾸기 왈츠」를 들려주고 싶어. 아, 너무 많이 들었나? 그럼, 베토벤의 「전원」은 어때? 피아노학원 선생님이 시골로 전학 간다고 선물한 거야. 네 친구들이 많이 나올 거야. 안녕. 또 만나."

마이크를 내려뜨리는 아이 눈에는 설핏 눈물이 고인다. 아이는 낚싯대를 오동나무에 드리운다. ▪

이미테이션

"우리 학원은 미국 로컬스쿨을 그대로 옮겨놓았다고 보시면 돼요. 혜민이 어머님 소개로 오셨다니까 이미 다 들으셨겠지만 원어민 강사가 거의 맨투맨 지도를 하고, 교재는『리딩 스트리트』를 쓰는데 미국 애들이 배우는 교과서예요. 아, 마침 선생님이 오셨네."

게리가 택배기사를 안내해 상담실로 들어섰을 때 원장이 여자아이와 어머니를 세워두고 말했다. 경리 보는 미예를 시켜서 부러 찾아놓고선 저렇게 능갈맞다. 사흘 만에 나타난 원장은 크고 짙은 선글라스를 쓰고 있어서 표정을 읽을 수 없다. 기어이 수술을 받은 모양이다. 게리는 택배기사에게 손짓으로 박스 놓을 자리를 알려주고 여자들 쪽으로 다가섰다.

"게리 존슨 선생이세요."

게리는 여자애 머리를 쓰다듬으며 안뇽, 하고 인사한 다음 허리를 접어 묻는다. "What grade are you in?" 아이는 제 어머니 뒤로 숨는다. "어머, 애 좀 봐, 너 알잖아? 2학년이에요." 아이 어머니는 속상해한다. "처음에는 다 그래요. 그래서 영어는 자신감이라고 하잖아요." 원장은 게리를 향해 입술을 씰룩인다. 학부형한테도 인사를 하라는 신호다. 그녀가 웃으면서 입을 씰룩거릴 때 안면이 얼마나 밉상으로 일그러지는지 그녀는 잘 모를 것이다.

게리는 학부모에게도 눈인사를 보낸다. 여자는 자석에 끌리듯 쑥스럽게 고개를 숙이는데, 사람을 훑어보는 시선만은 깐깐하다.

"어머, 사진보다 훨씬 나아요. 스페인계이신가 보다?"

여자는 출입구에서 집어 왔을 전단지를 돌돌 말아 쥐고 있다. 천연덕스러운 말투와 달리 여자는 목덜미까지 달아오른다. 아마 아이가 수줍음을 많이 타는 건 제 어머니를 닮아서일 것이다. 어쩌면 여자는 어렸을 때 딸보다 심했을지 모른다. 살아오면서 의식적으로 단련했겠지. 앞으로 어머니는 딸아이가 처녀가 될 때까지 노력이라는 말을 입에 달고 들들 볶아댈 것이다.

"눈썰미가 있으시네요. 게리 선생님은 외할머니가 라틴계세요. 아버지가 교포시구요."

여자도 게리도 머리를 끄덕인다. 이 연극은 누가 요구한 적도 없고 사전에 조율한 바도 없으나 원장과 게리는 오래전부터 서로의 배역에 충실해왔다.

"주 삼 일이라고 하셨지요?"

여자가 묻고 원장이 대답한다.

"네. 리딩은 두 번이고, 추가로 사이언스나 소셜 과목을 두 시간씩 프리로 지원하고 있어요. 실습하고 발표 위주예요. 이르다고들 걱정하시지만 용어만이라도 귀에 익혀두면 뒤에 확실히 효과를 보더라고요. 조기 유학 보낸 학부형들 말씀을 들어봐도 그렇고."

원장은 동의를 구하듯 게리를 힐끗 건너다본다. 게리는 반사적으로 고개를 주억거려놓고 어쩌면 이번에는 원장이 둘만 아는 신호를 보낸 건지도 모르겠다고 생각한다.

"그리고 앞으로 학교에서도 과학이나 사회과목은 영어로 수업을 한다잖아요. 글로벌교육으로 나갈 수밖에 없죠. 선행학습시킨다 생각하시면 아깝지 않을 거예요."

똑같은 레퍼토리를 읊는 데도 지쳤겠지만 원장의 목소리는 눈에 띄게 맥이 풀려 있다. 선글라스를 집어던지고 아, 지긋지긋해! 하고 히스테리를 부릴 것 같다. 게리는 누구에게나 특정한 배역이 주어지고 그것을 살아내는 게 인생이라 생각한다. 그녀는 오래전부터 원장 배역을 타고난 듯싶다. 문장에 영어를 박아 쓰는 말투도 나날이 세련되고 있다. 언젠가 원장의 말투를 흉보던 미예의 궤변이 떠오른다.

"아휴 밥맛이야. 저게 단순히 직업적 습관인 줄 아세요? 단어장을 만들어서 피나게 노력해서 만든 비즈니스 언어라고요. 그래봤자 나한테는 우리말에 있는 '거시기' 하고 똑같이 들리지만. 참 엘레강스하고…… 이 말이나, 참말로 거시기하고…… 이 말이나 뭐가 달라요. 원장이 쓰는 콩글리시를 거시기로 다 바꿔봐요. 못 알아먹는 말 하나 있는가, 칫."

원장은 뇌출혈로 쓰러진 남편 대신 학원을 맡았을 때 날마다 울면서 학원과 병원과 집을 오갔다고 했다. 게리로서는 상상이 안 간다. 강한 것은 단순해 보인다. 학원에서 원장의 배역은 잔심부름이나 하는 미예보다 훨씬 단선적이고 단조롭다. 미예는 잔소리로 휘어잡고, 강사들에게 끊임없이 눈치를 줘서 긴장시키고, 아이들과 학부형은 살살거려서 묶어놓는다. 세 가지 캐릭터를 뭉쳐놓은 게 원장이다. 미예의 표현으로 하자면 벗겨놔도 원장이다. 그래서 학원식구들은 원장의 빤한 직구만 잘 피하면 학원생활이 어려울 게 없다고들 한다.

그러나 요즘 들어 게리는 그녀가 훨씬 복잡한 여자일지도 모르겠다는 생각이 든다. 나이 마흔다섯 정도 먹은 여자는 아는 것도 모른 척하기 때문에 거리낌이 없고 단순해 보이는지도 모른다. 학원식구들이 원장은 모르리라 믿고 있는 그녀에 대한 것들—무시와 불만과 비난과 동정—을 그녀는 이미 다 알고 있는 건 아닐까. 게리 자신에 대해서도 마찬가지다. 그는 원장에게 자신의 속내를 드러내 보인 적은 없지만 원장만은 속속들이 알고 있으리라는 생각이 들곤 한다.

게리는 슬그머니 물러난다. 어쨌든 오늘 그가 해야 할 역할은 끝났다. 어차피 주위 소개로 학원을 방문한 학부모라면 이미 마음을 정하고 내원했다고 보면 틀림없다. 분위기 파악을 끝낸 학부모는 이제 제 아이에게 특별한 관심을 가져달라는 식의 이야기들을 늘어놓을 것이다. 명랑한 아이이기는 한데 숫기가 너무 없어서 걱정이라는 둥, 저번 회화학원에서는 아이들이 너무 많아서 속상했다는 둥…….

"어머, 이거 어쩌죠?" 원장이 호들갑스러워진다. 게리와 원장은 잠깐 시선이 엉킨다. 게리는 그렇게 느꼈다.

"제가 급한 약속이 있어서 나가봐야 하거든요. 카운슬링이 필요하시면 언제든 편안히 찾아주세요. 참, 오늘 마침 잘 오셨네. 다음 주 금요일에 할로윈파티가 있거든요. 오늘 아예 레벨테스트 받고 가시면 되겠어요."

원장이 퇴장하고 미예가 등록카드와 테스트 용지를 들고 들어선다.

학부모가 등록카드를 작성하는 동안 미예는 게리에게 다가와서 속삭인다. "글쎄, 그 여시가 쌍꺼풀 잡고 주름 제거한 거 있죠." 원장을 두고 하는 말이다. 게리는 웩, 하는 시늉을 해 보인다. 제 제스처를 빼앗겨서 미예는 이죽거린다. 그래도 지난 몇 주 동안 미예는 원장에게 관대했다. 원장이 구입한 지 한 달이 채 안 된 핸드백을 미예에게 하루아침에 덜컥 안긴 것이다. 원장이 처음 그 백을 갖고 출근했을 때 게리는 깜짝 놀랐다.

핸드백은 프랑스 브랜드 란셀의 붉은색 드로우스트링 백이었다. 드라마 「내 남자의 여자」로 유명해진 아이템이었는데, 게리는 일명 그 김희애백 이미테이션을 수십 개나 보따리 아줌마를 통해 짝퉁시장에 돌리고 있던 때였다. 게리는 도둑이 제 발 저리다고 뜨끔했다. 그러나 원장 백이 오리지널인지 이미테이션인지는 그도 분간할 수 없었다. 그가 돌린 제품들은 모두 커스텀급 아니면 최소한 SA급이라, 알면서도 받고 알면서도 쓰는 그런 짝퉁이 아니었다. 프린트까지 완벽해서 선수들도 칼을 대보기 전에는 구분을 못할 만큼 잘 빠진 제품들이었다. 보따리 아줌마들이 못 받아도 3,40만 원씩은 받았다. 몇 년 전 업계 쪽에서 자자했던 소문이지만 동대문에서 보따리 아줌마들을 여럿 거느린 큰손 하나가 청담동 플래그십 스토어에서 가방을 하나 장만했는데 뒤에 알고 보니 그게 자신이 돌린 제품이었다.

원장이 대학 평생교육원에 강의를 들으러 갈 때도 착실히 끼고 다니는 걸 보면 그 백은 오리지널 같기도 했다. 그런데 어느 날 중학생 학부형이 똑같은 백을 들고 학원에 나타났다. 게리는 등줄기에 식은땀이 날 지경이었다. 그녀는 전자회사 연구원인 남편이 방글라데시의 현지법인에 나가 있었는데, 곧 가족들도 따라갈 거라고 두 딸을 학원에 보내고 있었다. 다소 설치는 스타일이라 원장은 그녀를 은근히 깔보면서 '방글

라댁'이라 부르곤 했다. 그 방글라댁이 김희애백을 들고 나타난 것이
다. 원장이 책상 위에 놓인 자신의 백을 슬그머니 바닥으로 내려놓는
것을 게리는 눈여겨보았다. 이튿날 보니 미예가 그 백을 들고서는 거울
이 있는 화장실로 들락날락했다.

"참나, 돈이 썩어나가는 사람을 모시고 사니까 이런 날도 오네. 하긴
내가 지한테 이런 것쯤 받을 만큼은 했지. 글구 지가 이걸 소화해내기
나 해."

미예는 미국이나 호주로 유학 가는 게 꿈이다. 제 말로는 이 지방의
시시한 대학 영문과를 두 해인가 다니다가 그만두었다고 한다. 자세한
내막은 모르겠지만 그녀는 전임 강사 하나와 그렇고 그런 사이였던 모
양이다. 술만 먹으면 브루노 그 자식은 연락도 없다고 욕을 해댄다. "게
리 아저씨, 왜 걔들은 우리나라 여자애들을 못 잡아먹어서 안달이래
요? 씨발, 내가 무슨 백마에 환장한 된장녀인 줄 아나봐. 아저씨, 나는
진짜 이 가슴으로 대했다아. 근데, 근데 사랑도 모르는 순 개날라리 같
은 자식이…… 아나, 지가 무슨 신학생이래. 게리 아저씨, 나 이제 돈독
에 푹 빠질 테니까 말리지 마세요. 착실하게 돈 모으려니까 작업 걸지
말라고요, 진짜루! 아냐. 각서를 써서 지장을 콕 박아둬야 돼." 그렇게
흐느적이면서 그녀는 코 푼 냅킨을 탁자로 밀었다.

"어머, 다 작성하셨어요, 어머님?"

미예가 돌아가고 그는 소리 나지 않게 박스를 뜯는다. 캐릭터상품 쇼
핑몰에서 구입한 할로윈파티 의상들이다. 물품명세서를 걷어내자 해골
가면이 억, 하듯 입을 벌리고 있다. 그는 소리 없이 놀란다. 쇼핑몰 관
리자에게 적개심마저 든다. 고객을 놀래주려고 부러 포장을 이렇게 했
을 리는 없다. 아마 창고 한 귀퉁이에서 먼지를 둘러쓴 해골 가면을 겨

우 찾아서 주문에 맞췄을 것이다. 박스에는 엘프공주, 슈퍼맨, 파워레인저, 상벨공주, 핑크 프린세스 의상과 액세서리 등속이 차곡차곡 담겨 있다. 여자애들 것은 단연 반지의 제왕에 나오는 엘프공주 의상이 많다. 할로윈축제는 온통 반지의 제왕 판이 될 것 같다. 게리는 비닐포장을 찢어 검은 천으로 된 해골 의상을 펼친다. 앞면 전체에 인체해부도처럼 흰 뼈가 그려져 있다. 그는 의상을 대충 접어서 해골 가면과 함께 책상 맨 아래 서랍에 넣는다. 마치 관 속에 뼈들을 넣는 것 같다.

그는 물품수량을 확인할 셈으로 주문서를 찾는다. 책꽂이에도 서랍에도 보이지 않는다. 게리는 이내 주문서가 미예에게 건네진 사실을 깨닫는다. 업체에 주문서를 넣고 퇴근한 날 밤에 미예한테서 연락이 왔다. 학부형들의 항의로 전화통에 불이 났다고 했다. 게리가 캐릭터를 선정할 때 아이들은 너도나도 좋은 캐릭터만 하려고 했다. 그는 할로윈 파티에 좀 더 다양한 캐릭터들이 참가했으면 좋겠다고 아이들에게 말했다. 그러나 해골이나 해적, 저승사자, 호박마녀 캐릭터를 자원하는 아이는 없었다. 할 수 없이 게리는 몇몇 아이들에게 캐릭터를 지정해주지 않으면 안 되었다. 나름대로 고분고분하고 무난한 아이들을 골랐다. 마지막으로 저승사자만 남았을 때 학부형들한테서 분명히 말이 나올 것 같아 뺐다.

"이건 애들한테 선택권을 줄 일이 아니라니까요. 어머니들 의견이 좌우하니까 가정통신문을 보낼 걸 그랬어요. 집에 쓰던 의상이 있다고 취소해달라는 학부모도 여럿 있었어요."

미예는 자신이 얼마나 시달렸는지 알아달라는 듯 시종 전화에 대고 쭝쭝거렸다. 따지고 보면 아이들의 의견을 듣고 캐릭터를 선정한 사람은 게리였지만 가정통신문을 보내고 업체에 주문하는 일은 미예의 몫이었다. 그러나 그날 오후, 미예는 원장이 없는 틈을 타서 두 시간이나 땡땡이를 쳤다. 결국 해골 의상과 호박마녀 의상은 게리와 미예가 하나씩 맡기로 했다.

"나는 작년에 입은 섹시배트걸 의상이 하나 있는데…… 호박마녀는 원장님이 제격 아니에요?"

그래놓고 미예는 의상문제는 원장에게 비밀로 하자고 게리에게 약속을 받아냈다.

미예는 학부모와 테이블을 두고 마주 앉아 수강료를 설명하는 중이다. 29만 5천 원.

"미리 양해를 드리는데요, 저희 학원에서는 카드수납이 안 돼요. 현금영수증 발급도 힘들구요. 원어민 선생님들 편의를 봐주다 보니 그렇네요. 다 아시겠지만 서울·경기권 아닌 다음에야 원어민 강사를 구하기가 쉽지 않아요. 강사들 중에 학생비자로 와서 워킹 퍼미션이 없는 분도 계시거든요."

원어민 강사들의 편의를 봐주느라 카드수납을 거부한다는 말은 생짜 거짓이다. 학원 광고전단에는 원어민 강사가 네 명이나 올라 있지만 실제로는 게리하고 야간 중등부 타임을 뛰는 스텔라 둘뿐이다. 다른 두 사람은 이미 귀국한 전임들로 학원에서는 무단으로 계속 홍보에 쓰고 있다. 스물세 살 난 호주 출신의 스텔라는 전임들처럼 인근 신학대학의 유학생이다. 게리는 등록이 안 된 강사지만 스텔라는 출입국관리사무소를 통해 정식으로 시간제 취업허가를 받아 일하고 있다.

게리는 시계를 확인하고 물품명세서를 다시 박스에 넣는다. 그는 미예에게 택배물품을 확인해달라고 문자메시지를 넣고 외투를 걸친다.

"퇴근하시게요?"

미예가 묻고 게리는 손을 들어올린다. "I'm taking off. Take care." 어머니도 팀동료처럼 손을 뻗쩍 들어 흔든다.

학원은 아파트단지를 낀 상가에 있다. 아직 상가가 다 조성되지 않아서 썰렁하지만 그래도 이 골목에 입주한 학원이 다섯 개도 넘는다. 오피스텔 얻어 그룹과외를 하는 사람들까지 치면 이곳 사교육 시장이 얼마나 큰지 아무도 모른다. 게리는 상가 골목을 빠져나와 초등학교 담장을 끼고 돈다. 금요일 오후의 운동장은 텅 비어 있다. 얼마 전에 신축공사가 끝난 강당 외벽에는 커다란 현수막이 걸려 있다. 초일류 인재를 양성하겠습니다.

초등학교 옆에는 새로 들어설 중학교 부지가 있다. 그곳은 들판처럼 풀이 자라 있다. 중학교 부지에 면하여 생태하천이 있고, 다리를 건너면 상업지구와 오피스텔단지가 조성되어 있다. 그곳 역시 도로와 골목이 잘 닦여 있지만, 건물들이 다 들어서지는 않았다. 골목은 어디를 가나 공사장이다. 방울토마토와 고추와 가지가 자라던 공지가 어느 날 갑자기 멋진 테라스를 가진 3층 주택으로 둔갑해 있기도 한다. 그래도 건물들은 완공되기가 바쁘게 분양된다. 1층마다 식당이며 주점, 노래방, 게임방, 옷가게 들이 입주해 있다. 아직 손님이 없어서 가게들은 마치 상권을 선점할 목적으로 진주한 것처럼 보인다. 그리고 밤이면 사람 없는 환락가로 돌변한다. 이곳으로 이사를 오는 사람은 누구든 새집에서 살게 된다. 게리는 지하에 교회가 있고, 1층에 치킨집이 있으며, 2층에 게임방이 있는 3층 원룸에 세 들어 산다.

이 마을에 토박이는 거의 없는 것 같다. 게리가 만난 토박이는 중년의 택시기사뿐이었다. "원, 개들 천지였는데……." 그는 택시를 몰기전에 논과 밭과 야산이었던 이곳에서 개를 길렀는데 많을 때는 300마리까지 길러보았다고 했다. "아마 이곳에 개사육장이 못해도 자그마치 쉰 군데는 넘었을 거라." 그가 개를 길렀던 곳을 손가락으로 가리켰는데 이 도시에서 가장 비싼 브랜드의 주상복합아파트가 우뚝했다. 그도 지금은 이곳에 살지 않는다고 했다.

개천둑 가운데에는 대리석으로 만든 구름다리가 놓여 있다. 개천둑은 우레탄 포장을 한 산책로로 단장되어 있다. 근린체육시설과 농구장과 어린이 놀이터가 있다. 지금은 한산하지만 아침저녁으로는 운동하고 산책하는 사람들로 바글바글하다. 개천에는 맑은 물이 흐르고 물고기가 산다. 게리가 이 도시로 왔던 지난봄, 개천에 발을 담그고 페트병에 작은 물고기를 잡아 담는 아이들을 볼 수 있었다. 그는 한참 뒤에 이 개천이 인공하천이라는 사실을 알게 되었다. 지하수 모터가 길이 2킬로의 개천에 물을 채우고 흘려보낸다. 추석 연휴기간 동안 사고가 있었다. 모터가 고장 나 바닥이 드러난 개천에 붕어들이 허옇게 죽어 있었다. 올해 추석이 이른 데다가 날씨도 쪄서 개천에서는 금방 하수구 냄새가 피어올랐다. 그러나 며칠 만에 개천은 다시 물이 차고 원래 모습을 되찾았다.

게리는 이 인공의 도시가 편하다. 이곳에 오는 사람들은 서로에게 낯설다. 무슨 직업을 가졌는지 어디에서 무엇을 하며 어떻게 살았는지 모른다. 이곳에서는 마음만 먹으면 누구든 새롭게 변신할 수 있다. 시민들은 조금씩 조바심을 가진 채 이웃과 친구를 새로 사귀느라 친절하다. 그리고 이 새로운 주민들에게는 열패감과 자부심이 공존한다. 일산이나 분당 같은 곳에서 살다 왔다고 은근히 드러내는 이들도 있고, 분양받은 아파트가 값이 오르면 서울로 돌아갈 거라고 말하는 이도 있다. 묘하게도 이곳에서는 투기 의향을 적나라하게 까발린다. 그 이유가 아니라면 이곳까지 밀려올 이유가 없다는 식이다.

그러면서도 그들은 이 도시를 서울처럼 가꾸고 싶어한다. 도시계획 자체에 학원타운이 있고, 학원 인허가는 전국에서 가장 쉽다고 소문나 있다. 외국어고등학교를 유치하려는 주민자치회연합은 연판장을 돌려 보름 만에 서명자 1만 명을 채웠다. 대형 나이트클럽이 입점하려고 하자 주민들은 줄자를 들고 나가 초등학교에서부터 거리를 재서 백지화시켰다. 시민들은 아파트 시세 높고 교육 여건 좋은 이곳을 서슴없이 이 도시의 강남이라 부른다.

다소 기형적이기는 하지만 도시가 나날이 규모를 갖추고 기능을 찾아가는 건 분명하다. 기념일에는 인적 없는 길가에 태극기가 꽂히고 어떤 밤에는 소나기처럼 개천가에서 폭죽이 터진다. 개천가 자투리 공원에는 하룻밤 사이에 없던 소나무숲이 조성된다. 포장마차도 눈에 띄고 일일장터도 들어온다. 입시학원이 세 든 건물에서는 수시합격자명단이 적힌 현수막이 펄럭인다. 종종 보궐선거 벽보가 나붙기도 한다. 그뿐이랴. 며칠 전에는 '도를 믿으세요?' 하는 청년을 만났다. 도인은 건널목을 따라오며 바쁘시냐고 거푸 물었다. 게리는 귀찮아서 종종걸음을 치다가 어찌나 찰거머리처럼 달라붙는지 건널목 가운데에서 발걸음을 우뚝 세우고 도인을 쩨려보았다. 눈길이 정면으로 부딪치자 도인은 얼굴이 바짝 굳어서 더듬더듬 입을 열었다. "Where are you from?" 게리는 "Why?" 하고 물었다. 그러자 도인은 더 말을 못 잇고 울상이 되었다. 그가 별안간 "Thank you!" 소리를 던지다시피 내놓고는 몸을 휙 돌려서 신호 바뀐 건널목에 발을 잘못 들인 사람처럼 종종걸음을 쳐서 되돌아갔다. 길을 건너서 바라보니 도인은 거의 제 머리를 뜯다시피 자책하며 걸어가고 있었다.

동남아에서 온 사람들도 종종 눈에 띈다. 게리가 이 산책로에서, 혹은 골목이나 편의점에서 수시로 마주치는 젊은 부부가 있다. 한국인 남편과 필리핀인 아내다. 아내는 임신을 해서 어디에서나 더 눈에 띄었다. 그들 부부를 처음 본 것은 기말고사 기간이었으니까 아마 7월 초쯤이었을 것이다. 게리가 농구장 근처의 벤치에 앉아 있었을 때 이들 부부도 옆자리에 앉아 도란도란 얘기를 나누었다. 그들도 해가 지고도 좀처럼 가시지 않은 더위를 피해 나온 것 같았다. 이들 부부는 어떤 문제로 의견이 갈려서 장난스럽게 서로 신경전을 벌였다. 교회다, 아니 레스토랑이다. 가만히 들어보니 그들은 맞은편 개천가에 신축 중인 건물에 대해 얘기를 나누는 눈치였다. 법랑패널로 마감한 건물은 건물주가 꽤 정성을 기울이는지 공정이 다른 건물보다 한참 늦어지고 있었다. 1층은 천장이 굉장히 높았으며 길쭉한 창틀이 성당처럼 아치형 구조를 하고 있었다. 2층 건물인데도 불구하고 주방 인테리어숍이 든 옆 3층 건물과 높이가 엇비슷했다. 완공이 되면 꽤나 눈길을 끌 건물 같았다. 게리 역시 무슨 용도의 건물인지 내심 궁금하던 터라 두 부부의 대화에 귀가 솔깃했다. 남편은 교회, 아내는 레스토랑, 옥신각신하던 부부는 마침내 내기를 걸었다. 십만 원 빵. 남편이 말했다. 핏, 오빠는 저번에도 내 돈 안 줬다. 현실적으로 한다. 이만 원 빵. 그 건물은 추석 바로 전에 오픈을 했다. 사진관이었다. 그 뒤로 아직 게리는 부부를 보지 못했다. 아마 그사이 아내가 몸을 풀었는지도 모른다. 잠시 그들 사이에 태어날 아이의 운명에 대해 생각해본다.

그들 부부 생각을 해서 그런지 몰라도 구름다리를 건널 때 게리는 궁금증 하나가 풍선처럼 부풀어 오른다. 요즘 아이들도 제 부모로부터 다리 밑에서 주워 왔다는 얘기를 듣고 살까? 이 대리석 다리는 지나치게 아름답고 밝고 튼튼해서 그런 낡고 허황된 얘기와는 어울리지 않는다. 그래도 모른다, 누군가 이 다리를 들먹이며 아이를 골려먹는 사람이 있을지. 아직 그는 해거름 녘에 이 다리에 서서 침울하게 서 있는 아이를 본 적은 없다.

게리는 어린 시절 다리 위에 서서 우울해하던 아이였다. 그의 외모는 특이했다. 유난히 흰 피부에 곱슬머리는 누르스름했다. 특히 눈동자가 옅은 갈색이라 아이들은 고양이 눈이라고 놀렸다. 그래서 그는 누구와 얘기를 나눌 때 똑바로 바라보지 못했다. 그에게 가장 무서운 건 사람들의 시선이었다. 그는 걸을 때도 늘 고개를 숙인 채 속으로 나를 쳐다보지 마, 쳐다보지 마, 쳐다보지 마, 하고 외쳤다. 항상 시선을 피한 채 말을 해서 종종 오해를 받곤 했다. 대학생 때 미팅으로 만난 여학생은 영화관을 가다 말고 갑자기 택시를 세웠다. 여자가 애프터를 신청해서 성사된 두 번째 데이트였다. "왜 말할 때 저를 거들떠도 안 보세요?" 여자는 화가 나서 말했다. 그가 눈을 동그랗게 뜨고 보자 여학생은 "흥, 이제야 저를 보네요. 제가 불쌍해서 나왔나요?" 하며 택시에서 내려버렸다.

어디를 가든 그의 별명은 양키 아니면 튀기였다. 아이노코라고 소리 죽여 말하는 어른들도 있었다. 그렇다고 그의 외모가 딱히 어느 종족을 닮았다고 꼬집어 말할 수는 없었다. 아랍계라고 하는 사람이 있는가 하면, 남미 쪽 사람을 닮았다는 이도 있고, 얼굴이 그을리는 여름 같을 때는 동남아에서 왔느냐는 말도 들어보았다. 다국적인 외모인 셈이었는데, 확실한 것은 오리지널 한국인처럼 생기지는 않았다는 사실이다.

게리는 농사를 짓는 전형적인 한국인 부모 사이에서 태어났다. 어머니가 못 만날 사람을 만나서 낳은 것도 아니었다. 근처에 미군 기지가 있는 것도 아니고 어머니가 도회지를 나가본 적도 없었다. 그렇다고 외국인이 관광을 오는 고장도 아니었다. 그런데도 어린 시절 게리는 꽤나 집요하게 어머니를 괴롭혔다. "하이고, 니가 아조 에미를 볶아 묵는구나." 그때마다 어머니는 자신의 눈을 까뒤집어 보였다. "어짜냐? 니 에미도 좀 놀짱한 기가 있제? 엄마가 뭔 숭한 짓을 했겄냐. 그란다고 우리가 널 어디 다리 밑에서 줏어 왔겄냐. 분맹히 니는, 느그 아부지하고 나하고 하룻저녁에 맹근 잘난 내 새끼다. 니 테레비 보작시믄 큰 상 받는 사람들 있지야? 잉, 〈노벨상〉 말이여. 그거 받는 사람들 다 니 안 탁했드냐. 두고 봐야, 니는 틀림없이 큰 인물 될 거잉께." 그래도 소용없었다. 얼굴이 좀 못나도 좋으니 남들처럼만 보였으면 싶었다. 머리만이라도 검게 염색을 해달라고 조른 적도 있었다. 중학생이 되어서는 시력이 좋은데도 안경을 썼다.

그는 머리가 좀 굵어서는 족보를 뒤적이고 조상들의 내력을 캐보기도 했다. 그는 조상들이 남도 섬에서 죽 살다가 증조부 때 육지로 나온 사실을 알게 되었다. 그는 역사시간에 배운 하멜과 그의 동료들을 떠올렸다. 그들은 그의 고향 일대를 떠돈 사람들이었다. 그는 어떤 심증으로 무릎을 쳤다. 꼭 그들이 아닐 수도 있었다. 역사에 기록되지 않는 하멜들이 얼마든지 있을 수 있었다. 그들 중 어떤 이가 조상들의 섬에서 지내다가 돌아갔을 수도 있고 아예 뿌리를 내리고 살았을 수도 있었다. 그렇게 확신이 들자 그는 책상에 얼굴을 묻고 흐느껴 울었다. 이튿날 그는 학교 과학 선생을 찾아갔다. 선생님, 대를 거듭하고 나서 특정 유전자가 발현될 수 있습니까? 돌연변이처럼 갑자기 말이에요. 선생은 빤히 쳐다보더니 느닷없이 출석부로 머리를 때렸다. 내가 네 부모가 아닌데 어떻게 아냐? 자식, 쓸데없는 생각 말고 공부나 열심히 해. 교무실의 다른 선생들이 킥킥 웃었다.

고등학교에 막 입학했을 때였다. 국사 과목 교사는 정년이 얼마 남지 않은 사람이었다. 키가 훤칠한 그는 젊어서 한때 정치가의 꿈을 키운 사람이기도 했다. 그래서 수업시간의 절반을 세태를 개탄하는 장광설로 채우곤 했다. 그리고 나머지 시간은 학생을 일으켜 세워서 그날 배워야 할 단락을 읽게 하는 것으로 때우곤 했다. 그날은 두 번째 맞는 수업시간이라 학생끼리도 아직 낯설고, 국사 선생의 장광설을 왜 수업시간마다 들어야 하는지도 모르던 때였다. 대학생들이 총리의 얼굴에 계란을 투척하고 밀가루를 뿌린 사건이 한창 시끄럽던 때라 교사는 삼강오륜과 빨갱이 운운하며 열변을 토했다. 그런데 공교롭게도 그날 교과서를 읽으라고 지목받은 학생이 게리였다.

"자, 오늘 12쪽이가? 누가 읽노? …… 오늘이 3월 9일이니까네, 39번!"

게리는 교과서를 읽을 수가 없었다. 다른 게 아니라 교과서의 내용 때문이었다. '우리 민족은 세계사에서 보기 드문 단일민족국가로서의 전통을 이어가고 있다……' 라는 문장이 버티고 있었다. 그는 초등학교 6학년 사회시간에도 아이들의 웃음거리가 된 적이 있었다. 선생이 우리는 생김새가 서로 같고 같은 말과 글을 사용하는 단일민족이라고 설명하는데 한 아이가 게리를 바라보며 "에이 아닌데……." 하고 말하는 바람에 온 교실이 웃음바다가 되고 말았다. 그날 담임 선생은 게리를 뺀 반 아이들을 책상 위에 무릎 꿇려놓고 수업을 하지 않았다. 친구의 외모를 가지고 놀리는 놈들은 공부할 필요가 없다고 몇 번이고 되풀이했다. 게리로서는 아이들의 웃음보다 선생의 훈계가 더 쓰라렸다.

"왜 안 읽노?"

국사 선생이 재촉하듯 회초리로 교탁을 탁탁 두드렸다. 게리는 얼굴이 빨개져서 교과서를 든 채 가만히 서 있었다. 그는 정말 순간적으로 실어증에 걸린 것처럼 말이 나오지 않았다.

"이 자석 반항이가? 이거 반항 맞제?"

국사 선생이 교단을 내려와 그에게 다가왔다. 그는 게리의 옆구리를 회초리로 쿡쿡 찔렀다. "와, 니도 나한테 꼰대라고 계란 던지고 싶나?" 그는 머리를 저었다. "이놈 봐라, 머리통을 지져서 노리끼리하게 물들이고…… 니가 압구정 꾸정물이가? 베라묵을 학교가 이딴 놈들 입학할 때 왜 못 걸러내노?" 머리로 회초리가 한 번 날아들더니 탄력을 받은 듯 대중없이 온몸으로 파고들었다. 그는 교무실에까지 끌려가서 슬리퍼로 머리를 맞아가며 반성문을 써야 했다. 반성문을 읽고 난 선생은 담배 한 개비를 빼물었다.

"니 혼혈이라고 와 진작에 말 안 했노? 마, 니 겉은 아는 더 독심 묵고 잘해야 쓸 거 아이가. 넘들보다 찐한 애국심을 갖고 살란 말이다. 민족은 핏속에 있는 기 아이라 이 가심에 있는 기라. 우리 민족은 원래가야 통이 큰 민족 아이가. 니가 똑바로 살믄 다 보듬아준다. 우리 민족은 사백사십구 번이나 침략을 받았으이 또 틈바구에서 태난 아이노코는 얼마나 많았겠노. 남으 새끼들을 다 받아서 결국에는 용광로맹이로 녹여낸 민족이 우리 아이가. 오늘 니 미와서 글캤다 맘 묵지 마라. 니한테 민족으 혼을 심어줬다, 이리 생각캐라. 자 힘내라, 짜석."

국사 선생의 훈계는 게리에게 확실히 교훈이 되었다. 그는 차라리 자신을 혼혈이라고 생각해버리기로 마음먹었다. 그는 자신이 미국계 혼혈이라고 믿기로 했다. 다른 과목은 몰라도 그는 영어를 죽어라 팠다. 그가 얼굴이 검실검실했더라면 베트남어나 태국어, 혹은 힌두어를 독학했을지 모른다. 그가 영어를 잘하는 것을 모두가 당연하게 여겼다. 그는 막연히 자신이 언제인가는 미국으로 건너가 살게 될 것 같았다. 뒤에는 각오쯤으로 굳어져서 지방 대학 영문과에 진학했다. 그러나 게리는 자신의 인생에서 뭔가가 빠져 있다는 공허감에서 헤어날 수가 없었다. 한동안 그는 그것이 무엇인지 알 수 없었다. 어느 날 문득 그는 텔레비전을 보다가 깨달았다. 불우함이었다. 자신이 객관적으로 불행한 사람이었으면 싶었다. 불행한 척은 할 수 있었다. 그러나 그건 자신이 진정으로 불행한 것은 아니었다. 부모 중 하나가 외국인이 아닌 게 원망스러웠다.

어느 날 게리는 우연히 영어판 시사 잡지에서 한 혼혈인의 기막힌 사연을 접하게 되었다. 백인계 미군 아버지와 한국인 어머니 사이에서 태어난 혼혈아는 백일이 되기도 전에 외가에 맡겨져 자랐다. 호적상으로 외할아버지가 아버지였고 외할머니가 어머니였다. 63세의 아버지와 61세의 어머니가 낳은 아들이었다. 그는 사춘기가 되자 자신이 태어나지 말아야 할 운명의 아기로 태어난 사실을 깨닫게 되었다. 지금껏 내내 어깨를 옹송그리고 있던 그는 벌떡 일어났다. 키가 다른 애들보다 한 자는 더 컸다. 그는 조금이라도 자신을 놀리는 애들이 있으면 주먹으로 응징했다. 주먹에 분노가 깃들자 무서울 게 없었다. 그러자 없던 친구들이 생겼다. 다들 노는 애들이었다. 그는 그 아이들을 진정한 친구로 여기지 않았다. 지금까지 그는 자신을 낙동강 오리알이라고 생각했는데 이제는 파리나 꼬이는 걸레가 된 것 같았다. 그는 친구가 없어서 자리에서 벌떡 일어난 게 아니었다. 자신이 태어나지 말았어야 할 아이라고 생각될수록 그는 어머니를 만나고 싶었다. 그는 가출하려고 일어선 아이처럼 중학교 교문을 나서서 서울로 올라갔다. 서울의 막장을 전전하다가 이태

원의 클럽까지 굴러갔을 무렵 그는 어머니를 만날 수 없다는 사실을 깨달았다. 클럽에서 노래를 부르는 혼혈인 가수는 그에게 이런 말을 들려주었다. 배 속에 있는 동안 너는 어머니의 희망이었다. 지긋지긋한 기지촌에서 벗어나 미국으로 갈 수 있는 유일한 출구였다. 또 다른 혼혈인 댄서는 이런 말을 해주었다. 새 삶을 살고 있을 네 엄마에게 꼭 폭탄이 되어야겠느냐. 우리는 가족에게도 이 사회에게도 결코 눈에 띄어서는 안 될 투명인간들이다. 그 말을 듣고 그는 동대문까지 걸어가서 허름한 비뇨기과에서 단종수술을 받았다.

1982년 레이건정부가 혼혈인 특별이민법을 제정하여 아메라시안들을 받아들이자 그는 어머니가 끝내 못 간 땅, 아버지의 조국으로 가야겠다고 결심했다. 1985년 펄벅재단의 도움을 받아 그는 미국으로 건너갔다. 일만 명의 아이들 중 오천 명의 아이들이 자신처럼 미국으로 건너온 사실을 알게 되었다. 그의 재정보증인이 되어준 사람은 뉴욕 퀸즈의 한인타운에서 세탁소를 하는 재미교포였다. 그는 그를 옆에 붙들어두려고 했지만 그는 아직 어디에 정착할 수가 없었다. 영주권은 주어졌으되 시민권은 나오지 않았다. 그는 미국인도 아니고 한인도 아니었다. 그 틈은 크레바스의 바닥쯤 되었다. 여전히 막장 인생이었다. 그는 퀸즈 플러싱과 맨해튼 32번가의 그늘을 밟고 다니면서 한인들을 상대로 짝퉁 장사를 했다. 여러 번 단속에 걸려 경찰서를 들락거렸다. 처음에는 세탁소 아저씨가 두어 번 벌금을 내고 신원보증을 서주더니 그 뒤로는 아예 발걸음도 못하게 했다. 그 후에도 경찰서 출입이 몇 번 더 있었다. 미국생활 14년 만에 그는 강제출국을 당해 다시 한국으로 돌아와야 했다. 그에게 남은 것은 버터를 바른 영어뿐이었다.

그는 더는 한국어를 쓰지 않았다. 아예 말을 안 하고 싶었다. 입을 여는 수밖에 없을 때는 영어로만 응대했다. 놀랍게도 다들 그를 뉴요커로 받아주었다. 그의 인생은 달라졌다. 아무도 그를 멸시하지 않았다. 그는 이런 생의 반전에 소름이 끼쳤다.

그의 이름은 게리 워커 존슨이었다. 그에 대한 기사를 읽은 날 밤 그는 자신의 일기장에 'My name is Gerry W. Jonson. I'm hapa'라고 썼다. 게리 존슨의 인생이 통째로 그의 몸에 들어와 꽉 차는 느낌이 들었다. 그는 우상이자 그 자신이었다. 게리 존슨은 나의 원판이다. 어차피 인생은 또 다른 누군가의 인생을 베끼는 거라는 생각이 들었다. 아무도 가지 않는 길을 간다는 건 거짓 같았다. 그는 새로 태어난 듯 마음이 편해졌다. 그는 게리 존슨의 기사가 실린 잡지를 너덜너덜해지도록 지니고 다녔다. 잡지로도 부족해지자 그는 인터넷으로 들어갔다. 게리 존슨의 삶들이 나날이 살찌워졌다. 그는 퀸즈와 맨해튼의 거리를 자전거를 타고 달렸다. 브루클린다리에서 허드슨 강바람을 쐬기도 하고, 뉴저지로 지는 석양을 넋 놓고 바라보기도 했다. 때로 그는 뉴욕 지하철 7호선을 이용했다. 맨해튼 34번가 지하철 출구 가까이 있는 삼각지공원에서 102층의 엠파이어스테이트빌딩을 올려다보기도 했다. 마르코스 필리핀 대통령이 한때 소유한 메이시백화점 앞에서 아시아인 여행객들을 상대로 호객을 하고, 한인들이 조국을 향해 내건 '독재정권 타도하자!'는 현수막 밑에서는 주먹을 불끈 쥐기도 했다.

게리는 더 이상 남들의 시선이 거추장스럽지 않았다. 터미널이나 기차역 같은 데서 시골 노인들이 길을 물으려고 쪽지를 들고 다가오다가 휙 돌아서는 일을 겪어도 이제 마음이 아프지 않았다. 버스에 오르면 여자들이 슬금슬금 옆 빈자리에 핸드백을 내려놓아도 그는 개의치 않았다. 지하철이고 버스고 빈자리가 많아도 그는 자리에 앉지 않았다.

불심검문을 당해도 괜히 주위를 두리번거리며 주눅 들고 불쾌해야 할 이유도 없었다.

게리는 1학년을 마치기 전 늦가을에 징집 신체검사통지서를 받았다. 그는 지방 병무청을 찾아갔다. 민원실의 군복을 입은 육해공 병사계들이 그가 말을 꺼내기도 전에 토스를 하듯 선병 1과에서 2과로, 다시 징병 1과에서 2과로 보냈다. 그사이에 민원실이 소란스러워졌고, 마침내 미색 점퍼를 걸친 사십 대의 허술하게 생긴 공무원이 이리 오세요, 하고 손짓을 했다. 사회복무관리과 창구였다. 그는 불러놓고 한동안 말문을 열지 못했다. 조금 정신이 든 뒤에는 한참 동안 시행문철이니 처리 규정이니 하는 서류들을 들춰 보느라 책상에 고개를 박고 있었다. 안쪽 책상에 앉아 있던 선임자가 걸어와서 딱하다는 듯 후임에게 말했다.

"병역복무면제 신청서를 받아야 되는 거 아니야?"

창구 직원은 서류 두 장을 단검처럼 차례로 뽑아서 내밀었다. 게리는 서류를 받아들고 말했다. 군인이라도 된 것처럼 괜히 긴장이 되었다. 게리만이 그런 것은 아니었다. 옆 창구의 추리닝 차림의 사내는 숫제 부동자세를 유지한 채 서 있었다.

"저…… 상담을 드릴 게 있어서 왔습니다."

"그걸 봐, 거기 나온 대로 작성하면 바로 처리되니까."

창구 직원이 땀을 닦으며 말했다. 게리는 서류를 들여다보았다. 한 장은 5급 제2국민역 대상자, 즉 병역면제 대상자에 대해서 설명해놓은 안내장이었고, 다른 하나는 신청서였다. 이미 게리는 안내장 내용을 병무청 사이트를 통해 읽고 온 길이었다.

· 중학교를 졸업하지 아니한 사람

· 1년 6월 이상의 징역 또는 금고의 실형을 선고받은 사람
· 고아, 귀화자, 외관상 식별이 명백한 혼혈인(단, 1986년 이전 출생
  자는 부의 가에서 성장하지 아니한 혼혈인 포함)

게리는 신청서의 신상명세서를 작성했다. 신상관계란의 성장과정에 혼혈인, 고아, 귀화인, 북한 탈주주민 항목이 있었다. 게리는 혼혈인에 체크를 했다. 그가 신청서를 쓰는 동안 창구 직원은 금세 처리지침에 대해 공부를 마친 상태였다.

"워낙 없던 일이라…… 호적등본이나 주민등록등본 사본 가져왔나?"

게리는 가죽점퍼 안주머니에서 서류를 꺼내 내밀었다.

컴퓨터에 눈을 박고 한참 서류를 처리하던 직원이 눈을 동그랗게 뜨고 올려다보았다.

"이상하네. 올해 우리 관할 신검대상자 중에 혼혈사유로 분류된 자원은 하나도 없는데…… 실수로 누락된 건가?"

직원은 머리를 긁적였다. 그는 게리가 건넨 주민등록등본을 사전처럼 들여다보았다.

"부 김달호. 모 오판심. 친부모 아닌가?"

"맞는데요. 제 아버지, 어머니십니다."

"그럼 양친 중에 어느 한 분이 혼혈인가?"

"아닌데요."

"그럼 뭐야?"

"제가 아까부터 뭘 좀 상의를 드린다고……."

뭐냐는 듯 창구 직원이 이마에 주름을 접어서 몸을 기울였다.

"왜 혼혈인은 군대에 못 갑니까?"

그제야 그는 모든 의문이 풀렸다는 듯 의자에 등을 기대었다.

"안타깝지만 법이 그래. 다 자네 같은 사람들을 위해서 그런 거야. 미안하지만 왕따나 따돌림 안 당하겠어? 군대는 자네 같은 사람들이 버텨내기에 힘든 데라고. 무슨 사고라도 나봐. 누가 책임져. 남들은 어떻게 해서든 안 가려고 안달인데 말야. 정신이 가상키는 한데 제도가 바뀌면 모를까 현행 규정으로는 힘들어."

"그래서 말인데요. 제가 면제를 받았으면 싶어서요."

"아니 왜 자꾸 말을 되풀이하게 해. 못 간다니까 그러네."

창구 직원은 게리 앞에 놓인 서류를 끌어당겼다.

"여기 써 있잖아. 외관상 식별이 명백한 혼혈인."

"그렇기는 한데요……."

게리는 주저했다. 창구 직원이 그를 점점 이상히 여기는 눈치가 역력해졌다.

"사실 저는 명백히 한국인 부모님한테서 태어났단 말입니다. 그런데 아저씨도 보셔서 알겠지만 생긴 건 명백히 혼혈인이라 이거죠."

창구 직원은 입을 벌린 채 의자 깊숙이 몸을 젖혔다. 그는 한참을 그러고 있었다. 이윽고 그는 기가 차다는 듯 입을 비틀더니 너털웃음을 터뜨렸다.

"이 친구 보게. 어떻게 자네가 혼혈인가? 멀쩡한 양친을 두고."

창구 직원은 지금까지 부산을 떤 일이 억울한지 자리에서 벌떡 일어나 민원실 사람들이 다 들을 수 있도록 목청을 높였다.

"내가 이 창구에서만도 5년인데 혼혈로 면제를 받겠다고 온 사람은 자네가 첨이야. 전국으로 따져도 기껏해야 일 년에 열댓 명 나올까 말까 한 케이스라고. 이건 엄연히 병역 회피행위야. 이곳에서 당장 헌병에 넘길 수도 있어, 이 친구야. 젊은 사람이 병역의무를 신성하게 받을 생각은 안 하고 그런 썩어빠진 궁리나 해서 쓰겠어."

게리는 잔뜩 움츠러들어서 겨우 입을 뗐다.

"아까 선생님도 말씀하셨지만 제가 이 얼굴로 어떻게 군대생활을 하겠습니까?"

"왜 못해? 눈이 없어 입이 없어. 깜둥이들도 먼 타국까지 와서 남의 나라를 지켜주는데 자네 같은 사람이 왜 못해? 신검날짜 되면 가서 받아."

그는 개천을 따라 오피스텔단지 쪽으로 걸었다. 지는 해가 강둑 억새꽃 위로 부서진다. 허공에는 고추잠자리들이 분주하다. 햇빛은 잠자리의 그 엷은 날개 위에도 얹힌다. 그는 맥맥한 기분에 젖어든다. 게리 존슨은 지금 어떻게 살고 있을까? 아마 그도 많이 늙었겠지. 어쩌면 늙은 한국 여자를 만나 가정을 꾸렸는지도 모른다. 주머니에서 핸드폰이 한 차례 진동해 상념을 깬다. 게리는 문자메시지를 확인한다. 아직 멀었어? 빨리 와.

사진관 앞에서 그는 필리핀 아내와 그의 남편을 만난다. 그들은 디지털카메라로 사진을 찍고 있다. 사진관을 배경으로 선 아내는 포대기에 싸인 아기를 안고 있다. 탄생 50일 기념사진 쿠폰을 가지고 사진을 찍으러 왔을까? 그러고 보니 이들 부부는 옷단장에도 꽤나 신경을 쓴 것 같다. 아기를 보자 게리는 뭔가 내기에 이긴 사람처럼 가슴이 뛴다.

"저……."

게리가 그들 앞에 이르렀을 때 남편이 사진기를 조심스럽게 내민다. 마치 풍경이 말을 걸어온 것처럼 게리는 당황한다. 그는 엉겁결에 사진기를 받아 든다.

　남편이 아내와 아기 쪽으로 뛰어가 자리를 잡는다. 그들이 활짝 웃는다. 게리는 셔터를 한 번 누르고 나서 사진관 창문 아래 코스모스 한 무더기가 알록달록한 자리 앞에 이들 가족을 세운다. 그는 자리를 바꿔가며 셔터를 두 번 더 누른다.

　"Thank you."

　카메라를 넘겨받으며 남편이 인사한다. 게리는 아내에게 다가가 그녀의 품에 안긴 아기를 들여다본다. 여자는 포대기를 살짝 풀어 아기를 보여준다. 어머니 쪽을 닮아 가무스레하고 또랑또랑한 아기가 잠들어 있다. 게리는 두 부부를 향해 친근하게 웃어준다. 그는 왠지 마음이 따뜻해지는 느낌이 든다.

　소나무숲을 가로지르며 그는 이 도시가 아주 마음에 든다고 중얼거린다. 훗날 저 아이는 길 잃은 아이처럼 다리 위에 우울하게 서 있을지 모른다. 그때는 저 다리도 웬만큼 낡아 있겠지. 그때까지 이 도시에 머무를 수 있다면 그는 아이에게 다가가 게리 존슨의 이야기를 들려줄 수도 있을 것이다.

　원장은 언제나처럼 숲 뒤편에 차를 세워놓고 기다리고 있다. 게리는 멀리서부터 뛰어온 듯 달려갔다. ▪

수상후보작

김성중

머리에 꽃을

1975년 서울 출생. 명지대 문창과 졸업.
2008년 〈중앙신인문학상〉 등단.
소설집 『개그맨』.

머리에 꽃을

모스크의 확성기가 코란 소리를 실어 나르는 오후, 반쯤은 세속화된 이 마을에서 여전히 깊은 신심을 유지하느라 이마에 멍자국이 가시지 않는 염료공 무라트는 수그린 고개를 들었다. 눈앞에 검은 털이 수북하게 쌓여 있었다.

무라트가 곱슬곱슬한 털 뭉치를 자신의 머리카락이라고 결론 내리는 데는 다소 시간이 걸렸다. 조금 전까지 별다른 감각을 느끼지 못했기에 새둥지처럼 소담스럽게 놓인 검은 터럭을 제 머리카락이라고 연상할 하등의 이유가 없었다. 그는 신의 낯선 메시지를 해독할 길이 없어 입을 벌려 비명을 질렀다. 머리 위에 터럭 하나 남아 있지 않았다.

잠시 후 모스크에 앉아 있던 사람들 대부분 무라트와 같은 선물—새둥지처럼 소담스러운 자신의 머리카락 뭉치—을 발견했으며 큰 충격을 받았다. 훗날 벌어질 일에 비하면 집단 탈모는 사소한 전조에 불과

했지만, 당시에는 모두들 엄청나게 놀랐다. 어떻게 놀라지 않겠는가? 탈모현상은 여자도 예외가 아니었다.

같은 시각, 마을 중심부에 위치한 식당 이 층에서 아리따운 아일라의 비명이 터져나왔다.

"어머니. 제 머리, 제 머리가⋯⋯."

아일라는 말을 잇지 못했다. 반면 딸보다 한발 앞서 이 사실을 발견했고 심지어 이웃 여자와 의견교환까지 나눈 궐잔은 평정을 유지했다.

"일단 히잡을 쓰렴."

다른 처녀들과 마찬가지로 머리에 뭘 뒤집어쓰는 것을 단호히 거부한 아일라에게 궐잔은 다소 엄격한 목소리로 이렇게 지시했다.

히잡을 쓴다한들 젊은 여자가 대머리가 된 비극을 어떻게 상쇄할 수 있단 말인가? 가슴을 두어 번 치고 뛰쳐나간 아일라는 묘한 위안과 새로운 불안에 휩싸이게 된다. 다른 여자 친구들—데리야, 치셈, 자리베르트—도 같은 상황에 놓였기 때문이다. 각기 푸른색, 검은색, 보라색 천을 뒤집어쓰고 만난 이들은 열일곱에 닥친 참상을 어떻게 받아들여야 할지 몰라 서로를 부둥켜안고 펑펑 울었다. 집단적인 전염병이 도는 것일까? 태어나기 전에 벌어졌던 전쟁에서 생화학 무기라도 쓰였단 말인가? 무엇보다 이 꼬라지를 하고 어떻게 운명적인 사랑을 한단 말인가!

잠시 후 샤프란퍼플의 모든 이들이 각자에게 벌어진 비극—어린아이부터 노인에 이르기까지 대머리가 되어버린 상황—을 확인했으며 신앙이 깊은 사람이건 그렇지 않은 사람이건 모스크에 몰려들었다. 무슨 말부터 꺼내야 할지 몰라 망설이던 이맘*은 타스비히**를 굴리며 이렇게 운을 뗐다.

"인샬라!"

봄이 되어 샤프란퍼플 사람들이 보건국의 조치에 지칠 대로 지쳐 있을 무렵—정부는 마을을 봉쇄하고 주민들의 정밀검사가 끝날 때까지 각자의 집에서 한 발자국도 나오지 말라고 엄포를 내렸다—또 다른 사건, 아니 진정한 사건이 비로소 모습을 드러냈다. 숨가쁜 이야기가 시작되기 전에 우선 이 마을에 대해 간략하게나마 소개해두는 편이 좋겠다. 막상 사건이 제 목소리를 내면 이런 말은 도통 적을 데가 없기 때문이다.

샤프란퍼플은 지명에서 알 수 있듯이 향신료로 쓰이는 샤프란이 많이 '났던' 곳이다. 작황이 나빠진 데다 수익도 맞지 않아 지금은 샤프란을 재배하는 농가가 거의 없다. 한때 인구 3만까지 번성했으나 도시의 중심시설은 대부분 새로 조성된 시가지로 옮겨 갔다. 여전히 올드 시티에서 살아가는 사람들은 양파나 피망 같은 밭작물을 재배하거나 양을 쳐서 나오는 쥐꼬리만 한 수익으로 살아가고 있다.

올드시티 어디에서나 보이는 언덕 위에는 커다란 삼나무가 세 그루 있는데, 이 나무는 모스크와 더불어 사람들의 아련한 신심이 향하는 장소였다. 멀리서 보면 세 그루가 꼭 한 그루의 거대한 나무처럼 보였고 아래로는 드넓게 펼쳐진 초원이 있었다. 초원은 때때로 눈이 내린 것처럼 하얀 꽃으로 뒤덮이는데 가까이 가서 보면 꽃이 아니라 풀잎 뒤에 다닥다닥 붙은 달팽이라는 것을 발견하고 기겁하게 된다. 언덕 위의 빅트리(삼나무 세 그루)에서 마을을 내려다보면 길쭉한 창문마다 면화 커튼을 친 오스만시대의 전통가옥들과 돌로 된 구불구불한 골목길, 네

* 이맘 : 이슬람교단의 지도자
** 타스비히 : 이슬람교도들이 사용하는 일종의 염주

개의 첨탑을 갖춘 작은 모스크가 어우러져 아늑하고 정겨운 느낌을 받게 된다. 어쩌면 재난은 이 촌구석과 잘 어울리는지도, 그래서 이곳을 콕 집어 상륙했는지도 모른다.

이제 이듬해 봄에 벌어진 진정한 사건으로 시선을 옮길 차례다. 집단적으로 벌어진 상황을 일일이 열거할 순 없으니 한 명을 골라 창문 안을 들여다보기로 하자. 다른 사람의 민둥머리 위에서 벌어진 일도 순박한 농부 알리에게 생긴 일과 다르지 않았다.

그날 아침, 잠에서 깬 알리는 몹시도 근지러운 기분이 들어 머리통을 벅벅 긁었다. 그리고 무언가 보드랍고 연약한 것이 찢겨 손톱 사이에 낀 것을 발견했다. 알리의 손은 다시 머리 위로 향했다.

"어라?"

그가 머리에서 뽑아낸 것은 개양귀비였다. 주홍색의, 아직 멍울을 채 터트리기 전의 꼬깃꼬깃한, 향기는 거의 나지 않는.

알리는 아무 생각 없이 거울로 다가갔다. 생각이 없다기보다 생각할 겨를 없이 거울로 달려갔다는 편이 맞겠다. 아무튼 거울에 비친 알리의 머리 위에서 자라나고 있는 것은 분명히 개양귀비였다. 주홍색의, 아직 멍울을 터트리기 전의 꼬깃꼬깃한, 향기는 거의 나지 않는.

"으허허허으허으허어엉—"

알리는 어떤 짐승에게서도 들을 수 없는 괴상한 비명을 지르며 뛰쳐나갔다. 그렇다. 이 동네 사람들은 무슨 일이 생기면 뛰쳐나가기부터 한다. 아직까지 하나의 대가족처럼 살고 있는 시골인지라 무의식적으로 이웃부터 찾는 것이다.

거리로 나간 알리의 눈에 들어온 것은 움직이는 꽃들이었다. 팔다리가 달려 있고 옷까지 갖춰 입은 꽃이다. 자세히 보니 꽃 아래로 사람 얼굴이 하나씩 붙어 있었다. 그러니까 다른 사람들의 머리통에도 저마다 꽃이 피어나고 있던 것이다.

"대체 어떻게 된……?"

"참나, 사내 머리에 무슨 귀신 짓거리인지."

"맙소사, 넌 장미잖아!"

"조심해. 안 그러면 가시에 찔려."

이렇게 말하며 검지를 쪽쪽 빨고 있는 녀석은 카다르였다. 녀석은 사실을 깨닫기도 전에 피부터 봐야 했던 것이다. 다들 자신의 두피에서 식물이 시작되는 지점을 조심스럽게 만져보며 몸서리를 쳤다.

사람들은 다시 모스크에 모였다. 데이지, 아네모네, 에델바이스, 미모사, 능소화, 접시꽃, 끈끈이주걱, 쑥부쟁이, 작약, 제라늄, 민들레, 야생 튤립, 기타 듣도 보도 못한 희귀한 꽃들이 집결한 모스크는 신전이 아니라 화훼단지처럼 보일 지경이었다. 모스크 안은 향기로 가득 차고 사람들의 마음은 혼란으로 가득 찼다.

잠시 후 이맘이 놀란 사람들을 진정시켰다.

"자, 우리에게 벌어진 사태를 침착하게 살펴봅시다. 혹시 열이 나거나 구역질이 치밀거나 몸이 좋지 않은 사람 있습니까?"

아무도 대답하지 않았다. 수많은 꽃들이 좌우로 흔들릴 뿐이었다.

"다행이군요. 머리에서 꽃이 난다고 해서 아프진 않으니 말입니다. 대머리가 될 때와 마찬가지로."

"왜 이런 일이 일어난 걸까요?"

"그것은 알라의 뜻이니 내가 답할 순 없습니다. 다만 이 순간만큼 기도가 필요한 때도 없을 겁니다. 모두들 저를 따라……."

"잠깐!"

이맘의 말을 가로막으며 황급히 튀어나온 건 시장이었다. 그의 머리에는 시장의 권위에 어울리지 않게 앙증맞은 강아지풀이 펄럭이고 있었다. 뒤로 우주복 같은 옷에 방독면을 쓴 보건국 직원들이 우르르 따라왔다.

"행정적인 절차부터 밟아야 합니다. 모두 밖으로 나가 두 줄로 서세요."

사람들은 웅성거리며 모스크 담 밖까지 길게 줄을 섰다. 시장은 불만에 찬 이맘을 구석으로 불러 조용히 달랬다.

"변화가 생기면 즉각 검사부터 실시하라는 상부 지시가 있었습니다."

"의료행위를 왜 성전 앞뜰에서 합니까?"

"여기만큼 넓은 데가 없잖소. 협조하지 않으면 곤란합니다. 이맘도 줄을 서세요."

일차적으로 맥박과 체온을 잰 후 피검사와 소변검사가 이어졌다. 사람들은 툴툴거리며 소변통을 받아들고 볼일을 본 후 다시 성전에 모여 수군덕거렸다.

못 말리는 호기심으로 자기 오줌의 냄새를 맡아본 이도 있는데, 오줌에서는 꽃향기가 전혀 나지 않았다.

시장은 깊은 수심에 잠겼다. 대머리가 된 겨울부터 머리에서 꽃이 핀 이듬해 봄까지 올드시티 주민들은 줄창 격리돼 검사를 받느라 생업에 극심한 타격을 입었다. 이대로라면 세금을 걷기는커녕 있는 예산을 풀어 써야 할 판이라는 결론이 나오자 시장은 땅이 꺼져라 한숨을 쉬었다. 남은 예산이 어디 있단 말인가? 목숨보다 소중한 세 딸의 유학자금으로 일찌감치 빼돌려두지 않았느냔 말이다.

머리를 쥐어뜯자 강아지풀이 우수수 뽑혔다. 시장은 마호가니 책상 위에 떨어진 강아지풀 하나를 짚어 무심코 콧수염 위에 올려놓았다. 수염 위에 난 또 다른 수염처럼 움찔거리는 강아지풀을 바라보던 시장은 문득 장난스러운 행위에서 엄청난 아이디어가 떠올랐다. 그것이 '휴먼 플라워 페스티발'인 것이다.

주민들의 반응은 싸늘했다. 변화를 싫어하는 시골 사람들답게, 더구나 인생 최대의 변화를 겪은 직후의 시골 사람들답게 다들 신경질적인 말들을 내뱉었던 것이다. 사람들은 머리카락 대신 꽃이 피어난 것을 부끄럽게 여겼고 축제의상을 입고 퍼레이드를 벌인다는 발상에 대경실색했다.

"사람이 버섯도 아니고 이게 뭔 일이고!"

"이 꼬락서니를 하고 행진을 한다고?"

"시장을 너무 오래 해먹었어."

"빵 잘 먹고 무슨 흰소리람."

입 가진 자들마다 이렇게 씨우적거렸던 것이다. 주민들 입장에서는 뜬금없는 축제보다 건강과 일상이 훨씬 더 중요했다.

학자들이 기후와 상관없이 피어난 꽃들을 관찰하고, 꽃들의 토양이랄 수 있는 사람들을 진찰하는 동안 모두들 온갖 걱정을 이고 살았다. 노인들은 꽃을 피우는 바람에 명이 줄어드는 것은 아닐까 전전긍긍했고 젊은이들은 식물 뿌리가 뇌 속으로 파고드는 끔찍한 가설을 주고받았다.

이 괴상한 꽃들은 주인이 누워서 자는 동안 납작해지다가도 어느새 제 모습을 되찾았다. 용감하게 꽃을 뽑아버린 사람도 있었지만 다음 날이면 새로운 싹이 돋아나 이내 원상복구가 됐다. 이 와중에 여론은 하나로 모아졌는데 마을 전체가 쑥대밭, 아니 꽃밭으로 변한 마당에 축제는 무슨 얼어 죽을 축제냐는 것이다.

그럼에도 시장은 고집을 굽히지 않았다. 지역경제가 다 죽은 마당에 무슨 짓이든 못하겠느냐고, 머리 위에 꽃이 피고 새가 운들 먹고는 살아야 하지 않느냐는 게 시장의 입장이었다.

보건국의 공식발표가 나오자 시장의 기세는 한층 등등해졌다. 스스로도 느꼈듯 주민들의 건강에는 아무 이상이 없었다. 꽃들은 두피의 모공이라는 좁은 공간에 뿌리를 내리는 것으로 만족하고 그 이상 파고 들지 않는 것으로 판명된 것이다. 바늘구멍보다 작은 곳에서 어떻게 꽃까지 피웠는지 짜장 알 수 없지만, 두통환자가 없는 것은 환영할 만한 일이었다. 반면 이런 결과에 실망한 주민들도 적지 않았다. 그들은 꽃이 일종의 환부이기를, 그래서 병과 치료라는 정상적인 배열이 이루어지기를 은근히 기대했던 것이다.

첫 번째 페스티발의 결과는 처참한 실패였다. 관청의 성화에 못 이겨 다들 나들이 옷을 차려입고 마을 입구에서 언덕까지 한 바퀴 도는 퍼레이드를 벌였지만 그 모습을 지켜본 건 머리 위 꽃들에게 이끌린 벌과 나비뿐이었다. 최고의 꽃으로 뽑힌 이는 하와이무궁화를 피우는 철물점 주인이었는데, 시장은 그에게 양 한 마리와 밀가루 두 포대를 안겨주었다.

존속 자체가 불투명해진 축제를 일으켜 세운 건 얀센 스메르나였다. 파란 눈에 모래색 머리칼과 수염을 가진 그는 북유럽 출신으로 한 해의 절반을 남미나 뉴질랜드에서 보내는 식물학자였다. 그가 UCC 사이트에 띄운 퍼레이드 동영상은 조작이다 아니다를 둘러싼 엄청난 공방을 일으켰고 그러는 사이 축제는 세계적인 이슈가 된 것이다. 하루가 멀다 하고 방송국 카메라가 들이닥치자 축제를 반대하던 사람들의 태도도 달라졌다.

갑론을박을 벌인 끝에 프로그램도 새로 다듬었다. 우선 축제기간을 일주일로 늘렸다. 입장권을 사서 들어온 관광객에게 조화로 된 꽃다발을 걸어준다. 처음 며칠은 전통방식으로 만든 요리와 외부에서 불러온 악단으로 여흥을 돋우고 금요일부터는 퍼레이드를 벌인다. 이때부터 관광객들은 멋진 꽃을 지닌 후보의 의상에 자신의 꽃다발에서 떼어낸 조화를 달아준다. 축제의 마지막 날에는 가장 많은 꽃을 단 사람이 우승자로 뽑히는 것이다.

유명해진다는 것은 돈이 꼬이는 일이다. 샤프란퍼플 사람들이 두 번째 축제를 마친 후 이 사실을 여실히 깨달았다. 돈을 받고 기념촬영에 응한다거나 민박을 치면서 은근슬쩍 바가지를 씌우는 동안 뜻하지 않게 주머니가 두둑해진 것이다.

3회부터는 주류를 비롯해 건설과 화학회사를 거느린 대기업인 '에르나'가 공식 스폰서로 나서면서 페스티발의 위상도 달라졌다. '에르나'는 야심차게 출시한 꽃향기가 나는 와인을 축제 내내 무제한이다시피 풀어 관광객들을 불러들였다. 무엇보다 가장 큰 변화는 주민들이 퍼레이드를 진심으로 즐기게 됐다는 점이다.

5년이 지난 지금, 샤프란퍼플은 일주일의 축제를 위해 일 년을 준비하는 마을로 급격히 변해 있었다.

"이건 보통 꽃이 아냐."

모두가 다 아는 사실을 엄숙히 선언한 사람은 얀센 스메르나였다. 급진적인 좌파였으나 식물에 대한 숭배 때문에 진정한 유물론자였던 적이 한 번도 없는 이 사내는 다른 학자들이 빠져나간 후에도 식당 이 층에

방을 얻어놓고 사람들의 머리통을 들여다보았다. 얀센이 이 마을에 처음 왔을 때 샤프란퍼플 사람들은 희귀한 샘플 이상의 의미가 없었다. 그러나 이 샘플들은 인격을 가졌고 심지어 함께 술잔도 기울일 수 있었다.

"참나, 다 아는 사실을 말씀하시면 어떡합니까?"

식물학자의 입에서 라크* 냄새가 풀풀 풍기자 법대생 수나이가 투덜거렸다. 머리에 폐요테선인장이 솟아난 판사를 누가 신뢰하겠냐며 자퇴한 이후 수나이는 갈수록 공격적인 말투를 구사하고 있었다.

"사람 머리통에서 자라는 꽃이 그럼 보통 꽃이겠어요?"

"꽃잎 수가 일곱 장인 마그놀리아 코부스라니! 이런 건 자연계에서 있을 수가 없는 일이야. 1993년 일본에서 오래된 목련 씨앗이 발견되어 우츠노미야 교수가 재배에 성공한 적이 있지. 그 목련에선 홀수로 된 꽃들이 차례로 피었어. 하지만 그건 이천 년 전 꽃씨였다고."

"저희가 궁금한 건 이 꽃들을 영원히 달고 살아야 하느냐는 겁니다. 모두들 축제다 뭐다 해서 꽃 말고는 다른 일에 일절 관심이 없잖아요. 인생이 이렇게 굴러가도 되는 겁니까? 안 그래?"

"글쎄······."

수나이의 옆에 앉아 있던 메멧은 거울에서 눈을 떼지 않은 채 건성으로 대꾸했다.

"경찰이 그따위 요상한 꽃을 달고 치안을 유지할 수 있겠냐고."

"저건 '비너스의 나막신'이라고 불리는 복주머니난일세. 향기를 맡아보게. 그야말로 천상의 향기 아닌가."

"메멧이 원하는 건 향기가 아니라 질서일걸요?"

법대생과 식물학자 사이의 공방전을 보며 메멧은 거울을 내려놓았

* 라크 : '사자의 젖'이라 불리는 터키의 전통술

다. 다른 사람들처럼 그도 손거울을 꺼내 수시로 머리 위의 꽃 상태를 살펴보곤 했다. 메멧은 자신이 무척 남자다운 사람이라고 생각했지만 그럼에도 파란 제복이 꽃과 어울리지 않아 유감이라는 생각은 떨칠 수 없었다.

"자아, 음식 나왔습니다."

김이 무럭무럭 나는 고기요리를 든 아일라가 나타나 접시를 탁자 위에 내려놓았다. 해바라기가 태양을 바라보듯 남자들의 시선이 일제히 어여쁜 아일라에게 향했다. 그녀는 소담스러운 수국을 예쁜 모자처럼 달고 있었다. 아일라는 참한 외모와 달리 부산스러운 편이어서 지나간 자리마다 꽃잎을 떨어뜨렸다. 그러면 식당 안주인인 귈잔이 잔소리를 퍼부어댔다.

"이것아, 꽃 떨어진다. 살살 좀 다녀."

메멧은 이때를 놓치지 않고 신발 끈을 고쳐 묶는 척하며 바닥의 꽃잎을 주워 수첩에 곱게 끼워 넣었다. 이런 행위는 늘 자신의 관객으로 살아가는 메멧에게 낭만적인 도취감을 선사했다. 그는 아일라에게 푹 빠져 있었지만, 사랑에 빠진 자신의 모습을 사랑하기에 바빠서 고백 같은 건 엄두도 내지 못했다. 자신의 일거수일투족을 엄청나게 의식하는 사람은 흔히 집중력이 떨어지기 마련이다.

"어이구, 저 철딱서니를 어쩌면 좋누."

귈잔은 앞치마로 손을 닦으며 한숨을 쉬었다. 꽃으로 치자면 귈잔의 머리 위도 딸내미 못지않게 근사하다. 보기에도 탐스러운 달리아가 피어난 후 귈잔은 툭하면 주방에서 나와 식당에서 가장 눈에 띄는 자리에 앉았다. 달리아를 보면 이상하게 식욕이 돋아 다들 맛있게 접시를 비우곤 했던 것이다.

"키티가 날 보고 웃어줬어!"

식당 안으로 누군가가 뛰어 들어왔다. 신심 깊은 염료공, 무라트였다.

"오렌지나리 오셨구만."

여기서 '나리'는 나으리의 줄임말이 아니다. 나리꽃의 나리다. 무라트의 머리 위에는 밖으로 벌어진 다섯 개의 꽃잎과 오동통한 꽃술을 가진 오렌지나리가 피어 있었다. 탐스러운 꽃이 핀 사람들은 대체로 자기 꽃과 사랑에 빠졌지만 무라트는 그 중에서 중증이었다. 신에 대한 신심을 몽땅 꽃에게 돌린 그는 저녁기도도 거를 지경이었다. 눈썹 위로 꽃가루가 잔뜩 떨어진 줄도 모르고 무라트는 턱이 빠져라 벙싯거렸다.

"분명히 날 보고 웃었다니까. 아, 행복해. 정말 환상적인 날이야."

"관둬라. 꽃이 니 애인이라도 되냐?"

"애인뿐이겠어? 키티는 내 아내, 내 딸, 내 전부야. 박사님, 전 정말이지 개미가 되고 싶어요. 그러면 저 새침한 키티 속으로 들어가 볼 수 있겠죠? 벌은 싫어요. 벌은 예쁜 키티의 꽃술을 헤집어놓으니까요……."

"위대한 시인 에머슨이 이렇게 말했다네. '땅의 미소는 꽃으로 피어난다.' 이제라도 식물학 공부를 해보는 게 어때?"

"다른 꽃들은 관심 없어요. 전 오직 키티에게만 애정을 느끼니까요. 이런, 비가 오네요. 가봐야겠어요."

유리창에 빗방울이 긋기 시작하자 무라트는 부리나케 나가버렸다.

"쯧쯧……. 중독도 아주 심한 중독이군."

자기 꽃에게 최상의 물만 주고 싶었던 무라트는 창밖에서 비를 맞으며 실실거리고 있었다. 꽃과 남다른 조응력을 보여온 무라트는 '키티'라고 이름 붙인 나리꽃의 노예가 되는 일에서 헤어날 수 없었다. 키티가 햇빛을 받으며 꽃잎을 활짝 벌릴 때, 빗방울을 맞으며 환희를 느낄 때, 바람 속에서 춤을 출 때, 그는 꽃이 느끼는 순진한 쾌락을 자기 것처럼 생생하게 느꼈다. 알라가 아시면 진노할 일이지만 개미가 되어 분비물로 촉촉한 꽃잎 속에 누워 있는 상상만 해도 발기가 되고 말았다. 아, 꽃을 사랑하는 남자의 비참한 성욕이여. 보통 남자는 여자의 환심을 사기 위해 꽃을 산다. 그러면 꽃의 환심을 사려는 남자는 어찌해야 한단 말이냐! 그러나 머리 위의 오렌지나리는 바라는 것도 필요한 것도 없이 향기로운 하루하루를 보낼 뿐이었다.

"무슨 재미난 말씀들 하시나 봐요? 나, 아이란* 한 잔만."

우산을 접으며 실내로 들어온 사람은 붉은 사루비아가 핀 세브기였다. 그녀는 점잖은 부인네라면 눈을 모로 뜰 수밖에 없는 직업을 가진 숙녀였는데, 사루비아를 일종의 영업수단으로 삼고 있었다.

"요즘 왜 이리 뜸해? 자, 아—."

세브기는 사루비아의 꽃을 하나 톡 따서 농부 알리의 입에 넣어주었다. 알리는 벌겋게 달아오른 얼굴로 사루비아 꿀을 쪽 빨아 먹으며 속없이 히죽 웃었다.

"왜 또 왔어? 아직 해도 안 떨어졌구만."

허리에 손을 척 얹으며 안주인 귈잔이 싫은 소리를 냈다. 세브기는 자기 이름이 의미하는 바처럼 '사랑'에 가득 찬 미소를 지으며 말했다.

"알라가 사람을 차별하라고 했나요? 난 손님으로 온 거예요. 게다가 최신 뉴스도 가져왔다고요."

"무슨 뉴스?"

---

* 아이란 : 요구르트에 물을 희석시켜서 만든 음료

"제 단골 고객한테 들은 건데요……."

창녀가 가져온 소문은 놀라운 것이었다. '에르나' 사가 마을에 친환경적인 요소를 가미한 고급 리조트와 휴양시설을 짓는다는 것이다. 우승자에게 주어질 상금도 껑충 뛰어 정원이 딸린 고급 주택 한 채가 주어질 것이라고 했다.

엄청난 개발의 냄새를 맡은 사람들은 침을 꿀꺽 삼켰다. 대규모 공사가 완공되면 일주일짜리 축제와는 비교도 되지 않을 목돈이 돌 것이다. 몇몇은 썩히고 있는 밭을 비싸게 팔아넘기는 자신의 모습을 그려보았다. 게다가 우승이라도 한다면? 머리 위에 예쁜 꽃이 돋아난 우연으로 팔자를 고칠 수 있다니, 그야말로 신의 은총이 아닐 수 없다.

사람들이 열을 올리며 떠들어대는 동안 졸고 있던 얀센이 느닷없이 벌떡 일어나 외쳤다.

"여기 계신 신사들에게 라크 한 잔씩 돌리게! 내 시원하게 쏘지."

식당 손님들은 발을 구르며 식물학자를 칭송한 후 공짜 술로 신나게 건배했다. 취기가 오르자 희귀한 꽃을 달고 있는 사람들의 목소리는 점점 커졌다. 돈벼락을 맞을지도 모른다는 낙관에 젖은 사람들은 밤새도록 술잔을 기울였다.

'에르나' 사의 로고가 찍힌 축제 깃발이 나부끼자 마을에는 정전기 같은 흥분이 감돌았다. 기꺼이 감전되고 싶은 흥분, 어딜 가나 달라붙는 흥분이었다. 처녀들은 더 예쁜 꽃을 피우기 위해 다이어트를 포기한 채 열심히 먹어댔고, 청년들은 치렁치렁한 망토를 맞추느라 의상실에 들락거렸다. 젊은이들의 꽃만 예쁜 것은 아니어서 점잖은 중년이나 뒷방 늙은이로 전락한 노인들도 열을 올리기는 마찬가지였다. 과부의 몸으로 여섯 아이를 건사하느라 몰골이 말이 아닌 자히르를 보자. 그녀의 머리 위에 저토록 화려한 글라디올러스가, 그것도 색이 다른 꽃대가 일곱 개나 돋아났는데 손 놓고 있는 게 말이 되는가? 우승자가 되면 호화 주택 한 채가 굴러들어오는데? 상황이 이러니 다들 멋진 화분이 되는 일을 포기할 수 없었다.

의상실 주인 못지않게 바빠진 사람은 올드시티에서 가장 큰 화원을 운영하고 있는 수하일라였다. 덩치가 크고 과묵한 이 중년여자는 꽃에 관한한 미다스의 손이나 다름없어서, 다 죽어가는 식물도 그녀를 거치면 화사하게 되살아나기로 유명했다. 얀센은 오래전부터 수하일라의 화원 뒤에 붙은 온실을 보고 싶어했지만 그녀는 절대로 자신의 보물을 공개하지 않았다.

"수하일라, 내 꽃 좀 봐줘. 왜 자꾸 고개를 숙이지?"

"복수초는 그늘에서 피는데 직사광선을 너무 많이 받아서 그래요. 두꺼운 커튼을 치도록 하세요."

"난 벌레가 꼬여 죽겠어."

"이 가루를 살짝 뿌려보세요. 눈에 들어가지 않게 조심하고요."

이런 식으로 자기 꽃에 문제만 생기면 다들 쫓아오니 수하일라는 몸이 열 개라도 모자랄 지경이었다. 자식이 없는 수하일라는 남편이 실종된 후 더더욱 화원 일에 매달렸다. 그녀의 머리 위에는 자줏빛 시클라멘이 화사하게 피어 있었는데 꽃과 같은 색깔의 비단을 맵시 있게 둘러매어 일에 방해되지 않도록 했다.

들뜬 분위기에 초를 친 것은 날씨였다. 별안간 뇌우가 치더니 흑설탕처럼 진한 안개가 몰려왔다. 햇볕을 쬐지 못한 꽃들이 고집쟁이처럼 봉오리를 다물자 축제위원회는 골머리를 썩었다.

음울한 날씨 속에서 활기를 띤 사람이 딱 한 명 있었는데, 꽃가루 알레르기가 너무 심해서 머리 위를 박박 밀고 다니는 하산이었다. 하산의 심술궂은 미소를 볼 때마다 사람들은 안개를 몰고 온 것이 그라도 되는 양 눈을 흘겼다.

"저 자식은 알레르기 때문에 저러는 게 아니래. 실은 애기똥풀이 핀다는군. 그게 창피해서 홀랑 밀어버린다는 거야."

"애기똥풀이 어때서? 귀엽기만 한데. 세상에 미운 꽃이 어디 있다고."

"그러게나 말야."

하지만 정말 미운 꽃이 따로 없는 것일까? 사람들이 그렇게 말할 만큼 꽃들에게 공평했던가? 예쁘기로 치자면 어느 꽃에도 뒤지지 않는 개양귀비가 마을 주민 중 사분의 일가량 핀다는 이유로 잡초 취급을 당하지 않느냔 말이다.

샤프란퍼플 주민들을 둘로 갈라놓은 것은 바로 머리 위의 꽃이었다. 예쁘고 희소성 있는 꽃을 가진 자들은 어깨에 힘이 들어갔다. 그들의 퍼레이드에서도 눈에 띄는 자리를 차지하고, 관람객에게 많은 표를 받은 후 그에 따른 상금도 두둑하게 챙긴다. 다른 이들은 그런 행운을 고깝게 여기면서도 부러워했다.

꽃에 따라 인간 자체가 달라 보이는데 어쩌겠는가? 마을 최고의 미녀 자리베리트의 머리에 호박꽃이 피면서 왠지 수더분하게 여겨진다거나, 지저분한 집시 살로메의 머리 위에 푸른 난초가 피어나자 다들 경의에 찬 시선을 보내는 것이 그 증거다.

안개가 걷히고 햇빛이 비추자 꽃들은 화사한 입술을 벌려 미소를 지었다. 모두들 신바람이 나서 축제 준비에 박차를 가했다. 철퇴를 맞은 건 빅트리의 풀밭과 거기에 매달려 평화로운 나날을 보내던 달팽이들뿐이다. 축제의 주 무대를 설치하기 위해 남자들이 낫을 들고 풀을 죄다 베어버렸기 때문에 달팽이들의 대량 학살은 피할 수 없었다.

그때 생각지도 않은 문제가 터졌다.

"중요한 신고가 들어왔네. 어쩌면 강력사건인지도 몰라."

서장의 말에 경찰관들은 긴장 어린 시선을 주고받았다. 서장의 입에서 '강력사건'이라는 말을 처음 듣는 메멧은 심장이 마구 뛰었다. 마침내 자신의 야심에 걸맞은 순간이 찾아온 것이다.

"오르한 말야. 실종이 아니라 살인인지도 모른다는 거야."

"작년 우승자 오르한이요? 도박 빚 때문에 달아난 게 아니고요?"

"가족들이 뒤늦게 이런 걸 찾아냈네."

서장은 한쪽 손에 든 노트를 흔들며 이렇게 말했다. 메멧은 재빨리 노트를 낚아채 표지를 넘겼다. 거기에는 반쯤 벌거벗은 서양 여자 사진이 잔뜩 스크랩되어 있었다.

"아니, 뭐 이런 걸……."

메멧은 눈을 떼지 않은 채 얼굴이 벌게졌다. 서장은 메멧의 머리에 꿀밤을 먹인 후 노트를 빼앗아 표시해둔 부분을 소리 내 읽었다. 거기에는 누군가 자신을 미행한다는 것과, 강력한 우승후보인 자신을 죽이려는 사람이 있기 때문에 경찰에 신변보호를 요청해야겠다는 내용이 적혀 있었다.

"하지만 오르한은 우승을 하고도 한참 더 잘 살았잖아요. 도박도 하고 여자랑 놀아나고……."

"그러다 빚 때문에 달아난 거고요."

"다들 그렇게 생각했지. 그런데 가족들 생각은 달라. 누군가 오르한을 살해했을지도 모른다는 거야."

순간 메멧의 머리가 복잡해졌다. 축제가 다가오면 사라진 사람들을 찾는 수사는 대개 흐지부지되곤 했다. 실종자들이 대도시에서 목격됐다거나 축제 중에 외지인과 눈이 맞아 달아났다거나 하는 식의 소문으로 정리되었던 것이다.

"일단 오르한의 주변 인물부터 탐문해봐. 되도록 조용하게. 축제 분위기가 위축되지 않도록. 알았나?"

"맡겨주십시오. 서장님!"

메멧은 큰 소리로 씩씩하게 대답했다. 그리고는 철제 캐비닛에서 두툼한 파일을 챙겨든 후 경찰서를 박차고 나갔다.

식당에 들어가 라크를 주문한 메멧은 단번에 잔을 들이킨 후 누구라도 돌아보지 않을 수 없을 만큼 요란하게 파일을 넘기며 미간을 찌푸렸다. 식물학자 얀센이 알은체를 했다.

"무슨 일인가? 갑자기 진지한 척을 하고."

"중요한 임무수행 중이에요. 마을에 살인자가 있을지도 모른다고요."

"살인자?"

얀센이 큰 소리로 외치는 바람에 손님들의 시선이 일제히 그들에게 꽂혔다. 메멧은 아차 싶었지만 소문부터 수집한다는 생각으로 모두를 향해 질문을 던졌다.

"오르한과 다퉜거나 사이가 좋지 않은 사람이 누가 있죠?"

"어디 한둘인가. 나만 해도 꿔주고 못 받은 돈이 얼만데."

"술만 먹었다 하면 얼마나 지저분해지는지. 이 식당 접시도 엄청 깨먹었지. 아마?"

"무흐타르한테 먼지 나게 두들겨 맞은 적도 있어. 무흐타르 애인에게 찝쩍대다니, 간이 배 밖에 나왔지."

"그런데 왜?"

메멧은 서장에게 들은 얘기를 미주알고주알 털어놓았다. 이것은 한 명의 수사관이 여덟 명의 수사관으로 불어난 것이나 다름없다. 격렬한 토론 끝에 손님들은 무슨 짓이든 할 수 있는 무흐타르가 가장 의심이 간다는 데 의견을 모았다.

무흐타르. 그는 원래 평범한 농부의 아들이었다. 그러나 머리 위에 파리지옥풀이 돋아나면서 왠지 모르게 나쁜 쪽으로 각성하고 말았다. 식충식물이 그에게 다른 인생의 방향을 가리킨 것이다. 건달로 나선 무흐타르는 저와 비슷한 자들—끈끈이주걱이 난 우스타와 벌레잡이통풀이 난 고칸 등등—과 더불어 조직을 만든 후 상점 주인들을 상대로 사기·협잡·폭력을 휘두르며 돈을 뜯어냈다. 보복이 두려워 쉬쉬하는 피해자들 때문에 경찰도 그의 조직을 건드릴 수 없었다. 메멧은 전부터 눈엣가시였던 무흐타르를 잡을 절호의 기회라고 생각해 분연히 일어났다.

"알았어요. 놈을 취조해보죠!"

한 시간 만에 눈에 멍이 들고 머리 위의 복주머니난이 엉망이 된 채 식당으로 되돌아온 메멧은 시무룩하게 풀이 죽어 말했다.

"그 자식은 아닌가 봐요. 오르한이 사라지던 날에 확실한 알리바이도 있구요."

메멧이 들쑤시고 다닌 일은 대체로 위와 같은 수순으로 진행됐다. 전날까지 믿어 의심치 않던 용의자를 하루 만에 용의선상에서 삭제한 후,

다음 날에는 새로운 용의자를 잡아다 왕성하게 수사하는 식이었다. 메멧이 열두 번째로 의심한 사람은 꽃가루 알레르기가 심한 하산이었는데 기껏 경찰서까지 불러들였다가 그의 신세한탄을 들어주고는 '그렇죠, 이해합니다' 와 같이 처지에 절절히 공감하는 추임새만 넣은 후 풀어주었다. 메멧은 갖은 폼을 잡으며 수사에 매달렸지만 늘어나는 건 용의자의 목록뿐이었다.

한편 우승후보 간의 비방과 견제가 극에 달한 마을에서는 걸핏하면 멱살을 잡거나 머리를 쥐어뜯는 사건이 벌어졌다. 퍼레이드 연습 도중 빨간 드레스를 맞춰 입은 세브기에게 누군가 제초제를 뿌린 일도 있었다. 범인은 다 죽어가는 팔십 노인네지만 누구보다 청초한 수선화를 피우고 있는 할아범 무스타파였다. 무스타파는 세브기뿐 아니라 여덟 명의 머리에 몰래 제초제를 뿌렸다는 진술을 해서 주민들을 경악시켰다.

뒤숭숭한 분위기 속에서도 축제 준비는 착착 진행되고 있었다. 빅트리 아래에 설치된 무대와 그 주변은 온통 꽃으로 장식되었고 알록달록한 축제용 천막도 수없이 세워졌다. 마을 인구의 네 배쯤 몰려올 관광객들을 대비해 온갖 접시와 술잔이 공수됐고 말린 꽃잎을 넣어 만든 카드·양초·비누케이스·열쇠고리 같은 기념품들이 착착 쌓였다. '휴먼 플라워' 라고 선전했지만 대부분 일반 꽃을 넣어 만든 상품이었다. 소중한 자기 꽃을 따서 넣는 고지식한 사람은 극히 드물었기 때문이다.

여자들이 꽃 모양의 쿠키를 구워대는 축제 전날, 얀센은 수하일라의 전화를 받고 깜짝 놀랐다. 온실을 보여주고 싶으니 곧장 와줄 수 있느냐는 것이다.

"지금 말인가요?"

식물학자는 아홉 시 십오 분을 가리키는 자신의 손목시계를 바라보며 물었다. 저녁식사가 끝난 시간에 초대를 받는 일은 드물다. 하지만 몇 번을 부탁해도 공개하지 않던 온실을 보여준다는 말에 기뻐서 얀센은 얼른 외투를 입고 카메라와 노트를 챙겼다.

불 꺼진 화원의 문을 두드리자 유리창에 넓적 편편한 수하일라의 얼굴이 비쳤다. 앞치마를 두른 그녀는 화원을 지나 온실 문을 채운 묵직한 자물쇠를 연 후 자신의 파라다이스로 식물학자를 안내했다.

"오!"

얀센은 초록색 장검처럼 쭉 뻗어나간 잎 사이로 세라피아스 링구아, 흔히 '혀난'이라고 불리는 붉은 꽃을 보자마자 경계심을 풀고 달려들었다. 그는 귀한 꽃을 볼 때마다 자동적으로 나오는 경배의 자세—무릎을 꿇은 채 고개를 숙이고 공주의 손등에 키스라도 하는 양 공손히 꽃잎 근처로 두 손을 가져가는—를 취하며 한동안 눈을 감고 향기를 음미했다. 그 외에도 흥미를 끌 만한 식물이 계속 눈에 띄어 얀센은 정신없이 사진을 찍고 메모를 휘갈겼다. 뒤에 서 있던 온실 주인이 수줍은 자부심을 드러냈다.

"평생 모은 제 보물들이에요."

수하일라는 뻣뻣한 근육을 억지로 잡아당긴 듯한 미소를 지었다. 저 여잔 웃는 일에 익숙하지 않구나. 이 아름다운 감옥에 갇혀 외롭게 살았던 거야. 얀센은 이런 생각을 하며 안쪽으로 발걸음을 옮겼다. 문득 커다란 구덩이가 눈에 들어왔다.

한편 식당에서 흥겨운 술자리를 마친 알리는 콧노래를 부르며 밭을 가로지르고 있었다.

리조트를 짓는다면 당연히 경치 좋은 곳에 부지를 선정할 것이다. 이를테면 빅트리가 한눈에 들어오는 자신의 양파밭 같은 곳 말이다. 혼기를 놓친 알리는 최고급 양복으로 빼입고 아일라에게 청혼하는 자신의 모습을 그려보았다.

"어이쿠!"

갑자기 고꾸라진 알리는 행복한 공상을 중단시킨 방해물이 뭔가 싶어 발밑을 살펴보았다.

"무라트…… 무라트 아닌가. 왜 여기 누워 있나?"

달빛에 비춰보니 무라트가 알몸으로 피를 흘리며 쓰러져 있었다. 깜짝 놀란 알리는 무라트의 뺨을 좌우로 한 번씩 갈긴 후, 그래도 정신이 들지 않자 둘러업고 가까운 메멧의 집으로 달려갔다.

흙투성이에 피범벅인 무라트는 누가 봐도 린치를 당한 모습이었다. 친구의 처참한 몰골을 본 메멧은 총에 맞은 영양처럼 펄쩍 뛰어올랐다.

"누구야? 널 이 꼴로 만든 게!"

무라트가 그 말에 대답할 수 있게 된 건 의사가 다녀가고 두 시간이 지난 후였다. 겨우 의식을 찾은 염료공은 메멧의 소매를 잡았다.

"여긴 천국인가, 나 살아 있는 거 맞아?"

"의사 선생님이 괜찮다고 했으니 걱정 마. 대체 무슨 일인지 차근차근 말해보게."

"난 산 채로 묻힐 뻔했어. 메멧……."

무라트의 찢어진 입술 사이로 놀라운 이야기가 흘러나왔다.

어제 아침 무라트는 가장자리가 갈색으로 변한 꽃잎 하나를 발견하고 심장이 내려앉는 줄 알았다. 사색이 된 무라트는 마을 사람들이 다 그랬듯 한걸음에 화원으로 달려갔다.

수하일라는 꽃을 보자마자 작은 쪽가위로 능숙하게 꽃잎의 시든 부분을 잘라냈다. 자기 꽃에 한 번도 손대본 적 없는 무라트는 순식간에 벌어진 '치료'에 놀라 수하일라의 뺨을 때려버렸다.

"무슨 짓을 하는 겁니까!"

난생처음 여자에게 손을 댄 무라트는 자신이 한 짓을 깨닫고 황급히 사과를 했다. 자기는 세상에서 꽃을 가장 사랑하는 사람이라고, 그러다 보니 반사적으로 저지른 실수라고, 잘못을 용서받기 위해서 무슨 일이라도 하겠다고 말이다. 묵묵히 듣던 수하일라는 정 그러면 손님들이 가고 난 후에 온실을 정리하는 일을 도와달라고 했다.

무라트는 사람들이 다 빠져나간 저녁에 화원을 다시 찾아와 일을 거들었다. 젖은 담요를 뒤집어쓴 것처럼 덥고 습한 온실 공기 때문에 온몸에 땀이 흘렀다. 무거운 비료포대를 옮기고 휘어진 지지대를 빠짐없이 교체하고 나자 여주인이 안에서 차를 내왔다.

무라트가 찻잔에 입을 대는 순간, 머리 위의 나리꽃에서 약한 떨림이 전해졌다. 꽃은 있는 힘을 다해 자신의 두려움을 주인에게 전달한 것이다. 찻잔을 내려놓으려는 찰나 무라트는 뒤통수에 강한 충격을 받고 그대로 쓰러졌다.

"저 구덩이는 뭐요? 무척 큰 나무를 심으려고 했나 보군."

"그랬죠. 실패했지만요."

수하일라는 싸늘한 표정이 되어 구덩이와 깨진 유리를 번갈아 바라봤다. 뚫린 유리벽 너머로 찬 바람이 불어와 얀센은 한기를 느꼈다.

"얼른 유리부터 갈아야겠습니다. 여긴 열대식물도 많으니까요."

"그래서 선생님을 모셨습니다. 이 꽃들을…… 부탁하려고요. 선생님이 건사할 수 없다면 온실을 불태워주세요. 다른 사람의 손을 타는 건싫습니다."

"무슨 말씀이죠?"

수하일라는 그 말에 대답하지 않고 머리에 묶은 비단 매듭을 풀었다. 그러자 벗겨진 가발처럼 머리 위의 꽃들이 스르르 흘러내렸다. 누런 두피가 온실 조명을 받아 번들거렸다. 완벽한 대머리가 된 수하일라는 중병에 걸려 탈모가 된 병자처럼 보였다.

꿈속에서 무라트는 바람이 한쪽 방향으로만 부는 언덕에 서 있었다. 거기에는 강아지나 수탉 모양의 기묘한 꽃들이 허리께까지 자라나 있었다. 꽃길 사이를 걷던 무라트는 자신을 부르는 소리에 뒤를 돌아봤다. 반쯤 썩은 오르한의 얼굴이 꽃 속에 피어 있었다. 오르한, 이라고부르자 눈으로 흙이 날아들었다.

반사적으로 눈을 깜박인 무라트는 순식간에 현실로 돌아왔다. 정신을 차려보니 몸의 절반이 흙 속에 파묻혀 있었다. 삽을 든 수하일라가그에게 흙을 뿌리는 중이었고 머리는 깨질 듯이 아팠다.

"왜, 왜 이래요? 살려주세요!"

그러나 화원 주인은 무표정한 낯빛을 바꾸지 않은 채 계속해서 흙을뿌렸다. 무라트가 비명을 지르자 삽으로 이마를 찍은 후 하던 일을 멈추지 않았다.

그때 인기척이 들려왔다. 무라트가 소란을 피우자 지나가던 누군가가 안에 무슨 일이 있냐며 문을 두드린 것이다. 수하일라는 무라트에게재갈을 물린 후 흙을 털고 침착하게 나갔다. 밖에서 자물쇠를 잠그는 소리가 들려왔다. 이마에서 흐르는 피가 자꾸 눈으로 들어갔지만 자신에게 살아날 기회가 있다면 지금뿐이었다.

다행히 명치까지만 묻힌 터라 두 팔은 어렵지 않게 뽑혔다. 무라트는 삽으로 손을 뻗어 조정선수가 노를 젓듯 주변의 흙을 정신없이 파냈다. 사투 끝에 겨우 구덩이에서 빠져나온 그는 커다란 화분을 던져 유리를 깨고 달아났다. 그러나 출혈 때문에 다리가 풀리더니 어느 순간부터 전혀 기억이 나지 않았다.

얀센은 놀라지 않자 수하일라는 씁쓸하게 웃었다.

"역시 눈치채고 계셨군요."

"저야 전문가니까 아무래도…… 대여섯 개의 봉오리에서 열 개 넘는 꽃이 핀다거나 하는 일은 자연의 이치가 아니죠. 하지만 그럴 만한 사연이 있을 거라고 생각했습니다."

수하일라의 고개를 숙이자 얀센은 서툰 위로의 말을 덧붙였다.

"이 마을에서 꽃이 피지 않은 사람은 당신과 나, 둘뿐입니다."

커다랗고 각진 여자의 어깨가 들썩였다. 얀센은 그녀가 눈물을 멈추고 말문을 열 때까지 조용히 기다렸다.

"모두의 머리카락이 빠진 겨울, 저 역시 똑같은 일을 겪었습니다. 그런데 보시다시피 제 머리만 이렇게 흉측한 상태로 남아 있습니다. 누구보다 꽃을 사랑하고 헌신적으로 돌보는 제게 어떻게 이런 일이 벌어질 수 있습니까?"

그 말은 얀센이 아니라 신에게 던지는 질문처럼 들렸다. 식물학자는 말없이 대머리 여자의 우묵한 눈을 바라봤다.

"이웃 보기가 부끄러운 나머지 저는 남편과 똑같은 꽃을 꺾어다 머리를 감췄습니다. 남편은 몹시 비웃더군요. 걸핏하면 비밀을 폭로하겠다고 협박했고 날마다 다른 꽃향기를 몸에 묻히고 돌아와 저를 때렸습니다. 꽃이 피기 전에는 한없이 무기력하던 사람이 제가 불행할수록 의기양양해지더군요.

남편을 살해한 날, 저는 이맘에게 달려가 모든 일을 털어놓을 작정이었습니다. 하지만 시체에서 핀 시클라멘에서는 여전히 싱싱한 향기가 풍겼어요. 문득 남편을 묻으면 꽃이 살아날까 싶더군요. 저는 충동적으로 구덩이를 파서 시체를 감춘 후 곁에서는 꽃만 보이도록 잘 묻었습니다. 그리고 분갈이 후에 사용하는 비료를 듬뿍 뿌려주었죠."

이 대목에서 그녀의 얘기는 엉뚱하게도 특수비료를 만드는 자신만의 비법으로 새어나가버렸다. 얀센은 고백을 미루는 강박적인 행동 같다는 인상을 받았다. 이리저리 말을 돌리던 수하일라가 마침내 집시 살로메를 비롯한 네 명의 무덤이 온실 끝에 핀 저 꽃들이라고 가리킨 순간, 얀센은 기이하고도 잔혹한 연쇄살인에 등골이 오싹했다. 거구의 여인은 동공이 풀린 눈으로 허공을 응시하며 중얼거렸다.

"저는 평생토록 자식을 가져보지 못했어요……. 그런 제게 남들은 다 피워 올리는 꽃 한 송이 허락되지 않는 건 너무 잔인하지 않은가요? 불모의 땅, 어떤 생명도 틔울 수 없는 쓸모없는 황무지, 그게 저예요. 저는 이런 조롱을 참을 수가 없어요……."

"저도 꽃을 무척 좋아합니다만,"

마침내 얀센이 입을 열었다.

"꽃은 식물의 생식기에 불과합니다. 벌레들을 꽃가루받이로 쓰려는 멋진 술책일 뿐이에요. 인간들이 자신의 생식기에다 대고 정절이니 영원한 사랑이니 하는 꽃말을 붙이는 걸 보면 식물이 무슨 생각을 할까요? 그러니까 제 말은, 꽃은 그냥 꽃일 뿐이라는 겁니다. 못 피운다고 절망할 이유는 없다는 거죠. 다른 도시에 가서 살면 되잖아요. 머리 위에 꽃이 피지 않는 보통 사람들의 도시로요."

"선생님은 이해를 못하시는군요. 아무리 작고 흔한 꽃이라고 해도 딱 한 송이, 한 송이만 피울 수 있다면 결코 이런 일을 저지르지 않았을 겁니다. 무라트는 자기 꽃을 보고 있으면 너무나 행복하기 때문에 꽃을 사랑한다고 하더군요. 온실에 묻힌 죄와 거기에서 핀 꽃들 때문에 어디로도 떠나지 못하는 저의 비참한 사랑과는 너무나 대조되는 말이었어요. 저는 절망과 죄의 근원이, 제가 가장 사랑하고 돌봐온 대상이라는 것을 견딜 수가 없습니다."

"그래서 사람들을 죽인 겁니까? 탐나는 꽃을 가진 사람을?"

"살로메는 툭하면 자기 머리 위에 샴페인을 부었어요. 저는 푸른 난초가 그런 대접을 받는 것을 참을 수 없어요. 자기 꽃을 함부로 대하는 사람들, 혹은 귀한 꽃을 믿고 교만해진 사람들에게 대가를 치르도록 했을 뿐이에요."

"그런다고 당신 머리 위에 꽃이 자라는 것도 아닐 텐데요."

"맞아요. 아무리 사람을 죽여도 저는 꽃을 가질 수 없죠. 어젯밤에 알라는 제게 분명한 경고를 보냈습니다. 도망칠 생각은 애초부터 없었어요. 마지막으로 선생님을 뵙고……."

수하일라가 의자에서 일어나 서서히 다가왔다. 거구의 여자가 불빛을 등지고 걸어오자 식물학자의 얼굴에는 커다란 그림자가 드리워졌다.

사이렌을 요란하게 울리며 경찰차가 화원에 도착했을 때 얀센은 어두운 표정으로 여자의 눈을 감겨주고 있었다.

화원에 들어선 메멧은 두 번 놀랐다. 첫째는 용의자가 이미 죽어 있는 것이고, 둘째는 주검 옆에 저명한 식물학자가 우두커니 서 있어서였다. 얀센은 두상에 꼭 맞게 재단된 천에 시클라멘이 수없이 꽂힌 기묘한 모자 같은 물건을 손에 들고 있었다.

"어떻게 된 겁니까?"

"내가 오기 전에 이미 벨라도나 열매를 먹은 것 같더군. 자네가 바라던 강력사건이 여기 있네."

얀센은 수하일라의 손에 남아 있던 작고 까만 열매를 보여주었다.

메멧은 멋진 모습으로 현장을 리드하고 싶었지만 얀센의 뒤를 홀린 사람처럼 따라다닐 수밖에 없었다. 매화꽃 앞에 멈춰선 얀센은 메멧에게 삽을 던져주고 파보라고 말했다. 몇 분도 되지 않아 삽날에 둥글고 단단한 것이 부딪치더니 살점이 남아 있지 않은 깨끗한 두개골이 드러났다.

흙을 털자 해골의 뚫린 눈구멍으로 치렁치렁한 뿌리가 뻗어나왔다. 음침한 뼈 사이로 싱싱하게 뻗어나온 뿌리는 이상하게 음란해 보였다. 곳곳에 금이 간 뼈 때문에 사람을 살해한 범인은 머리 위의 꽃들 같았다. 오르한에게 피어 있던 매화꽃을 떠올리자 메멧은 부르르 몸을 떨었다. 죽은 자의 머리뼈를 파고 들어간 꽃은 여느 꽃과 다를 바 없이 아름다웠다. 노름의 짜릿함과 후회가 파도쳤을 오르한의 두개골은 검은 흙과 흰 뿌리라는 새로운 주인을 받아들인 것이다.

"그 옆에 푸른 난초와 라일락, 매발톱꽃, 시클라멘도 파보게."

얀센의 침울한 지시에 경찰들은 태엽인형처럼 기계적으로 꽃 주변을 팠다. 새벽빛이 밝아질 무렵에서야 나머지 네 구의 유골도 수습되었다. 흩어진 뼛조각을 샅샅이 뒤지느라 줄기가 꺾이고 꽃잎이 날렸지만 대부분의 꽃들은 여전히 색과 향을 잃지 않았다.

"실종자들이 여기 있었군요."

바람이 불자 라일락의 향기가 진해졌다. 메멧은 시체 꽃의 향기가 어떤 악취보다도 끔찍하다고 생각했다.

수하일라의 장례는 축제의 둘째 날에 쓸쓸하게 치러졌다. 모두가 외면하는 장례식의 조문객은 메멧과 얀센, 그리고 뜻밖에 자리를 함께한 창녀 세브기뿐이었다. 관 속에 넣은 시체를 바라보던 얀센은 죽은 자의 왼쪽 눈썹에서 한 뼘쯤 올라간 곳을 가리켰다. 거기에는 작고 연약한 넝쿨손 하나가 고개를 내밀고 있었다.

"델핀세이지 카디날리스야. 한 시간 만에 피고 진다는 놀라운 꽃이지. 내 생에 보게 될 거라고는 상상도 못했어. 마지막으로 발견된 것은 140년 전일세."

얀센의 설명이 이어지는 동안 넝쿨은 순식간에 자라나 이마로 흘러내렸다. 세 사람이 숨죽이고 지켜보는 가운데 시체의 눈 부분에서 꽃봉오리가 부풀어 올랐다. 메멧이 자신의 눈을 의심하는 사이 봉오리가 벌어지더니, 꽃받침 위로 완벽한 찻잔 모양의 황금빛 꽃이 피어났다. 동시에 화원 전체의 향기와 맞먹을 만큼 강력하고도 복잡한 향기가 퍼져나갔다.

"수하일라는 꽃을 못 피운 게 아니라 늦게 피운 거였어요. 결국 신이 그녀를 기만한 건 아니었군요."

세브기가 갈라진 목소리로 침묵을 깼다. 얀센은 그 말이 옳기를 바라면서도 기어코 이렇게 덧붙였다.

"죽은 다음이잖아. 신은 그녀를 버렸던 거야. 완전히 가지고 놀았다구."

　멀리서 폭죽이 터지는 소리가 들려왔다. 언덕 위로 수레국화 모양의 불꽃이 짧은 생을 다하고 있었다. 박수를 치고 환호성을 지르는 군중들의 소리가 창문을 넘어왔다. 그 순간 식물학자와 경찰과 창녀는 똑같은 생각을 하고 있었다.

　이 마을 최고의 꽃은 죽은 여자에게서 피어나 이제 막 시들기 시작한 눈앞의 황금 꽃이라는 것이다. ▪

김연수

인구가 나다

1970년 경북 김천 출생. 성균관대 영문과 졸업.
1994년 〈작가세계문학상〉 등단.
소설집 『스무 살』 『내가 아직 아이였을 때』 『나는 유령작가입니다』 『세계의 끝 여자친구』 등.
장편소설 『7번 국도』 『네가 누구든 얼마나 외롭든』 『밤은 노래한다』 등.
〈동서문학상〉 〈동인문학상〉 〈오늘의 젊은 예술가상〉
〈대산문학상〉 〈황순원문학상〉 〈이상문학상〉 등 수상.

인구가 나다

　보이지 않는 곳에서 뭔가 중요한 게 허물어지는 듯한 느낌이랄까. 은수는 자기 옆에 선 소년이 어딘지 불안하게 느껴졌다. 공방을 차린 뒤, 그간 심리가 불안정한 십 대 소년들을 종종 접할 수 있었다. 대개 바이올린 연주자인 소년들이라 팽팽 조인 현만큼이나 신경이 날카롭고 예민했다. 그렇다면 지금까지 겪은 소년 중에서는 최고로 불안한 소년이군. 그러거나 말거나 은수는 본숭만숭 작업을 계속했다. 한동안 엉거주춤 문 옆에 서서 그가 일을 다 마칠 때까지 기다리는가 싶더니 더는 못 참겠다는 듯이 조은수 씨를 만나러 왔다고 소년이 말했다. 변성기가 지난 목소리가 탁류처럼 실내에 울렸다.
　"난 오늘 누굴 만나기로 한 적이 없는데?"
　소년 쪽으로 돌아보지도 않은 채, 그가 말했다.
　"명음사란 곳에 갔더니 여기에 가보라고 하대요. 여기 가면 이걸 살 사람이 있을 거라고."

소년이 흠집이 많은 바이올린 케이스를 들어 보이며 말했다. 그제야 은수는 작업대에 조각도를 내려놓고 소년을 돌아봤다. 명음사에서 그에게 손님을 보내는 경우는 하나뿐이었다. 그는 소년의 왼손과 왼쪽 목을 훑어봤다. 초조한 듯 입술을 꼬집고 있는 왼손 손톱 아래가 새카맸다.

"나는 네가 누군지 모르겠는걸?"

"그게 무슨 상관인가요? 어차피 다들 몰라도 물건 잘도 사고팔잖아요."

"원래는 그렇지만, 명음사에서 널 여기로 보냈다면 얘기가 좀 달라지지. 우선 거기 바이올린 내려놓고 소파에 앉거라."

그가 문 옆에 놓인, 가운데가 축 처진 가죽소파를 가리켰다. 소년은 소파 끝에 허리를 세우고 앉았다.

"처음 본다손 치더라도 이름 정도는 알아야겠지?"

"프라이버시까지 밝혀야 바이올린을 팔 수 있는 건가요?"

"넌 내 이름을 알고 있잖아. 그러면 불공평한 거지."

"인구라고 해요. 정인구."

그는 기억을 더듬었다. 역시 처음 듣는 이름이었다.

"벌써 알고 있는지 모르겠지만."

"엉? 왜 내가 네 이름을 알고 있을 것이라고 생각하는 거지?"

"모르면 그만이구요. 바이올린 만드는 사람이라서 알지도 모른다고 생각한 것뿐이니까. 그래서 말할까 말까 망설였던 거구요."

"무슨 말인지 모르겠네. 일단 바이올린부터 봐야만 할 것 같다."

인구가 케이스에서 바이올린을 꺼내 탁자 위에다 놓았다. 은수의 예상은 거의 빗나가지 않았다. 자신이 처음으로 완성한 바이올린이라는 사실만 빼면. 갑자기 옛일과 동시에 의혹이 떠올랐다. 그는 소파 쪽으로 의자를 끌고 간 뒤, 양손으로 깍지를 끼고 소년과 마주 앉았다.

"내게 팔고 싶다면, 이 바이올린을 어디서 구했는지부터 말해보렴."

"그런 이야기, 이젠 더 이상 하고 싶지 않은데……."

"보다시피 여기에는 보증서가 없어. 이 바이올린이 훔친 게 아니라는 사실을 넌 증명해야만 해."

인구는 여러 가지를 따져보는 것 같았다.

"보증서가 없는 한, 대한민국 어디를 가더라도 넌 그 바이올린을 팔수 없을 거야. 네가 악기상에게 그 바이올린을 팔려고 할 때마다 나한테 연락이 올 거고 우린 다시 만나게 될 거야. 그러니 그 바이올린을 팔고 싶다면 지금 나한테 파는 게 가장 좋을걸. 그러자면 난 알아야 해. 이 바이올린이 훔친 게 아니라는 걸."

그가 단호하게 말했다.

"좋아요."

마침내 인구가 말했다.

"절 잘 모르시는 모양인데, 우선 저부터 소개하죠. 전 천재 소년 바이올리니스트 정인구라고 해요. 사람들이 저를 그렇게 불렀어요. 우리 아빠는 택시운전사였구요."

그건 말하자면 어떤 구토의 전사前史라고나 할까. 인구의 아버지는 늘 KBS 1FM이 흘러나오는 회사 택시를 운전했다. 다른 노래를 요구하는 손님에게는 이작 펄만의 일화를 들려줬다. 언젠가 오케스트라와 협연 도중에 이작 펄만이 연주하는 바이올린의 줄이 끊어진 적이 있었는데, 그는 아랑곳하지 않고 남은 줄 세 개로 연주를 모두 끝마쳤다는 이야기였다. 이 이야기의 핵심은 그가 소아마비로 오른쪽 다리를 못 쓰는 장애인이라는 점이었다.

"자신이 가진 것만으로도 충분히 해낼 수 있는 게 바로 예술가니까요. 이작 펄만은 다섯 살 때부터 바이올린을 시작했다는데, 우리 아들은 네 살 때부터 시작했어요. 일 년이 빠르죠. 소아마비도 안 걸렸구요. 이름이 정인구예요. 나중에 우리 아들이 세종문화회관 무대에 서서 연주하는 날이 오면 아, 그때 택시기사가 말하던 그 아이로구나, 라고 생각할 때가 분명히 올 겁니다."

아마도 라디오에서 들었을 그 일화가 어쩌면 사실이 아닐지도 모른다는 생각을 인구의 아버지는 한 번도 해본 일이 없었다. 몇백만 원짜리 싸구려 바이올린으로 연주하는 택시기사의 중학생 아들이 유명한 바이올리니스트가 된다는 건 한국사회에서 거의 불가능한 일에 가깝다는 생각도 한 번도 하지 않았다. 신체적인 장애야 극복할 수 있을지 몰라도 계급적인 장애를 극복하는 건 거의 불가능했다. 인구에게 천국이 있었다면 그건 초등학교 시절뿐이었다. 그때는 모두들 인구가 모차르트라도 되는 양, 경이에 가득 찬 눈으로 연주를 들었다. 하지만 예술고등학교에 진학하겠다는 목표를 세우자마자 삶은 그 무자비한 이빨을 드러냈다. 도저히 넘을 수 없는 장애를 넘겠다고 나섰으니 인구가 그 장애와 함께 나뒹굴게 되리라는 건 불을 보듯이 뻔했다.

남은 방법은 애당초 시도하지 않는 일뿐이었다. 평범해지는 것. 그저 평범한 중학생으로 남게 되는 것. 꿈을 버리는 것. 인구가 중학교 3학년이 되자, 원치 않더라도 그렇게 살 수밖에 없는 이유가 생겼다. 늙어서 그런지 감기가 잘 낫지 않는다며 내과를 찾아갔던 인구의 아버지가 폐암 말기 진단을 받았던 것이다. 그 불행이 하도 어마어마해서 그 일이

자기 인생을 어떻게 바꿔놓을지 인구로서는 가늠할 수 없었지만, 한 가지 사실만은 분명하다고 생각했다. 즉, 자신은 결코 이작 펄만 같은 세계적인 바이올리니스트가 될 수 없다는 사실. 그래서 오히려 안도했다고나 할까. 하지만 중학생 이후, 삶의 행로는 우리가 소망하는 반대방향으로만 뚫린 미로와 같이 흘러갔다. 세계 최고의 바이올리니스트가 되고 싶다고 생각했을 때 인구 앞에 놓인 길은 평범해지는 것뿐이었는데, 막상 평범해지겠다고 마음먹자 이번에는 너무나 떠들썩한 미래가 그를 기다리고 있었다.

투약만 가능할 뿐, 수술이 불가능한 말기 환자라 아버지의 상태는 하루가 다르게 나빠졌다. 서너 달에 걸쳐서 입원과 퇴원을 반복한 끝에 그는 신도시에 있는 한 호스피스 병동으로 들어갔다. 처음 그 병동을 찾아갔을 때, 인구는 거기는 이별을 위한 장소, 곧 정거장 같은 곳이라고 생각했다. 거기서 헤어지고 나면 다들 어디로 가는 것일까? 그런 상념이 소년을 고독하게 만들었다. 그렇게 지내던 마지막 나날들의 어느 일요일, 병원으로 급히 오라는 연락을 받고 호스피스 병동으로 달려간 인구에게 뜻밖에도 아버지는 바이올린을 하나 내놓았다. 호스피스 병동에 앉아서 무슨 돈으로 어떻게 구입했는지 모르겠지만, 이탈리아에서 만든 수제 바이올린이라고 했다. 그러면서 아버지는 죽기 전에 인구의 연주회를 꼭 보고 싶다고 말했다. 중학생의 소원보다는 죽어가는 사람의 소원을 들어주는 게 더 쉬운 모양이었다. 그 사실을 알게 된 병원 측에서는 부탁을 들어주는 대신에 새로 연 호스피스 병동을 널리 알리는 이벤트로 그 연주회를 활용하기로 했다.

연주회가 열리던 토요일 오후, 연주회장인 병원 대회의실에는 지역 신문사는 물론이거니와 한 방송국의 다큐멘터리팀까지 찾아왔다. 인구는 이제 막 죽음이 시작되고 있거나 한창 죽음이 진행됐거나 곧 죽음이 임박한 사람들 앞에서 아버지가 가장 좋아하던 곡인 엘가의 「사랑의 인사」를 연주했다. 나중에 연주가 모두 끝난 뒤에 다큐멘터리팀은 병실에서 인구가 아버지만을 위해서 연주하는 모습을 찍고 싶다고 했다. 병실에서 인구가 「사랑의 인사」를 연주했을 때, 아버지의 눈에서는 수도꼭지를 틀어놓은 것처럼 하염없이 눈물이 쏟아졌다. 그건 아들을 세계적인 바이올리니스트로 만들기 위한 아버지의 마지막 노력이었다. 아버지가 우는 걸 보고 있자니, 인구도 울지 않을 수 없었다. 바이올린이 흘러내린 눈물로 범벅이 됐다.

아버지가 죽은 뒤에야 TV에서는 4부작 다큐멘터리로 「호스피스 병동에 울리는 사랑의 인사」를 방영했다. 그 다큐멘터리로 인구는 유명해졌고, 고등학교 1학년 겨울방학이 시작되고 나서도 얼마간은 주말마다 전국의 호스피스 병동을 돌면서 '호스피스 병동의 천재, 사랑의 인사 콘서트'를 열었다. 그러다가 12월 말의 어느 토요일, 광주의 한 병원에서 연주를 마친 뒤, 화장실에 들어가 볼일을 보는데 바닥에 갈색 액체가 보였다. 처음에는 동전만 했던 액체가 시간이 지나면서 점점 커지기 시작했다. 그 액체가 시디 크기만큼 커졌을 때 갑자기 구토가 치밀었다. 인구는 허리를 숙이고 바닥에다 속을 게워냈다. 과연 인간이 어디까지 토할 수 있는 것인가 궁금할 정도로 오랫동안 토하다 보니까 처음 바닥에 고였던 것과 똑같은 갈색 액체가 입에서 튀어나왔다. 이게 뭔가? 벌써 오래전에 나와 같은 사람이 있었다는 뜻인가? 인구는 그게 궁금했다. 전국의 호스피스 병동을 돌면서 연주하고 받는 사례금이 없으면 이제 생계비가 나올 구멍이 없다는 걸 잘 알고 있었지만, 이제 거기 죽어가는 사람들 앞에서 막 결혼해서 희망에 가득 찬 마음으로 아내에게 바치고자 곡을 쓴 엘가의 「사랑의 인사」를 들려주는 짓을 더 이상 해서는 안 된다고 인구는 생각했다.

인구의 이야기를 반 정도 들었을 때, 은수는 그 모든 말들이 의심스럽기 시작했다. 이야기의 진실성은 은수에게 너무나 멀리 있었고 굳은살이 전혀 보이지 않는 왼손은 참으로 가까이 있었다. 게다가 그 바이올린이 서울 외곽에 새로 문을 연 호스피스 병동에 누운 택시기사의 손에 들어갈 확률은 거의 없다고 판단했다.

"네가 지금 말한 이야기로는 이 바이올린이 훔친 것인지 아닌지 충분히 알아낼 수 없어."

아버지에 대해서 말할 때는 눈물까지 글썽거리며 얘기한 탓에 이야기에 스스로 취해 있던 인구는 약간 얼이 빠진 표정이었다. 그러다가 일이 뜻대로 풀리지 않는다고 생각했는지 바이올린을 케이스 안에 넣으려고 했다. 은수가 일어서서 그 바이올린을 잡았다.

"당분간 이 바이올린은 내가 보관하겠어. 누구한테, 어떤 식으로, 이 바이올린을 구했는지 확실하게 밝히면 그때는 내가 정당한 대가를 너한테 지불하겠다."

그렇지만 인구도 바이올린을 놓지 않았다. 서로 힘을 주다 보니까 엉거주춤 둘이서 바이올린을 붙들고 마주 서게 됐다. 쉰 살이 넘었다고는 하지만 은수야 늘 작업대에서 나무를 다듬는 일을 하니 완력으로 치자면 열일곱 소년쯤은 충분히 당해낼 수 있었다. 힘에서 밀린다고 생각했던지 인구가 갑자기 그의 얼굴에 침을 뱉었다. 눈 쪽으로 침이 튀었으므로 왼손으로 얼굴을 닦으면서 은수는 어쩌면 그게 구토였을지도 모르겠다고 생각했다. 그런 순간에도 그는 바이올린을 놓지 않았다.

"이 나쁜 자식, 꼭 감방에 넣어주마."

여기서 더 힘을 주다가는 바이올린이 부서지고 말겠다는 생각이 들 때쯤 인구가 손을 떼었다. 은수는 바이올린을 품에 안으며 뒤로 넘어갔다. 인구는 두 팔을 벌리고 쓰러진 그를 향해 울면서 욕설을 퍼부었다. 대충 들으니 아버지 없다고 무시하지만 자기도 아는 사람이 한두 명이 아니니 가만두지 않겠다고 말하는 것 같았다. 일단 바이올린을 작업대 아래로 밀어넣은 뒤, 은수가 일어섰다. 그러자 인구는 문을 열고 도망치기 시작했다. 거기 서라고 외쳤봐자 인구가 그 말을 들을 리가 없었다.

인구가 케이스에서 꺼낼 때부터 그는 그 바이올린을 알아봤다. 그의 눈이 멀었다고 한들 어떻게 그걸 알아보지 못할 수가 있겠는가? 만약 인구가 그의 얼굴에 침을 뱉고 미친 듯이 욕설을 퍼부은 뒤 달아나지 않았다면, 그 역시 인구에게 기나긴 이야기를 들려줬을 것이다. 그해 무덥던 여름, 그러니까 그 역시 바이올리니스트의 꿈을 마침내 포기하던 좌절의 여름, 신촌을 지나가다가 우연히 버스정류장 앞에 서 있던 혜진을 만난 그 여름부터 시작되는 이야기를. 그녀를 뭐라고 설명하면 좋을까? 집에서 만드는 셔벗 같다고나 할까? 상점에서 파는 것보다 단 맛은 덜한 대신에 신맛과 찬 맛은 훨씬 강한 그런 여자. 하교하는 길이었던지 바이올린 케이스를 들고 서서는 그에게 "요즘 뭐 하세요?"라고 묻기에 "사람 많이 죽이는 공포영화 보고 다닙니다"라고 퉁명스럽게 대꾸했는데 그게 뭐가 웃긴지 그녀가 한참 웃었다. 나중에 알고 봤더니 그녀 역시 공포영화광이었다.

중학교 시절부터 국내 콩쿠르에서 그들은 늘 마주치곤 했다. 실력이 엇비슷했기 때문에 서로 기억할 수 있었으리라. 그러나 가정형편을 비

관해서 고등학교 1학년 때 바이올린을 포기한 뒤로 그는 그녀를 보지 못했다. 아마 그때 은수가 여전히 바이올린을 전공하는 음대생이었다면, 둘은 늘 그랬듯이 인사만 주고받고 헤어졌을 것이다. 어디 가는 길이냐고 그녀가 묻기에 얼떨결에 나무 보러 가는 길이라고 대답한 게 시작이었다. 당시 수색에 있던 동원목재에 남는 나무가 있는지 보고 오라는 심부름을 하러 가는 길이 맞기는 했지만, 아버지가 보고 오라던 나무는 수입산 티크였다. 건조야적장에 평창군에서 벌채한 단풍나무가 있다는 이야기를 듣고 가는 길이니 함께 가지 않겠느냐는 말은 전적으로 단풍나무가 바이올린의 재료라는 말을 어디선가 주워들었기 때문에 나온 즉흥적인 거짓말이었다.

혜진은 선뜻 그를 따라나섰다. 바이올린의 재료가 된다는 단풍나무에 대한 호기심 때문이었는지, 어쨌든 중학교 시절부터 서로 알고 지낸 사이의 편안함 때문이었는지, 아니면 집으로 돌아가기 싫어서 가벼운 일탈 욕구가 발동했는지 이제 와 그가 알아낼 도리는 없었다. 다만 확실한 것은 그가 혜진을 사랑하게 된 날을 엄밀하게 고르라면 그날이 되리라는 점이었다. 물론 그날의 사랑이라는 건 가볍고 무책임하면서도 일시적이고 관능적인 것이었다. 그는 그녀의 표피만을 사랑했다. 그녀의 천진난만을, 종아리를, 덧니를, 머리칼을. 하지만 그 사랑은 그날 이후로도 오랫동안 눈에 보이지 않을 그런 사랑이었다. 백일하에서는 표현될 수 없는 것. 어쩌면 입술이 없는, 묵음의 사랑. 질량이 없이 존재하는 어떤 것처럼.

동원목재 건조야적장에서 단풍나무 원목을 발견했을 때, 은수는 어떤 운명 같은 것을 느꼈다. 거기 있으리라고 믿었던 것이 정말 있다는 것을 확인했을 때의 쾌감이랄까. 원목을 보고 돌아오는 길에 그는 혜진에게 제일 먼저 만드는 바이올린을 선사할 테니 그걸로 자기만을 위해서 멘델스존의 바이올린협주곡 제2악장을 연주해달라고 부탁했다. 그때까지 그는 한 번도 바이올린 제작자가 되고 싶다고 생각한 일이 없었다. 그건 어떤 열기에 휩싸인 나머지 그도 모르게 충동적으로 내뱉은 말일 뿐이었다. 그러나 그 말에는 낭만적인 내음이 물씬 풍겼다. 그가 거듭 대답을 요구하자, 마침내 그녀가 그러겠노라고 고개를 끄덕였다. 그 순간, 그의 미래는 결정됐다. 그의 미래를 결정한 건, 그러니까 어떤 열기였다.

그리고 좌충우돌의 나날이 얼마간 이어졌다. 바이올린 제작자를 수소문해서 찾아간 뒤 그는 도제식으로 일하기 시작했다. 말이 도제식이었지, 그건 잡역부생활이나 마찬가지였다. 마침내 본격적으로 바이올린 제작기술을 배워보겠다며 무작정 이탈리아의 크레모나로 떠나기 전까지 8년 정도 그는 맨땅에 머리를 부딪치는 식으로 바이올린 제작에 매달렸다. 그중에 여전히 기억나는 건 용산 주한미군기지 앞에서 스트라디바리를 가지고 있다는 미군 장교를 무려 이틀 동안이나 기다렸던 일이었다. 늦게 나온 주제에 장교는 그가 바이올린 제작자라기에는 너무 젊고 미숙하게 보였던지 10분 동안만 보여줄 수 있다는 말부터 했다.

10분 동안 그가 할 수 있는 일은 아무것도 없었다. 그저 그 아름다움을 찬탄하는 수밖에. 하지만 찬탄하고만 있을 수는 없는 일이었기에 그는 장교가 잠시 딴눈을 파는 동안, 얼른 혀로 표면을 핥았다. 바이올린은 표면에 칠하는 바니시가 소리의 모든 것을 결정하는데, 그걸 알아내려면 핥아보는 게 제일이라고 선생에게 들었기 때문이었다. 그 맛이 어땠는지 지금 그는 기억조차 할 수 없었다. 그 얼마 뒤, 그 바이올린이 진품이 아니라 복제품이라는 말을 들은 뒤로는 그 맛 자체를 기억에서 지웠기 때문이었다. 그러나 한동안 그와 비슷한 맛을 찾기 위해서 손에 닿는 물건이라면 뭐든지 핥으며 다녔던 것만은 분명했다. 그때 그는 젊었고 다른 방법이 없었다.

그는 인구가 거짓말을 한다고 생각했지만 검색사이트에 '정인구 호스피스 병동 사랑의 인사'라고 입력했더니 놀랍게도 7천 건이 넘는 결과가 나왔다. 그중 제일 먼저 나온 사이트를 클릭했더니 누군가의 블로그에 스크랩된 신문기사로 연결됐다. 다큐멘터리 인간시대 4부작,「호스피스 병동에 울리는 사랑의 인사」내용은 인구가 그에게 들려준 것과 똑같았다. 컴퓨터 앞에 앉아서 그는 한창 스크롤 제작 중이던 공방 직원 상협에게 혹시 정인구라는 소년 바이올리니스트를 아느냐고 물었다. 좀 생각하더니 상협은 모르겠다고 대답했다.

"그럼 호스피스 병동의 천재 소년 바이올리니스트 얘기는 들어봤어?"

"그건 알아요. 기억나요. 왜 기억하냐면 실력이 형편없는데도 하도 천재라고 매스컴에서 떠들어대서 그래서 기억나요."

"천재가 아니야?"

작업이 지루했던지 상협이 의자를 돌리고 그를 바라보면서 말했다.

"뭐, 천재라고 한다면 뭐랄까, 왜 그런 거 있잖습니까? 기계들. 북한 같은 사회주의권에서 흔히 찾아볼 수 있는 바이올린 기계들 말이죠."

"자본주의 국가에 살면서 왜 그렇게 된 거지? 어른한테 침까지 뱉던걸."

"그래요? 그건 잘 모르겠네요. 그때 그 다큐멘터리를 좀 봤는데 걔네 아버지를 보니까 이해가 가더라구요. 어릴 때부터 애를 기계로 키운 거예요. 돈 때문이겠죠. 피골이 상접한 얼굴로 장차 이작 펄만처럼 될 겁니다, 라고 말하는데 섬뜩하더라구요. 택시운전기사가 세종문화회관 후원회원이라면 말 다했죠. 그래봐야 뜻대로 되나요? 우린 딱 보면 알잖아요. 비빌 언덕이 없다는 걸."

"혹시 걔네 엄마도 텔레비전에 나왔어?"

은수가 물었다. 그녀라고 택시기사와 재혼하지 말라는 법은 없었으니까.

"엄마? 엄마는 글쎄요. 엄마가 나왔나, 어땠나? 아마 걔 아버지 투병 생활하는 장면에서 나왔던 것도 같은데."

"어떻게 생겼는지 기억나?"

"그걸 제가 무슨 수로 기억하나요?"

하긴 그녀가 어떻게 생겼는지는 은수조차도 기억할 수 없었다. 떠오르는 건 굳은살의 맛이랄까. 씁쓸하고 짭조름하고 말캉말캉했던 어둠 속의 기억.

"정 궁금하시면 동영상을 찾아볼게요."

괜찮다고 말했지만, 상협은 그에게 일어나라고 말한 뒤 컴퓨터 앞에 앉았다. 물어보지 않아도 그는 자신의 얼굴에 상협으로서는 해독하고 싶은 표정들이 많았으리라는 걸 알 수 있었다. 마침내 다큐멘터리 동영상을 찾아 컴퓨터로 내려받는 동안, 상협이 공방 한쪽 구석에 있던 그 바이올린을 가리켰다.

"저거 못 보던 바이올린인데, 수리 들어온 건가요?"

"응. 어떤 고등학생이 들고 왔어."

무슨 생각이 났는지 상협이 바이올린을 들고 소리를 켰다. 그때까지 그는 소리를 들어볼 생각도 하지 않았던 것이다. 소리는 죽어 있었다.

그가 만들었을 때의 소리가 아니었다. 그런데도 상협은 그걸 모른 채 소리가 괜찮다고 말했다. 상협에게 시끄러우니 관두라고 말할 때쯤 동영상을 모두 내려받았다는 알람이 울렸다. 처음에는 오후 작업을 포기하고 그 다큐멘터리 네 편을 모두 시청할 생각이었다. 하지만 1편을 중간쯤 보다가 화면을 정지시키고 상협에게 커피를 사 오라고 시켰다. 상협이 나간 뒤에 그는 화면을 앞뒤로 돌려서 인구의 어머니가 나오는 장면을 찾아 유심히 살폈다. 아무리 세월이 흘렀다지만 혜진이 그 여자일 수는 없을 것 같았다. 그는 다시 동영상을 뒤로 돌려 연주회 부분을 찾았다. 인구가 말기암 환자들 앞에서 엘가의 「사랑의 인사」를 연주하고 있었다.

"더 이상 볼 필요가 없을 것 같네."

커피를 사들고 온 상협에게 그가 말했다.

"얘는 바이올린이 어떤 악기인지도 몰라. 깊이를 전혀 몰라. 그저 표면만으로 연주해."

"그 아버지는 그런 거 모르고 자기 아들이 천재라고 생각하면서 죽었는데, 그러면 행복하다고 해야 하나, 아니면 불행하다고 해야 하나, 잘 모르겠네요. 그런 거 모르고 사는 게 행복한 건 맞는데, 모르고 죽는 건 또 어떤 건지."

상협은 그런 이야기를 더 하고 싶어하는 눈치였다. 하지만 그가 말을 잘랐다.

"퇴근하기 전까지 그 스크롤마저 끝내려면 서둘러야겠다."

다음 날 오전, 몇 번이나 전화를 걸어서 사정을 설명하는 등 성가신 과정을 거치긴 했지만 그는 정인구의 연락처를 알아냈다. 결국에는 자신의 신원을 밝히며 그 불우한 천재 학생에게 손수 제작한 바이올린을 기증하고 싶다는 의사까지 밝혔다. 물론 영혼이 결여된 기계적인 연주밖에 못하는 그 가짜 천재에게 자신의 바이올린을 넘겨줄 의사가 은수에게는 전혀 없었다. 다만 녀석에게 감방에 보내겠다는 건 침을 뱉는 바람에 흥분해서 나온 말일 뿐이고, 그저 어디서 그 바이올린을 구했는지 말하면 최대한 후한 값으로 구입하겠다고 말할 생각이었다. 그러나 연락처로 전화를 걸었지만 받는 사람은 아무도 없었다. 신호가 가는 동안, 그는 연락처를 적은 메모지를 계속 바라봤다. 전화번호 아래에 그가 받아적은 주소지도 있었다. 수색 근처였다. 전화를 끊고 메모지를 바라보다가 그는 그 주소지까지 가보기로 했다.

그가 예상했던 대로 정인구가 살던 주소지는 동원목재가 있던 곳에서 불과 몇백 미터도 떨어지지 않은 곳이었다. 물론 혜진과 함께 단풍나무 원목을 바라보던 건조야적장의 흔적은 찾아볼 수도 없었다. 그러나 흔적이 남아 있지 않은 건 1980년대 초반의 목재소뿐만 아니었다. 하루 종일 클래식 FM을 듣던 택시기사와 이작 펄만보다 더 이른 나이에 바이올린을 잡은 천재 소년이 살던 집도 마찬가지였다. 그들이 살던 동네는 몇 년 전 뉴타운으로 지정됐다. 보상문제가 제대로 이뤄지지 않았는지 시멘트 담벼락에 붉은색 스프레이로 '생존권 사수'라는 글자를 적은 집들이 몇 채 보였지만, 대부분의 집들은 이미 철거된 상태라 동네는 황폐했다. 그는 '생존권 사수'라는 말이 이상하다고 생각하며 폐허가 된 동네를 조금 걸었다.

죽는 한이 있어도 살 권리를 지키겠다는 것은 모순이 아닌가? 그는 생각했다. 완전한 헛수고로구나. 찬 바람이 부는 골목을 지나가면서 그는 그해 여름 골목 어귀에 서 있던 나무들을 떠올렸다. 그녀와 나란

히 걸어가던 그 길 연변의, 가난한 집의 비쩍 마른 아이들인 양 호리하
게 키만 껑충 높던 미루나무들. 무슨 일 때문인지 이따금 몰아쉬던 그
녀의 숨, 그리고 불규칙하게 뛰던 그의 심장. 모든 건 흔적도 없이 사
라지는구나. 마치 모래로 지은 성처럼. 그는 두 사람이 함께 바라보던
그 단풍나무 원목들이 지금은 어떻게 됐을지 궁금했다. 아마도 서가나
책상이나 마루가 됐을 테지. 그때는 당장 그 원목으로 바이올린을 만
들 기세였는데. 그랬더라면 그녀와 나는 어떻게 됐을까? 그때 수색에
서 돌아올 때까지만 해도 바이올린을 금방 만들어서 그녀에게 선사할
줄 알았는데, 실제로 그녀에게 첫 번째 완성품을 준 건 그로부터 11년
이 지난 뒤의 일이었다.

이탈리아 크레모나의 바이올린 제작학교에서 갖은 고생을 다 겪으며
공부하던 시절의 일이었다. 어느 날, 학교에 있는데 한국 학생을 찾는
사람이 있다고 해서 관광객들이 온 모양이라고 생각하고 나갔다가 은
수는 혜진을 만났다. 도대체 이게 어떻게 된 영문인지 알아낼 방법이
없어서 멍하니 서 있었더니 그녀는 너무나 천진한 표정으로 근처를 지
나는 길에 그가 여기 있다는 말이 떠올라서 들렀다고 대답했다.
"근처를 지나다가?"
"밀라노에서 볼로냐로 가던 길이었거든. 같이 온 사람이 있는데 먼저
볼로냐로 갔어. 그런데 하나도 안 변했네."
그때는 그 일행이 어떤 사람인지 그는 몰랐고, 또 알고 싶지도 않았
다. 너무나 꿈 같은 일이라 은수는 정신을 차릴 수가 없었다.
"이게 도대체 몇 년 만이야? 5년도 넘은 것 같은데. 독주회에서 잠깐
본 게 마지막인가? 그런데 여기서 만날 줄이야!"

"여기 스트라디바리 제작학교에 꼭 한 번 와보고 싶었거든."

"그렇다면 정말 보여주고 싶은 곳도 많고, 소개해주고 싶은 사람들도 많아. 다들 혜진 씨를 보면 좋아할 거야. 연주도 들어보고 싶을 테고."

"그런데 어떡하지? 이따가 밤기차 타고 볼로냐로 가야 하는걸. 낮 동안에만 시간이 있어. 그건 그렇고 여기서 지내는 건 어때?"

여전히 아름다운 모습으로 그녀가 그에게 물었다. 낮 동안에만 시간이 있다는 말을 들으니 갑자기 그의 목소리가 침울해졌다.

"힘들어. 무엇보다도 외롭고. 다들 동양인이 왜 바이올린을 만들려고 하느냐고 물어. 편견은 너무 날카로워서 내 심장은 너덜너덜해질 정도야."

"난 편견이 좋은데. 그건 나를 자라게 하거든."

"네 말이 무슨 뜻인지 나는 하나도 모르겠어. 넌 내가 똑같다고 하지만, 내 얼굴은 이미 달라졌어. 뭐라고 설명하면 좋을까. 여분이 하나도 없는 얼굴로 바뀌었달까. 그저 최소한으로 존재하는, 윤곽의 얼굴이랄까. 아무리 먹어도 살이 찌지 않아. 물론 여기서는 '아무리 먹어도'에 해당하는 짓을 좀체 하기 힘들지만. 어쨌든 만족하지 못해 늘 굶주려 있어."

"그건 정말 훌륭한 바이올린 제작자가 되어가는 과정이 아닐까 싶네. 어때? 난 좀 달콤한 게 먹고 싶은데."

"난 쓴 게 먹고 싶어. 좋은 곳이 있어. 일단 거기부터 가자."

그들은 학교 앞에 있는 바로 갔다. 거기서 그는 맥주를 마셨고, 그녀는 케이크를 먹었다. 그날 그는 이야기에 취한다는 말이 무슨 뜻인지 알 수 있었다. 한국 사람을, 그것도 혜진을 만나 아무런 고통 없이 떠들 수 있게 되자 취기가 금방 올라왔다. 덕분에 대담해진 은수는 그녀에게 수색에서 둘이서 한 약속을 기억하느냐고 물었다. 그녀는 기억난다고 대답했다. 은수는 자신이 최초로 제작한 바이올린이 집에 있으니 약속대로 그 바이올린으로 멘델스존의 바이올린협주곡 제2악장을 연주해달라고 말했다. 대답을 하는 둥 마는 둥, 그러다가 혜진도 수색에서의 일들을 떠올렸는지 지금도 공포영화를 좋아하느냐고 은수에게 물었다. 그 물음에 은수는 좋은 생각이 떠올랐다. 그는 혜진에게 이탈리아 공포영화를 보고 싶지 않느냐고 물었다. 물론 보고 싶긴 하지만……. 혜진은 기차시간이 걱정됐다. 하지만 은수는 시간은 충분하다고 말하고 공포영화를 상영하는 극장을 찾아서 스트라디광장과 두오모 근처를 헤맸다. 그해 여름, 이탈리아의 작은 도시 크레모나에서 공포영화를 상영하는 곳은 한 군데도 없었다. 마음이 급해진 그는 아무 극장이나 찾아서 들어갔다.

흑백영화가 상영되던 극장 안에는 관객이 거의 없었다. 영화 자체도 내용을 파악하기 힘든 이탈리아 영화였다. 그는 영화에 몰입할 만큼 이탈리아어를 잘하지 못했다. 그러나 설사 그게 한국 영화였대도 영화 자체에 몰입하기는 힘든 상황이었다. 혜진의 경우에는 이탈리아어를 전혀 모르니 영화를 즐길 수가 없었다. 그래서 영화관에 들어가 앉은 지 10분이 채 지나지 않아 두 사람은 지루해졌다. 그때부터 은수의 몸은 터질 것처럼 흥분하기 시작했다. 어둠 속에서 혜진과 단둘이 앉아 있다는 생각만으로 그때까지 표현되지 못했던 욕망이 구체적으로 형태를 갖추고 있었다. 그는 당장이라도 혜진을 덮칠까봐 겁이 나서 좌석의 손잡이를 양손으로 움켜잡았다. 그러다가 은수는 그녀의 왼손을 잡았는데, 그건 전적으로 자신의 욕망을 감추기 위해서였다. 혜진의 손가락에는 굳은살이 잡혀 있었다. 그는 그 굳은살을 어루만졌다. 그건 바이올린 제작자라면 반드시 사랑해야만 하는 종류의 살이었다. 그래서 그는 떳떳하게 그녀를 사랑할 수 있는 근거를 찾은 것처럼 마음이 놓였다. 그 순간 그는 직업적으로 그녀를 사랑하는 셈이었으니까. 그러다가 자신도 모르게 그는 그녀의 손을 입 쪽으로 당겨 손가락 끝을 혀로 핥았다. 엄지손가락부터 시작해서 새끼손가락까지 순서대로 핥았다. 천천히 그 맛을 느끼고 또 기억하려고 애쓰며. 어쩌면 표면이 아닌, 더 본질적인 것을 갈망하며.

그 이듬해 그녀는 물리학을 연구하는 젊은 교수와 결혼했다. 말다툼 끝에 화를 참지 못하고 크레모나에서 무작정 그녀가 하차한 그 기차, 밀라노에서 볼로냐로 가던 그 기차에 그 남자가 타고 있었다는 사실을 은수는 나중에야 알게 됐다. 그때쯤에는 혜진이 자신의 아내가 되는 일은 절대로 없다는 사실을 그도 인정했다. 그는 혜진이 자신만을 위해 멘델스존의 바이올린협주곡을 연주하던 그날 밤에 만족했다. 때로 인생은 무엇을 하느냐가 중요하지, 얼마나 많이 하느냐가 중요한 건 아니니까. 물론 그런 말들은 전혀 위안이 되지 못했다. 그의 사랑은 다시 묶음이 돼 어둠 속으로 사라졌다. 은수는 더 이상 그녀에게 답장하지 않기로 결심했다. 두세 통, 후회와 비난의 뉘앙스가 감도는 편지가 그녀에게서 더 왔다. 그리고 끝이었다.

이탈리아에서 귀국한 뒤 얼마간, 은수는 그녀에게 연락할 것인지 말 것인지 고민한 적이 있었다. 그때까지만 해도 그녀의 연락처를 알고 있었으니까. 그냥 찻집 같은 곳에 마주 앉아서 그간 안부를 물어보며, 어쩌면 아이들은 잘 크는지…… 같은 뻔한 질문을 던지며, 얼굴만 보고 오면 되는 거야. 그렇게 가볍게 생각하기로 했지만 번번이 그를 가로막은 건 이제 그녀는 더 이상 연주자가 아니라는 점이었다. 바이올리니스트로서 그녀가 천재는 아니었지만 완벽하긴 했다. 원한다면 그녀는 연주자로 죽을 수 있었다. 하지만 그녀가 선택한 것은 평범해지는 길이었다. 아마 평범했다면 애당초 그들은 만나지 못했을 것이다. 그렇다면 지금도 마찬가지라고 그는 생각했다. 그는 평범을 선택한 혜진의 의사를 존중하기로 했고, 결국 한국에 돌아온 뒤에도 그녀에게 연락하지 않았다.

하지만 수색의 뉴타운 재개발현장을 찾아갔다가 헛수고만 하고 돌아온 그날 저녁, 은수는 그녀를 만나봐야겠다고 결심했다. 그녀의 소식을 수소문하는 것은 어렵지 않았다. 아무도 없는 작업실에 앉아 은수는 그녀의 모교에서 교수로 재직 중인 한 여자에게 전화를 걸었다. 그 교수는 혜진의 1년 후배였다. 아마 혜진이 평범해지기로 결심하지 않았다면 그 교수의 자리에 그녀가 있었을지도 모를 일이었다. 작업대의 스탠드만 밝혀놓은 어두운 공방에서 그는 혜진의 근황을 들었다. 전화를 끊고 보니 통화시간이 채 4분이 되지 않았다. 그런데도 뭐랄까, 몇 시간은 흘러간 것처럼 느껴졌다. 그도 그럴 것이 전화를 걸 때는 아직 날이 훤했는데, 정신을 차려보니까 이미 저녁이 공방 안 구석구석까지 스며들었던 것이다. 얼마나 오랫동안 거기 어둠이 내리는 공방에 앉아 있었는지 은수는 알 수 없었다.

다만 은수가 알 수 있었던 건 그 다큐멘터리에서 자신이 보지 못하고 놓친 게 있다는 점이었다. 그는 다시 컴퓨터를 켜고 4부작 다큐멘터리 「호스피스 병동에 울리는 사랑의 인사」를 찾아 처음부터 보기 시작했다. 처음 봤을 때, 은수는 그 다큐멘터리가 고귀한 인간의 감정이 결여된, 오직 흥미 위주의 접근과 상업적인 시선뿐이라고 생각해 욕지기가 올라올 정도로 심한 혐오감이 들었다. 하지만 처음부터 끝까지 80분 동안 이어서 다큐멘터리를 본 은수는 마지막 연주회 부분에 이르러 소리 내어 울고야 말았다. 크레모나에서 돌아온 이후 이십몇 년간 한 번도 운 적이 없었던 은수였던지라 그 울음은 너무나 낯설었다. 그 다큐멘터리를 통해 한 인간이 지구상에서 소멸한다는 것의 의미를 비로소 알게 됐다거나, 바이올린이 어떤 식으로 그런 인간의 운명에 맞서는지 깨달았다거나, 혹은 그것도 아니라면 너른 의미에서 보자면 우리 모두는 호스피스 병동에 있는 말기암 환자들과 마찬가지라거나 그런 사실들 때문에 운 게 아니었다.

그는 너무나 평범한 이유로 울었다. 천재 소년 바이올리니스트 정인구가 연주하는 엘가의 「사랑의 인사」가 그의 심장을 후벼 팠기 때문에. 인생은 불과 몇십 년밖에 지속되지 않으며 반복되지 않는다는 사실과 그 아름다운 선율은 너무나 어울리지 않았다. 이제 막 결혼한 젊은 엘가의 환희에 비해서 거기 호스피스 병동에 앉아 정인구의 연주를 들으며 눈물을 흘리는 말기암 환자들의 모습은 너무나 남루했다. 그렇게 눈물을 펑펑 쏟으며 그는 동영상을 정지시킨 채 그 환자들의 얼굴 하나하나를 살펴보다가 마침내 그녀의 얼굴을 찾아냈다. 다른 환자들 사이에서, 다른 환자들과 마찬가지로 푸른색 줄무늬 환자복을 입고 거기 앉아서, 천재 바이올리니스트라는, 하지만 아무런 감정이 없이 다만 오선지 위의 선율을 바이올린 소리로 번역할 뿐인 그 기계적인 연주를 듣고 있는 그녀를. 평범한, 너무나 평범한 그녀를.

다시 동영상을 플레이시켰더니 자신이 그녀에게 선물한 바이올린으로 인구가 「사랑의 인사」의 나머지 부분을 연주했다. 인구는 웃는 것인지 우는 것인지 판가름할 수 없는, 이상야릇한 표정으로 연주하느라 땀을 쏟고 있었다. 그 순간 느닷없이 은수에게 '저 소년이 바로 나다, 인구가 나다'라는 괴기한 생각이 들었다. 인구가 나다. 인구가 나다. 그러자 갑자기 욕지기가 일었다. 그에 맞서 은수가 할 수 있는 일이라고는 세면대로 가서 얼굴과 손을 씻는 일이었다. 너무 많이 울었으니까 앞으로 20년 동안은 울 일이 없지 않을까……. 그런 생각으로도 기분이 나아지지 않아 일을 좀 해보기로 했다.

그는 인구가 놓고 간 바이올린을 손보기로 했다. 이미 소리가 망가진 지 오래된 상태였다. 새 줄로 갈아도 A현의 소리는 여전히 뭉툭했으므로 그는 사운드포스트에 문제가 있다고 판단했다. 아무래도 브리지에 너무 가깝다는 생각이 들어 F홀로 세터를 넣어 그 나무기둥의 아래위를 번갈아 두들기며 미세하게 뒤쪽으로 이동시키면서 소리를 점검했다. 이탈리아에서는 그걸 라니마, 즉 '영혼'이라고 불렀다. 한 시간 가까이, 그는 말하자면 라니마를 조절했다. 마침내 가장 정확한 위치를 찾아내자, 마치 이불을 뒤집어쓰고 흐느끼는 듯 먹먹하던 A현의 소리가 침대를 박차고 나와 그가 보는 앞에서 큰 소리로 노래하는 것 같았다. 그는 안도했다. 그리고 완전히 지쳐버렸다. 마치 막 늪에서 빠져나온 사람처럼. ▪

로드킬

박민규

1968년 울산 출생. 중앙대 문창과 졸업.
2003년 『문학동네』로 등단. 소설집 『카스테라』 『더블』(전2권).
장편소설 『지구영웅전설』 『삼미슈퍼스타즈의 마지막 팬클럽』
『핑퐁』 『죽은 왕녀를 위한 파반느』.
〈문학동네신인작가상〉 〈한겨레문학상〉
〈이효석문학상〉 〈황순원문학상〉 〈이상문학상〉 등 수상.

로드킬

보고한다, 현장 도착.

　알았다, 수고. 그 말을 끝으로 통신이 끊어졌다. 요사가 아예 마이크를 끈 것이다. 마오와 나는 서로를 쳐다보았으나 별다른 말은 하지 않았다. 하긴 요사의 근무 태만이 어제오늘의 일은 아니다. 레일카에서 내린 우리는 이런저런 장비들을 부착하기 시작한다. 사체가 몇 구인지 아직은 알 수 없다. 군데군데 흩어진 것들을 모으려면 생각보다 긴 시간이 필요하다. 흡입기의 전원을 확인한 후 나는 달을 바라본다. 그리고 또, 어둠이 짙게 깔린 도로 위를 바라본다. 조리개가 닫히고 열리는 소리... 규정대로 렌즈의 작동을 점검하는 것인데 실은 쓸데없는 절차라 여기고 있다. 마오는 좀처럼 이 규정을 지키지 않는다. 2안二眼 기종의 자신감이라기보다는, 요사의 영향이 크다는 생각이다. 말이 나왔으니 얘긴데 통신을 끄는 것은 조리개 점검 따위완 비교도 안 되는 규정 위반이다. 이것 봐 막시! 도로 복판까지 걸어 나간 마오의 목소리가 들려온다. 나는 그곳을 향해 걷기 시작한다.

내장의 끝부분을 들고 마오는 서 있다. 이상하리만치 고스란한 내장이 구불구불 선을 이루며 길게 늘어져 있다. 대략 8, 9미터 정도의 길이다. 이렇게 온전한 내장은 처음 봐. 마오의 말에 나도 고개를 끄덕인다. 여지없이 동물의 몸통은 산산조각 나 있다. 조각난 뼈와 살점... 흩어진 장기들... 또 대부분... 우리가 '물컹물컹'이라 부르는 것들... 이 모두를 수거하고 도로를 청소하는 것이 우리의 일이다. 마오와 나는 묵묵히 업무를 수행한다. 우선 물컹물컹들을, 또 작은 살점들의 순으로 일은 진행된다. 덩어리가 작을수록 쉬이 말라붙기 때문인데 언제나 꼭 그런 것은 아니다. 두터운 천 조각이 보인다. 이따금 흡입기를 막히게 하는 주범이다. 따로 그것을 수거하고 나는 계속 일을 진행한다. 천을 둘렀다는 것은... 그렇다, 이 동물이 인간이 기르던 것임을 여실히 증명하는 것이다. 마오와 내가 아는 건 한 가지인데, 이 세계엔 버려진 동물들이 많다는 사실이다. 그것이 어떤 종種인지는 알 수 없다. 우리가 보는 것은 흥건한 피며 살점, 또 이런 물컹물컹이 전부이기 때문이다.

요사가 통신을 켠 것은 레일카의 수거 탱크를 열고 각자의 흡입기를 한 차례씩 비웠을 때였다. 차량 진입. AECN154 지점 현재 통과 중. 그리고 뚝, 다시 통신은 끊어졌다. 아무 말 없이 우리는 도로 가장자리의 레일로 이동한다. 그리고 바짝, 붙어 선다. 154라면 어마어마한 거리가 있는 지점이지만 셔틀의 속도를 감안한다면 이른 대비가 필요하다. 레일의 사이드바에 체인을 연결하고 마오와 나는 관절을 고정시킨다. 레일카에 타는 것이 보다 안전하긴 하겠지만, 흡입기를 풀 시간을 셔틀이 허락할지는 미지수다. 아니나 다를까, 커다란 굉음과 빛을 느낀 순간 이미 그것이 도로 저편으로 사라지는 걸 보게 된다. 놀라운 속도다. 그래서 또 느끼는 거지만, 인간은 위대하다. 저 빛과... 소음과... 속도만큼이나.

갑자기 앞이 보이지 않는다. 관절의 록을 풀고 또 손으로 몇 번 시야를 헤집고 나서야 이유를 알 수 있었다. 셔틀의 광풍에 날려온, 내장이다. 미끄덩한 내장을 덮어쓴 채 나는 젠장, 하고 인간처럼 중얼거린다. 마오는 껄껄대며 웃었는데 역시나 요사의 웃음을 흉내 낸 것이다. 가만히 있어. 커터를 장전한 마오가 엉켜 있는 내장을 자르기 시작한다. 멀리 도로 너머의 불빛을 바라보며 나는 마오의 커팅이 끝나기만을 기다린다. 불빛... 도시의... 인간들의... 인간... 나는 이 일을 해야 했던 인간들에 대해 생각해본다. 그들은 어떤 기분이었을까? 말라붙은 살점을 긁어내고... 피로 얼룩진 동물의 시체를 수거하며... 그들은 어떤 생각을 했던 걸까? 알 수 없다. 하지만 때로 그들이 느꼈을 '감정'이란 걸 짐작할 때가 있다. 물론 내게 입력된 인지코드의 오류일 것이다. 이봐 마오, 하고 나는 묻는다. 인간은 왜 동물을 버리는 걸까? 글쎄, 하며 동작을 멈춘 마오가 다시 커팅을 하며 말을 잇는다.

귀찮아져서가 아닐까?
요사나 네가 규정을 무시하듯?
아니면... 더는 기를 처지가 아니라거나.

그건 좀 이상한데. 저 불빛을 봐, 인간에겐 위대하다 말해도 좋을 만큼의 자본이 있어.

그건... 그렇군. 그렇다면 이런 건 어떨까?

어떤?

더는 기를 필요가 없어진 거야.

'필요'란 건 어떤 거지?

그건... 돌아가서 내 어휘코드를 입력시켜줄게.

규정과 같은 건가?

비슷해, 하지만 약간은 다르지. 즉 반드시 기르거나 버려야 한다가 아니고 기르는 것보다 버리는 게 더 이익이 된 셈이랄까.

그럼 다시 '귀찮아진' 것과 비슷해진 느낌이군.

실은 뭐, 죽어버려... 그런 게 아닐까? 규정을 어기는 순간 그 규정은 죽는 것과 마찬가지니까.

동물을 하나의 규정으로 생각한다면 그럴 수도 있겠지.

정확한 건 알 수 없어, 우린 기계니까.

그래, 우린 기계니까...

이미 커팅이 끝나 있었다. 마오가 커터를 해제하는 사이 나는 아래에 떨어진 것들을 수거하기 시작한다. 조금은 이상한 밤이다. 이런 온전한 내장이 남았다니... 셔틀의 속도와 마찰열을 감안한다면 불가능에 가까운 일일 수도 있다. 아무리 빠른 동물도 셔틀을 피할 수 없다. 소리를 듣는 순간 충돌은 일어나고, 산산이 부서진 사체는 또 절반가량이 녹아붙는다. 운이 나쁜 동물들에게 이보다 빠르고 완벽한 재앙은 없을 것이다. 나는 잠시 도로 오른편의 숲을 바라본다. 그리고 잠시 자신의 내장

을 성공적으로 남긴 가련한 동물에 대해 생각해본다. 그리고 나는... 일을 한다. 규정을 지키며

일을 한다. 내게 주어진 일을 한다. 우리에게 입력된, 일을 한다. 요사가 자주 내뱉는 지루하다는 말이 아마도 이런 걸 뜻하는 걸 거라 생각한다. 일을 한다. 일을 할 뿐이니까, 나도 지루하다고 중얼거려본다. 뭐라고? 마오가 묻는다. 아무것도 아니야, 라고 나는 답한다. 왼쪽 무릎이 좋지 않음을, 나는 느낀다. 관절부 어딘가에 마모가 일어난 느낌이다. 록을 걸었을 때 무리가 온 건가? 아무튼 큰 고장은 아니겠지, 절룩이며 나는 작업을 계속한다. 왜 그래? 다시 마오가 묻는다. 나는 재차 아무것도 아니야, 라고 대답한다.

수거가 끝났다.

부착했던 장비들을 해제하고 나는 전송데이터의 공란에 사체 세 구, 라고 입력한다. 정확한 것은 아니다. 보존된 부위가 없기 때문에 수거 탱크에 담긴 용량을 기준으로 다만 추정한 것이다. 그사이 여섯 대의 셔틀이 더 지나갔고 그때마다 요사는 대피를 지시했다. 술에 취한 목소리였다. 관절을 단단히 고정시키고도 셔틀이 지나가는 광풍에 온몸을 떨어야 했다. 즉 열기에 녹아 붙은 살점을 생각한다면, 죽은 동물은 네 마리일 가능성도 있다. 탱크에 담긴 물컹물컹을 바라보며 나는 줄지어 도로를 건너는 한 무리의 동물을 떠올려본다. 술에 취한 요사가 잠이라도 들었다면... 마오와 나도 이 같은 파편이 되었을지 모를 일이다. 왼 무릎이 심하게 삐걱댄다. 괜찮냐는 마오의 말에 나는 다시 아무 일도 아니라

고 고개를 끄덕인다. 마오에 비해 나는 그야말로 구형 기종이다. 요사의 표현을 빌리자면 구닥다리인 셈인데 아닌 게 아니라 여러 부품이 성치 않다. 발성장치에도 문제가 있다. 'ㅅ'과 'ㅌ'이 제대로 발음되지 않아 언젠가부터 요사를 '요나'라 부르고 있다. 아마도 곧... 나는 폐기될 것이다. 이제 청소를 할 시간이다. 이런저런 장비들을 허리에 부착하며 나는 '필요가 없다'는 말의 의미를 어렴풋이 짐작해본다.

이리 와봐 막시! 마오가 소리친다. 빨리, 라고도 말을 덧붙였는데 빨리 걷기가 불가능하다. 나는 절룩이며 마오가 있는 장소로 걸어간다. 마오는 레일이 연결된 틈의 배수로 앞을 서성였는데 동작으로 미루어 볼 때 한순간 판단불능의 상태에 처한 듯했다. 왜 그래 마오? 내가 묻자 저게 뭐지? 라며 배수로를 가리킨다. 거기에 뭔가... 있기는 했다. 상태가 안 좋은 1안—眼 렌즈를 깜박이다가 나는 좀 더 그 곁으로 다가선다. 그것은... 크게 떨어져 나간 시체의 한 덩어리처럼도 보였는데, 아니었다. 머리며 다리가 모두 붙은 온전하고 작은 새끼의 시체였다. 아니 그건... 아주 어린 인간이라고 봐도 좋을, 그런 것이었다. 아기란 것이야, 아기! 마오가 소리쳤다.

맙소사, 하고 나는 중얼거렸다.

*

너는 의자에 앉는다.

녹슨 철망 밖에서 관중들의 함성이 들려온다. 모두가 쓰레기다. 노름과 약에 전 개쓰레기 막장들이다. 2층에는 양란裏欄[1]의 우두머리들이 모여 있다. 이승에 몸을 두고서도 용케 지옥에 한 발을 걸치고 사는 족속들이다. 그 속에 이 투기장의 사장인 타잉이란 여자가 앉아 있다. 그녀는 너에게 돈을 걸었다. 대기실에서 본인의 입으로 속삭인 내용인데 너는 그 말을 눈곱만큼도 믿지 않는다. 그것은 기본이다. 양란의 인간들은 누구도 서로를 믿지 않는다.

너는 지금껏 잘해왔다. 여덟 번의 룰렛에서 살아남았고 결국 오늘 이 자리에 올라온 것이다. 모처럼 벌어진 큰 판에 모두의 기대가 걸려 있다. 맞은편의 대기실에서 누군가 걸어 나온다. 쓰레기들이 귀가 아플 정도의 괴성을 질러대기 시작한다. 그를 만난 적은 없지만 너는 그의 이름을 알고 있다. 룰렛의 제왕 사이토는 소문보다 작고 초라한 노인이다. 삭발을 한 그의 이마에 의미를 알 수 없는 문신이 새겨져 있다. 그것이 피부에 새긴 부적이란 사실도 너는 들어서 알고 있다. 그가 의자에 앉는다. 여름의, 미루나무 그늘에 앉아 매미 소리를 듣는 사람처럼 편안한 표정이다. 이름이 뭔가? 그가 묻는다. 시선을 피하지 않으려 애쓰며 너는 이름 대신 리李라는 성을 말해준다. 리... 하고 그가 고개를 끄덕인다. 그사이 두 명의 여자애들이 들어와 테이블을 세팅하기 시작한다.

키가 큰 아이가 술과 술잔을 내려놓는다. 다른 한 아이는 타잉의 몸

---

1) 프롤레타리아를 대체할 로봇의 대량생산에 성공한 후 하나의 기업이 된 아시아가 마련한 최대의 철거민 이주지역. 현재의 베트남 국경지역과 중국 충쭤 이남, 친저우의 서편 지대에 걸쳐진 특수지구이다.

종인데, 테이블 복판에 천을 깔고 낡은 마호가니 함을 올려놓는다. 너는 목이 마르지만 섣불리 자신의 초조함을 드러내지 않는다. 키 큰 여자애가 술을 따르는 사이 총을 꺼낸 몸종이 실린더를 열고 확인을 부탁한다. 편안한 얼굴의 사이토가, 또 편안해 보이는 얼굴의 너가 차례로 고개를 끄덕인다. 뚜껑이 열린 함 속에는 딱 한 발의 탄알이 들어 있다. 이제 반드시 한 사람이 죽어야 하고, 이를 확인하는 건 지켜보는 모두의 몫이다. 테이블 복판에 내려놓은 리볼버를 몸종이 회전시킨다. 능숙한 손놀림이다. 드러누운 갑충甲蟲처럼 몇 바퀴를 돈 총구가 사이토를 가리키며 단단한 고개를 떨군다. 쓰레기들이 철망을 쥐어뜯으며 고함을 질러댄다. 고양이 같은 걸음걸이로 여자애들이 자리를 물러난다.

리... 라면 중국인인가?

잔을 내밀어 건배를 하며 사이토가 묻는다. 너는 중국인이 아니지만 말없이 고개를 끄덕인다. 아무렴 어떠냐는 생각이고, 또 양란에선 중국인 행세를 하는 편이 여러모로 유리하다. 너는 황해도란 곳에서 태어났다. 아시아가 여러 개의 기업연합으로 편성되던 무렵이고, 너의 아버지가 쓸모 있는 노동자로 그곳의 공장에서 일을 하며 살던 때다. 지금까지... 몇 번을 이기고 올라왔나? 사이토가 묻는다. 약간의 나른함을 느끼며 너는 여덟 번, 이라 답한다. 술에는 미혼渼魂이란 약이 녹아 있는데 시름과 두려움, 또 삶에 대한 애착을 송두리째 날려준다. 운이 좋군, 제왕이 고개를 끄덕인다. 다시 한 잔을 비운 늙은이가 소문대로 노래를 부르기 시작한다. 흐느끼듯 부르는 잔잔한 곡조를 여기 모인 쓰레기들이 따라 부른다는 소문도 사실은 사실이었다.

우리가 이 땅에 살러 온 것은 사실이 아니야, 진실도 아니야.

우린 단지 잠자려고, 꿈꾸려고 왔을 뿐이지[2]

울부짖는 쓰레기들의 눈에서 너는 신앙을 본다. 불사不死를 향한 신앙, 일흔세 번의 룰렛에서 살아남은 자에 대한 경외의 외침을 듣는다. 노래가 끝나자 잠시 노인은 허공을 올려본다. 감정이 없는 얼굴이다. 총을 집는 동작에도 탄을 넣고 끼리릭, 실린더를 돌리는 모습에도 감정이 없다. 지그시 관자놀이를 누르고 있는 리볼버가 오히려 더 감정이 풍부한 생물처럼 보인다. 물이 흐르듯 그는 방아쇠를 당긴다. 삶이 사실이 아님을 증명이라도 하듯, 당긴다. 그리고 철컥, 흘러나오는 소리를 통해 죽음도 사실이 아님을 증명해낸다. 그래선 안 되는데 너는 순간 속으로 경탄한다. 천천히 하시게나, 사이토의 앙상한 손이 술잔이 놓인 근처까지 리볼버를 밀어준다. 너의 아버지도 이토록 자상하지는 않았다.

돈 때문인가?

사이토가 묻는다. 너는 고개를 끄덕인다. 쉬엔쥐[選擧]! 쉬엔쥐! 철망을 흔들며 쓰레기들이 울부짖는다. 난 늘 저 말이 이상했다네, 선거라... 셔츠 주머니에서 꼬깃꼬깃한 잎담배를 꺼낸 사이토가 담배를 물며 말한다. 왜 선거라는 단어를 여기다 끌어-당기고-붙였지? 너는 말없

---

2) 양란에 강제 이주해온 1세대들 사이에서 크게 유행한 노래 「夢의 그늘」 중 가사 일부. 역시나 철거민인 안도 켄이치, 장지호가 듀엣으로 부른 곡이며 발췌된 후렴부의 이 가사는 고대 아즈텍문명의 시구이기도 하다.

이 술잔을 기울인다. 아시아 공용어 세대인 너에게 사이토의 서툰 공용어는 정확히 전달이 되지 않는다. 연기를 후 뿜으며 사이토는 혼잣말을 중얼거린다. 본쿠라〔ぼんくら〕³⁾라는 일본말을 너가 알아들을 리 없다. 쓰레기들도 자신들이 편한 발음으로 공용어를 발음할 뿐이었다. 너는 천천히 쉬엔, 쥐를 하는데 끌어-당기고-붙였다 라고 해야 할 만큼 서투른 동작이다. 시름과 두려움 때문은 아니었다. 미혼의 약기운이 너의 뇌에 스며든 까닭이다. 초점 없는 눈으로 너는 노인을 바라본다. 그리고 웃는다. 관자놀이에 닿은 총구가 간지럽게 느껴져서이다. 철컥, 하는 소리가 남에게 일어난 일처럼 너의 귀를 파고든다. 관중들의 악다구니도 함께라는 사실이 비로소 너에게 약간의 시름과 두려움을 환기시켜준다. 악귀가 따로 없구먼, 길게 연기를 내뿜으며 사이토는 철망 쪽을 바라본다. 쉬엔쥐! 쉬엔쥐! 다시 함성이 이어진다. 하긴, 하고 담배를 비벼 끈 노인이 쓴웃음을 지으며 말한다.

선거 말곤 할 수 있는 것도 없었지.

사이토가 말하는 '선거' 란 걸 너는 어렴풋이 기억해낸다. 너가 어렸을 때다. 그랜드 크로스라 불린 병합을 통해 아시아가 하나의 회사로 합쳐진 해였다. 바로 그해에 너의 아버지는 마지막 선거를 했다. 그것이 어떤 선거였는지는 너의 머릿속에 남아 있지 않다. 그저 너의 아버지가 살아 있다면 눈앞의 영감과 비슷한 나이일 거라 너는 생각한다. 쉬엔쥐! 날카로운 목소리 하나가 2층에서 날아온다. 리볼버를 앞으로

---

3) 멍청이, 바보를 뜻하는 일본어. 본래 도박에서 쓰이는 말로서, 덮어놓은 종지 속의 주사위를 꿰뚫어 보지 못해 항상 진다는 뜻의 말이었음.

내밀며 그 '선거'는 사라진 지 오래요, 하고 너는 처음으로 노인에게 말을 건넨다. 그렇지, 하고 사이토는 고개를 끄덕인다. 그전에 이미 '나라'란 것도 사라졌으니까... 그가 말한다. 정확한 공용어였음에도 불구하고 너는 그 말뜻을 알아듣지 못한다. 너가 아는 아시아는 애초부터 하나의 기업이었기 때문이다.

노인은 총을 집어 든다. 그리고 바로, 두말없이 방아쇠를 당긴다. 워낙 순식간의 일이라 함성의 타이밍을 잃은 목청들이 웅성웅성 흩어진다. 너는 또 한 번 경탄한다. 이번엔 아, 하고 짧은 신음을 내기도 한다. 엇박자의 고함들이 여기저기서 터져 나온다. 던지듯 총을 내려놓고 사이토는 또 잎담배를 꺼내 문다. 그러니 이건 아시안 룰렛이야, 안 그래? 그가 묻는다. 술잔을 기울이며 너는 우두커니 연기에 파묻힌 그의 눈을 바라본다. 이제... 러시안이란 건 없다는 얘기지, 안 그래? 너는 여전히 그의 말을 이해하지 못한다. 너가 아는 러시아는 회사의 한 부서와 같은 것이기 때문이다. 너는 모르겠지만

지금 노인은 상념에 빠져 있다. 연기에 가려진 몽롱한 눈빛으로 그는 바이칼을 떠올린다. 머릿속에 각인된 장엄한 물의 세계가 사이토의 눈앞에서 일렁이고 출렁인다. 여름휴가였다. 오사카의 직장에서 근무할 때였고, 가족을 데리고 떠난 25년 전의 여행이다. 그리고 인생의... 마지막 여행이었다. 계장이었던 자신의 직함도 떠오른다. 무력한 정치가 아닌, 유능한 기업들에 의해 운영되는 국가의 변화에도 모두가 고무되어 있던 때다. 심각한 양극화가 있긴 해도 인플레를 벗어난 성장에 새로운 희망을 품던 때이기도 하다. 기계가, 사이토 자신을 대체하기 전

까지의 일이었다.

쉬엔쥐! 쉬엔쥐! 너는 다시 총을 집어 든다. 3분의 1로 변이된, 죽음을 집어 든다. 하여 관중을 들끓게 해놓고도 너는 잠시 망설인다. 여덟 번의 룰렛에서 살아남은 자의 직감이 순간 너를 사로잡는다. 너는 술을 들이켠다. 나른한 약기운이 또 잠시 시름과 두려움을 잊게 해주지만 너의 뇌 속에도 약의 행정行政이 미치지 않는 양란과 같은 지구가 있다. 너는 죽은 아버지를 떠올린다. 커다란 아버지의 손을 잡고 배에 오르던 기억을 떠올린다. 아버지가 그것을 여행이라 했으므로, 아름다운 그 기억을 너는 머릿속에 떠올린다. 너가 본 것은 바다였다. 일렁이는 바다와 푸른 하늘이다. 어린 너는 아버지의 목에 올라타 앉아 있고, 그 곁에 아직은 건강했던 어머니가 서 계신다. 지그시 총구를 관자놀이에 갖다 대며 너는 웃는다. 사실을 말하자면

너는 철거민이었다. 기계는 노동의 전환을 가져왔고 노동의 전환은 세계의 전환을 가져왔다. 문제는 쓸모가 없어진 대다수의 사람들인데 너의 가족은 거기 속해 있었다. 단계적으로, 또 체계적으로 아시아란 회사는 그들을 정리했다. 일종의 대기발령인 셈인데 중국과 베트남 사이의 양란 지구야말로 가장 규모가 큰 대표적인 부서였다. 아버지가 왜 죽었는지를 너는 모른다. 또 감기와 발열로 숨진 어머니의 사인이 타당한 것이 아님을 모르고 있다. 프롤레타리아를 창조해낸 과학은 이제 프롤레타리아도 아닌 것들의 저항을 두려워할 처지가 아니었다. 쉬엔쥐! 쉬엔쥐! 함성이 들려온다. 나른한 눈빛으로 그들을 둘러본 후 너는 쓰레기들, 하고 속으로 중얼거린다. 그러나 그들이 실은 성실하고 무력한

인간들이었음을 너는 끝내 알지 못한다. 무력한 너의 손가락이

성실히 방아쇠를 당긴다. 모두가 숨을 죽인 그 순간 철컥, 하는 소리가 울려 퍼진다. 뇌수를 쏟는 대신 너는 비 오듯 땀을 흘리기 시작한다. 뿌리치듯 총을 내려놓고 너는 퉤, 바닥에 침을 뱉는다. 순간 치민 구역질을 참기 위해서인데 그것이 약기운 때문인지는 정확히 알 수 없다. 땀 한 방울 흘리지 않고 노인은 말없이 술잔을 기울인다. 희미했던 미소를 술로 씻은 듯 잔을 내려놓는 그의 얼굴엔 표정이 없다. 선뜻 총을 집지도 잎담배를 꺼내 물지도 않는다. 다만 어둑한 바다와도 같은 그의 눈을, 너는 본다. 쉬엔쥐! 쉬엔쥐! 목이 터져라 외쳐대는 함성 속에서 그도 물끄러미 너의 눈을 바라본다. 자넨 참으로 운이 좋군, 하고 그가 중얼거린다. 너는 아무 말도 하지 않는다. 나는 말일세... 하고 노인은 눈을 깜박인다.

내가 왜 여기 있는지 모르겠다네.
너는 남은 술을 들이켠다.
나는... 나는 회사를 다니던 사람이라네.
양란에는 회사가 없소, 라고 너는 말한다.
이곳이 아니야... 오사카란 곳에서였지.
운이 좋은 건 당신이었군.
그런 셈인가? 하고 그는 웃는다. 우린 마치 보케와 쓰코미[4] 같구먼.
그의 말뜻을 너는 알아듣지 못한다.

---

4) 일본의 2인 1조 만담漫才에서 분담된 각자의 역할. 재치 넘치는 말로 응수하는 쪽이 '쓰코미〔つっこみ〕'이고, 촌스럽고 진지한 분위기로 말하는 쪽을 '보케〔ボケ〕'라고 한다.

그래, 불행하기로 치면 자네가 더하겠지... 자네 선조들이 그래도 사회주의란 걸 하던 사람들이잖나.

껄껄거리며 웃는 노인의 말에도 너는 반응이 없다.

이보게, 하고 사이토가 말한다.

무력하나마 성실한 눈빛으로 너는 그를 바라본다.

나를 말일세... 한 번만 나를... 계장님이라 불러주지 않겠나?

역시나 그 말뜻을

너는 알아듣지 못한다. 쉬엔쥐! 쉬엔쥐! 폭동이라도 일으킬 기세로 쓰레기들이 철망을 타오르기 시작한다. 너가 잠시 머뭇거리는 사이 노인은 총을 집어 든다. 우리가 이 땅에 살러 온 것은 사실이 아니야, 진실도 아니야. 우린 단지 잠자려고, 꿈꾸려고 왔을 뿐이지... 제왕의 노래를 쓰레기들이 제창하기 시작한다. 쓴웃음을 짓는 노인의 눈 속에서 너는 어릴 때 보았던 바다의 잔물결을 본다. 신도... 부처도 없단 말인가... 눈 속에 담긴 물결과 함께 사이토의 입술이 한순간 출렁인다. 계장님이라 불러줄걸 그랬나, 생각을 한 것은 분명 총성이 너의 귓전에 닿기 전의 일이었다.

*

모차르트가 들린다.

마오가 튼 것이다. 마오는 지금 캠프로 돌아가는 중이다. 줄곧 통신을 시도했으나 실패했으므로 결국 마오는 복귀를, 나는 남아서 현장을 보존하기로 했다. 너라도 통신상태를 유지하고 있어, 알았지? 레일카에 오르는 마오에게 나는 당부를 했다. 그래서 지금 모차르트를 듣고 있다. 마오는 모차르트를 좋아한다. 나에겐 음악을 감상할 수 있는 인지코드가 없지만... 결코 시끄럽다고 생각하지는 않는다. 막시, 하고 마오의 목소리가 들린다. 왜? 만약 요사가 자리에 없다면... 직접 공단에 보고를 해야 하는 걸까? 나는 잠시 생각한다. 그리고 상황을 봐서, 라고 짤막하게 대답한다. 가능하다면 내가 아는 유일한 인간이 난처해지는 상황을 피하고 싶은 것이다. 오케이, 하고 마오가 답한다. 상황에 따라 나는 마오에게 메시지를 전할 수도 있을 것이다.

눈앞의 어린, 죽은 인간을 본다. 내가 만난 두 번째 인간이다. 아무리 생각해봐도 이 어린, 죽은 인간이 이곳에 있는 이유를 알 수 없다. 니들이 뭘 알아? 요사의 목소리도 떠오른다. 안다는 것... 아는... 내가 아는 것은 무엇일까, 생각해본다. 이 도로와... 캠프를 나는 안다. 오프OFF상태로 나는 지급되었고 캠프에서 눈을 떴다. 기본적으로 입력된 코드와... 규정들을 알고 있다. 우리 캠프가 맡은 AECN172-174 구간의 광활한 도로를 알고 있다. 도로의 시스템과... 셔틀에 대해 알고 있다. 나는... 요사를 안다. 그리고... 그렇다, 직접 만나본 것은 아니지만 왕 웨이[王偉]라는 인간을 안다. 170년 전의 인간이고, 로드킬 자원봉사단의 아버지라 불리는 사람이다. 캠프의 현관에도 그의 흉상이 세워져 있다. 내겐 그가 남긴 인터뷰 영상이 입력되어 있으므로 나는 그를 안다고, 분명 말할 수 있을 것이다.

...순간적인 일이었어요. 급히 브레이크를 밟았으나 충돌을 피하지 못한

것이죠. 어린 고라니였습니다. 분명한 것은 브레이크를 밟으며 미끄러지는 동안 그 어린 생명과 제가 눈이 마주쳤다는 사실입니다. 지극히 짧은 순간의 일이었으나 몇 달이 지나도록 그 눈빛을 마음에서 지울 수 없었어요. 죽음을 직감해서인지 녀석은 움직이지 않았습니다. 도리어 주저앉은 채 슬픈 눈으로 저를 쳐다보았죠. 그리고 이 일을 시작하게 되었습니다. 누군가가 해야만 하는 일이었고, 그 누군가가 바로 저였던 것이죠. 지금도 부탁드립니다. 도로에서 죽은 동물을 보았다면 반드시 저희 봉사단으로 연락을 주시기 바랍니다. 만약 그것이 인간이라면 누구도 그 자리를 그냥 지나칠 수 없지 않겠습니까? 다시 한 번 말하지만 모든 생명은 동등한 존엄성을...

나는 영상을 재생해본다. 그리고... 달을 본다. 충돌하는 동물과 눈을 마주칠 수 있는 170년 전의 셔틀을 생각하고... 그래도 몸통이 온전했을 과거의 사체에 대해 생각한다. 음악이 꺼지고 레일카가 서서히 도킹하는 소음을 듣는다. 마오가 도착한 것이다. 문이 열리고 내리는 소리... 마치 그 자리에 있다는 착각이 들 만큼이나 귀에 익은 소리들을 마오와 공유한다. 그리고 눈앞의... 어린, 죽은 인간을 다시 본다. '아기'라고 한다는 이 작은 인간과 눈을 마주친 것도 아니면서... 나는 왕웨이가 얘기한 인간의 마음을 짐작해본다.

요사는 자고 있어, 마오가 얘기한다. 술? 하고 묻자 술! 이란 대답이 돌아온다. 젠장, 하고 나는 중얼거린다. 요사가 온ON 상태에 이르기까진 아마도 약간의 시간이 필요할 것이다. 왼 무릎을 삐걱대며 나는 앉는다. 그리고... 두 눈을 꼭 감은 작은 얼굴과... 피가 엉긴 머리칼을 본다. 이 인간에게도 그런 눈빛이 있었을까... 혹은 누군가의 눈빛을 몇 달이 지나도록 지울 수 없는 마음이 있었을까, 조리개를 고정시킨 채 생각해본다. 알 수... 없다. 다만 촬영을 함으로써 나는 이 순간을 저장해둔다. 달이 밝다. 누군가가 해야만 하는 일이라도 되는 듯, 달이 박힌 밤하늘이 존엄한 1안—眼의 생명체처럼 이 자리를 지나치지 아니한다.

  마오가 보고를 하는 동안 요사는 딸꾹질을 했다. 물론 간간이 그래서? 하는 것도 잊지 않았다. 마오의 보고는 그런대로 훌륭했다. '비정상적 발견'이란 단어를 쓰기도 했다. 그래서 막시는? 요사가 묻는다. 막시는 현장을 보존하고 있습니다, 마오가 답한다. 똑... 똑... 똑... 손등을 뒤집어 테이블을 두드리는 소리가 들린다. 뭔가 깊이 생각에 잠겼을 때 요사가 취하는 동작이다. 잘못 본 거 아냐? 요사의 목소리가 들린다. 그렇지 않다고 마오는 대답한다. 억, 하고 크게 딸꾹질을 하며 요사가 뭔가를 만지고 두드린다. 아마도 사고내역이나 신고접수 등을 파악해볼 것이다. 그런 일이... 있을 리 없다. 캠프에 지급된 후 지금까지 나는 단 한 번도 그런 일을 겪은 적이 없다. 위대한 문명이다. 그건 동물이야, 하고 요사가 말한다. 동물이 아닙니다, 마오가 즉답한다.

  원숭이야.
  옷이 입혀져 있었습니다.
  애완愛玩이지.
  인간이었습니다.
  니가 뭘 알아?
  ....
  뭘 아냐구?

규정에 의하면... 하는 마오의 말을 요사가 가로막는다. 어떤 제스처를 썼는지는 알 수 없지만 종종 겪는 일이다. 술이 덜 깼는지 요사의 숨소리가 두렵도록 거칠어진다. 장소가 어디지? AECN172-725m8E-L32. 레일카의 운행시스템에도 입력되어 있습니다. 다시 똑, 똑 요사는 테이블을 두드린다. 억, 딸꾹질을 한다. 시간이 흐른다. 테이블을 두드리는 소리도 딸꾹질도 점차 그 간격이 벌어져간다. 이윽고 그것은 아주 뜸한 소리가 된다. 아무튼, 하고 요사는 결정을 내린다. 수거처리해. 나는 귀를 의심한다. 왜, 싫어? 뒤따르는 요사의 목소리엔 짜증이 잔뜩 묻어 있다. 인간입니다, 인간입니다... 오류에 빠진 마오의 목소리가 반복된다. 뭔가 부딪히는 소리가 난다. 니가... 인간을 알아? 니가 인간이야? 이것은 매우 이상한 질문인데 요사는, 그러니까 우리가 아는 인간은... 가끔 이런 식의 질문을 던진다. 다시 부딪히는 소리가 난다. 주파수로 미뤄볼 때 요사의 야구배트가 틀림없다. 요사는 야구를 좋아하고, 또 종종 폭력을 행사한다. 말해봐 이 새끼야... 시키면... 시키는 대로 하면 되지... 니가... 뭘 알아? 세상이... 세상이 이런 게... 다 누구 때문인데... 바로... 니들 때문에...

나는 고통스럽다.

통신이 끊어진다. 마오가 파손된 게 아니란 걸, 나는 안다. 인간이 배트를 휘둘러 할 수 있는 일은 공을 치거나 자신의 화를 푸는 정도이다. 물론 기계의 관점이다. 상대가 인간이라면 얘기는 또 달라질 것이다. 요사는 마오를 껐을(OFF) 것이다. 가장 쉽고 빠른 길을 택한 것이다. 초기화 모드로 재부팅된 마오를 나는 떠올려본다. 그것은 새로운 마오이고, 모차르트를 모르는 마오일 것이다. 나는 고통스럽다. 물론 이것이 오류란 사실을 알고 있지만... 고통스럽다. 어쩌면 인간의 고통도 인간이 지닌, 혹은 인간에게 발생한 하나의 오류일 것이다. 오류가 없는 한

아마도 요사는 이곳으로 올 것이다. 레일카에 태운 나를 *끄*고, 이 작은 인간을 수거 처리할 것이다. 물컹물컹과 함께 사체는 사라지고, 마오와 나는 다시 깨어날 것이다. 아니... 나는 폐기될 것이다. 통신이 들어온다. 초기화라도 거친 듯한 요사의 차분한 목소리가 들려온다. 고통을 담지 못하는 목소리로 나는 요사의 질문에 이런저런 답을 한다. 상황은 알고 있으니 현장을 잘 지키라고 요사가 지시한다. 지시사항 입력, 이라고 나는 말한다. 레일카가 궤도에 오르는 소리와 함께 통신이 끊어진다. 고요한 어둠 속에서, 그러나 당신이 모르는 것이 있다고 나는 중얼거린다. 지금까지의 상황을 나는 마오와 공유했고, 당신은 그 사실을 모른다고... 나는 인간처럼 중얼거린다. 나는 생각한다, 그리고 판단한다.

어린 인간의 사체를 안고 나는 걷기 시작한다. 지시사항을 어기는 데 따른 957항목의 규정위반 경고가 회로를 점거한다. E레벨, 즉 판단근거에 따라 참작의 여지가 있는 602개의 항목... 협의근거와 행동근거에 따른 D, C레벨... B레벨... 그리고 마지막으로 강제법령이 적용, 회로 차단에 이르게 하는 A레벨의 주요 7항목을 파악한다. 1안의 스크린을 가득 메운 경고신호들... 판단조합에 따라 나열되는 초록색의 문장들... 점멸하는 신호들의 희고 푸른빛 때문에 마치 밤하늘 속의 은하수를 걷고 있는 기분이다. 걸음을 뗄 때마다 경고를 알리는 빛의 무리가 조금

씩 사위어간다. 한 걸음, 한 걸음... 신호들은 그렇게 사위어가다 결국 단 하나의 규정에 의해 모든 빛을 잃고 만다. 어떤 경우에도 인간의 존엄성을 보호할 의무가 있다. 그것은 모든 경고사항의 꼭대기에 위치한 최상의 규정이었다.

나는 걷는다. 입력된 도로의 레일시스템을 조회하고, 출구를 찾는다. 그리고 2.7킬로미터 전방의 도로배수시설 설계도면에서 출구를 발견한다. 52년 전 현재의 셔틀하이웨이가 구축되며 폐간된 시설이다. 그곳의 지하 기관실에 이르는 경로와 구조물을 나는 스캔한다. 왼 무릎이 여전히 삐걱댄다. 그리고 여전히... 요사의 판단과 행동이 이해되지 않는다. 인간을 이해하기란 힘들다고, 나는 품속의 작은 얼굴을 보며 중얼거린다. 좀 더 따뜻했으면 좋으련만... 내가 만난 두 번째 인간의 '비정상적' 인 체온을 느끼며 나는 걷는다. 또 그것이 규정인 양, 환한 1안의 우주가 우리와 함께 걷고 있다.

*

너는 눈을 뜬다.

타잉의 투기장에서 돌아온 너는 이틀을 잤다. 그럴 만하다 생각했으므로 누구도 너를 깨우지 않았다. 몸을 일으키고도 너는 한동안 머리를 감싼 채 앉아 있는데 미혼의 약기운이 아직도 남았기 때문이다. 너는 어젯밤, 그러니까 실은 그저께 밤의 일들을 떠올린다. 짧은 총성과, 터져 나오던 노인의 뇌수를 떠올린다. 바닥을 적시던 피와 쓰레기들의 함성도 떠오른다. 무엇보다 더없이 편안해 보이던 죽은 자의 표정이 떠오르고, 그가 불렀던 노래의 가락도 귓속에 고여 있다. 그럴 필요도 없는데, 너는 계장님이란 단어를 또다시 되새긴다.

잘해보자구, 하던 2층의 패거리들도 떠오른다. 우리에겐 자네 같은 선수가 필요해, 그런 말을 듣기도 했다. 그 말은 곧 보호를 받는다는 것이고 이제 섣불리 발을 뺄 수도 없다는 뜻이었다. 누구든 붙여만 주십시오, 그런 말을 빠트릴 너도 아니었다. 사이토는 너무 늙었잖아, 교태가 섞인 타잉의 목소리도 떠오른다. 너를 눕히고 단단한 가슴을 긁어내리던 암사마귀의 손톱도 기억이 난다. 돈방석에 앉아보지 않을래? 그녀는 너를 얼렀으나 너는 그 말을 요만큼도 믿지 않는다. 지끈, 머리가 또 아파오기 시작한다.

너는 식구들을 바라본다. 식구들은 일렬로, 또 다닥다닥 칼잠을 자고 있다. 피가 섞인 가족들은 아니지만 말 그대로의 식구食口들이다. 양란의 인간들은 거의가 이렇게 살아간다. 누구도 서로를 책임질 수 없는 아비규환이기 때문이다. 식구로 모여 서로를 보호하고, 또 그런 서로가 모여 다른 식구들을 습격한다. 때문에 더 식구를 늘려야 하고, 식구를 잃은 이는 다른 식구를 찾아야 했다. 세대가 바뀌면서 양란의 인구는 눈에 띄게 줄어 있었다. 쓰레기 매입의 목적은 분해라는 사실을, 아시아를 이끄는 인간들은 잘 알고 있었다.

너는 란Lan을 깨운다. 란은 곧장 눈을 떴지만, 입술에 손가락을 가져다 댄 너의 얼굴을 보고 미동도 하지 않는다. 너는 고개를 끄덕인다. 품속의 아기를 꼭 끌어안으며 란도 말없이 고개를 끄덕인다. 곁에 누운 마루를 흔들기도 했으나 벙어리인 마루는 아기보다 더 깊이 잠들어 있다. 마루를 가리키며 너는 또 한 번 고개를 끄덕인다. 란은 눈빛으로 알아들었다는 말과, 기억하고 있다는 말을 너에게 전달한다. 또 조심하란 말도 덧붙인 것이었는데 그 말은 너에게 전달되지 않았다.

너는 집을 나선다. 만나야 할 사람이 있어서다. 이 순간을 위해 너는 모든 걸 걸어왔고, 이제 그 일을 마무리할 시간이다. 때 묻은 상의를 벗어 너는 웃통을 드러낸다. 돈을 지니지 않은 것처럼 보이기 위함인데 혹시 모를 습격에 대비해서다. 이른 아침이고, 타잉의 선수를 습격할 바보도 없을 테지만 너는 만전에 만전을 기한다. 그을린 너의 등판에 다리가 꺼끌한 메뚜기떼처럼 여름의 햇살이 달라붙는다. 너는 걷고 또 걷는다. 길에서 잠든 쓰레기들과 피를 흘리고 누운 세 구의 시체를 지나친다. 움막이 모여선 도로를 지나고 두 개의 하천을 건너 구릉을 오른다. 백白의 사무실은 멀고도 멀다.

살아왔군, 하고 백이 말한다. 운이 좋았다고 너는 답하지만 백은 관심도 없는 얼굴이다. 준비는 다 된 거지? 너는·묻는다. 돈은? 하고 백이 답한다. 허벅지에 찬 전대를 끌러 너는 백에게 건넨다. 액수를 확인한 백이 돋보기를 벗으며 고개를 끄덕인다. 오래전 운송회사의 사무실로 쓰였던 허물어진 건물 위로 커다란 새 한 마리가 날개를 치며 지나간다. 차를 한잔 마실 텐가? 백이 묻는다. 기다란 소파에 기대 앉아 너는 고개를 끄덕인다.

같이 갈 식구가 둘이랬나?

아기까지 셋이오.

나머지 식구들은?

이제 식구가 아니오.

아기는... 자네 씨인가?

그걸 어찌 알겠소.

백과 너는 계획에 대해 상의한다. 타잉의 눈을 피해 너는 이곳에 있기로, 백이 미리 약속한 장소에서 란과 마루를 데려오기로 결정한다. 도로까지 세 사람을 데려다 주는 것도, 그곳에서 도로를 건너갈 방법을 알려주는 것도 백의 몫이다. 건너간 사람들이 많소? 골백번은 더 물었을 뻔한 질문에 백은 다시 한 번 성의껏 답을 해준다. 룰렛과 같은 거지... 셔틀은 오는 모습이 보이거나 피할 수 있는 게 아니라네. 그나마 이곳은 가장 한적한 도로니까... 왜 그런 말도 있지 않나, 도로를 만든 이유도 우릴 가두기 위한 것이었다고... 즉 아시아는 오래전부터 이런 준비를 해온 것이야. 건너간 사람들은 어떻게 되었소? 나도 알 길이 없네. 어쨌거나 돌아온 사람은 없으니까... 가장 중요한 건 문명의 차이일 게야, 아마도 이제 200년 이상의 차이가 벌어졌지 않을까 싶네만... 아무튼 내가 생각하는 최선의 결과는 자네들이 그곳의 교도소에 수감되는 것이야. 교도소란 무엇이오? 원래 이 세계엔 치안이란 게 있다네... 즉 죄를 지은 이들을 가두어 벌주는 곳이지. 현재의 문명이라면 교도소라 해도 이곳의 삶보다는 백 배 더 나을 걸세.

백은 원래 양란의 인간이 아니었다. 오래전 그는 인권단체와 함께 이곳으로 잠입했고, 아시아는 그들이 다시는 돌아오지 못하게 양란을 차단했다. 그리고 긴 세월이 흘렀다. 살아남은 회원들은 점차 양란의 인간이 되어갔고 백은 그중에서도 장수를 누린 인물이다. 당신은 왜 건너가지 않소? 미지근한 찻잔을 내려놓으며 너가 묻는다. 느릿느릿 부채질을 해가며 백은 희미하게 웃기만 한다. 시간이 남았으니 잠이라도 자두게나, 나는 이제 나가봐야겠네. 백이 자리를 일어선다. 너는 마지막으로 궁금한 걸 물어본다. 그런데 계장님이란 게 뭔지 아시오? 부채를 내려놓던 백이 또 싱긋 웃으며 답한다. 그건... 아무것도 아니라네.

실은 백을 믿지 않지만, 너는 너의 직감을 믿는다. 룰렛을 할 때도 마찬가지였다. 그래서 란과 마루가 무사히 이곳으로 올 거란 걸, 너는 믿는다. 그렇다고 란과 마루를 믿지도 않는다. 다만 너가 사라진다면 란과 마루가 무사하지 않을 거란 예감이 들어서이다. 거죽이 터진 소파에 누워 너는 정말로 잠이 든다. 짧은 꿈을 꾸기도 했는데 아버지와 어머니가 나오는 꿈이었다. 어떤 도로 위에 너는 서 있었다. 광활한 도로이고 그 도로의 건너편에 아버지와 어머니가 서 계셨다. 너는 달려 도로를 건너갔다. 어머니는 란의 아기를 안고 있었는데 마치 손자를 안은 듯한 얼굴이었다. 이 아기가 저의 씨인가요? 너는 물었다. 몰랐니? 라는 표정으로 어머니는 환히 웃기만 했다. 이제 우린 어디로 가는 건가요? 어리광을 부리는 너를 번쩍 안아 올리며 아버지는 말씀하셨다.

여행을 갈 거란다, 애야.

백이 모는 낡은 모터카에 앉아 지금 너는 그 꿈을 떠올린다. 그리고... 어릴 때 본 바다를 떠올린다. 힐끔힐끔 너는 뒷자리의 란과, 란의 아기를 바라본다. 대체 얼마를 달린 걸까. 이윽고 성벽처럼 이어진 도로의 스카이라인이 너와 너의 식구 모두의 눈을 사로잡는다. 어버, 하고 일어선 마루는 앉으라는 백의 말에도 꿈쩍을 하지 않는다. 도로와 연결된 커다란 시설물 앞에 백은 모두를 내려놓는다. 이 문을 들어서면 엄청 많은 계단을 올라야 할 게야, 맨 꼭대기 층의 문을 나서면 도로가 나오고... 그래, 그리고 길 건너에 이 정도 각도로 말이지... 대칭되는 지점에 이와 똑같이 생긴 시설물 하나가 보일 것이야. 그 문만 들어서면 내려가는 길은 여기서 올라가는 길과 똑같다고 할 수 있네. 그다음은 신에게 맡겨야지, 물론 도로를 건너는 것도 말일세... 어쩌면 인간은, 신이 버린 프롤레타리아일지도 모른다고 뛰어가는 너의 뒷모습을 바라보며 백은 생각한다. 그런 사실을 전혀 모른 채 너는 란의 아기를 안고 어두운 복도와 녹슨 계단을 오르기 시작한다.

도로는 광활했다.

어버, 하고 소리친 마루가 주춤 뒷걸음질을 칠 정도로 두려운 광활함이었다. 괜찮을 거라고, 너는 식구들을 안심시킨다. 너는 다시 한 번 너의 직감에 모든 것을 걸어본다. 바람이 분다. 아직 해가 떨어지지 않은 하늘이어서 바로 지금이 여행을 떠날 때라고 너는 생각한다. 아기를 안고 너는 뛰기 시작한다. 한 발 뒤처진 거리를 유지하며 란과 마루도 너의 뒤를 쫓기 시작한다. 차로車路 사이 사이마다 설치된 폭 넓은 레일을 넘어, 너는 달린다. 땀과, 호흡과... 여름의 볕이 하나 되어 품에 안은 란의 아기가 더욱 뜨겁게 느껴진다. 얼마나 달렸을까, 드디어 건너편의 펜스와 백이 말한 시설물의 옥상을 너는 눈으로 확인한다.

너는 달린다, 달리다가… 순간 알 수 없는 불안과 공포에 온몸이 경직된다. 어떤 기척이 있는 것도 아닌데 어버버, 외치는 마루의 고함이 들린다. 너도 모르게 너는 란을 돌아본다. 그것은 극히 짧은 순간이었는데 너는 시간이 정지된 느낌을 받는다. 떨리는 란의 눈빛을 너는 마주한다. 그리고 그 진동의 폭보다도 좁은 시간의 틈을 기억해낸다. 쓴 웃음을 짓는 사이토의 얼굴과, 총성이 귓전을 파고들기 전의 틈… 그 시간의 틈새에 또다시 서 있음을 너는 느낀다. 실은 울고 싶은데 눈물을 만들 만한 시간이 없음을 너는 안다. 다만 품에 안긴 란의 아기를, 너는 느낀다. 너의 직감이 너의 팔을 마지막으로 움직이게 한다. 너가 잠시 웃은 것은 분명 너의 두 손이 한없이 가벼워지기 전의 일이었다.

*

나는 걷고 있다.

왼 무릎이 굽혀지지 않아 아예 록을 건 채 한쪽 다리를 끌고 있다. 더 심각한 건 전원의 상태인데 이미 경고의 수준을 넘어선 지 오래다. 스캔을 사용하지 못한 건 물론이다. 다만 찬란한 불빛을 향해 나는 걷고 또 걷는다. 통신을 시도하던 요사의 목소리도 떠오른다. 야구에 대해 떠들 때처럼 톤이 높았고 배트를 휘두를 때처럼 숨이 가쁜 목소리였다. '필요'란 것이 무엇인지 나는 그, 다급한 목소리를 통해 알 수 있었다. 비상전원의 저하를 알리는 신호가 또 한 차례 다급히 깜박인다. 다급할 수 없는 나의 걸음이 그래서 더, 느리게만 느껴진다. 그래도 걷는다. 서서히 새벽이 밝아올수록 나의 시야는 흐려져 간다.

나는 걷고 있다. 가까워진 불빛들이 보다 구체적이고 뚜렷한 건물의 윤곽들로 드러나기 시작한다. 아시아다. 그리고 지금 나는 '아시아'의 어딘가에 서 있다. 이봐 마오, 눈앞의 이 풍경을 너에게 꼭 보여주고 싶어. 인간의 빛이 모여 있는 이 광경을... 그러나 보여줄 수 없을 것이다. 나는 멈춰 선다. 그리고 더는 관절을 움직일 전원이 남아 있지 않다. 1 안의 렌즈를 제외하고는 이제 온몸이 꺼진 상태이다. 다행히 한 무리의 인간들이 걸어오는 모습을... 나는 본다. 그들은 계단을 오르는 중이고... 동상鋼像처럼 서 있는 나와... 품속의 작은 인간을 발견할 것이다. 이상한 일이다. 지금 나는 모차르트가 듣고 싶다. 예전의 마오를 다시 만날 수 있다면, 아마도 많은 대화를...

　이봐 마오...
　에서 나는 생각이 멎는다.
　모니터가 꺼지고
　다만 올라서는 인간의 발소리를
　잠시 듣는다.

　나는 ▪

이장욱

어느 날 욕실에서

1968년 서울 출생. 고려대 노문과와 동대학원 졸업.
2005년『문학수첩』등단.
소설집『고백의 제왕』. 장편소설『칼로의 유쾌한 악마들』.
〈문학수첩작가상〉〈웹진문지문학상〉수상.

.

어느 날 욕실에서

세상에서 가장 좋아하는 곳이 어디예요?, 라는 질문을 받은 일이 있다. 커피를 홀짝거리면서 여자가, 자신이 왜 인도를 좋아하는지, 갠지스강이 왜 세상에서 가장 아름다운 곳인지를 길게 설명한 뒤였다. 이번엔 내 차례였다.

"아, 저는 뭐, 별로…… 특별한 곳이……."

정말 특별한 곳이 없었다. 여자가 갸우뚱하게 나를 바라보다가 커피숍 창밖으로 시선을 돌렸다.

그러고는 침묵이 이어졌다. 이마에 땀이 흐르기 시작했다. 입안에서 침이 말랐다. 다른 사람들과 있을 때 침묵을 견디지 못하는 건 내 고질병이다. 혼자서 오래 침묵하기 경연대회 같은 것이 있다면 우승도 할 수 있을 텐데, 어찌 된 일인지 다른 사람과의 침묵은 10초도 버틸 수가 없다.

제법 침묵이 길어지자, 초조한 나머지 나도 모르게 엉뚱한 이야기가 튀어나왔다.

"아, 그게, 제가 세상에서 가장 좋아하는 곳은…… 좋아하는 곳은……."

여자가 호기심 가득한 표정으로 나를 바라보았다.

"……요, 욕실입니다."

"네? 욕실이요?"

여자가 머그잔을 입에서 떼면서 되물었다. 낭패였다.

"아, 네, 욕실이…… 욕실을…… 그게, 우리 집…… 요, 욕실입니다."

나는 얼굴을 찌푸리며 실토하듯 말했다. 어머, 왜요? 욕실이 왜 좋아? 여자는 손으로 입을 가리고 웃었다. 그게…… 그게…….

나는 말을 잇지 못했다. 삐질삐질 땀이 흘렀다. 여자가 물끄러미 내 얼굴에 시선을 두고 있다가, 다시 창밖으로 고개를 돌렸다. 거리에는 한창 여름이 오고 있었다. 환한 햇볕 때문에 여자의 눈초리가 살짝 감겼다. 졸린 표정이었다.

그건 사실이었다. 내가 세상에서 가장 좋아하는 곳은, 욕실이다.

욕실이 왜 좋은지는 정확히 설명하기 어렵다. 혼자 있는 곳이기 때문에? 벌거벗고 있어도 좋으니까? 그럴지도 모른다. 하지만 물에 머리를 담글 수 있다는 것만큼 중요한 이유는 아니다. 일종의 취미라고도 할 수 있는데, 이런 것이다.

한밤중에 욕조에 맑은 물을 가득 받아놓고 허리를 굽혀 머리를 담근다. 깊이 담가도 좋고 눈과 코와 입이 물속에 겨우 잠기는 정도도 괜찮다. 그리고 눈을 뜬다. 욕조 바닥이 보인다. 흰빛이다. 거기에는 아무것도 없다. 물만 있을 뿐이다. 무엇보다도, 조용하다. 나로서도 그런 풍경을—그것을 풍경이라고 할 수 있을까?—좋아한다고 말하기는 어렵다. 그것은 삭막한 단색의 이미지일 뿐이니까.

하지만 거기에도 하나의 세상이 있다고는 할 수 있다. 가만히 귀를 기울여보면 그곳에도 소리들이 떠돌고 있다. 물이 숨을 쉬는 소리, 아니면 작은 미생물들이 움직이는 소리 같기도 하다. 움직인다기보다는 생장한다는 느낌이 들기도 한다.

소리만 들리는 것은 아니다. 그곳에는 물결도 있다. 무의미한 것 같지만 매우 섬세한 물결이라고 생각한다. 그 물결의 무늬가 눈에 들어오기까지는 제법 시간이 걸린다. 내 경우는 30초에서 1분 사이이다. 조금 더 걸릴 때도 있다. 가능한 한 가만히 물의 움직임을 바라보아야 한다. 가늘게 점점이 흩어지는 음향과, 정지해 있는 것 같지만 서로 위치를 바꾸는 물의 결들.

그런 풍경 속에 머물러 있으면, 이윽고 그곳이 하나의 세상이라는 것을 수긍하게 된다. 거기에는 물결이 만드는 작은 떨림 같은 것도 있고, 낯선 외로움 같은 것도 있다. 결국 물도 살아가고 있는 건 아닐까, 그런 생각을 하게 된다.

폐활량이 좋다거나 그런 것도 아닌데, 어떻게 그렇게 물속에 오래 잠겨 있을 수 있는 것일까? 아마 숨을 조금씩 쉬는 법을 알고 있기 때문인지도 모른다. 실은 평소에도 그렇다. 나는 대개 조금씩 먹고 조금씩 움직인다. 숨도 조금씩 쉬고, 생각도 조금씩 하고, 의욕도 조금씩 갖는다. 오줌이나 똥의 양도 많지 않다. 시간이 한 모금씩 한 모금씩 흘러가는 느낌이다. 돈도 벌지 않고 가능한 한 쓰지도 않는다. 외출도 가급적 하지 않는다. 작년에 세상을 뜬 어머니가 남겨놓은 보험금을 조금씩 지출하면서 살고 있을 뿐이다. 한 3년 정도는 그렇게 견딜 수 있을 것이다. 그다음은…… 모른다. 어머니는 스물아홉이나 처먹은 것이 집에서 멍하니 시간을 보내다니…… 라고 매일 한탄하다가 세상을 떠났다. 저녁에 목욕을 하다 갑자기 돌아가신 것이다.

사실 그렇다. 낡은 욕실에서는, 많은 사건들이 일어난다.

얼마 전에도 오글오글 뭉친 머리카락 때문에 수챗구멍이 막혀 물이 내려가지 않았다. 공기압축기로 펌프질을 해서 뚫었는데, 다음 날 또 막혀 있었다. 슈퍼에서 독한 세제를 사와 구멍에 흘려 넣어 녹였지만 하루가 지나자 도로 마찬가지였다. 나는 긴 머리카락을 집어올려 물끄러미 바라보았다. 이건 누구 것일까? 어디서 모여든 것일까?

환기구 틈으로 벌레가 기어 나온 적도 있었다. 한 번도 보지 못한 다족류였다. 10센티미터는 될 듯한 긴 몸을 하고 머리에 난 더듬이 같은 것으로 욕실 천장을 조심스럽게 매만지며 내 쪽으로 기어왔다. 벌레를 잡기 위해 빗자루인가 그런 것을 들고 왔더니 벌써 사라지고 없었다.

엊그제는 볼일을 마친 후 물을 내렸는데 역류하기까지 했다. 똥이 변기를 넘쳐 욕실 바닥에 흘러넘쳤다. 고약한 냄새가 진동할 수밖에. 내가 할 수 있는 건 없었다. 내 몸에서 나온 더러운 것이 타일 위로 넘쳐 흐르는 걸 맥없이 바라보고 있다가, 문득 욕실을 바꿔버리면 어떨까, 하는 생각이 들었다.

망설이다가, 드디어 마음을 다잡았다. 나로서는 대단한 결심이었다. 욕실을 수리하기 위해 사람을 부르기로 한 것이다. 구레나룻이 덥수룩한 업자가 와서 욕실을 둘러보더니, 최소한 나흘은 걸린다고 했다. 인부도 둘이나 더 필요하다고 했다. 당연한 일이다. 수챗구멍을 뚫거나 환기구를 청소하는 일은 금방 할 수 있지만, 내가 원한 것은 전면 개보수였으니까.

*

공사가 시작되었다.

덕분에 나는 집 앞 시장통에 있는 구식 목욕탕에 가서 시간을 보내야 했다. 아무래도 공중목욕탕인지라 물은 좀 탁했지만, 낯선 냄새들이 그런대로 나쁘지 않았다. 눈을 뜨면 집의 욕조에서는 볼 수 없는 묘한 것들이 물속을 떠다녔다. 먼지들, 사람의 피부에서 떨어져 나온 때들, 알 수 없는 동작으로 꼬물거리는 미생물들.

이틀째는 일부러 거의 사람이 없는 시간—해도 뜨지 않은 새벽 시간—에 맞춰 갔는데도, 한 사내가 욕탕에 몸을 담그고 있었다. 물에 머리를 담글 수 없다고 생각하니 조금 초조해졌다. 샤워기로 몸에 물을 뿌리며 기다렸지만 사내는 욕탕에서 나올 기세가 아니었다. 욕탕에 들어가는 것을 포기하고 비누를 몸에 칠한 뒤 씻어내기 시작했다.

"저기, 부, 부탁이 있는데요."

사내가 말을 걸어온 것은 내가 샤워를 끝내고 그만 나가려고 할 때였다. 처음에는 수증기 때문에 뿌연 그림자가 보였을 뿐이다. 조금씩 수증기가 걷히고 나서야 사내의 윤곽이 보였다.

거구였다. 비대한 느낌이었지만, 어딘지 엉거주춤한 자세였다. 내 눈에 먼저 뜨인 것은 허리춤에서 출렁이는 살들이었다. 가만히 서 있는데도 그렇게 유연하게 물결치는 살을 본 것은 그때가 처음이었다. 접힌 뱃살 아래로 검붉은 빛깔의 작은 성기가 매달려 있었다. 아니 돋아 있다고 말하는 편이 옳았다. 살 속에 파묻혀 있던 것이 조금 머리를 드러내고 자신의 존재를 알리는 셈이랄까.

나는 사내의 얼굴로 시선을 돌렸다.

"아, 안녕하세요."

마치 엘리베이터에서 만나기라도 한 것처럼 나는 반갑게 인사를 건
넸다. 정말 엘리베이터에서 가끔 마주치던 사내였기 때문이다.

그가 엘리베이터에 들어서면 나도 모르게 구석으로 비켜서곤 했다.
몸이 컸기 때문에 그가 타면 두세 사람 정도의 공간만 남게 마련이었
다. 거뭇한 피부에 표정은 왠지 풀이 죽어 보였다. 한눈에도 외로운 느
낌을 주는 얼굴이었다. 인생에 별다른 의욕 같은 것이 없어 보이는 표
정, 눈은 너무 작아서 뭐라고 말하기 어렵지만, 웃음을 지으면 작은 주
름들이 섬세하게 물결을 짓는 게 보기 좋았다. 어떻든 동물로 치면 초
식동물이 틀림없다. 붉고·싱싱하고 식욕을 자극하는 고깃덩어리를 던
져줘도, 킁킁 냄새를 맡다가 흥미를 잃어버리겠지.

"등을 좀…… 미어주시겠습니까?"

사내는 그렇게 말했다. 잇새로 발음이 조금 새는 듯했다. 나는 그의
얼굴을 물끄러미 바라보았다. 살짝 벌어진 입안에 과연, 이가 두엇 없
는 듯했다.

요즘은 공중목욕탕이라고 해도 서로 등을 밀어주는 경우는 드물다.
오래전에는 그런 일이 흔했지만, 지금은 대개 긴 목욕수건으로 등을 슥
슥 문지르는 것으로 끝내게 마련이니까. 새로 지은 목욕탕에는 버튼을
누르면 자동으로 등을 닦아주는 기계도 있다고 했다.

나는 사내의 청을 순순히 받아들였다. 등을 밀어달라는 부탁이 어린
시절의 향수를 불러일으켰기 때문만은 아니다. 어쩐지 그에게 친밀감
을 느낀 탓인지도 모른다. 욕탕에는 사람이 없었다. 우리 둘뿐이었다.
새벽 시간인 데다, 얼마 전에 시장통 건너편에 신식 사우나가 생긴 탓

에 이 낡은 목욕탕은 언제나 비어 있었다.

우리는 엉거주춤 자리를 잡고 앉았다. 괜찮다고 했는데도, 그가 먼저 내 어깨를 눌러 앉히더니 등을 밀기 시작했다. 부드럽고 연약한 피부가 두어 겹은 벗겨지지 않을까 싶을 만큼 힘이 들어가 있었다. 등이 좁아서 금방 끝이 난 게 다행이었다.

이번에는 내 앞에 사내의 커다란 등이 주어졌다. 거무죽죽하고 넓은 등판이었다. 피부는 두텁고, 전체적으로 얇은 주름이 썰물 때의 갯벌처럼 무늬를 이루고 있었다. 면적이 다르니 서로 등을 밀기에는 매우 손해라는 생각이 들었다. 모래밭처럼 넓고 거친 등을 밀고 있는 동안 그가 입을 열었다.

"왜 공중모요타을, 이요하십니까?"

나는 짧게, 아, 욕실이 공사 중이어서요, 라고 대답했다.

사내는 다시 말이 없었다. 나도 말이 없었다. 제법 침묵이 길어지자, 내 입에서 쓸데없는 말이 튀어나왔다.

"실은, 죽은 어머니가 욕실을 떠나지 않으셔서……."

"에?"

"아, 돌아가신 어머니가…… 아, 아닙니다. 그냥 그렇다는 이야깁니다. 하하."

나는 어색한 웃음을 흘리고는 곧장 입을 다물었다. 미간이 찌푸려졌다.

나는 열심히 그의 넓은 등판을 문질렀다. 미끄럽고 어딘지 축축한 느낌이었다. 피부에서 분비물이 나오는 느낌이었다. 이제 된 것 같은데…… 라고 말하려는데, 그가 다시 입을 열었다.

"저는…… 제가 공중모요탕을 이요하는 이유는……"

그의 넓은 등판에서 때가 도르르 말려 나왔다.

"제가…… 사시은……"

사내의 입에서 튀어나온 건 좀 뜻밖의 말이었다.

"……하마입니다."

나는 사내의 등판에 닿아 있는 손을 멈추고 그의 뒤통수를 바라보았다.

"아, 물론 별며이죠. 하하."

텅 빈 목욕탕에 사내의 목소리가 웅웅거리다가 잦아들었다. 아, 네…… 라고 내가 겨우 말을 뱉어내자 다시 어색한 침묵.

수도꼭지에서 물방울 떨어지는 소리가 울렸다. 이명처럼 웅웅거리는 소음이 허공을 떠돌아다녔다. 새벽의 목욕탕에는 침묵에도 메아리가 있는 모양이라고 생각하는데, 내 입에서 엉뚱한 농담이 흘러나왔다.

"하마시라면, 물을 좋아하시겠습니다?"

말을 뱉고 나니 실례라는 생각이 들어서 나는 멋쩍은 웃음을 흘렸다. 그러자 사내가 조금 빨라진 어조로 대답했다. 어쩐지 조금 신이 난 것 같은 말투였다.

"그어습니다. 하마는 무을 좋아합니다. 잠수도 자하지요."

잠시 말을 끊었다가 사내는 타일 바닥으로 시선을 돌리며 말했다.

"어쩌면 좀 이사하게 드릴 수도 있고…… 아마 거짓마이라고 생가하시겠지만……"

나는 그의 등을 문지르며 귀를 기울였다. 돌돌 말린 때가 끝도 없이 나왔다. 사내가 이야기를 시작했다.

"아시겠지만, 어제는 비가 꽤 내였습니다……"

*

아시겠지만, 어제는 비가 꽤 내렸습니다.

이건 아열대의 비라고나 할까요. 미지근한 물을 대야로 붓는 격이었지요. 집에 가겠다는 K를 붙들고 딱 한 잔만 더 하자고 조른 건 저였습니다. K는 예전에 다니던 회사동료로, 친하게 지내는 몇 안 되는 사람 중 하나입니다. 제가 몸이 크고 거칠어 보이는지라 웬만한 사람들은 저를 슬슬 피합니다만, 그 친구만은 저와 술을 마셔주기도 합니다. 유일한 술친구지요. 천성이 남의 부탁을 거절하지 못하는 사람입니다. 전생에 두더지라든가 개미핥기처럼 착한 짐승이었음에 틀림없습니다.

그렇다고 같이 마시는 게 재미가 있다거나 한 것은 아닙니다. 대개 아무 말도 하지 않고 술만 마시는 편이죠. 서로 얼굴을 쳐다보다가 비 내리는 창밖을 바라보며 맥주를 들이켭니다. 그리고 손가락으로 치킨을 집어 입에 넣고 씹습니다. 맛있네, 한마디 하고는 텔레비전에 시선을 둡니다. 그러다가 비 내리는 창밖을 바라보며 다시 맥주를 들이켜고, 손가락으로 치킨을 집어 입에 넣고……

그런 식입니다. 하긴, 하마와 개미핥기가 서로에게 무슨 할 말이 있겠습니까?

어제도 K는 저의 간청을 이기지 못하고 한잔을 해주었습니다만, 2차는 피하더군요. 자네는 취했어. 취했다구. 자네는 취하면 또 어디서 이빨을…… 아닐세. 어쨌든 취하지 않는 편이 좋아. 게다가 나에게는 가정이라는 것도 있고, 지금은 비도 쏟아지고…….

K는 하늘을 바라보더니 미안하다는 표정을 짓고는 이내 손을 흔들며 멀어져 갔습니다. 그의 뒷모습을 멍하니 바라보다가 저도 하늘을 쳐다

보았습니다. 과연 빗줄기가 굵어져 있더군요. 탁탁, 소리를 내며 얼굴에 떨어지는 빗방울을 손으로 쓸어내렸습니다. 지하철을 타고 집에 가는 수밖에 없었어요.

직업상의 필요 때문에 저는 전철을 타면 사람들을 관찰하게 됩니다. 승객들의 시선을 살피기도 하고, 사소한 행동들을 연구하기도 합니다. 어떤 제품들을 쓰는지 눈여겨보기도 하지요. 대개는 비슷한 자세로 앉거나 서 있지만, 가만히 보면 모두들 다른 세계에 가 있는 것처럼 보입니다. 밀림에 사는 것은 똑같지만, 반응이 제각각인 동물들처럼 말이죠. 그런 것을 골똘히 관찰하노라면 지하철도 흥미로운 생태계가 됩니다.

하지만 요즘에는 그냥 창문을 멍하니 보고 있을 때가 많습니다. 다른 동물들에게 완전히 관심을 잃어버린 하마처럼 말이죠. 아마 지하의 공기가 답답해서인지도 모릅니다. 어쨌든 멍하니 창문을 바라봅니다. 거기 뭐가 있을 리가 없습니다. 전철 안의 풍경들이 희미한 흔적처럼 반사될 뿐입니다. 졸고 있는 인간, 신문을 읽는 인간, 이어폰을 꽂고 휴대전화를 뚫어지게 쳐다보는 인간…….

창 너머로는 그냥 캄캄한 어둠입니다. 정해진 간격대로 붙어 있는 형광등 불빛이 휙휙 지나갈 뿐이죠. 그런 회벽을 바라보고 있으면 이상한 느낌이 듭니다. 시간여행을 하고 있다거나, 어딘지 다른 세계로 가고 있는 것 같달까. (다른 세계로 간 건 내가 아니라 아내가 아닌가. 나는 피식 웃음을 흘리기도 합니다. 아, 아내가 집을 나간 지는 벌써 몇 개월이 되었습니다. 이젠 찾아다니지도 않습니다만. 하하.)

아시겠지만, 우리 아파트가 꽤 낡긴 했어도 현관 키는 다 자동식 아닙니까. 예전에 몇몇 가구에 도둑이 든 뒤 1층 입구에 CCTV를 설치했었지요. 그때 현관 키도 일괄 교체한 걸 기억하시는지 모르겠습니다. 비밀번호를 누르면 열리게 되어 있는 그런 문 말입니다.

저는 그게 마음에 들었습니다. 열쇠를 가지고 다니지 않아도 되고, 삑 삑 소리도 경쾌하더군요. 번호는 여섯 자리입니다. 삑—삑—삑—삑— 삑—삑. 여섯 번 울리지요. 딱 여섯 번입니다. 그렇게 버튼을 누르고 문 을 잡아당길 때마다, 드디어 나의 공간으로 들어간다는 쾌감 같은 것이 있습니다. 들어가 보면 음침하게 어두운 빈집일 뿐이지만 말입니다.

그런데 어제는 어쩐 일인지 문이 열리지 않았습니다. 버튼을 잘못 눌 렀나? 그렇게 중얼거리면서 여섯 개의 버튼을 다시 한 번 천천히 눌렀 습니다.

7, 삑, 3, 삑, 0, 삑, 6, 삑, 2, 삑, 8, 삑.

하지만 역시 문은 열리지 않았습니다. 건전지가 다 됐나? 나는 소리 내어 스스로에게 물었습니다. 아니, 건전지를 간 지 얼마 안 됐잖아, 버 튼에 불이 들어오고 누를 때마다 삑삑 소리가 나는 걸 봐. 나는 대답했 습니다. 그럼 주민번호 앞자리는 맞나? 나는 소리 내어 물었습니다. 그 럼, 기억하기 편하니까 그렇게 했지. 나는 대답했습니다. 아, 자문자답 은 제 버릇입니다만.

침착하게 버튼을 노려보며 다시 한 번 7, 3, 0, 6, 2, 8을 눌렀습니다. 엉뚱한 얘깁니다만, 제가 태어난 생년월일을 매일 누르다 보면 이런 느 낌이 듭니다. 지금 나는 이 세계에 태어나서 살아가고 있다. 버튼을 누 르고 있는 한 나는 살아가고 있는 것이다. 그래서 제가 비밀번호 누르 는 걸 좋아합니다만.

그래도 문은 열리지 않았습니다. 층을 잘못 찾아왔나? 나는 물었습 니다. 문에 붙은 호수를 확인했습니다. 601호, 맞잖아? 나는 되물었습

니다. 술을 좀 마신 건 사실이지만, 손가락이란 제멋대로 움직이는 물
건이 아니잖습니까? 저는 고개를 흔들었습니다.

심호흡을 한 뒤에 다시 버튼을 눌렀습니다. 삑. 삑. 삑. 삑. 삑. 삑. 신
중하게 눌렀습니다. 비와 땀으로 등은 축축하고, 어중간한 술기운인지
라 기분은 좋지 않았습니다. 어서 옷을 벗고 몸을 씻고 싶었습니다. 하
지만 문은 열리지 않았습니다. 저는 조금 화가 났습니다. (제가 느리고
둔해 보여도 좀 다혈질입니다. 꼭지가 돌면 앞뒤 분간을 못하는 성질이
랄까요. 후후.)

저는 버튼을 마구 눌러대기 시작했습니다. 아내의 주민번호도 누르
고, 아이의 생년월일도 누르고, 돌아가신 부모님의 기일도 눌렀습니다.
예전에 비번으로 쓰던 번호들이지요. 아, 물론 전화번호도 눌렀습니다.
삑삑삑삑삑삑. 삑삑삑삑삑삑. 문은 열리지 않고, 삑삑 소리가 반복될수
록 화가 더 나는 것이었습니다. 이런 제기랄, 이봐, 날 무시할 셈인가,
응? 미친 듯이 번호를 누르면서 제 목소리가 조금씩 커져갔습니다.

그 순간이었습니다. 나도 모르게 무슨 버튼을 누른 것일까요? 삐리
리릭, 익숙한 음악 소리가 울리면서 문이 열렸습니다. 저는 한숨을 내
쉬었습니다. 어째서 문이 열린 것일까? 누구의 생년월일을 누른 것일
까? 아니면 누구의 기일을?

아무려나. 저는 집 안으로 들어갔습니다. 후텁지근하고 끈끈한 공기
들이 실내에 고여 있다가, 갑자기 먹잇감이라도 찾은 날벌레들처럼 제
게 달려들었습니다.

아아, 그때까지만 해도 평소와 다른 것은 없었습니다. 장마철이라는
것, 비가 내리고 있다는 것, 제법 번개와 천둥까지 창밖을 점령하고 있

다는 것, 그런 정도였지요. 현관문이야 그렇게 가끔 말썽을 부리니까요. (지난번에도 현관 키에 문제가 생긴 적이 있습니다. 건전지가 떨어진 걸 모르고 문 옆에 놓여 있던 소화기로 다 부숴놓는 바람에 새것으로 바꿔야 했지요.)

하지만 현관만 문제가 아니었습니다. 실내등도 켜지지 않더군요. 스위치를 올려도 불이 들어오지 않았습니다. 또? 저는 중얼거렸습니다. 이 아파트는 최근 들어 자주 전기가 나가곤 했습니다. 건물 전체가 한나절씩 캄캄해질 때도 있습니다. 아무래도 오래된 아파트니까요. 아, 저와 같은 동에 사시니 잘 아시겠군요. 하하.

전기스위치를 부수거나 두꺼비집을 박살 내지는 않았습니다. 평소에도 불을 켜지 않고 지내는 시간이 많기 때문입니다. 집 안이 캄캄해도 별문제는 없더군요. 일부러 불을 다 꺼놓기도 하니까요. 눈을 감고도 뭐든 할 수 있는 게 집이라는 곳 아닙니까? 저는 불 켜기를 포기한 채 옷을 벗었습니다.

혹시, 장마철의 어둠이란 것에는 어딘지 묘한 데가 있다고 생각하지 않으십니까? 축축한 어둠 속에서 주섬주섬 몸을 움직이다 보면, 어둠이 몸에 스며드는 느낌이 들 때가 있습니다. 아니, 발이나 손 같은 것이 어둠 속으로 희미하게 풀어지는 느낌이 든달까요? 늪에 빠지는 것 같은 느낌이기도 합니다. 손가락이 끝마디부터 지워지듯이 말이지요.

어쨌든 일단 씻고 싶었습니다. 벌거벗은 채 좁은 거실을 가로질러 욕실로 갔습니다. 잘 아시겠지만, 우리 아파트의 욕실 구조라는 게 대단히 평범하지 않습니까? 특이한 점이라고는 전혀 없지요. 욕조가 있고, 욕조 위에 샤워기가 달려 있고, 그 아래로 샴푸나 린스 통들이 늘어서 있습니다. 물론 욕조 옆에는 세면대가 있습니다. 세면대 오른쪽 위에는 비누를 놓는 곳이 있고, 세수를 한 뒤 고개를 들면 얼굴을 볼 수 있도록 거울도 붙어 있습니다. 구석에 흰 양변기가 있는 건 물론입니다.

아마 아파트에 사는 사람들은 동선이 대단히 비슷할 겁니다. 욕실 문을 열고 들어간다, 들어가서 한 번 몸을 틀어준다, 바지나 치마를 내린 뒤에, 앉는다. 그리고 밖에는 들리지 않을 정도로 약간의 신음을 내면서, 일을 마치고, 엉거주춤 일어선다. 변기 레버를 내린다. 구멍 속으로 사라지는 배설물을 확인한다. 거울에 비친 제 얼굴을 살피면서 손을 씻고, 뒤로 돌아 수건걸이의 수건에 손을 닦는다. 그리고 다시 한 번 거울을 본 뒤 욕실을 나간다.

그런 것이 바로, 욕실이라는 것 아니겠습니까?

욕실이란 결국, 그런 것이 아니겠습니까?

그러니까 저는 맹세코, 그런 욕실 안으로 들어가고 싶었을 뿐입니다.

그 순간 창밖에서 제법 강렬한 번개가 쳤기 때문에, 저는 욕실 문 앞에서 멈춰 서야 했습니다. 그건 제 오랜 버릇입니다. 번개가 치고 나면 가만히 서서 천둥이 뒤이어 치기를 기다리는 것이죠. 길을 걸어가다가도 그런 순간에는 문득 걸음을 멈춥니다. 그리고 천둥을 기다립니다. 이상하게 생각하실지 모르지만, 저는 그 기다림의 시간을 매우 좋아합니다.

어릴 때는 말할 수 없이…… 좋아했습니다. 번개가 치면 천둥이 뒤따라온다는 것, 그 간격이 오래 걸릴수록 먼 곳에서 발생한 번개라는 것…… 아시다시피, 그건 빛의 속도와 소리의 속도가 달라서 생기는 현상이지요. 이런 사소한 상식들은 누구나 알고 있는 것이고, 저도 그걸 확인하기 위해 멈추는 것은 아닙니다만.

그럼 대체 왜일까? 왜 그런 짧은 기다림의 시간이 좋은 것일까? 모든 것을 밝힐 만큼 환한 빛이 지나간 뒤에, 지축을 울리는 굉음이 들린다는 것이 그저 좋기 때문에? 빛과 소리 사이의 고요가 이해할 수 없는 쾌감을 주기 때문에? 모르겠습니다.

저는 시간을 헤아렸습니다. 역시 습관이니까요.

하나.

둘.

셋.

넷.

다섯을 셌을 때, 거대한 천둥소리가 귀로 몰려들었습니다. 말씀드렸지만, 그 순간이면 언제나 남모를 쾌감을 느낍니다. 자연의 법칙일 뿐이라고 하실지 모르겠습니다만, 저는 그토록 심오한 순간은 세상에 없다고 생각합니다. 총소리나 폭약이 터지는 소리는 아무리 크더라도 어딘지 공허하기 마련입니다. 귀를 먹먹하게 만드는 건 동일하지만 깊이가 없달까요. 천둥은 다릅니다. 진정한 천둥은 폐부 깊은 곳까지 스며들어와 우리의 영혼에 흔적을 남겨놓습니다.

저는 그런 순간을 사랑합니다. 장엄한 음향이 잦아든 뒤에, 아주 사소한 소리들이 그 자리를 메우는 순간을 말입니다. 아주 사소하고 또 사소한 소리들입니다. 작은 빗방울들이 무수하게 떨어지는 소리, 축축한 나뭇잎들이 젖은 바람에 쓸리는 소리, 자동차 바퀴가 빗길을 지나가는 소리, 길 건너 정육점 셔터가 드르르 내려가는 소리…….

이 모든 것들이 삶이 아닌가, 하는 생각에 눈물을 흘린 적도 있습니다. (혹시 저처럼 커다란 몸을 가진 남자가, 번개가 치고 천둥이 울리는 밤거리에 서서 혼자 울고 있는 것을 보시게 되면, 이렇게 생각해주십시오. 아, 저이는 삶을 사랑하는구나, 라고.)

그런데 어제의 천둥은 달랐습니다.

뭐랄까, 외롭달까요. 천둥이란 실은 신의 외로움을 알리기 위한 것이 아닐까? 그런 생각이 들 정도였습니다. 저는 가만히 서서 실내가 고요해진 것을 확인한 뒤 욕실 문을 열었습니다. 전원을 넣었지만 역시 불은 들어오지 않더군요. 틱, 틱, 형광등에 짧은 전기가 지나가는 듯하더니 그만이었습니다. 자정이 지난 데다 정전이었기 때문에 욕실 안은 완전한 어둠이었습니다. 낮을 기억하지 못하는 밤이랄까요. 빛이라는 것을 만나본 적이 없는 어둠이랄까요.

욕실이 온통 환해지도록 등 뒤에서 두 번째 번개가 친 것은 그 순간이었습니다. 저는 흡, 숨을 멈추어야 했습니다. 번개 때문만은 아니었어요. 천둥이 울릴 때까지의 시간을 헤아리기 위해서도 아니었습니다. 등 뒤에서 쏟아져 들어온 엄청난 빛이 순간적으로 욕실의 내부를 비추었을 때, 무언가가 내 눈을 사로잡았던 것입니다.

그것은, 손이었습니다.

흰 손, 사람의 흰 손 말입니다.

사람의 손이, 사람의 팔이, 욕조 바깥으로 늘어져 있었습니다.

욕실 안은 순식간에 어둠의 세계로 돌아가 있었습니다. 문턱에 서서 나는 돌처럼 굳었습니다. 그럴 수밖에요. 이봐, 방금 본 게 뭐지? 사람의 손이 아니었나? 나는 물었습니다. 고무장갑을 걸쳐놓은 걸 잘못 본 거겠지. 나는 대답했습니다. 하지만 고무장갑이란 것은 붉은색이고, 지금 본 건 흰빛이 아니었나? 나는 물었습니다. 그렇지, 희디흰 손, 대리석처럼 매끄러운 흰 손이었지. 나는 대답했습니다. 두 눈을 부릅떴습니다. 어둠에 눈이 익기를 기다렸습니다.

눈이 어둠과 친해지는 데 걸리는 시간은 마음의 시간이라고 저는 생각합니다. 어둠 속으로 사라진 사물들이 사람의 눈에 천천히 자신을 허락한다는 것, 어둠 속에서도 어디론가 사라지지 않고 자신을 보존한다는 것, 참으로 신비로운 일이 아닙니까?

그런 생각을 하는 순간, 다시 제 손이 제 입을 틀어막았습니다. 등 뒤에서 밀어닥친 세 번째 번개가 다시 욕실 안을 속속들이 비추었던 것입니다. 대단한 밝기였습니다. 그런 빛은 태어나서 처음 보았다고 해도 좋아요. 집 안에 수만 개의 전구를 한꺼번에 켠 듯한 느낌이었습니다. 욕실 안의 모든 것들이 바로 그 순간에 창조되었다가 일제히 종말을 맞이한 것처럼, 하나의 세계가 나타났다가, 문득 사라졌습니다.

이번에야말로 저는 똑똑히 보았습니다. 흰 손이 달린 왼팔과 검은 머리통이 욕조 안에 있었습니다. 퉁퉁 부어 있긴 했지만, 마치 대리석으로 만든 것 같은 느낌의 매끄럽고 긴 팔이, 욕조 밖으로 드리워져 있었습니다. 고개를 숙인 머리통이 팔 곁에 놓여 있었지요. 머리통과 팔은 어깨를 통해 이상한 각도로 이어져 있더군요. 목은 90도로 꺾여 욕조 바닥을 향해 있었습니다. 마치 거대한 환등기로 비춘 것처럼, 사람의 팔과 머리통이 욕조 안에 나타났다가, 다시 캄캄한 우주의 어둠 속으로 사라진 것입니다.

죽었나?

죽었다.

저는 저도 모르게 그렇게 묻고 대답했습니다. 피 같은 것은 보지 못했지만, 욕조 속의 사람이 죽어 있다는 것은 직감으로 알 수 있었습니다. 부풀어 있는 팔 때문이었을까요. 어쩌면 살아 있다고 말하기 어려울 만큼 비정상적인 각도로 굽어 있는 목 때문이었는지도 모릅니다.

저는 뒷걸음질 쳤습니다. 그런 시체가 어째서 내 집 욕실에 있다는 말입니까. 어째서 내 집 욕실에 그런 이상한 물건이 있는 것입니까. 저는 뒷걸음질을 치다가 몸을 휙 돌려 안방으로 뛰어 들어갔습니다. 아아, 정말이지 벌거벗고 시체를 대할 수는 없었으니까요. 살이 출렁거리는 게 느껴졌습니다. 심장이 출렁거리는 게 느껴졌습니다.

저는 허겁지겁 추리닝과 남방을 꿰어 입었습니다. 더듬더듬 옷걸이를 헤집어 양복 바짓주머니에서 라이터를 꺼내 들었습니다. 아내의 화장대 위에 놓여 있던 초(성당에 다니던 아내가 쓰던 미사용 초입니다. 성모마리아가 십자가를 들고 온화하게 미소를 짓는 그림이 새겨져 있지요)에 불을 붙였습니다. 제 손은 격렬하게 떨렸습니다.

실은 심장이 좋지 않기 때문에 저는 자판기 커피도 마음대로 마시지 못하는 사람입니다. 심장질환이라면 평생을 달고 살았기 때문에(제 몸을 좀 보십시오. 아무래도 많은 피가 필요하지 않겠습니까?), 삶에서도 안정감을 가장 중요한 가치로 여기고 살아왔습니다. 다니는 길만 다니고, 하던 일만 하고, 만나던 사람만 만나며 살아왔습니다. 지난 십 년 동안 새로운 사람과 친구가 된 적도 없습니다. 그런 저에게 이게 대체 무슨 일일까요?

저는 심장께를 쥐어 잡고 다시 욕실로 다가갔습니다. 제 손에는 초 외에도 주방에 놓여 있던 식칼이 들려 있었습니다. 오른손에는 식칼을 들고, 왼손에는 희미하게 타오르는 촛대를 든 사내, 자기 집의 욕실을 향해서 한 발 한 발 다가가는, 몸무게가 구십팔 킬로그램이나 되는 거구의 사내. 그게 바로 저였습니다.

촛불은 촛불답게 흔들리더군요. 그렇게 흔들려서야 욕실 안의 모든 것이 불명료할 수밖에요. 세상 자체가 있는 듯 없는 듯했습니다. 마치 집을 나가버린 제 아내가 있는 듯 없는 듯 느껴지는 것처럼 말입니다. 그렇습니다. 저는 가끔 아내가 이미 이 세상에 존재하지 않는 것 같다고 느낄 때가 있습니다. 아아, 아내는 대체 어디로 사라진 것일까요?

조심스레 왼손을 뻗어 욕실 안쪽으로 촛불을 들이밀었습니다. 여름의 습기에 욕실의 습기까지 더해진 묵은 공기가 꿈틀꿈틀 흘러 나왔습니다. 마치 아열대의 늪에서 피어오르는 알 수 없는 수증기처럼 말입니다.

희미하게 욕실 내부가 보였습니다. 욕조 밖으로 늘어져 있는 예의 그 팔과 손이 흐릿한 윤곽을 드러냈습니다. 검은 머리칼이 자라 있는 머리통도 볼 수 있었습니다. 촛불 때문에 시체의 머리통이 욕실 벽에 비현실적으로 거대한 그림자를 만들더군요. 그림자는 제 손이 덜덜 떨리는 것과 같은 리듬으로 흔들렸습니다. 욕실 벽면에서 일렁이는 머리통과, 그 머리통에서 현란하게 뻗어 있는 검은 머리카락들이란. 스멀스멀, 춤을 추는 것 같았달까요.

저는 소리를 지르지 않았습니다. 대신 조용히, 천천히, 뒷걸음질을 쳤습니다. 욕실에서 멀어졌습니다. 현관문을 열었습니다. 집 밖으로 나왔습니다. 문득 그런 생각이 들었기 때문입니다. 누군가 숨어 있을 것이다. 이런 경우 범인은 아직 집 안에 남아 있을 공산이 크다. 심장이 방망이질을 치는 와중에도 저는 제가 어떤 행동을 해야 하는지 헤아렸습니다. 휴가철이라 앞집은 비어 있다. 며칠치 신문들을 내가 손수 재활용 쓰레기통에 넣지 않았던가. 경비실에는 퇴직한 전직 공무원이라는 수위 영감이 잠들어 있을 것이다. 겨울잠을 자는 양서류처럼, 어깨를 잡고 흔들어도 좀처럼 깨어나지 못하는 노인이다.

경찰. 경찰은?

그래, 경찰.

전화를 해야지, 전화를.

저는 혼자 묻고 혼자 대답하며 주머니를 뒤졌습니다. 하지만 제가 입고 있는 것은 추리닝이었습니다. 휴대전화는 양복 안주머니에 넣어둔 채였습니다. 안방으로 다시 들어가 휴대전화를 가져올 것인가, 수위실로 달려갈 것인가. 선택을 해야 했습니다. 안방으로 들어갔다가 숨어 있던 범인과 맞닥뜨린다면? 격투인가? 두어 명 정도라면 그냥 밀어붙일 테다. 하지만 칼이나 흉기를 들고 있을 것이다. 수위실로 달려간 동안에 범인이 도망친다면? 범인이 모자를 쓰고 유유히 빠져나간다면?

CCTV가 고장 나 수리 중이라는 안내문을 본 기억이 났습니다. 이대로 현장을 비운 뒤 범인이 사라지면 내가 용의자로 몰릴 수도 있다. 그런 생각도 들었습니다. 집 안에는 나의 흔적만이 남아 있다. 외부에서 침입한 흔적도, 격투의 흔적도 없다. 신원미상의 인간이 죽어 있는데, 우선 그 집 주인을 의심하는 것은 당연하지 않은가?

게다가 집주인은 여러모로 의심스러운 사내다. 몸무게가 구십팔 킬로그램이나 되는 거구인 데다 혼자 산다. 아내는 아이를 데리고 집을 나가고 없다. 어느 날 갑자기 아내와 아이가 사라졌는데 실종신고조차 하지 않았다. 주변사람들에 의하면 자주 다툼 소리가 들렸다고 한다. 그러다가 어느 날 조용해졌다. 무엇보다도, 이 집 주인은 전과자가 아닌가. (아, 오해는 말아주십시오. 예전에 일하던 회사에서 사소한 폭행사건을 일으켰을 뿐입니다. 저는 평범하고 성실한 회사원이었습니다. 중국 쪽에서 다양한 생활용품들을 들여와 국내에 공급하는 오퍼상이었는데, 환율문제로 수입물량이 줄면서 하루아침에 직장을 잃었습니다. 통사정을 하러 갔다가, 시비 끝에 들이받고 말았습니다. 사장이 자기도 어쩔 수 없다는 말만 되풀이했기 때문입니다. 제 머리가 저보다 먼저 달려들더군요. 한 시간쯤 지난 뒤에 정신을 차려보니 경찰서였습니다. 무슨 일이 있었는지조차 기억이 나지 않았습니다. 사장은 안 다쳤는데, 하필이면 경찰 두 명이 병원에 후송됐다더군요. 폭행 및 기물파손죄에 공무집행방해죄로 처벌을 받았습니다.)

그러니 경찰은 당연히 나를 의심할 것이다. 알코올중독 여부부터 결혼생활까지 모든 것을 조사할 것이다. 고문을 할지도 모른다. 물론 나는 술을 마시는 인간이다. 알고 있다. 필름이 자주 끊긴다. 그것도 알고 있다.

머릿속으로 수많은 문장들이 빠르게 스치고 지나갔습니다. K와 술을 마신 것은 사실이다. 정신이 오락가락할 만큼 마신 것도 사실이다. 하지만 맹세코 별일은 없었다. 아아, 낮에 지하철에서 악어가죽 허리띠를 팔고 있던 저에게 시비를 건 놈을 들이받을 뻔한 것만 뺀다면(회사에서 잘린 뒤 사장의 제안으로 시작한 일입니다. 혁대는 중요한 생활용품입니다. 필수적이죠. 허리에도 묶을 수 있고 목에도 걸 수 있습니다.) 그렇지 않습니까? 남이 일하는 칸을 침범한 자라면, 그따위 질문은 하지 말아야 하지 않을까요? 그자가 말했습니다.

그거, 진짜 악어예요?

이게 같은 업자끼리 할 말입니까? 이 바닥에도 직업윤리란 게 있는데, 남이 장사하고 있던 라인을 침입한 주제에 빙글빙글 웃으면서 그게 할 말입니까? 그것도 접착제 따위나 팔고 있던 젊은 놈이?

저는 의연하게 진짜라고 대답했습니다. 객차에 타고 있던 승객들이 웃었습니다. 저는 진짜 악어라고 다시 말했습니다. 더 많은 사람들이 웃었습니다. 이건 내가 잡은 악어로 만든 거라고, 저는 소리쳤습니다.

고래고래 소리를 질렀습니다. 사람들이 웃지 않았습니다. 모두들 시선을 돌렸습니다.

저는 참았습니다. 잘 참았습니다. 저는 다음 역에서 조용히 내렸습니다. 아아, 나이가 든다는 것은 그런 것일까요? 입술을 앙다문 탓에 피가 흘러내릴 정도였습니다. K를 불러내 술을 마신 것도 그 탓이겠지요.

제가 쓸데없는 소리를 늘어놓고 있군요. 죄송합니다. 말씀드렸다시피, 저는 번개와 천둥을 사랑하는 사람입니다. 어둠 속의 사물들을 사랑하는 사람입니다. 욕실에서 벌거벗고 거울 보는 것도 좋아합니다. 물도 좋아하고, 동물도 좋아하고, 식물도 좋아합니다(지금 제가 알아보고 있는 일자리도 그런 곳입니다. 그린랜드라고, 어린아이들이 많이 모이는 곳이죠. 식물원도 있습니다. 수족관도 있습니다. 야외수영장도 있습니다. 동물원도 있습니다. 이제 지하철에서는 일하고 싶지 않습니다. 인간들은…… 악어가죽을 믿지 않습니다).

정신을 차려보니 저는 1층 현관참에 서 있었습니다. 바깥에는 비가 쉬지 않고 쏟아지고 있었어요. 엘리베이터 옆에 붙어 있는 커다란 전신 거울에 몸집이 커다란 남자가 보였습니다. 그는 어두컴컴한 곳에 서서 이쪽을 바라보고 있었습니다. 그렇습니다. 저 하마 같은 사내는 제 집의 시체를 피해서 도망을 나왔습니다. 비 내리는 아파트 현관에서 이러지도 저러지도 못한 채 저를 마주 바라보고 서 있습니다. 너는 왜 그렇게 크고 거뭇한 것이냐? 어째서 피부가 점점 두꺼워져가는 것이냐? 아아, 바늘로 찔러도 아프지 않을 것 같구나.

욕실에 죽어 있는 인간의 희고 매끄러운, 대리석 같은 팔이 떠올랐습니다. 그 팔은 퉁퉁 부풀어 있었습니다. 시간이 지날수록 점점 더 부풀어오르겠지요. 젖은 머리통 역시 그러하겠습니다.

문득 연민이 느껴졌습니다. 그에게도 살아 있는 나날이라는 게 있었겠지. 맑은 여름날 거리를 걸어본 적도 있었을 것이다. 아무도 없는 텅 빈 집에 터덜터덜 돌아와서 세수를 하고 이를 닦기도 했을 것이다. 수건으로 물기를 닦아내며 거울도 보았을 것이다. 그런데 그런 인간이 어째서 남의 집 욕조에 와서 죽어 있는 것인가? 그토록 흰 팔을 욕조 밖으로 늘어뜨린 채, 이상한 각도로 목을 꺾고.

아마도 술탓이겠습니다만, 저의 연민은 슬픔으로 번져갔습니다. 눈물이 흘러내렸습니다. 아아, 저것은 시체가 아닐 것이다. 저것은 인형일 것이다. (요즘에는 사람 모양의 인형도 있습니다. 성인숍에서 본 적이 있습니다. 단백질인형이라고도 한다더군요. 그런 것을 안고 있으면 더 외로워질 것 같아 사지 않았습니다만.) 아니면 그림자일 것이다. 번갯불에 비친 나 자신의 그림자일 것이다. (그림자놀이를 해본 적이 있으십니까? 저는 손가락으로 피에로를 만들 줄 압니다. 춤을 추는 피에로입니다. 토닥토닥 벽에서 춤을 추는 피에로 말입니다.) 아니, 아니다. 그냥 눈에 뭐가 들어간 건지도 모른다. 피로한 눈에 뭐가 끼어 헛것이 보인 거겠지. (백내장, 그렇습니다, 저는 백내장이 있습니다. 믿어주십시오. 안과 의사가 그렇게 말했으니까요. 컨디션이 안 좋으면 희끄무레한 것들이 세상을 지배합니다. 텔레비전 뉴스를 봐도, 손님이 건네준 지폐를 봐도, 내가 뭘 보고 있는지 의심하게 됩니다. 자꾸 만져보게 됩니다.)

게다가 번개나 촛불의 빛으로 사물을 제대로 본다는 것은 어려운 일 아닙니까? 번갯불은 지나치게 밝고, 촛불은 너무 흐리니까요. 그래서는 사물을 분간하는 것이 불가능합니다. 그렇지 않습니까? 번개나 촛불에 비친 것들을 어떻게 믿을 수가 있다는 말입니까? 안 그렇습니까? 네?

……죄송합니다. 제가 좀 흥분했군요. 저는 일단 쉬어야 한다고 생각했습니다. 몸을 씻고, 잠시 누워 있는 것도 좋겠지. 머리가 맑아진 뒤에 확인해도 늦지 않다. 그렇게 생각했습니다. 그래서 새벽에 문을 연 이 공중목욕탕에 들어와 앉아 있는 것입니다. 욕탕 물 속에 머리를 집어넣고 생각을, 생각을, 생각을 한 것입니다. 어느 날 홀연히, 내 집 욕실에 나타난 시체에 대해서 말입니다.

저는 이제 집으로 돌아가려고 합니다. 역시 욕실에 가보아야 하지 않겠습니까? 번개나 촛불이 아니라, 내 눈으로, 내 손으로, 직접 확인을 해야 하지 않겠습니까? 시체의 얼굴을 마주 보아야 하지 않겠습니까? 욕실에 죽어 있는 그는 누구일까? 아니, 무엇일까? 왜 그런 늪 같은 곳에 시체처럼 누워 있는 것일까?

저는 욕실을 향해 한 걸음 한 걸음 다가갈 것입니다. 촛불은 들지 않을 겁니다. 비가 그쳤을 테니 번개도 치지 않겠죠. 날이 밝기 전이니 태양도 달빛도 없겠습니다. 그런 새벽에 저는 욕실 앞에 우두커니 서 있을 것입니다. 축축하고 음침한 어둠을 바라보겠지요. 어둠 속에서 희미한 윤곽들이 눈에 들어올 때까지, 그렇게 오래 서 있을 것입니다.

저 안에 뭐가 있는 것일까? 있기는 있는 것일까, 뭔가가?

이윽고 어둠에 눈이 익습니다. 사물들이 희미하게 제 윤곽을 드러냅니다. 모든 것이, 자신의 자리에 있습니다. 그렇습니다. 예의 그 희끄무레한 팔은, 욕조 밖으로 늘어뜨려져 있습니다. 머리통 같은 것은 물 위에 둥둥 떠 있습니다. 실은 아주 오래전부터, 그곳에 있었다는 듯이 말입니다. 저는 더 이상 놀라지 않겠습니다.

저는 이제 욕실에 한 발을 들여놓습니다. 축축한 공기 속으로 발이 빨려들어가는 느낌입니다. 한 발을 더 내딛으면, 움직이는 그림자가 제

왼편에 나타납니다. 거울에 비친 저 자신입니다. 고개를 돌려 거울 속의 짐승을 물끄러미 바라봅니다. 얼굴에서 축축한 땀이 배어나옵니다. 말할 수 없이 불쾌한 느낌입니다. 일단 수도꼭지를 돌리고 손바닥에 물을 받습니다. 비누를 손에 칠합니다. 얼굴을 문질러 닦고 물로 씻어냅니다. 손을 뒤로 뻗어 수건을 찾습니다. 얼굴의 물기를 닦겠지요.

모든 것이 자연스럽겠습니다. 역시 욕실이란, 그런 것을 하는 곳이니까요. 세수를 하고, 이를 닦고, 손의 물기를 닦아내는, 그런 곳이니까요.

이상하게도, 제게는 지금 이런 생각이 듭니다. 그렇게 하루하루가 지나갈 것이다. 그렇게 욕실을 이용하는 인생이 하루하루 흘러갈 것이다. 그곳에서 세수를 하고, 이를 닦고, 물기를 닦아내고, 소변을 볼 것이다. 여전히 욕조에는 시체가, 아마도 시체가, 몸을 담그고 있겠지.

아시다시피 시체는 아무런 해를 끼치지 않습니다. 방해도 하지 않습니다. 그냥 그렇게 조금씩 부풀어오르는 몸으로 욕조에 잠겨 있을 뿐입니다. 점점 부풀어오르면 욕조 밖으로 살과 뼈가 흘러넘칠지도 모릅니다. 곧 냄새가 날지도 모릅니다. 하지만 하마는 코도 닫을 수가 있기 때문에…….

죄송합니다. 제가 또 엉뚱한 말을 하고 있군요. 어쨌든 이제 집에서는 욕조에 몸을 담글 수가 없습니다. 시체가 있으니까요. 보시다시피 제 몸은 좀 큰 편입니다. 거구지요. 몸을 담그면 물이 욕조 밖으로 밀려 쏟아집니다. 제 몸의 분량만큼 말입니다. 그게 그렇게 쾌감을 줄 수가 없습니다. 저는…… 저는…… 물을 좋아합니다.

아마 앞으로도 저는 이 공중목욕탕을 이용할 것입니다. 술을 마시고 나서, 굼뜬 자세로, 유리문을 열고 들어서겠지요. 욕탕에 들어가 몸을 담글 겁니다. 잠수도 할 겁니다. 자랑 같습니다만, 저는 물속에서 귀도 닫을 수 있습니다. 마음만 먹는다면 코도 닫을 수 있습니다. 그리고 아주 오래, 그곳에 있는 것입니다.

아, 지루하셨다면 죄송합니다. 어쩐지 그쪽이라면, 제 말을 들어줄 것 같아서…….

*

사내와 나는 욕탕을 나와 탈의실 평상에 앉아 있었다. 조금 열린 문틈으로 수증기가 흘러나와 연한 화장품 냄새와 함께 허공을 떠다녔다. 그는 두 개의 타월을 겹쳐 하반신을 가리고 앉아 있었다. 고개는 숙인 채였다. 숨을 쉴 때마다 그의 넓은 가슴팍이 오르내리는 게 보였다.

침묵이 길어지고 있었다. 내 입에서 예기치 않은 말이 튀어나왔다.

"혹시 , 인도에도 공중목욕탕이 있을까요?"

사내가 천천히 고개를 들어 내 얼굴을 바라보았다. 나는 황급히 웃음을 지으며 덧붙였다. 두 손을 휘휘 저으면서였다.

"아, 아닙니다. 저는 다만, 욕실이라는 곳이 신기해서, 그렇게 신기한 것은 또 세상 어디에나 있는 것인가 싶어서…….."

나는 말을 마치지 못하고 입을 다물었다. 사내가 다시 고개를 떨어뜨렸다. 크게 숨을 한 번 몰아쉬고는 가만히 몸을 움직이지 않았다. 그대로 돌처럼 굳어버리기라도 할 것 같았다.

사내의 곁에 앉은 채 나는 생각했다. 집의 욕실이 완공되면 우선 무엇을 할까? 아마도 나는 깨끗하고 잘 정돈된 욕실을 갖게 되겠지. 수챗구멍도 막히지 않고, 변기 물도 역류하지 않고, 다족류 벌레도 기어 다니지 않을 것이다. 어머니는 떠나셨을까?

세수를 할 때도, 이를 닦을 때도, 어머니는 심해어 같은 눈빛으로 나를 바라보고 있었다. 아니, 꼭 나를 바라보고 있는 건지는 확실치 않았다. 눈의 초점이 어딘지 어긋나 있었기 때문이다. 시선이라고 하기에는 애매한, 그런 눈빛이었다. 어머니, 왜 거기 있는 거야? 이제 사라져줘. 그렇게 말해도 소용이 없었다. 어머니는 가만히 앉아서 무표정하게 내 쪽에 눈을 두고 있었다. 어머니와 대화가 되지 않는다는 것을 나는 금방 깨달았다. 나는 슬슬 웃으면서 어머니의 눈을 피하겠지.

그리고 깨끗한 욕조에 맑은 물을 받을 것이다. 허리를 굽혀 머리를 담글 것이다. 깊이 담가도 좋고 눈과 코와 입이 물속에 겨우 잠기는 정도도 괜찮다. 이윽고 눈을 뜬다. 욕조 바닥이 보인다. 흰빛이다. 거기에는 아무것도 없다. 물만 있을 뿐이다. 무엇보다도, 조용하다.

하지만 가만히 귀를 기울여 보면 이런저런 소리들이 떠돌고 있다. 물이 숨을 쉬는 소리. 먼지들이 떠다니는 소리, 아니면 작은 미생물들이 꼬물꼬물 움직이는 소리.

그렇게 시간이 지난다. 1분이 지나고 5분이 지난다.

10분이 지난다.

20분이 지난다.

그즈음이면, 아마도 붉은 피 같은 것이 얇은 띠를 이루어 물속을 떠돌아다니는 게 보일지도 모른다.

실뱀장어처럼 물속을 유영하고 있는 그 피를, 나는 물끄러미 바라보겠지.

욕실에서의 또 하루가, 그렇게 지나갈 것이다. ■

최수철

망각의 대가들

1958년 춘천 출생. 서울대 불문과와 동대학원 졸업.
1981년 『조선일보』 등단. 소설집 『공중누각』 『화두, 기록, 화석』
『내 정신의 그믐』 『분신들』 『모든 신포도 밑에는 여우가 있다』 『몽타주』.
장편소설 『고래 뱃속에서』 『어느 무정부주의자의 사랑』(4부작)
『벽화 그리는 남자』 『불멸과 소멸』 『매미』 『페스트』 『침대』.
〈이상문학상〉 〈김유정문학상〉 〈김준성문학상〉 등 수상.

망각의 대가들

우리는 기억하려 하는 것을 실제로도 기억할 수 있고, 망각하려 하는 것을 실제로도 망각할 수 있는가. 이것은 정말 적절한 대답을 찾기가 어려운 질문이다.

내 나이 열 살 때 어머니가 47세의 젊은 나이로 세상을 떠났다. 장례식의 마지막 절차로 나는 집에서 얼마 떨어지지 않은 선산에 조성된 어머니의 무덤 앞에 섰다. 내 옆에는 아버지와 친척들이 나란히 서 있었다. 내 바로 앞에는 국화꽃 한 다발이 놓여 있었는데, 그 진한 꽃향기가 내 머릿속을 얼얼하게 만들고 있었다. 그러고 보니 어머니의 병원 침상 옆에도 국화꽃 화분이 놓여 있었다. 그때 문득 나는 그 꽃들이 어머니를 추모하고 기억하려는 게 아니라 어머니라는 존재를 잊어버리고 지워버리기 위한 것이라는 생각이 들었다. 병원에서나 무덤에서나 향기는 사람들의 후각을 마비시켜 주검과 관련된 불유쾌한 냄새를 제거하는 효과적인 수단이기 때문이었다.

어머니가 숨을 거두기 전에 임종의 침상에서 내게 말했다.

"걱정하지 마라, 너는 모든 걸 다 잘 잊으니까, 나도 곧 잊게 될 거야."

그때만 해도 나는 그 말이 무엇을 뜻하는지 잘 알지 못했다. 그러나 나는 그 말 속에 꽤 심각한 의미가 담겨 있다는 것을 본능적으로 감지했다. 무덤에서 돌아와 텅 빈 집 안에 들어섰을 때 나는 비로소 깊은 슬픔을 느꼈는데, 어머니를 잃었다는 사실을 그제야 실감한 것이었다. 그러나 내심으로는 어머니를 잃어서 슬픈 건지, 어머니가 말한 대로 얼마 지나지 않아 어머니의 기억까지도 잃게 될 것이어서 슬픈 건지는 잘 알 수 없었다.

그 무렵에 나의 아버지는 남들이 보기에 물살을 가르며 유유히 나아가는 배를 연상시키는 사람이었다. 그는 자신의 몸과 마음을 너무 무겁지도 가볍지도 않게 유지할 수 있는 능력을 가지고 있었다. 과거에 얽매이지도 않고 그렇다고 미래에 대한 강박이나 야심 같은 것도 없었는데, 말하자면 기억과 망각 사이에서 냉철하게 자신을 조정하는 힘이 있었다고 할 수 있을 것이다.

그는 육군 소령으로 예편 후 공무원생활을 하다가 시청의 홍보실장으로 자리 잡았다. 각종 추모행사에 직접적으로 관여했고, 상이군경회나 참전용사회 등등을 효율적으로 관리했으며, 심지어 정계와 재계의 유력자들이 맞이하는 경조사를 챙기는 일에서도 한 치의 빈틈도 없었다. 덕분에 그는 인맥을 넓게 확보할 수 있었는데, 사람들에서 사람들로 이어진 그물 위에서 마치 거미줄 위의 거미처럼 전혀 불편함을 느끼지 않고 자유로이 거동할 수 있었던 인물이었다. 때문에 각 정당에서는 선거철마다 늘 그에게 은근히 관심을 두고 있었고, 당연히 시장 입후보 자들로서는 결코 무시할 수 없는 존재였다.

아버지에 비해 어머니는 비교적 순진하고 낙천적인 성격의 소유자였 다. 그녀에게 기억은 그리 중요하지 않았다. 어머니는 자주 인간이란 뭔가 잘못 기억하면 원망이나 원한의 감정을 가질 수 있다는 말을 입에 담곤 했다. 지나간 일은 지나간 일일 뿐이니 마음에 담아두어서는 안 된다는 것이었다.

그런데 그런 어머니에게 변화가 일어났다. 그녀가 숨을 거두기 몇 년 전의 일이었다. 연말을 맞아 종무식을 마친 후 부부동반 모임이 있었는 데, 그날 그녀는 다소 늦게 도착했다. 시청 로비에서 열린 칵테일파티 는 이미 시작된 뒤였다.

사람들이 그녀를 아버지 앞으로 인도했고, 아버지는 그녀를 정중하 게 맞이했다. 아내에 대한 태도라고 하기에는 지나치게 정중하고 의례 적이어서 부자연스럽게 여겨질 정도였는데, 그녀는 10여 분이 지나서 야 남편이 자기를 알아보지 못하고 있음을 깨달았다. 그 순간 그녀는 너무도 강한 충격을 받아서 한동안 완전히 말을 잊을 정도였다.

아버지는 결코 어머니를 못 알아본 게 아니라고 정색을 하며 부인했 다. 그러나 어머니의 확신에는 흔들림이 없었다. 그녀는 그날 아버지가 보여준 눈빛을 정확하게 기억하고 있었기 때문이었다. 그것은 어머니 와 아버지가 20여 년 전에 처음 만나 사랑에 빠졌을 무렵의 눈빛, 그러 나 약혼식을 올리고 난 후 그의 눈에서 슬그머니 사라진 그 눈빛이었 다. 그 눈빛을 20여 년 만에 다시 보고서, 어머니는 무엇보다도 자신이 그 눈빛을 기억하고 있었다는 데 스스로 놀랐고, 아버지가 그 눈빛을 되찾았다는 데 더더욱 놀랐다. 그로 인해 가슴이 뛰고 몸이 떨렸는데, 그 눈빛이 실상은 낯모를 타인을 향해 있었다는 사실을 알고는 곧바로 지옥으로 떨어져버린 것이었다.

이제 생각하면 나는 아버지를 이해할 수 있을 것 같다. 아버지는 누구와도 깊은 관계를 맺지 않는 것을 원칙으로 했는데, 거미줄에 다리가 들러붙은 거미는 살아남을 수 없기 때문이었다. 게다가 공공장소인 그 시청 로비는 아버지가 날마다 살아남기 위해 투쟁을 벌이는 무대였던 것이다.

하지만 그 사소한 사건이 어머니를 결정적으로 변화시켰다. 그녀가 우려하던 일, 뭔가 마음에 담고 있으면 원망과 원한이 생겨나는 바로 그 일이 그녀 자신에게 벌어진 것이었다. 어머니는 그동안 아버지로부터 수시로 무시당하며 살아왔다고 믿고 있었다. 그래도 다른 가족들을 위해 그런대로 자신을 추스를 수 있었는데, 이제 가장 심각한 위기에 직면하게 된 것이었다. 그건 바로 자신이 남편이라는 자에게 잊힌 아내라는 사실이었다. 망각, 특히 배우자의 망각은 그녀로서는 도저히 견딜 수 없었다. 자신이 남편에게 잊히고 존재하지 않는 사람이라면, 실제로 그녀는 그에게 움직이는 시체나 다를 바 없기 때문이었다.

그때부터 어머니는 마음에 쐐기가 박히고 의식에 균열이 가기 시작했다. 그녀가 그 사건을 잊어버리고 기억하지 않으려 했던 건 아니었다. 그러나 그녀의 속에 있는 무언가가 결코 잊지 않으려 했다. 게다가 그녀의 마음은 어느새 '내 기억하리라'가 아니라 '내 잊지 않으리라'라는 더욱 결연한 의지를 담고 있었다.

"당장이라도 지워져버릴 것 같은데, 어떻게 단 하루도 비명을 지르지 않고 살 수 있다는 말이니."

결국 나중에 아버지는 미안해하며 그녀를 달래기 위해 노력했다. 그러나 그녀가 워낙 완강했던 탓에, 아버지는 어쩔 수 없이 어머니와 거리를 두기 시작했다. 그러자 어머니는 자신이 더 심하게 무시당하고 있다는 생각을 하지 않을 수 없었다. 얼마 후 인후암에 걸려 쓰러지게 된 것도 그녀의 절망감과 무관하지 않을 터였다. 어머니가 죽은 후 아버지는 죄책감을 느끼며 그녀라는 존재를 자신의 기억에서 슬그머니 놓아버렸다. 그런데 나는 어쩌라는 말인가. 어머니가 유언이자 저주처럼 남긴 그 말이 내내 내 귓전을 떠나지 않고 맴돌고 있었던 것이다.

겨울과 봄이 지나고 여름이 왔을 때, 나는 방학을 맞아 오랜만에 외가에 가서 시간을 보냈다. 그리고 일주일이 지난 뒤 집으로 돌아오기 전날, 그곳에서 사귄 친구들과 강으로 물놀이를 나갔다. 다른 아이들과 달리 수영을 전혀 하지 못했던 나는 얕은 물에서 찰박거리며 시간을 보내는 데 만족할 수밖에 없었다.

이윽고 지친 몸으로 모래 위에 앉아 멍하니 강물을 바라보고 있을 때, 어쩌면 다시는 외가에 오지 못하게 될지도 모른다는 생각이 들었다. 아버지는 내가 할머니 할아버지와 지내는 것을 탐탁해하지 않았기 때문이었다. 그때 다시금 어머니가 병상에서 했던 마지막 말이 떠올랐다. 비로소 나는 어머니의 그 말이 나로 하여금 어머니를 영원히 잊지 못하게 만들었다는 것을 깨달았다.

강변 뒤편으로는 들판이 펼쳐져 있었고, 그곳에 만발한 들꽃들로부터 향기가 퍼져 나와 공기 속에 진하게 배어 있었다. 그때 나는 나도 모르게 몸을 일으켜서 천천히 강물 속으로 걸어 들어갔다. 내게 눈길을 주고 있는 사람은 아무도 없었다. 수위가 점점 높아져서 물이 목까지 잠겼을 때에도 나는 걸음을 멈추지 않았다. 마침내 발이 바닥에 닿지 않는 게 느껴졌고, 그와 동시에 입과 코로 물이 쏟아져 들어오기 시작했다. 나는 손과 발을 허우적거렸는데, 마치 거대한 달걀 속에 들어와 있는 듯한 느낌이 들었다. 내가 몸을 버둥거림에 따라 그 달걀 속의 노른자와 흰자가 서로 뒤섞이며 세상은 온통 뿌옇고 끈끈하고 미끈거리는 것들로 가득 차버렸다.

그때 누군가가 내 팔을 잡아챘다. 그러고는 나를 끌어당겨 낮은 곳까지 끌고 가더니, 나를 그곳에 내버려두고서 곧 물속으로 돌아가버렸다. 사실 모든 게 지극히 짧은 순간에 일어난 일이었다. 하지만 방금 나는 삶과 죽음의 경계선을 넘나든 것이었다. 후들거리는 걸음으로 다시 물 밖으로 나온 나는 둥글고 뜨끈뜨끈한 달걀 모양의 돌에 아랫배를 대고 엎드려서 왝왝거리며 물을 토해냈다. 눈에서는 눈물이 쏟아져 나왔다.

그 후로 나는 그때 내가 왜 물속 깊이 내 발로 걸어 들어갔을까 하는 생각을 수시로 하지 않을 수 없었다. 그리고 그로부터 5년이 지나 사춘기 소년이 되었을 때 나는 마침내 해답을 발견했다. 나는 자살을 하려한 게 결코 아니었다. 어린 나이긴 했지만 분명 그때 나는 막연하게나마 망각이란 대체 무엇일까 하는 생각을 하고 있었다. 어머니는 내게 당신을 잊지 말아달라고 했는데, 망각이 뭔지 제대로 알아야 망각을 피할 수 있는 게 아닌가. 그런데 망각이 무엇인지 아는 게 가능한 일일까? 망각은 곧 망각 속으로 사라지지 않는가. 그리고 보면 망각이란 죽음과도 흡사하다. 죽음이 무엇인지 알게 되었을 때는 이미 돌아오지 못하게 되기 때문이다.

그때 나는 눈앞에서 흐르고 있는 강을 바라보며 망각의 강 레테를 떠올렸다. 저승의 동굴을 지나면 레테강이 나오는데 망자는 그 강물을 마시면 이승에서의 기억을 모두 잊는다고 했다. 그렇다면 그 강물을 먹으면 망각이 무엇인지 알게 될까?

분명 나는 그 생각이 머리에 떠오른 바로 그때 몸을 일으켜 강물을 향해 걸어간 것이었다. 강물을 마셔서 어머니에 대한 기억을 잊으려 했던 건 아니었다. 나는 단지 망각이 무엇인지 알고 싶었을 따름이었다.

그런데 하마터면 나는 죽을 뻔했다. 내 죽음과 더불어 내 기억도 모두 지워질 뻔했다. 그리고 그때 나는 알았다. 이제 내게 어머니의 죽음보다 더 슬픈 건, 어머니의 마지막 그 말마저, 내가 어머니를 잊게 되리라는 그 말마저 잊게 되리라는 것이었다. 나는 우리가 어떤 것을 잊어버렸다는 사실도 잊어버려서 그것이 영원한 망각 속으로 빠져버리게하는 것을 견딜 수 없었다. 내가 지금부터 아무것도 잊지 않겠다고 마음을 먹은 것은 바로 그 순간이었다.

마침내 나는 어머니를 잊지 않기로 마음을 정했다. 망각을 거부하기로 마음을 정한 것이었다. 내게서 망각에 대한 거부와 기억에 대한 집착은 그렇게 시작되었다. 나는 가장 먼저 어머니의 무덤을 정기적으로 찾아가기 시작했다. 선산에는 이미 수많은 무덤들이 있어서 공동묘지와 다를 바 없었는데, 봉긋이 솟아 있는 그 봉분들이야말로 잊지 않고 잊히지 않겠다는 의지의 가장 명확한 이미지였다. 그러나 그것들은 결국 잊히지 않을 수 없었으며, 무덤이야말로 망각의 운명과 각별히 가까이 있는 곳이니만큼, 내가 싸워야 하는 곳은 바로 그곳이었다.

나는 암기를 통해 기억력을 강화하는 훈련부터 시작했다. 망각과 싸우기 위해서는 기억을 잠시라도 휴식하게 해서는 안 되었다. 과거의 사건들, 지금 겪고 있는 일들, 그리고 앞으로 경험하게 될 것들이 내게서 빠져나가지 않게 하기 위해서는, 내 속에 기억의 체계를 견고하고 안정

되게 세워놓아야 했다. 나는 날마다 뭔가 외우기 위해 노력했고, 그런 내게 묘지는 가장 적합하고 훌륭한 공간이었다.

실제로 나는 얼마 후부터 틈만 나면 묘지로 가서 망자들이 깨어날 정도의 큰 소리로 아무거나 암송하기 시작했다. 처음에는 어머니를 잊지 않았다는 사실을 알리기 위해 주로 어머니의 무덤 앞에 자리를 잡았으나, 차츰 영역을 넓혀나갔다. 그리고 암송하는 대상도 온갖 종류의 문서로 범위가 넓어져갔다.

어느 정신의학자의 말에 따르면 이야기는 영혼의 긴장을 풀어주고 기억의 부담을 덜어준다고 했는데, 곧 나도 망각을 이기는 효과적인 방법이 이야기임을 깨달았다. 묘지 한가운데에 서면, 무덤 하나하나가 내 머릿속에 들어 있는 기억의 밀랍판이 되어주었고, 그때마다 나는 그 텅 빈 밀랍판 위에 내가 읽거나 들은 이야기를 내 목소리로 하나씩 적어나갔다. 그렇게 나는 각기 나름의 사연을 잃어가고 있는 그 무덤들에게 내 식으로 새로운 사연을 차례로 부여해주면서 내 기억의 곳간을 채워나갔던 것이다.

그리하여 나중에는 어디에서나 뭔가 기억할 게 생길 때마다, 내가 서 있는 공간을 공동묘지로 설정하고서, 그 상상의 장소 곳곳에 나의 기억을 심어놓기에 이르렀다. 훨씬 나중에야 그것이 공간을 이용한 기억술이라는 사실을 알게 되었는데, 여하튼 내게 가장 잘 어울리는 방식의 기억술을 찾아낸 것이었다. 나의 기억력은 날로 발전해나갔다. 통계수치 같은 것도 기억하기에 어려움이 없었는데, 그것들을 이야기 속에 넣고 그 이야기를 통째로 암기하는 방식을 취했기 때문이었다. 나는 망각이 무엇인지는 여전히 알지 못했어도, 기억이 무엇인지는 조금 알게 된 셈이었다.

나는 그런 상태를 최상으로 유지하기 위해 섭생에도 유의했다. 과식을 하지 않고, 날것이나 상한 음식은 먹지 않고, 똑바로 누워 자는 것도 피했는데, 기억술에 대한 고대의 저술이 충고하는 내용을 따른 것이었다. 그리고 그동안 일상의 사소한 것들을 잊지 않기 위해 꾸준히 써오던 일기도 언젠가부터 쓸 필요가 없게 된 건 물론이었다.

이제 내게는 모든 걸 기억하는 행위가 너무도 자연스럽고 당연하게 자리 잡게 되었다. 그러자 문득문득 이런 생각이 들곤 했다.

'어떻게 사람들은 이런 사실들을 기억하지 못할 수 있는 걸까.'

나는 수많은 책과 인터넷문서들뿐만 아니라 온갖 종류의 뉴스와 다큐필름들과 영화들까지도 소화해내기에 이르렀다. 얼마 지나지 않아 내가 가까운 사람들 사이에서 기억의 천재라는 소리를 듣게 된 건 어찌보면 당연한 일이었다. 그러나 나는 가능한 한 겸손하게 행동하려 했고, 내 기억술을 이용하여 크게 일을 벌이거나 욕심을 내지 않기 위해 노력했다. 내가 원하는 건 다름 아닌 나의 기억술을 완성하는 것이었는데, 아직 충분한 경지에는 이르지 못했기 때문이었다. 하지만 생활을 꾸려나가기 위해서는 일정한 수입을 가져야 했으므로, 대학을 졸업할 무렵에 나는 일화 수집가 및 테마 전문가라는 모호한 직업을 가지게 되었다. 그리고 얼마 후 내가 한 여자를 만나 사랑에 빠지게 된 것도 그 직업 덕분이었다.

사랑과 기억은 서로 잘 어울리는 게 아니었다. 사랑에 빠진다는 건 한 대상에 대해 특별한 기억을 가진다는 걸 의미하는데, 그렇게 되면 기억행위의 공정성과 객관성이 손상되어 다른 것들도 혼란스러워질 수 있기 때문이었다. 그런 의미에서 나는 기억을 온전히 유지하면서 사랑을 지속하는 도전을 치르게 된 셈이었다.

나는 주로 큰 출판사를 대상으로 프리랜서로 일했다. 편집부에서 어떤 테마를 정하여 기획서를 작성하고 출간을 결정하면, 그 책들의 틀을 짜주고 방향을 설정해주는 게 내 역할이었는데, 그때마다 내 기억의 세부적인 정밀함과 광범위한 구도가 적절히 작용한 건 물론이었다.

어느 날 '백록동 서원'이라는 출판사에서 유유희라는 이름의 편집장이 내게 전화를 했다. 그 무렵 나는 한 출판사와 '카타르시스'라는 주제에 대해 역사학적, 심리학적, 예술적으로 접근하는 책을 제작하여 출간했으며, 독자들의 반응이 좋아서 상여금까지 받은 터였다. 유유희는 그 책의 성공 뒤에 내가 있음을 알아내고서 내게 연락을 취해온 모양이었다.

나는 한쪽 벽 전체가 창문으로 되어 있는 그녀의 넓은 방에서 그녀를 만났다. 그리고 앞으로 다섯 권의 책을 함께 만들기로 하는 내용의 계약서를 작성했는데, 비교적 좋은 조건이었다. 이야기를 나누는 동안 나는 점점 그녀에게 이끌렸다. 얼마 후, 그녀가 나를 승강기 앞까지 배웅하겠다고 하여 함께 복도를 걸을 때, 나는 장차 그녀가 내게 상당히 중요한 사람이 되리라는 예감을 받았다. 그런데 나는 그녀에 대한 기억이 전혀 없었으며, 나로서는 그 점이 무척 거북했다. 어떤 중요한 이슈에 대해 기억이 부재하는 것을 어색해할 정도로 나는 내 기억에 대한 자부심으로 가득 차 있었던 것이다.

승강기 앞에 이르렀을 때, 나는 그녀를 똑바로 바라보며 말했다.

"유 편집장님은 나를 기억 못할지 몰라도, 나는 그쪽을 잘 알고 있습니다. 우리 부모님과 그쪽 부모님은 서로 잘 아는 사이였지요. 다섯 살때쯤에 그쪽이 우리 집으로 놀러 왔어요. 우리 집 거실에는 커다란 어항이 있었는데, 그쪽이 어항에 바짝 붙어 서서 그 속에 손을 집어넣어서 휘휘 저어댔지요. 그 모습이 꼭 호기심으로 가득 찬 커다란 고양이 같았어요. 고등학교 때 우리는 등굣길에 우연히 마주친 적도 있어요. 그때 무슨 일론가 나는 남들이 다 학교에 간 후 느지막이 집을 나섰지요. 그런데 저 앞에서 그쪽이 걸어오는 거예요. 한쪽 발에 깁스를 하고서 목발을 짚고 있었는데, 나를 슬쩍 보더니 고개를 돌려버리더군요. 내 딴에는 무척 반가웠는데, 얼마나 무안했다고요. 그 후에 대학에서도 본 적이 있는데, 그쪽이 데모를 하다가 백골단에게 머리채가 잡혀서 질질 끌려가고 있었지요. 이번에는 내가 그 광경을 슬쩍 보고서 고개를 돌려버릴 수밖에 없었지요. 지금도 미안하게 생각해요. 우리 인연은 대학 졸업 후에도 이어진답니다. 시내에 있는 술집에서 한 여자가 구석 자리에 앉아 커다란 생맥주 잔을 앞에 놓고 있었는데, 나중에 보니 술에 취했는지 술잔 속에 손을 집어넣어서 휘휘 젓고 있더군요. 내가 눈을 떼지 못하고 있자, 옆자리의 동료가 그쪽을 알아보고 말해주더군요. 얼마 전에 약혼을 파기했다는 소식이 들리더니 충격이 컸던 모양이라고 말이지요."

나는 단숨에 말을 마치고 나서 그녀를 향해 씩 미소를 지어 보였다. 그러자 그제야 그녀가 웃으며 말했다.

"깜짝이야. 농담이군요. 그렇지요? 지어낸 이야긴 줄 정말 몰랐잖아요."

그러고서 그녀는 정색을 하고 말했다.

"하지만 이건 농담이 아니에요. 나는 전에 그쪽을 정말로 만난 적이 있답니다. 우리 집에 이삿짐을 나르는 걸 도와주기 위해 온 적이 있었지요. 유호성 교수, 내가 그분 딸입니다. 기억나세요?"

그 말에 내가 얼떨떨해하고 있을 때 승강기가 도착했고, 그녀는 미소로 인사를 대신하며 나를 가볍게 승강기 안으로 밀어넣었다. 승강기가 1층에 도착했을 때에도 나는 기억 속의 서랍들을 뒤지느라 분주했다. 분명 유호성 교수는 내가 잘 아는 분이었다. 그는 20여 년 전 독재정권의 서슬이 퍼럴 때 당국과 마찰을 빚어서 갖은 고초를 다 겪은 인물이었다. 그러나 자신의 전공인 한국근대사에 대한 학문적 열정과 굽히지 않는 저항의식으로 인해 학생들로부터 큰 존경을 받았다. 나 또한 그의 강의를 즐겨 들었는데, 그는 두 번이나 교수직을 박탈당하고 정보기관에서 조사를 받는 수모를 겪어야 했다. 그런데 이삿짐을 날라주기 위해 집에 찾아간 기억은 전혀 없었다.

그 후로, 함께 작업을 하면서 유유희 편집장과 나는 서로 잘 맞물린다는 느낌을 받았다. 그녀는 주로 기획 쪽을 담당하고 있었다. 한번은 문화계 인사들과 인터뷰를 하고 그 내용을 정리하여 책을 내기도 했는데, 반응이 좋지 않자 직접 책을 쓰는 데는 관심을 접었다. 그리고 한편으로는 유명 인사들과 접촉하며 그들의 머릿속에 들어 있는 이야기를 끌어내어 책을 만드는 데 능력을 발휘했고, 다른 한편으로는 자신이 평소에 호기심을 가지고 있는 펜, 칼, 침대, 혹은 털과 침 등등에 대해 문화사적으로 접근하는 기획서 제작에 꾸준히 힘을 기울이고 있었다.

그녀는 대인관계가 뛰어난 편이었다. 세심하게 상대방을 헤아려주는 성격이라, 그녀를 만난 사람들은 대부분 자신이 잘 대접받고 존중받고 있다는 느낌을 받곤 했다. 그녀는 실제로 기억력이 뛰어났다. 그러나 그건 나와는 전적으로 다른 종류의 기억방식이었다. 일종의 컴퓨터 저장시스템과 흡사했는데, 컴퓨터에 저장하고서 나중에 그 내용을 불러낼 아이콘의 위치만 기억하는 방식이었다. 말하자면 내용은 잊어버리는 것인데, 그런 의미에서 지극히 현대적인 기억술인 동시에 일종의 망각술이었던 셈이었다.

그런 면에서 보면, 그녀는 이를테면 늘 우아하게 깃털을 가다듬는 공작과도 흡사하다고 할 수 있었다. 그녀에게는 현재의 상태가 가장 중요했다. 그녀에게는 과거에 덜미가 잡히지 않는 게 중요했다. 과거의 기억은 그녀의 몸에 주름살을 만들고 살을 처지게 하기 때문이었다. 그녀는 남들이 자기를 대신하여 기억을 짊어져주기를 원했다. 그녀가 매일 손톱을 다듬고 눈썹을 뽑고 머리카락과 몸의 털을 조금씩 잘라내는 데 적잖은 시간을 쓰는 것도 그런 이유에서였다.

분명 그녀는 다분히 자기 과시욕이 있었고, 어떤 일에서든 깊이 빠져들지 않기 위해 냉정하고 날렵한 상태를 유지하는 게 사실이었다. 그리고 그녀가 나를 필요로 하는 이유도 거기에 있었다. 나는 그녀를 대신하여 기억이라는 육중한 물건을 이리저리 옮겨주는 역할을 담당해야 했다. 하지만 우리가 서로 잘 맞물린다는 느낌이 들었던 것도 그 때문이었다. 나는 나와는 달리 기억을 마치 공깃돌이라도 되는 것처럼 자유자재로 다루는 그녀의 매력에 깊이 빠져든 것이었다.

작업은 순조롭게 진행되었다. 우리는 그녀가 염두에 두고 있는 테마들 중에서 당장 어느 하나를 정하고 들어가기보다, 작품성과 상업성을 동시에 고려하며 전반적으로 재검토해보기로 했다. 우리가 좀 더 가까워졌을 때, 나는 그녀에게 고백했다. 예전에 내가 승강기 앞에서 그녀에게 불쑥 꺼냈던 말은, 사실은 나의 아버지가 어머니에 대해 자주 하던 말을 약간 각색한 것임을 밝힌 것이었다. 그 말을 듣고서 그녀가 웃으며 말했다.

"기억의 대가답게, 어찌 되었든 나를 놀라게 한 그 말도 상상해낸 게 아니라 기억해낸 거라 이거군요. 역시 기억은 유용한 거예요."

내가 머쓱해하고 있자, 그녀가 물었다.

"한두조 씨와는 요즘 어떻게 지내나요? 얼마 전부터 전화를 잘 받지 않네요."

그 말에 나는 깜짝 놀랐다. 그리고 그제야 나는 유유희와 나 사이에 한두조가 있었고, 한두조가 나를 그녀에게 이끌었다는 사실을 비로소 깨달았다.

한두조는 나의 고향 친구이자 대학동기였는데, 요즘도 나는 그를 정기적으로 만나고 있다. 그는 사진작가로 활동하면서 주로 여행이나 탐방과 관련된 글을 쓰며 살아가고 있었다. 그는 역사나 정치, 경제 따위에는 질색을 했는데, 그럴 만한 사정이 있었다.

두조는 친구들 사이에서, 치명적인 기억을 안고 현재의 삶을 비극적으로 살아가고 있는 인물로 통하고 있었다. 유호성 교수의 경우와 마찬가지로 독재정권이 최고조에 이르러 있던 시기에, 그는 술에 취해 택시를 타고서 술김에 횡설수설하다가 잠이 들었다. 그리고 그 후 닷새 동안 아무도 그를 보지 못했다. 다시 모습을 나타냈을 때 그는 한동안 자기 방에 틀어박혀 아무도 만나려 하지 않았다. 그 후에도 그는 그 닷새 동안 있었던 일에 대해 누구에게도 입을 열지 않았다. 때문에 그에게 무슨 일이 있었는지 아는 사람은 아무도 없었다. 들리는 말에 따르면, 그가 실종되던 날 술자리에서 군부에 의한 양민학살사건이 화제에 올랐고, 그는 통금이 되기 전에 귀가하려고 서둘러 택시를 탄 후에도 화가 가라앉지 않아서 몇 마디 말을 뇌까렸는데 잠시 후에 정신이 들고 보니 택시가 경찰서 앞에 서 있었다는 것이었다. 하지만 본인이 말을 하지 않는 한 확실한 건 아무것도 없었다.

　나를 포함한 그의 친구들은 그가 어떻게든 살아남기 위해 기억을 떠올리지 않고 현재에서 행복하게 살려 한다고 생각했다. 그에게 망각은 침묵과 한편이어서, 침묵해야만 망각하는 것이었다. 나와 두조는 문학과 역사학으로 전공은 서로 달랐지만 고향이 같아서 대학 시절에 자주 어울렸다. 그 일이 있은 후 그는 말수가 훨씬 적어지고 사람들을 기피하는 경향이 강해졌지만, 나와의 관계는 그런대로 유지되었다. 나는 이를테면 시대의 고통이 자신의 몸에 각인된 채로 살아가는 그에게 각별하면서도 조심스런 관심을 보이지 않을 수 없었다. 간혹 그는 반쯤 죽어 있는 사람처럼 행동하곤 했는데, 그럴 때면 마치 이미 사면령이 내려졌는데도 자신이 형장으로 끌려가고 있다고 믿고 있는 사형수처럼 보이기도 했다. 그는 자신이 실제로 그런 꿈을 꾼다고 내게 털어놓은 적도 있었다.

　나의 아버지는 항상 음울한 표정을 짓고 있는 그를 그다지 좋아하지 않았다. 지금까지 나는 책을 기획하면서 그때그때마다 필요한 사진을 그에게 의뢰했기 때문에, 우리의 관계는 끊일 듯 끊일 듯하면서도 계속 이어졌다. 하지만 그는 내게서 그 외의 어떤 도움도 받기를 거절했다. 그가 하는 말에 따르면, 내 도움을 받기 위해서는 내게 지난 일에 대해 이야기를 해야 할 터인데, 그는 정말로 그 일을 잊어버렸다고 했다. 지금도 고통받고 있는 게 사실인데, 그런데도 기억나지 않는다는 것이었다. 말하자면 그는 살얼음을 밟듯 살아가고 있었고, 그것으로 만족하려 하고 있었다.

　어느 날 나는 그가 직업적인 이유에서가 아니라면 어떤 종류의 메모도 하지 않으려 한다는 것을 우연히 알았다. 그는 여행기나 탐방기사

외의 어떤 글도 쓰지 않으려 했는데, 나는 나중에야 그 이유를 막연히 짐작할 수 있었다. 그는 무심코 쓰는 일상적인 글귀 한 줄이 그에게 과거의 일에 대한 고통스러운 각혈을 일으킬지도 모른다고 여기고 있는 게 분명했다.

며칠 후 그와 통화하게 되었을 때, 나는 유호성 교수에 대해 물었다. 그러자 그는 약간 놀란 듯 잠시 침묵을 지키더니, 그렇지 않아도 한번 찾아뵈려고 했는데 같이 가지 않겠느냐고 되물었다.

다음 날 그와 함께 유호성 교수의 집 근처에서 만났을 때, 나는 예전에 우리가 유 교수의 이삿짐을 날라준 적이 있느냐고 그에게 물어보았다. 그러자 그가 대수롭지 않다는 기색으로 대꾸했다.

"나도 정확히 기억이 나지는 않아. 그랬을 수도 있지. 그 시절에 유 선생 형편이 말이 아니었으니까."

그러고서 그는 낮게 가라앉은 목소리로 말을 이었다.

"그 시절에 유 선생이 겪은 수난에 대해서는 너도 잘 알겠지. 하지만 고문후유증에 시달리던 중에, 난데없이 이중결혼을 했다는 혐의로 고생한 일에 대해서는 잘 모를 거야. 다행히 젊은 여자 측에서 고소를 취하했고, 덕분에 법정까지 가는 일은 피할 수 있었지. 하지만 그 후로 사모님은 선생과 별거상태에 있다가 돌아가셨고, 하나뿐인 딸은 지금까지도 선생과 거의 관계를 끊고 지내고 있지."

나는 나도 모르게 고개를 끄덕였다. 어쩌다 유 교수가 화제에 오를 때마다 유유희가 쓸쓸히 웃어넘긴 이유를 나는 그제야 알 수 있었다. 나는 속으로 두 사람 사이에 무슨 사연이 있었던 모양이라고 짐작하고 있었는데, 이제 그 내막을 알게 된 것이었다.

유 교수는 작은 한옥에서 살고 있었다. 그는 우리를 기다리고 있었던 기색이 아니었다. 거실 바닥에는 책이 여기저기 놓여 있었는데, 책을 읽고 있었던 것 같지도 않았다. 그러나 우리를 스스럼없이 맞아주었고, 우리의 손길도 물리치고서 손수 차도 끓여서 내왔다. 예상했던 것보다 유 교수의 상태는 그리 나빠 보이지 않았다. 하지만 그가 입을 열 때마다 나는 머릿속이 아찔아찔하지 않을 수 없었다.

"내게는 기억이 너무 많아. 그 속에는 나쁜 기억도 너무 많이 섞여 있어. 잘못하면 내내 나쁜 기억들만 끌어안고 살아가야 할 판국이지. 말하자면 과거로부터 끊임없이 소환장이 날아오는 셈이야. 자칫 방심했다가는 그 고문실로, 감옥으로 꼼짝없이 다시 끌려가야 하는 거야. 그래서 지금까지는 그 기억들을 갈아서 없애버리기 위해 소처럼 내내 되새김질을 해왔는데, 얼마 전에야 그게 전혀 소용없는 짓이라는 걸 알았지. 그래서 이제는 그것들이 문득문득 떠오를 때마다, 거기에다가 양념을 잘해서 맛 좋게 삼켜버리는 거야. 하지만 그게 그렇게 간단한 기술이 아니야. 양념을 잘해서 꿀꺽 삼켜버릴 만한 것으로 만드는 게 보통 어려운 일이 아니거든.

기억이라는 게 얼마나 잔인한 건지 자네들이 알고 있을까? 꼭 필요할 때는 우리의 기대를 저버리고, 또 전혀 원하지 않을 때 불쑥 쳐들어와서 우리를 짓밟아대지. 예를 들어 예전에 나는 나보다 훨씬 젊은 놈들에게 돌아가며 뺨을 맞았는데, 지금도 그 기억이 내 뺨을 갈겨대는 거야. 내가 나도 모르게 불러낸 그 기억한테 내가 거의 날마다 뺨을 얻어맞는 거야. 그뿐만이 아니야, 기억처럼 연약한 것도 없고, 기억처럼 바보 같은 것도 없지. 인간이 연약하고 바보 같은 것도 바로 그래서야. 그래서 하는 말인데, 자네들 정신승리법이라는 걸 알고 있겠지? 내 경우에 정신승리법은 자발적으로 기억상실증에 빠지는 거야. 기억의 예

속상태에서 벗어나려면 그 방법밖에 없는 거야. 정신승리법으로 나는 모든 것을 잊어가고 있어. 이제 내가 내 뺨을 갈기던 그 기억들의 뺨을 갈기고 있는 거야. 그러다 보면 그것들이 하나씩 사라져가는 거야. 우리가 뭔가를 잊고 싶어하면서도 잊지 못하는 것, 자기도 모르게 그것을 소중하게 생각하기 때문이야. 하지만 소중할 것 없어. 그렇게 비천하게 사는 건 소중한 삶이 아니야.

그리고 미안하지만 난 말이야, 자네들도 벌써 잊었어. 그래도 현재를 살아가려면 필요한 것들이 있는데, 자네들도 그것들 중에 하나일 따름이지. 지금 자네들이 나를 살아 있게 해주어서 고맙기는 하지만, 자네들의 어떤 말도 내 기억을 되살리지는 못한다는 말이야. 내 기억을 건드리려면 다시는 나를 찾아오지 마. 내 말 알아들었지?"

두조는 유 교수의 장광설에 익숙한 듯 가만히 듣고 있었다. 나 또한 아무 할 말이 없었는데, 애초에 그는 우리의 대꾸를 필요로 하지 않았기 때문이었다. 나로서는 어쩌면 유희에 대해 이야기할 수 있는 기회를 얻을 수 있을지도 모른다고 생각했는데, 그런 기대는 일찌감치 접어버리는 게 현명한 노릇이었다.

유 교수는 잠시 쉬었다가 빈 찻잔들을 다시 채우고서 말을 계속했다.

"하지만 그러려면 무엇보다도 아무것도 기억할 필요도 없고 망각할 이유도 없는 삶을 사는 게 중요하지. 시간을 계산하는 건 시간 낭비야. 아무 때나 침대에서 일어나 내 마음대로 시간을 보내다가 내가 원할 때 다시 잠드는 거야. 조만간 나는 나만의 달력도 만들 생각이야. 프랑스 혁명가들과 레닌, 무솔리니와 히틀러도 새로운 달력을 만들어서 국민들의 기억을 파괴하려 들었는데, 그건 멋진 발상이었어. 덕분에 적어도 한동안은 국민들도 전과는 다른 삶을 살 수 있게 되었으니까.

이제 나는 세계일주 항해에 참가할 계획을 세우고 있어. 세상을 돌아다니다가 낯설고 신기한 게 눈에 띄면 내 식으로 이름을 붙이는 거야. 나무든 폭포든 바위든 마을이든 새든 나비든 상관없어. 남태평양에 있는 한 섬에는 내 이름을 붙일 생각인데, 일단 그곳에 가보아야겠지. 그렇게 해서 나는 모든 과거의 것들로부터 자유로워지는 거야. 나는 누군가 말한 것처럼 '새 아담'이 되는 거야."

그의 말이 끝없이 이어지는 동안 나는 얼굴이 확확 달아오르는 것을 어쩌지 못했다. 나의 기억술이 그의 망각술과 정면으로 충돌하고 있었기 때문이었다. 무심코 고개를 돌리던 나는 깜짝 놀랐다. 두조가 나만큼이나 얼굴이 벌게진 채 당장이라도 눈물을 쏟을 듯한 표정을 짓고 있었던 탓이었다. 나는 두 사람에게 실망감을 느꼈다. 내가 보기에 유 교수는 모든 기억을 포기하고 있었고, 그 앞에서 두조는 터무니없이 나약해져 있는 것이었다. 나는 조용히 몸을 일으켜서 출입문 쪽으로 걸어갔다. 예상했던 대로 그들은 나를 잡지 않았다.

유 교수가 보여준 모습은 내게 충격적이었다. 그런데 그에 못지않게 충격적인 일이 벌어졌다. 아버지가 갑작스레 치매에 걸렸다는 소식이 온 것이었다. 일종의 급성치매였는데, 내가 연락을 받았을 때는 이미 친척들에 의해 전문 요양시설로 옮겨진 뒤였다.

그날 오후에, 나는 요양실의 한 방에서 그와 정확히 30분 동안 함께 있었다. 나는 그동안 그가 나이가 훨씬 어린 여자와 가까이 지내고 있었으며 얼마 전에 재산문제로 헤어졌다는 말을 들은 적이 있었다. 그 결별 이후에 바로 찾아든 아버지의 치매에 나로서는 연민을 가지지 않을 수 없었다.

아버지는 어머니가 죽은 후 식탁에서 어머니 이야기를 꺼내서는 안 된다는 엄격한 규칙을 세워두고 있었다. 그리고 그 대신 자기가 할 이야기를 머릿속에 미리 정리해두었고, 심지어 메모를 해두기까지 했다. 그렇듯 결코 아무것도 잊지 않고 그리하여 아무것도 호락호락 용서하지 않으려던 아버지가 간호사가 불러주는 가장 간단한 단어를 따라 하는 모습을 지켜보는 동안, 나는 대체 무엇이 그에게 그토록 강한 타격을 가해 그의 삶을 송두리째 망각의 밤 속으로 밀어넣었을까 하는 생각을 하고 있었다. 그렇다면 이제 아버지는 모든 것을 잊어버리고 그래서 모두 용서한 것일까?

나는 마음속으로 고개를 가로저었다. 오히려 나는 그동안 그가 보여준 명쾌하고 단호한 말과 행동이 사실은 웬만한 기억 따위는 함부로 무시하려 한 결과일 따름이고, 따라서 치매가 걸린 것도 우연한 일이 아니라고 생각하고 있었다. 그 순간 나는 그의 아랫배가 터지면서 몸속을 가득 채우고 있던 기억들이 쏟아져 나오는 환영을 보며 나도 모르게 몸을 떨었다. 그의 기억은 머리가 아니라 배 속에 들어 있었던 것이었다.

하지만 요양소를 나와 고속도로를 달리는 동안, 나는 마음이 말할 수 없이 착잡해졌다. 그때 처음으로 나는 내 머릿속을 가득 채우고 있는 기억들에 대해 회의를 느꼈다. 나는 나 자신이 짐을 가득 실은 당나귀처럼 여겨졌다. 망각하는 자는 적어도 남을 흉내 내는 자가 아니라는 속담도 생각났다. 시간은 기억의 편인가, 망각의 편인가. 그러자 기억은 당나귀를 타고 가고, 망각은 말을 타고 간다는 말도 떠올랐다. 아무리 높이 기억의 탑을 쌓아 올린다 해도 망각의 바람 앞에서 간단히 무너진다면, 이제 나는 나 자신의 치매를 걱정해야 할 노릇이었다.

그 무렵에 나는 유희와의 사이에서도 갈등을 빚고 있었다. 그러나 나의 기억술에 문제가 생겼다거나 우리의 공동작업이 난항을 겪고 있거나 해서는 아니었다. 오히려 우리는 다음 책의 주제를 기억의 도구인 펜의 문화사와 침대 위에서 벌어진 살인 및 암살의 역사로 잡고서 착실하게 준비를 해나가고 있었다. 갈등의 발단은 우리 공동의 친구 한두조로부터 비롯되었다.

나는 두조가 전국의 납골당을 돌아다니며 사진을 찍고 거기에 짧은 글을 곁들여서, 이미 3년 전에 '백록동 서원'에서 '기억의 봉함'이라는 제목으로 사진 에세이집을 낸 것을 알고 있었다. 게다가 두조는 오랜 세월 유 교수 주변에 머물러 있었으므로 유희와 함께 지낸 시간도 짧지 않은 셈이었다. 때문에 나는 평소에 유희가 두조에게 어떤 신랄한 발언을 해도, 오랜 우정에서 나오는 말이려니 하고 넘어갔다. 그런데 어느 날 유희의 행동이 도가 지나쳤다.

그날 우리는 나의 집에서 술을 곁들여 함께 식사를 하고 있었다. 그때 유희가 갑자기 두조를 빤히 바라보며 말했다. 이제 그만 그런 폐인 같은 모습에서 벗어날 때가 되지 않았느냐는 것이었다. 평소처럼 어깨를 축 늘어뜨린 채 거의 말이 없이 음식을 야금야금 먹고 간간이 술을 홀짝거리는 두조의 모습이 유난히 그녀의 신경을 건드린 모양이었다.

"두조 씨는 희생양이나 순교자가 아니에요. 그저 살아남아야 하는 한 사람의 시민일 뿐이에요. 과거에 무슨 일이 있었으면 그건 분명 있었던 거예요. 없었던 거나 잊어버린 거로 치부한다고 해서 문제가 해결되는 게 아니잖아요. 두조 씨는 그 기억을 망각하려는 게 아니라 억압하려 하고 있을 뿐이에요."

유희가 그동안 미뤄두었던 말을 다 하겠다고 작정한 사람처럼 정면으로 찌르고 들어오자, 두조는 허허 웃으며 습관적으로 고개를 끄덕거렸다. 유희의 말이 이어졌다.

"문제가 있는 과거는 치유해야 해요. 치유하지 않고 내내 억압하면서 잊으려 들면, 그 기억을 병든 상태로 되풀이할 수밖에 없는 거예요. 시시포스처럼 말이에요. 그러니 힘들더라도 정확히 기억해내고자 노력해봐요. 그리고 그걸 글로 쓰고 사진으로도 찍어요. 그래서 책을 내자고요. 그래야 거기에서 벗어나는 거예요. 망각은 결코 순결한 게 아니에요."

계속되는 유희의 말에 두조는 허탈하게 웃으며 나를 빤히 바라보았다. 그리고 나는 그의 눈에서 구조를 요청하는 애절한 표정을 보았다. 사실 나 역시 유희에게서 그녀의 아버지 유호성의 면모를 발견하고 조금 놀란 상태였다. 어느 정도 술기운이 오른 탓도 있겠지만 유희는 일방적인 어조로 거침없이 말하고 있었다.

내가 대신 그녀의 말을 받았다.

"어떤 사람의 기억은 그게 고통스러운 것이든 행복한 것이든, 그 사람 자신의 몫이지 남들이 이래라저래라 할 수 있는 게 아니잖아요. 유희 씨도 잘 알 텐데요."

그러자 유희가 고개를 돌려 나를 노려보았는데, 붉게 충혈된 그녀의 두 눈에는 눈물이 어려 있었다. 그 모습을 보고서 나는 깜짝 놀랐다. 아무래도 오늘 낮에 그녀에게 무슨 일이 있었던 모양이었다.

"그동안 말을 하지는 않았지만, 나는 두조 씨 곁에 서면 째깍거리는 시계 초침 소리가 들려서 신경이 곤두서곤 했어요. 모두가 그 소리를 듣고 있는데, 정작 본인은 그 시계를 어딘가에 깊숙이 감춰버렸거나 아예 그 존재 자체를 잊어버렸다고 믿고 있어요. 하지만 그런다고 뭐가 달라지나요. 두조 씨 속에서는 그 시계가 계속 소리를 내며 돌아가고 있고, 우리 모두는 그 소리를 들으면서 미쳐버릴 지경인데."

나는 그녀와 그녀의 아버지 사이에 오래 묻혀 있던 문제가 터져 나온 건지도 모른다고 생각했다. 그러나 지금으로서는 그녀의 내심을 헤아리는 것보다는, 그녀를 제어하고 두조의 입장을 살려주는 게 더 필요하다고 여겨졌다.

"그렇다고 꼭 그걸 끄집어내야 하는 건 아니지요. 그래서 뭘 하려고요, 책을 내려고요? 유희 씨, 그만둬요. 이 세상에서 모든 게 다 책이 되어야 하는 것도 아니고 책이 될 수 있는 것도 아니에요. 치유가 먼저인지 책이 먼저인지 유희 씨야말로 헷갈리고 있는 게 아닌가요? 그렇지 않고서야 어떻게 사람을 앞에 두고 그렇게……."

그러나 나는 말을 마칠 수 없었다. 그녀가 자리를 박차고 일어나더니 기둥형 옷걸이에 걸어두었던 겉옷을 집어 들었기 때문이었다. 그리고서 그녀는 곧바로 출입문 쪽으로 걸어갔다. 나는 얼결에 그녀를 말리기 위해 앞을 가로막으며 그녀의 팔을 잡았다. 그녀와 나 사이에 실랑이가 벌어졌고, 그 와중에 거실 탁자 위에 올려놓았던 삼단 장식장이 내 팔에 걸려 바닥으로 떨어졌다. 순간 내 몸이 뻣뻣하게 굳어지는 것을 보고서 유희는 내게서 몸을 빼내어 밖으로 나가버렸다. 곧 두조가 그녀의 이름을 부르며 따라 나갔다.

나는 바닥을 내려다보며 그 자리에 우두커니 서 있었다. 장식장의 유리창이 부서지고 그 안의 기념품들이 바닥에 어지럽게 쏟아져 나와 있었다. 그 광경을 보면서 나는 마침내 내 기억술에 큰 장애가 발생했음을 깨달았다. 내 기억술은 사물과 공간에 바탕을 두고 있었는데, 그 체계가 파손된 것이었다. 사물과 공간은 원상으로 회복되겠지만, 기억의 체계는 그보다 훨씬 예민하고 민감한 것이어서 일단 깨지고 나면 봉합되기는커녕 시간이 지날수록 균열이 점점 더 커질 수밖에 없는 노릇이었다.

그래도 나는 방금 전에 내가 그녀에게 했던 지나치게 공격적인 말에 대해 진심으로 후회하고 있었다. 때문에 나는 차분한 마음으로 방을 치웠다. 그리고 그녀에게 사과하기 위해 전화를 걸었지만, 그녀는 전화를 받지 않았다. 두조의 휴대폰은 꺼져 있었다.

나는 울적한 심정으로 거실을 서성대며 시간을 보냈다. 그러다가 자정이 다 되었을 무렵에 밖으로 나와서 택시를 타고 두조의 집으로 갔다. 집 앞에 도착하여 가게에서 술을 사가지고 초인종을 누르려 하다가 출입문의 손잡이를 돌려보았다. 벌써 잠들었을지도 모르기 때문이었다. 문은 잠겨 있지 않았다. 나는 불이 꺼져 있는 좁은 거실을 지나 침실 쪽으로 걸어갔다. 그러고는 조용히 문을 열었다.

"긴장을 풀어요. 그래요, 그렇게. 내가 도와줄 테니 걱정하지 말아요. 이제 곧 모든 게 편해질 거예요."

분명 유희의 목소리였다. 침대 머리맡의 전등이 켜져 있었고, 유희가 벗은 몸으로 두조와 침대 위에 누워 있었다. 오랫동안 여자를 멀리한 두조의 발기된 성기가 나의 눈에 들어왔다. 그가 깜짝 놀라며 이불로 몸을 가렸다.

유희도 놀란 표정을 지었지만, 이내 냉정한 표정을 되찾았다. 그녀가 벗은 몸으로 침대에서 천천히 내려서며 말했다.

"오해하지 말아요. 당신이 생각하는 그런 건 아니에요. 하지만 변명은 하지 않겠어요."

나는 한동안 엄청난 혼란을 겪었다. 게다가 한때 성처럼 견고했던 내 기억의 세계는 처참하게 부서진 상태였다. 체계와 질서가 무너졌기 때문에, 그 속에 들어 있던 세부적인 기억들은 무정부상태에서 감옥을 탈출한 죄수들처럼 제멋대로 준동하기 시작했다. 더 문제가 되는 건, 그것들이 스스로 변해갈 뿐만 아니라, 주변의 것들도 변질시키고 있다는 것이었다.

이제 내게는 선택의 여지가 없었다. 그것들을 총체적으로 변질되게 놓아두기보다는 지워버려야 했다. 그중에는 자식처럼 귀한 것들도 있었지만, 내게는 그것들을 선별할 능력이 없었다. 특히 유희와 두조의 벌거벗은 몸, 그리고 그의 발기된 성기의 이미지가 나를 끊임없이 괴롭혔다. 게다가 유희가 나를 더는 사랑하지 않는다 하더라도, 내 속에 들어 있는 그녀의 기억은 나를 결코 순순히 놓아주지 않을 게 분명했다. 때문에 나는 그녀를 잊기 위해 노력해야 했다. 그녀를 망각하여 그녀에 대한 불행한 기억에서 벗어나 다시 편하게 잠들 수 있는 게 내게는 무엇보다 중요했다.

우선 나는 술에 탐닉했다. 분명 술은 찢어진 가슴을 위한 향유 역할을 해주었다. 그러나 아침에 일어나면 술의 필터를 통과한 기억이 너덜너덜 만신창이가 되어 있듯이, 망각도 마찬가지였다. 술의 도움을 통한 망각 역시 여기저기 구멍이 숭숭 뚫린 누더기와 다를 바 없었는데, 그것으로는 마음의 평안을 얻을 수 없었다.

어느 책에, 재채기초라는 게 있어서 그걸 마시고 재채기를 하면 머릿속을 채우고 있는 불순물들을 단번에 날려버릴 수 있다는 구절이 있었다. 나는 그 말이 일종의 상징적인 농담임을 알면서도 내 나름대로 그 재채기초라는 걸 만들어보려 한 적도 있었다. 그리하여 여러 술과 향신

료와 식초를 함께 섞어가며 시행착오를 무수히 겪은 끝에, 마침내 한 잔만 마셔도 재채기가 나오게 하는 데 성공하기에 이르렀다. 그 재채기가 얼마나 강력했는지 뇌가 울리면서 머릿속이 한동안 텅 빈 듯한 느낌이 드는 건 사실이었다. 그러나 문제는 우려했던 대로 그 망각의 순간이 너무도 짧다는 것이었다. 그렇다면 그 재채기초를 계속 마셔야 하는 것인데, 재채기도 계속해서 터져 나와 그럴 수도 없었던 것이다.

그 외에도 나는 여러 가지 방법을 시도해보았다. 심지어 나는 옛사랑의 기억을 새로운 경험으로 덮어버리기 위해 다른 여자들과 잠자리를 같이해보기도 했다. 그러나 유희가 아닌 다른 여자들과 몸을 섞는 일은 매번 뜻대로 되지 않았다. 그녀들의 몸이 너무도 낯설게 보여서 발기불능의 상태에 빠지거나, 반대로 그녀들의 몸이 유희의 잃어버린 몸과 겹쳐지면서 나로 하여금 도저히 통제할 수 없는 과도한 흥분 속으로 몰아넣었기 때문이었다. 말하자면 내 속에서 아직 뿌리가 뽑히지 않은 유희의 기억들이 강력하게 반발했던 것이었다.

그래도 나는 포기할 수 없었다. 한번은 갑자기 가방을 싸서 무작정 실크로드로 떠난 적도 있었다. 한 번 들러붙으면 잘 떨어지지 않는 기억은 근본적으로 축축한 속성을 가지고 있다는 데 생각이 미친 순간, 건조하고 뜨거운 사막지대를 돌아다니며 내 머릿속과 마음속을 바싹 말려버리고 싶었던 것이었다. 하지만 여행이 끝날 무렵 그것도 소용없다는 것을 확인하게 되었는데, 사막은 눈으로 보기에는 말라붙어 있어도, 그 속에 엄청나게 다양하고 많은 씨앗들이 들어 있어서 언제든 비가 조금이라도 내리면 그야말로 백화만발한다는 사실을 알게 되었기 때문이다.

그래도 그 여행이 무익하기만 했던 건 결코 아니었다. 어느 날 타클라마칸사막의 텐트에서 잠에서 깼을 때, 나는 눈꺼풀이 타는 듯한 고통을 느꼈다. 거울을 보자, 눈꺼풀이 모두 잘려나가고 없었다. 눈을 감을 수 없어서 계속 보아야만 하는 것, 그러나 정작 아무것도 보지 못한다는 것, 그것이야말로 망각하지 못하며 살아가는 삶이었다. 나는 그 상태로 커다란 방에 갇혀 있었다. 그것은 내 속에 들어 있는 기억의 신전이었는데, 가만히 보니 음습하고 을씨년스러운 그 방이 새장처럼 오그라들고 있었다. 그때 나의 입에서 저절로 낯선 이름들이 흘러나왔다. 사탄, 바알세불, 리바이어던, 벨페고르, 아스모데우스, 메피스토펠레스, 데블, 테스카톨리포카, 그것들은 불러서는 안 되는 이름들, 내 기억 속에 들어 있는 악마의 이름들이었다. 나는 그것들의 힘을 모두 불러 모았고, 그 순간 나를 굶어 죽이려고 작정하고 있던 새장이 한순간에 산산조각이 나버렸다.

물론 꿈이었다. 하지만 나는 꿈에서 깨어나자마자 분명히 깨달았다. 기억술이 사물과 공간을 이용하는 것이라면 망각술 또한 마찬가지라는 것을 알게 된 것이었다. 그때부터 나는 기억술은 완전히 잊어버리고 본격적으로 망각술에 몰두하기 시작했다.

나는 귀국한 후 곧바로 일기 쓰는 일을 시작했다. 그러나 예전에 쓰던 일기와는 달랐다. 나는 날마다 일기장에 잊어버릴 것들의 목록을 적은 뒤에 그 부분을 떼내어 작은 조각으로 찢어버렸다. 내게 기억은 하찮은 종잇조각과 다를 바 없었다. 유유희와 관련된 모든 것들, 사진이나 선물 따위도 찢어버리거나 태워버린 건 물론이었다. 달력을 펼치고 유희의 생일이나 우리가 처음 만난 날짜에 표시를 하고는 그 달력을 통째로 태워버렸다. 찢거나 태울 수 없는 것들에 대해서도 대책은 있었다. 예를 들어 나는 우리가 함께 간 식당을 다시 찾아가서 그곳의 안팎을 사진으로 찍은 다음 그 식당 앞에서 그 사진들을 찢거나 태웠다. 나는 나를 괴롭히는 세세한 것들을 그렇게 하나씩 제거해나갔다.

나는 내 행동이 남들 눈에 유치하게 비칠 수 있다는 것을 알고 있었다. 그러나 나는 작디작은 불씨도 그냥 남겨두지 않았다. 그러나 얼마 후부터 나는 결코 서두르지 않았다. 천천히 잊어야 망각도 지속성이 있기 때문이었다. 나는 모든 것을 한꺼번에 해치우려 하는 대신, 정기적으로 기억을 삭제하는 축제를 벌이기 시작했다. 나는 적당한 시간을 택해서 조용한 곳에 가만히 앉아 있거나 한적한 곳을 천천히 걸으면서, 내 영혼 깊숙이 각인된 기억의 내용을 불러내어 그것들을 덮어버리거나 헝클어뜨리거나 돌로 눌러놓거나 물에 띄워버리거나 구겨버리거나 찢고 태워버리거나 녹여버리거나 창밖으로 던져버리거나 부숴버리는 것이었다. 예를 들어 그녀와 나눈 첫 키스의 추억이 떠오르면 그 추억을 떠오르게 한 상상의 힘을 역이용하여 그녀의 입술을 눈앞에서 뭉개버리고, 그녀와 함께 탔던 배를 가라앉히고, 그녀와 함께 탔던 비행기를 추락시키고, 그녀를 대성당 난간 너머로 떨어뜨려버리고, 달리는 자동차의 문을 열고 그녀를 밀어버렸다.

그런 식으로 나는 망각을 위한 상상의 행위 속으로 점점 더 빠져들었다. 그리하여 마침내 기억을 상상력으로 대체하기에 이르렀다고 자신할 수 있게 되었다. 이제 어쩌면 망각과 상상력으로 먹고살 수 있는 예술가로서 새로운 직업을 얻을 수 있다는 생각도 들었다. 이제 나는 유희를 다시 대면할 용기를 가질 수 있었다. 아마도 그녀는 완전히 새로워진 나를 보고서 자신은 과거에 남아 있고 나는 미래로 건너가버렸다는 사실을 알고는 놀랄 것이었다. 내가 버린 모든 게 그녀 속에는 찌꺼기처럼 그대로 남아 있을 테니, 마침내 내가 이긴 게 되는 셈이었다.

하지만 나는 결코 괴물이 되려는 게 아니었다. 나는 이것을 다시 정상인이 되는 과정으로 여기고 있었다. 망각은 지혜로운 것이었고, 새로움으로 가는 길을 열어주는 것이었다. 망각의 힘으로 기억이 지워지고 나면 그 자리에 새로운 것이 들어차게 될 터이니, 나는 사랑의 기술을 다시 배울 수 있는 탄력성을 회복하게 될 것이었다. 옛말에도 있듯이 모든 사랑은 나중에 오는 사랑에 지는 법이니 새롭게 하게 될 사랑이 나를 구원할 것이었다. 나뿐만 아니라 그 누구든 망각을 통해 과거의 멍에에서 벗어나 새로운 자아를 만들어가며 인생을 즐길 수 있는 권리가 있다고 나는 믿고 있었다.

하지만 나의 행복은 거기까지였다. 어느 날 문득 나는 애초에 두려워하고 있던 일이 발생하고 있음을 깨달았다. 언젠가부터 망각을 위한 자동삭제의 과정이 이루어지기 시작한 것이었다. 그로 인해 나의 머릿속은 빠른 속도로 초토화되어갔다.

망각술을 통해 선택적 망각이 가능하리라 믿었는데. 그게 나의 오만이고 오산이었다. 사실, 망각 속에서도 살아남는 기억들은 가치가 있을 것인데 나는 그것들마저 포기하지 않을 수 없었다. 유희와의 사이에 있었던 일들 중에서도 결코 잊고 싶지 않은 게 있었다. 예를 들어 한밤중에 자동차를 타고 작은 마을 지나던 중에 뭔가 터지는 소리가 나서 타이어에 펑크가 난 줄 알고 난감해하며 차를 세웠는데, 알고 보니 동네 꼬마들이 폭죽을 가지고 놀고 있는 중이었다. 그때 우리는 배꼽을 잡고 눈물이 날 정도로 웃었는데, 나로서는 특히 그런 사소한 기억을 포기하는 게 쉽지 않았다. 하지만 이미 달리 선택의 여지가 없었다.

이제 나는 망각을 통제할 수 없었다. 나는 망각이 지배하는 세상을 살게 될 것이었다. 얼마 지나지 않아 나는 더 이상 기억할 게 없을 테고, 기억할 게 없으니 잊을 것도 없을 것이었다. 그러면 나는 나 자신을 지워버리려 들 것이었다. 그런데 혹시 나는 나 스스로 내 속의 모든 기억을 완전히 지워버리는 시험을 시도해보고 싶었던 건 아닐까? 그렇게 하여 내 영혼의 블랙아웃을 경험해보고 싶었던 건 아닐까? 그때 문득 나는 타클라마칸의 사막에서 맞은 그날 아침 내가 악마에게 내 영혼을 팔았음을 깨달았다. 그때 비로소 나는 어쩌면 망각이란 죽음보다 더 나쁜 최고의 형벌일지도 모른다고 생각하며 몸을 떨었다.

그렇게 내가 두문불출하며 망각의 늪 속에서 허우적거리고 있을 때, 나를 다시 세상에 불러낸 사람은 두조였다. 그는 유 교수가 쓰러져서 병원으로 옮겨졌고, 자신이 지금 사흘째 병실을 지키고 있다고 했다. 그리고 유희는 지금 유럽 도서전시회에 출장 중인데 뒤늦게 연락이 되어 어제 비행기를 탔다고 했다.

나는 망설이다가 결국 가볍게 옷을 입고 집을 나섰다. 병실 창가에 서서 밖을 내다보고 있던 두조는 평소처럼 멋쩍게 웃으며 다가와 내 손을 잡았다. 유 교수는 침대 위에서 잠들어 있었다. 두조가 낮은 목소리로 말했다. 의사들의 말에 따르면, 유 교수는 오랜 시간의 과도한 음주와 스트레스로 두뇌의 외부기억구조에서 핵심 부분이 파괴된 경우인데, 뇌가 손상된 이후로 유 교수는 자신이 보거나 행동한 어떤 것을 채 한나절밖에 기억하지 못하는 희귀한 증상을 겪게 되었다고 했다. 말하자면 그는 앞으로 죽을 때까지 오늘 하루라는 시간대에 갇혀버리게 되었다는 것이었다. 실제로 유 교수는 몇 시간 간격으로 자신이 왜 병원에 입원했는지 묻는다고 두조는 말했다. 그러고서 저 상태에서는 언제 뇌가 완전히 정지하여 식물인간이 되거나 사망할지 아무도 모른다고 덧붙였다.

나는 착잡한 심정으로 유 교수의 주름진 얼굴을 내려다보았다. 내 눈앞에는 스스로 과거를 지워버리고 미래는 빼앗겨버린 기구한 운명의 남자가 누워 있었다.

그때 다급한 발짝 소리가 들리더니 유희가 병실 안으로 들어섰다. 나는 뻣뻣하게 서서 유희에게 눈인사를 보냈다. 그녀는 조금 초췌하고 지쳐 보였지만, 거동은 여전히 날렵하고 씩씩했다. 그녀가 어쩔 줄 모르고 침대 앞에 서 있자, 두조가 유 교수를 흔들며 말했다.

"유희가 왔어요."

그러자 유 교수가 눈을 뜨며 말했다.

"유희가 누구야? 내게 딸이 있었어?"

그러고는 농담이었다는 표정으로 미소를 지으며 그녀를 향해 손을 들었다. 유희는 그 손을 잡으며 침대 위로 몸을 굽혔다.

두조는 나를 데리고 병실을 나왔다. 병원 앞의 찻집에 마주 앉았을 때, 그는 마치 그동안 밀린 숙제라도 하듯이 오랫동안 두서없이 주절주절 말을 늘어놓았다.

"난 네가 좋았어. 너는 언제나 확고한 기억력을 가지고 있는 것처럼 보여서, 네 곁에 있으면 예전의 내 모습으로 돌아간 듯이 마음이 안정되고 편해졌거든. 그날 말이야, 우리는 꼭 섹스를 하려 했던 건 아니었어. 유희 씨는 나를 망각의 잠에서 깨우려 했어. 그래서 그 악몽 같은 닷새 동안 있었던 일에 대해 이제라도 홀가분하게 털어놓게 하려고 애썼는데, 내가 자꾸 물러서니까 그렇게 적극적으로 나섰던 거야. 유희 씨는 내가 겪고 있는 고통과 아버지의 문제가 맞물려 있다고 확신하고 있었어. 아마도 너는 알고 있었을 거야. 나는 그 닷새 동안의 일을 결코 잊은 적이 없어. 오히려 불망증이라는 증세를 겪고 있었는데, 시간이 지날수록 그 닷새 동안의 일이 점점 더 강하게 내 신경계에 들러붙어서 새삼스레 기억하고 말 것도 없어진 거지. 그렇게 그 일에 대한 기억과 함께 살아가다 보니 그 기억 자체도 흐릿해지는 것처럼 여겨졌는데, 그건 결코 잊은 게 아니었어.

그날 밤 나는 택시에서 내려 경찰서 구치소에 수감되었다가 다시 차에 실려 어느 건물 지하의 조사실로 옮겨졌다. 나는 닷새 동안 그곳에 있었어. 나를 우연히 손에 넣고서 그자들은 봉을 잡았다는 걸 알았어. 당연히 고문을 당했지. 나는 학교에서 이루어지고 있는 비밀회합에 대해 털어놓아야 했어. 나는 그 모임에 깊이 관여하지는 않았어도 어느 정도는 알고 있었지. 그들은 내가 알고 있는 것들을 기억해내어 발설하게 하려 했어. 고문은 기억술의 한 방법인 셈이야. 하지만 나는 저항했어. 그러자 사흘째 되는 날부터 그들은 일종의 교활한 망각법을 쓰기 시작했어. 그리고 곧 나는 모든 걸 잊게 되었어. 우선 그들은 내가 누구인지도 기억하지 못하게 만들었어. 그러고 나서 유 교수와 내 동료들도 차례로 그들이 누구인지 기억하지 못하게 만들었지. 나는 단지 그들이 원하는 정보가 내장된 짐승이었고, 유 교수와 동료들은 내가 기억하는 것과는 전혀 다른 존재들로 변했는데, 이를테면 내게 정보를 입력한 낯선 외계인들과도 같은 존재들이었어. 결국 나는 그들이 짜려 하는 음모론에 철저히 이용당했지.

그들은 나를 풀어주기 전에 그곳에 있었던 일들도 영원히 잊게 만들기 위해 나를 위협하기도 하고 구슬리기도 했어. 하지만 그동안 내가 입을 다문 건, 그 위협이 두려워서도 그들의 회유에 넘어가서도 아니야. 나는 고통스러운 기억을 말로 하거나 글로 쓸 것인지, 아니면 다 잊어버리고 거리낄 게 없이 살아가기 위해 망각을 선택할 것인지 오래 망설였던 거야. 글이나 말이 과거의 고통을 사라지게 할 수는 없기 때문이었지. 그 반대로 그 고통을 생생하게 되살려서 그 상태로 고착시켜놓는다고 하는 게 더 맞을지도 몰라.

하지만 언제부턴가 기억에 기대를 걸어야 하는지 망각에 기대를 걸어야 하는지조차 알 수 없게 되었어. 기억과 망각 사이에서 아슬아슬하게 균형을 잡으며 줄을 타고 있었는데, 그 줄이 끊어진 거야. 그러자 비로소 정신이 들더군. 어찌 되었든 이 상황이 완전히 종결되어야만 나는 그 추악한 기억에서 벗어나게 되리라는 사실을 받아들이게 된 거야. 그 사실을 인정할 용기를 얻는 데 이렇게 오랜 시간이 걸린 셈이지. 그런데 세상사가 참으로 묘하지. 이제 비로소 모두 털어놓을 준비가 되었는데, 선생이 저 모양이 되었어. 오늘 내가 고해성사를 해도 선생은 내일은 기억하지 못할 테니, 이를 어쩌나. 내가 고해성사를 할 때마다 나도 괴롭고 선생도 괴로울 텐데, 그 고통을 정기적으로 되풀이하여 감당해야 하는 걸까? 계속 반복하여 속죄해야 하는 게 내게 주어진 유일한 출구일까? 내가 프로메테우스라도 되는 건가?"

마침내 긴 이야기를 끝내고서 그는 고개를 돌려 창밖을 내다보았다. 긴장은 조금 풀려 있었으나, 홀가분해 보이는 표정은 전혀 아니었다. 나는 손을 뻗어 탁자 위에 놓여 있는 그의 손을 힘껏 쥐었다. 그는 허깨비처럼 퀭한 눈으로 나를 건너다보았다.

유희에게서 전화가 걸려온 건 이틀 후였다. 그녀는 아침에 아버지가 운명했다고 말했다. 어머니도 없으니 그녀는 고아가 된 것이었다.

나는 위로의 말을 건네고서 말했다.

"두 조도 충격이 크겠군요."

"이틀 전에 두조 씨가 아버지를 찾아왔어요. 그리고 두 사람 사이에서, 과거에 무슨 일이 있었든, 미래에 무슨 일이 있을 것이든 서로 용서를 청하고 서로 용서하기로 약속이 이루어졌어요. 앞으로 두조 씨에게는 당신 도움이 필요할 거예요."

잠시 간격을 둔 후, 그녀가 차분한 목소리로 말했다.

"그리고 내게도 당신의 도움이 필요해요. 저녁에 와줄 수 있나요? 나는 어디에든 닻을 내리고 싶었어요. 그게 쉽지 않았는데, 이제는 가능할 것 같아요."

나는 그러겠다고 대답하고 조용히 수화기를 내려놓았다. 그러고는 오랜만에 샤워기 밑에서 정성들여 몸을 씻었다. 그리고 몸과 얼굴과 머리카락에 크림과 에센스를 바른 뒤, 검은색 양복과 넥타이를 착용하고서 현관문을 열고 밖으로 나갔다. 승강기 앞의 1층 계단 위에 두조가 앉아 있는 것을 보고서도 나는 놀라지 않았다. 마치 그가 그곳에서 나를 기다리고 있다는 것을 미리부터 알고 있었던 기분이었다.

나는 그와 함께 길 건너의 공원으로 가서 분수대 앞의 벤치에 앉았다. 사위가 조금씩 어두워지고 있었지만 아직 가로등은 켜져 있지 않았다.

두조가 가방에서 원고 뭉치를 꺼내었을 때도 나는 별로 놀라지 않았다.

그가 중얼거리듯이 말했다.

"이틀 동안 쉬지 않고 밤을 새워가며 썼지. 그런데 선생이 죽었다는군."

나는 그의 옆얼굴을 바라보며 낮고 느린 목소리로 말했다.

"먹어."

그는 무슨 말인지 못 알아듣겠다는 표정으로 나를 바라보았다.

나는 천천히 손을 움직여 그의 무릎 위에 놓여 있는 원고 뭉치의 첫 장을 뜯었다. 그러고는 그것을 여러 조각으로 찢은 뒤 손안에 넣고 구겨서 부드럽게 만들었다. 내가 그것들을 내밀자 그는 잠시 망설였다. 그러다가 하나씩 집어 들어 입에 넣기 시작했다. 다 먹고 나자, 이번에는 자기 손으로 종잇장을 뜯어내서 찢었다. 그러고서 대충 구긴 뒤 입안에 집어넣었다. 그는 그것이 내가 그에게 전수하려는 망각술의 한 방법임을 깨달은 것이었다.

와작와작 종이 씹히는 소리가 내 귀에 들려왔는데, 그 소리는 오랫동안 그치지 않았다. 얼마 후, 그가 열심히 입을 움직이며 내 쪽으로 고개를 돌려 멋쩍게 씩 웃어 보였다. 그때 나는 그의 입술이 잉크자국으로 시커멓게 물들어 있고, 입 양쪽 가장자리에서 피가 섞인 침이 줄줄 흘러내리는 것을 보았다. 하지만 그의 얼굴은 이상한 열기에 휩싸여 있었고, 눈에서는 푸르스름한 인광이 번득이고 있었다.

나는 두조를 분수대 앞에 놓아두고 혼자 공원을 벗어나 길을 따라 걸었다. 거리가 차츰 어두워지면서 가로등과 유리창에 하나 둘 불이 켜지기 시작했다. 나는 그동안 잃었던 몸의 활력이 차츰 되살아나는 것을 느꼈다. 이윽고 저 멀리 병원 건물이 보였다. 이제 유호성은 차디찬 시신이 되어 저 건물의 지하실에 누워 있을 것이었다. 그러나 이제 나는 내가 망각의 소용돌이 속으로 완전히 빠져들기 직전에 나를 끌어내준 게 그분임을 알고 있었다. 그분이 과거와 싸우고 미래에 도전하며 겪은 고통과 희망을 가까이에서 경험하는 동안, 나는 나도 모르는 사이에 치유된 것이었다. 나를 살리고 떠난 그는 진정으로 나의 스승이었다.

그리고 저 건물 안에서는 유희가 나를 기다리고 있었다. 내가 비록 모든 것을 잊었어도, 나를 기억해준 누군가가 있었기에 나는 다시 온전해질 수 있었다. 내가 유희를 잊으려 했어도 그녀는 나를 잊지 않았기에 우리는 다시 서로를 사랑할 수 있게 되었다. 사랑에서 망각은 갱신과 회복의 능력과도 같은 것이니, 앞으로도 나는 유희를 수백 번 수천 번 다시 사랑할 수 있게 될 것이었다.

나는 내가 다시 기억할 수밖에 없는 인간이 되었고, 다시 망각할 수밖에 없는 인간이 되었다는 게 더할 나위 없이 기뻤다. 이제 나는 알고 있었다. 망각은 배설이 아니었다. 망각은 잘 기억하기 위한 수단이었다. 망각의 품안에서 잊혀야 할 것들은 잊히고, 내가 가장 나다운 존재가 되게 해줄 것들, 내가 원하는 그런 존재가 되게 해줄 것들은 살아남아, 내게 불멸의 추억을 선사하는 것이었다.

병원 정문을 지나 영안실 쪽으로 걸어갈 때, 전화벨이 울렸다. 처음 보는 전화번호였는데, 받고 보니 아버지의 목소리가 울려 나왔다. 아버지는 아직 발음이 어눌하긴 해도 목소리는 차분하고 신중했다. 나는 그 목소리만으로도 아버지가 급성치매 증상에서 예상보다 빨리 회복되고 있음을 알 수 있었다. 나는 주말에 요양소에 들르겠다고 약속하고 전화를 끊었다.

영안실로 통하는 회전문을 향해 걸어가고 있을 때, 갑자기 가슴 깊은 곳에서 뭔가 뜨거운 것이 뜨끔하게 닿는 감각이 느껴졌다. 나는 걸음을 멈추었고, 그러자 오래 잊고 있던 기억 하나가 떠올라 눈앞에 펼쳐지기 시작했다. 나는 유호성 교수의 이삿짐 나르는 일을 도와주고서, 그의 새집 마당의 나무 그늘에 앉아 땀을 식히고 있었다. 그때 마당 한쪽 구석에 마련된 닭장의 문이 열리면서 유희가 걸어 나왔다. 그녀는 달걀이 담긴 작은 등나무 바구니를 들고 있었는데, 나와 눈이 마주치자 그중

하나를 집어서 내게 건네주었다. 그때 느꼈던 달걀의 따뜻함과 더불어 이십 대 초반의 나이였던 유희의 얼굴이 세월의 두께를 뚫고 내 앞에 선명하게 떠올랐다. 문득 그것이 유희의 얼굴과 어머니의 젊을 때 얼굴이 겹쳐진 건지도 모른다는 생각이 들었는데, 상관없는 일이었다. 여하튼 나는 이렇게 어머니와의 약속도 지킨 것이었다.

이윽고 국화꽃 향기가 코끝에 감돌았다. 그러나 이제 내게 그 꽃향기는 고인의 향기이자, 고인의 삶이 남긴 강렬한 흔적 그 자체였다. 곧 스러지겠지만, 내가 살아 있는 한 내 기억 속에서 영원히 지속될. ▪

최진영

남편

1981년 출생. 덕성여대 국문과 졸업.
2006년『실천문학』등단.
장편소설『당신 옆을 스쳐간 그 소녀의 이름은』.
〈한겨레문학상〉수상.

남편

오랜만에 외식이나 하자고 남편에게 문자를 보냈지만 답이 없다. 전화를 걸어도 받지 않았다. 저녁시간이 될수록 손님이 점점 많아져서 나도 정신이 없었다. 디스플러스나 복분자주 바코드를 찍을 때마다 잠깐씩 남편을 떠올렸다. 지난 몇 달 동안 남편은 매일 야근을 했다. 자정 넘어 집에 들어오는 그의 몸에선 냉장고 깊은 곳에서 홀로 썩어가는 된장 냄새가 났다. 슬프지만 외면하고 싶은 냄새였다. 늘 늦는 그에게 부러 화난 시늉을 해도 그는 불평 한 마디 하지 않았다. 미안하다는 말 역시 하지 않았다. 퇴근하자마자 싱크대에 기대서 물김치에 밥을 말아 먹고, 머그컵에 소주를 따라 단숨에 들이켠 뒤 이불 속으로 스멀스멀 들어오며, 한 번 안아보자, 혹은, 오늘은 진짜 한 번 안아보자, 하고 중얼거리다가 곧장 잠들었다. 그때마다 야광시계의 바늘은 1과 2 사이를 덜컥 덜컥 지나가고 있었다. 종일 종이박스를 들고 뛰어다녔을 그의 손을 매만지며 지구 절반을 뒤덮은 도미노 조각을 떠올렸다. 조각이 조각을 쓰러트리기엔 그 사이가 좀 멀어서, 남편과 나는 조각 하나하나를 툭툭 치며 도미노를 완성하는 중이다. 도미노가 다 넘어지면 끝내주는 그림이 완성될지도 모르지만, 그 그림이 우리와 무슨 상관있을까. 도미노는 내려다봐야 그 아름다움과 웅장함을 알 수 있지 않나. 남편과 나는 그 위로 올라갈 수 없다. 그곳의 공기를 상상해본 적도 없다. 지난 몇 달간 그런 생각을 하다가 잠들었다. 내가 완성해나가는 이 그림은 도대체 어떤 것일까. 저 위에 편히 앉아 그것을 보는 이는 누구인가.

꿈 따윈 들어오지도 못할 만큼 짧은 잠을 자고, 새벽 여섯 시, 남편과 나는 담담한 표정으로 집을 나섰다. 낮 시간은 너무 바쁘다. 지난밤의 상상을 이어갈 틈이 없다.

앉은 채로 잠들었다가 눈을 떴을 땐 새벽 다섯 시. 남편은 들어오지 않았다. 핸드폰이 꺼져 있어 회사로 전화를 걸어봤지만 아무도 받지 않았다. 오늘은 진짜 화를 내야겠다고 생각했다. 하지만 누구에게 화를 낸단 말인가. 전화할 틈도 없이 로봇처럼 일한 남편에게 신경질이나 부리는 철없는 여자가 되고 싶진 않았다. 사장을 욕할까? 하지만 내 앞에서 욕을 듣고 있어야 하는 건 사장이 아니라 그다. 그에겐 어떤 상스러운 소리도 하고 싶지 않다. 안쓰럽고 애달픈 사람. 나만큼은 그를 이해하고 믿어줘야 한다.

다시 잠들었다가 눈을 떴다. 습관처럼 시계를 봤다. 아홉 시 반. 먼 길을 걸어 발끝까지 왔던 꿈이 와르르 무너졌다. 남편이 연락도 없이 외박을 했는데 이렇게 단잠을 잘 수 있다니. 한심하고 민망해서 혼자 피식 웃었다. 초인종이 울렸다. 생소한 소리에 흠칫 놀랐다. 초인종 소리를 들어본 적이 없다. 낮엔 늘 집을 비우고, 밤엔 찾아오는 이가 없으니까.

누구세요, 하고 말하면서도 입 밖으로 내뱉는 그 단어가 너무 어색해 침을 꼴깍 삼켰다.

"문 좀 열어주십쇼. 경찰입니다."

멍청한 표정으로 문밖의 소리를 의미 없이 되뇌었다. 경찰. 경찰이 뭐더라. 손잡이를 잡은 채 한참을 생각했다. 쿵쿵쿵. 밖에 선 자가 철문을 두드렸다.

"경찰입니다. 문 좀 열어주십쇼."

문장의 순서를 뒤바꿔 그가 다시 말했다. 느슨하고도 허약한 말투가 맘에 들지 않았다. 남편이 아니라면 누구에게도 문을 열어주기 싫다. 도대체 이이는 어디서 뭘 하고 있는 거야. 생각을 말로 내뱉었더니 불현듯 짜증이 치솟았다. 딩동과 쿵쿵쿵이 동시에 들렸다.

"남편 때문에 왔어요. 문 여세요."

'문 좀 열어주십쇼'가 '문 여세요'로 바뀌자마자 나는 기다렸다는 듯 잠금장치를 풀었다.

"죄송해요. 잠이 덜 깨서요."

뒷걸음질 치며 머리를 쓸어 올렸다. 경찰이란 자는 천천히 신발을 벗고 주방으로 들어왔다. 냉수 한 잔만 주십쇼, 경찰이 요구했다. 냉장고에서 물병을 꺼내 컵에 물을 따라 경찰에게 내밀었다.

"보리차네요."

"네."

"오랜만에 봅니다. 보리차."

나는 그에게 앉을 것을 권하지 않았다. 권할 자리가 없었다. 하나뿐인 방엔 이불이 펼쳐져 있었고, 그곳 외엔 그와 내가 서 있는 좁은 주방뿐이었다.

"보리차 끓여 먹는 거 귀찮지 않습니까?"

싱크대 앞에 털썩 주저앉으며 그가 물었다.

"정수기도 생수도 비싸니까요."

"어릴 땐 수돗물도 그냥 마시고 그랬죠, 왜."

"네."

"세상이 점점 돈을 잡아먹는 것 같죠, 왜."

그가 신분증을 꺼내 보이며 남편 이름을 댔다.

"남편분이 지금 저희 서에 있거든요."

"네?"

"아, 심각한 건 아니고."

그는 남은 보리차를 꿀꺽꿀꺽 들이켰다.

"나흘 전에 여학생 강간살인사건이 있었는데, 뉴스 봤어요?"

그가 내뱉은 글자 하나하나가 머릿속에서 뻥튀기처럼 뻥뻥 튀겨졌다.

"그 여학생 주머니에서 남편분 서명이 적힌 수표가 나왔어요."

"우리 남편은 수표 안 써요."

목소리가 벌벌 떨렸다.

"세상에 수표 안 쓰는 사람이 어딨습니까."

"안 써요. 그거 쓰는 거 한 번도 못 봤어요."

그는 담배를 빼어 물며 피식 웃었다.

"아무튼 나왔어요. 나왔는데, 그렇다고 남편이 범인이라는 건 아니고. 용의자 두 명이 더 있거든요. 더 조사해봐야 알겠지만, 일단 유력한 세 명을 모두 잡았으니까."

열다섯 살 소녀가 죽었다. 범인은 소녀를 강간한 뒤 둔기로 정수리를 수십 번 내리쳤고 목을 졸랐다. 성폭행 후 살해. 사흘에 한 번씩은 들었던 뉴스. 경찰은 내 남편이 그 뉴스의 주인공이라는 말을 전하러 집까지 찾아왔다.

"나흘 전에, 그러니까 화요일이죠. 남편이 집에 들어온 시간 기억해요?"

"몰라요."

그날도 남편은 자정 넘어 들어와 소주 반 컵을 마시고 한 번 안아보자는 말을 하다가 잠들었다.

"열한 시경엔 집에 없었죠?"

"모른다니까요."

"이보세요."

"우리 남편은 아니에요."

"죽은 애 핸드폰에 남편 전화번호가 남아 있어요."

"아니라고요."

"한두 번 연락한 사이가 아니란 말입니다. 그 애 키스방 알바 뛰던 애요. 일주일에 한 번 꼴로 남편이랑 통화했던데. 우리도 짚이는 구석이 있으니까 아줌마 남편 잡아놓은 거예요."

"어쨌든 아니라고요."

아니라고 대꾸하면서도 달달 떨리는 손가락을, 입술을, 머리카락과 목소리를 감출 수 없었다. 경찰이 남편의 신분증을 들이밀며 아줌마 남편 맞잖아요! 하고 윽박지를 때는 징그러운 벌레라도 본 듯 발랑 나자빠졌다. 신분증엔 내가 알고, 믿고, 사랑하여 매일 밤 기다리는 그의 얼굴이 또렷이 박혀 있었다.

"우리 남편은 그런 사람 아니에요."

당당하게 말하려고 노력했다.

"아줌마."

경찰이 무의미한 한숨을 쉬며 말했다.

"범죄자들 주변인물 탐문해보면요, 다들 그래요. 그 사람은 절대 그런 짓 할 사람 아니라고. 백이면 백 다 그럽디다. 우린 그 말 안 믿어요. 실질적 증거만 믿지."

실질적 증거라는 말이 코스트 바카나 호차더 마라처럼 들렸다. 그 뜻을 전혀 알 수 없었다.

"사실 말이에요. 사실. 아줌마 남편이 피해자랑 수십 번 통화했다는 사실. 남편이 서명한 수표가 피해자 주머니에서 나왔다는 사실. 피해자가 죽기 전에 아줌마 남편을 만났다는 사실. 그런 것 말입니다. 사실대로 말해봐요. 화요일에 남편, 언제 들어왔어요?"

"몰라요."

경찰이 들고 있던 수첩으로 바닥을 탁 내리쳤다.

"그럼 둘이 성관계는 어떤 식으로 했어요?"

경찰이 내 눈을 빤히 보며 물었다.

"그게, 오해는 마시고. 수사에 필요하니까 물어보는 겁니다. 다 증거가 되니까."

입을 앙 다물며 그와 마지막으로 섹스한 날을 기억해내려고 애썼다. 지난 계절의 어느 땐가, 옷을 다 벗고 적당히 흥분까지 되었는데 콘돔이 없어 입으로만 했던 기억이 아스라이 떠올랐다. 이후 그는 언제나 나를 안으려다가 잠들었다. 그런 그의 기울어진 어깨가 슬퍼 홀로 기도하다 잠든 날도 여러 날이다. 이 사람을 봐주세요. 이 사람을 보살펴주세요. 이 사람을 안아주세요.

"우린 안 해요."

단호하게 대꾸했다.

"안 해요?"

"안 해요."

"부부가?"

"그 사람이랑은 안 해요."

나도 모르게 튀어나왔다. 그런 사람이랑은 안 해요. 나는 그런 사람 아니에요. 우린 그런 사이 아니에요.

"성관계를 가지지 않는다?"

경찰이 낡은 수첩에 내 대답을 또박또박 쓰며 되물었다.

"그래서 밖에서 그랬구나. 그 양반. 집에서 못하니까."

"아니에요. 해요."

경찰의 수첩을 잡아당기며 급히 말을 바꿨다.

"해요?"

"네. 해요."

"어떻게?"

더러운 침이 목구멍 깊은 곳에서 울컥 솟아나왔다.

"말해봐요. 어떻게, 대부분 어떤 자세로. 그거 아주 중요합니다. 피해 자가 당한 거랑 비교해봐야 하니까."

입안에 고인 걸쭉한 침을 경찰에게 내뱉으려다가 꿀꺽 삼켰다. 경찰 은 컵바닥에 깔린 보리차를 쪽쪽 소리 내며 빨아 먹었다.

남편이 유치장에 들어간 지 이틀도 되지 않아 사방에서 전화가 왔다.

"괜찮아?"

다은 엄마가 물었다. 나는 핸드폰을 매만지며 대답을 삼켰다.

"걱정 마. 잘될 거야."

잘될 수는 있겠지만 걱정을 안 할 수는 없었다.

"근데 우리 다은이가. 이런 말하기 좀 그런데, 자기가 알아둬야 할 것 같아서. 전에 집들이 때."

다은 엄마는 내 남편이 자기 딸의 엉덩이를 몇 번이나 쓰다듬었다고 말했다. 다은이가 오줌 누고 있을 때 남편이 화장실 문을 벌컥 열고선 징그럽게 웃으며 다은이의 그곳을 계속 훔쳐봤다고도 했다. 징그럽게. 징그럽게. 다은 엄마가 무심결에 내뱉은 그 단어를 나는 속으로 몇 번이나 곱씹었다. 남편의 직장동료에게도 전화가 왔다.

"미스 박이 그 자식을 친오빠처럼 따랐는데. 미스 박 알죠?"

귀에 핸드폰을 대고 고개만 흔들었다.

"회식 있으면, 그 자식이 미스 박 집까지 데려다 주고 그랬어요."

이로 손톱을 잘근잘근 씹었다.

"미스 박이, 그냥 그렇게 부르는 거지. 사실 이혼한 여자예요."

내가 왜 미스 박이 이혼녀라는 사실까지 알아야 하나. 이 남자는 왜 내게 이런 말을 하는가. 대꾸하고 싶었지만 꾹 참았다.

"그 자식, 미스 박 하나면 됐지. 왜 어린애까지 건드려서. 진짜 세상에 믿을 놈 하나도 없어."

동료는 혼잣말처럼 중얼거렸지만 분명 내가 듣길 원했다. 듣고 반응하길 원했다.

"우리 남편은 그런 사람 아니에요."

간신히 대꾸했다.

"그럼요. 저도 잘 알죠. 다 잘될 겁니다. 걱정 마십쇼."

동료가 명쾌한 목소리로 대꾸했다. 그 명쾌함이 화를 돋우었다.

"정말 그렇게 생각해요?"

날 선 목소리로 물었다.

"네?"

"뭘 걱정 말라는 거예요?"

동료는 당황하여 말을 잇지 못했다.

"우리 남편은 절대 아니에요. 절대 아닌데 더 잘될 게 뭐 있고 걱정할 게 뭐 있어!"

핸드폰을 쥔 손이 부들부들 떨렸다. 남편은 맘 약하고 착한 남자다. 아이를 좋아하고 누구에게나 친절하다. 그의 심성에 반해 결혼까지 결심했다. 다은이가 너무 예쁘니까 자꾸 봤을 테고 혼자 사는 미스 박이 걱정되어 그녀를 보살폈을 것이다. 그는 아무도 죽이지 않았다. 그럴 사람이 아니다. 하지만 기다렸다는 듯 그를 범죄자 취급하는 이 사람들은 도대체 뭔가. 의심은 소문을 만들고 소문은 진실을 만든다. 의심과 소문과 진실의 삼각형에 갇힌 채 그는 결백을 주장하고 나는 더러운 손톱을 자근자근 씹어 먹는다. 열심히 돈 모아 작은 전셋집이라도 얻으면 아이부터 갖자고 말하며 소주 한 병도 다섯 번에 나눠 마시던 안쓰럽고 애달픈 사람. 그런 그가 어쩌다 더러운 소문의 주인공이 되어버렸을까.

소녀의 손톱에서 머리카락 두 올이 나왔다. 남편과 함께 용의자로 지목된 사람 중 하나가 그 머리카락의 주인으로 밝혀졌다. 자기 몸의 일부가 소녀의 몸에서 나왔는데도 그는 끝끝내 범행을 부인했다. 소녀의 몸에서 또 다른 용의자의 정액이 검출되었다. 그 역시 합의하에 성관계만 했을 뿐, 죽이지는 않았다고 진술했다.

"그럼 우리 남편은 아니란 말이잖아요."

경찰이 다시 집으로 찾아왔을 때 나는 보리차를 내주지도, 앉으라고 권하지도 않고 발가락 끝에서부터 소리를 끌어올려 강건하게 대꾸했다.

"콘돔 끼고 했을 수도 있죠."

경찰이 싱겁게 대꾸했다. 그래. 그는 콘돔이 없으면 절대 섹스하지 않지, 란 생각이 들자마자 그런 것을 기억하는 내가 한심하고 싫었다.

"아줌마 남편은 빠져나갈 수가 없어요. 강간 혹은 살인. 아니면 강간 및 살인. 둘 중 하나야."

"그 사람들은 그랬을지 모르지만, 우리 남편은 절대 아니에요. 그럴 사람이 아니야."

"그쪽 가족들도 다들 그렇게 말한다니까. 자기 남편은 절대 아니라고. 아줌마. 내가 말했죠. 주변인 탐문하면 모두들 그 사람 칭찬만 한다고. 나는 그게, 용의자가 위선적이거나 뭐, 용의주도해서 그런 건 아니라고 봅니다. 사람에겐 그냥, 이런 모습도 있고 저런 모습도 있는 거예요. 그렇게 생각하면 간편하죠. 예를 들어."

경찰은 냉장고를 열어 보리차가 담긴 물병을 꺼내 입을 대고 꿀꺽꿀꺽 들이켰다.

"아줌마도 마트에서 다르고 집에서 다르고 친구들 앞에서는 또 다를 거 아닙니까. 안 그래요?"

내가 마트에서 일한다고 이 남자에게 말한 적 있던가.

"그렇다는 겁니다. 인간이란 게. 상황에 따라 다 다르다고. 아줌마 남편이 그 순간 그 자리에 없었다면, 그럼 아줌마 남편은 평생 죄 안 짓고 착하게만 살 수도 있었단 말이죠. 근데 그건 누구나 그렇거든. 어떤 죄든 그때의 상황, 대상, 날씨, 감정, 분위기, 하다못해 신호등 바뀌는 타이밍까지. 다 영향을 미쳐요. 범죄자는 그 모든 책임을 혼자 떠안고 가는 거지. 왜냐. 가장 결정적인 역할을 했으니까. 우발적 범행의 경우 더 그런데. 그러니까 아줌마 남편이 우발적으로 그런 짓을 했다면 말입니다. 충분히 정상참작이 되거든요. 우발적 범행에 자수면 더 좋고. 내 말 뜻 알겠어요?"

경찰은 남편이 마시던 소주를 찾아내 두어 모금 들이켠 후 마저 말했다.

"죄를 지었으면 벌을 받아야 된다는 거요. 변명할 생각 말고."

"우리 남편은 아니에요."

이 남자는 왜 나를 찾아와 이런 말을 늘어놓는 걸까. 내가 범인인 것처럼. 자수 혹은 진술을 강요하듯. 마치 내 남편을 대하듯.

"아줌마 남편이 키스방 다니는 애한테 왜 자꾸 전화를 했다고 생각해?"

경찰이 징그럽게 웃으며 은근히 물었다. 징그럽게. 징그럽게. 다은 엄마가 징그럽게, 징그럽다는 말을 할 때 그 말의 질감이 자꾸 떠올랐다.

"아줌마 남편이 그 애랑 그냥 키스만 했다고 생각해?"

아니, 그는 키스조차 하지 않았을 것이다. 그는 나와 섹스할 때도 키스 따윈 하지 않는다.

"그 애 몸에선 아줌마 남편 머리카락도 정액도 나오지 않았지만 말입니다. 그게 결정적 증거일 수도 있어요. 사람을 죽이는 데 꼭 머리카락이나 정액이 필요한 것도 아니고. 무엇보다, 치밀한 범인은 절대 증거를 남기지 않거든."

"수표가 나왔잖아요!"

다급히 대답했다. 경찰이 씩 웃었다.

"그렇지. 수표가 나왔지. 아줌마 남편은 수표 안 쓴다면서?"

"네. 안 써요."

"그래. 안 쓰는데도 나왔지. 마누라한테는 전화 한 통 안 하는 남자가 키스방 다니는 애한테는 뻔질나게 전화하고. 그죠?"

손톱을 질근질근 씹어 삼켰다.

"왜 그랬다고 생각해, 아줌마는?"

"내가 어떻게 알아!"

견고하던 목소리가 와장창 깨져 산산조각 났다. 내 안에서 터져 나온 그 소리를 주워 담느라 열 손가락 모두 상처가 났다.

"세 사람 중 하나라도 먼저 죄를 인정하면 쉬워요. 만약에 말입니다. 다른 사람이 먼저 자백하고 공범자로 아줌마 남편을 지목하면요. 아줌마 남편은 진짜 오도 가도 못해. 죄가 더 커지는 거라고. 죽은 애한테 미안하지도 않소?"

"내가 왜 미안해."

치맛단에 손을 비비며 경찰의 살찐 손을 빤히 노려봤다.

"당연히 아줌마도 미안해해야지. 뻔뻔하긴. 그 서방에 그 마누라야. 아주."

"그때 왜, 너 맞았잖아. 그 인간한테."

마트까지 찾아온 친구가 대뜸 말했다. 그래. 기억난다. 단 한시도 잊은 적 없다. 그때 그의 표정. 손을 치켜 올리던 커다란 그림자. 내 목을 그러쥐던 악력. 터진 입술에서 목구멍까지 넘어가던 질펀한 피.

이 년 전이다. 그 몰래 아이를 지웠다. 낳아서 다른 집 아이들처럼 키울 자신이 없었다. 보증금 이천만 원 쥐고 월세 삼십에서 사십으로, 사십에서 오십으로 떠돌던 때였다. 보증금을 높이든가 월세를 육십으로 바꾸든가 알아서 하라던 집주인의 전화가 이틀에 한 번씩 걸려왔다. 아이를 지운 뒤 담담히 말했다. 전세로 옮기게 되면 우리 예쁜 아이 낳아 부족한 것 없이 키우자. 난 얼굴도 모르는 우리 애보다 당신이랑 내 삶이 더 중요해. 그는 울면서 술을 마셨고 술에 취해 나를 때렸다. 나는 맘껏 그를 원망했다. 능력도 없으면서 남들 하는 건 다 하려 한다고 소리 질렀다. 울고 욕하고 소리 지르면서도 나는, 그의 폭력을 이해했다. 그가 나를 때리지 않았다면 내가 먼저 그를 때렸을 것이다. 내가 악역을 자처했듯 그 역시 악역을 감수했다. 반드시 그래야 했다. 무자비해지는 것만이 최선이었다. 모두 이해한다는 행동. 전부 내 탓이라는 포즈. 아무 일 아니라는 기만. 상처를 극복하겠다는 허세. 그건 다 사치였다. 그런 가식으론 그 누구도 위로할 수 없었다. 우린 서로를 물어뜯어야 했다. 당신은 진짜 나쁜 인간이라고 욕해야 했다. 그래야만 했다.

친구에게 자세한 사정은 말하지 않았다. 말할 이유도 없었다.

"내 그럴 줄 알았어. 그 인간."

양파를, 순두부를, 소시지와 맥주의 바코드를 찍는 내 옆에 서서 친구는 내 남편을 욕했다.

"어쩔 거야?"

친구가 내 옆구리를 쿡 찌르며 물었다.

"이혼할 거지?"

손님에게 카드와 영수증을 내줬다.

"위자료는 어떻게 받아 내지? 아니, 어차피 그 자식 감옥 가면 다 니 차지겠구나."

친구는 혼자 묻고 혼자 답했다. 친구의 격앙된 목소리를 들으며 커터 칼이 걸려 있는 판매대를 멍하게 쳐다봤다. 때리고 싶다. 때리고 뒤엎고 차고 찌르고 죽이고 싶다. 생생한 살의가 언뜻 떠올라 질끈 눈을 감았다.

"아줌마 계속 일할 거예요?"

퇴근하려는 나를 붙잡고 매니저가 물었다.

"남편 뒷바라지해야지. 곧 구치소 갈 텐데."

매니저의 말이 진심인지 비아냥인지 가늠하느라 어떤 대답도 할 수 없었다.

"남편 만나봤어?"

고개를 저었다.

"유치장에 한 번도 안 가봤어?"

은근히 반말을 하는 매니저의 말투가 예전부터 마음에 안 들었다.

"왜? 아예 연을 끊으려고? 하긴 아줌마도 무섭겠지. 아무리 살 섞고 산 부부라도 강간에 살인에, 무섭지. 그래."

"아직 아니에요."

매니저의 거친 손을 쳐다보며 대꾸했다.

"아직 유죄는 아니라고요."

"아니 그럼, 아줌마는 남편을 믿는다고?"

잠시 망설였다가, 단호한 표정으로 고개를 끄덕였다.

"근데 왜 면회도 안 가고 있대?"

글쎄. 나는 왜 그를 만나볼 생각도 안 했을까. 만나야 한다고 생각해 본 적도 없다.

"아줌마."

매니저가 매대에 담배를 채워 넣으며 말했다.

"이 좁은 동네에, 손님들 시선이 안 좋아. 아줌마 계산대만 한가한 거 못 느껴? 오늘까지만 해. 모레가 월급날이니까. 월급은 꽉 채워 넣어줄게."

매니저의 말을 들으며 나는 또 카터칼이 걸린 자리를 빤히 쳐다봤다. 집으로 돌아오면서, 그가 의심을 받는 것만으로도 내 삶의 기반이 완전히 무너진다는 사실에 이를 악물었다. **사실, 사실 말입니다**를 강조하던 경찰의 말투가 떠올랐다.

사실, 사실 말입니다. 나는 그가 살인이나 강간을 저질렀다고 생각하지 않아요. 그럴 사람이 아닙니다. 하지만 그는 이미 그런 자이고, 그가 그런 자이므로 나는 직장을 잃고 사람들의 험담을 감당하고 있습니다. 왜냐. 나는 그의 아내니까. 아내니까 그를 믿어야 할까요. 아님 그를 더 비난해야 할까요. 소문은 의심을 만들고 의심은 진실을 만든다. 의심이 먼저든 소문이 먼저든 진실의 자리는 언제나 맨 끝이다. 사람들은 의심과 소문을 함부로 버무려 진실을 만들고 있다. 나는 그를 믿는다. 내가 믿는 것은 그의 무엇일까. 그가 내 남편이 아니었다면 나 역시 그를 의심했을 것이다. 나는 그라는 인간이 아니라 내 남편인 그를 믿는다. 이것은 정당한 믿음일까.

땅만 보고 걷다가 술 취해 싸우는 사람들 틈에 뒤섞였다. 술 취한 자가 내 발을 밟고 넘어졌다. 이 미친년! 넘어진 자가 내게 삿대질을 했다. 누군가가 내 머리채를 잡아 당겼다. 맥없이 쓰러지면서 처음으로, 죽은 소녀를 생각했다. 너는 누구니. 이름은 뭐니. 왜 그의 전화를 받았니. 왜 그와 키스했니. 왜 죽었니. 도대체 왜.

열쇠구멍에 열쇠를 꽂고 왼쪽으로 비트는데, 옆집 문이 벌컥 열렸다. 분홍색 머리핀을 꽂은 옆집 꼬마가 문고리를 잡고 서서 운동화를 바닥에 콕콕 내리찍다가 꾸벅 고개를 숙였다.

"안녀세요."

"으응."

꼬마를 보고 싱긋 웃었다. 보면 절로 웃음이 날 만큼 귀엽고 사랑스러운 아이다.

"이름이 뭐야?"

꼬마의 이름이 예원이란 걸 알면서도, 나는 또 물었다. 봉숭아빛 입술을 오물거리며 정예원이요, 라고 말하는 그 아이의 목소리가, 눈빛이, 연한 볼이 너무 좋아서. 꼬마가 입을 여는 찰라, 옆집 여자가 꼬마의 팔을 집 안으로 쑥 끌어당겼다. 거세게 문이 닫히고, 옆집 여자의 목소리가 철문 너머로 새어 나왔다.

"엄마가 옆집 사람은 쳐다보지도 말랬잖아!"

시부모가 시골에서 포도농사를 짓는다며 여름이면 잘 익은 포도 서너 송이를 쟁반에 담아 늦은 밤에든 이른 새벽에든 기어이 건네주던 여자였다. 매번 얻어먹는 게 미안해서 그 여자가 마트에 들르면 장바구니나 키친타월 같은 사은품을 남몰래 넣어주기도 했다. 옆집은 월세가 아닌 전세라는 말을 들었을 땐 부러움을 감추지 않고 참 좋겠다, 정말 좋겠다, 사는 게 한결 낫겠다며 꼬마의 머리를 몇 번이나 쓰다듬기도 했었다.

현관문을 닫고 잠금장치를 몇 번이나 확인하며, 남편은 지금 뭘 하고 있을까, 생각했다. 밥은 먹었을까. 씻긴 제대로 씻을까. 건조대에 널린 남편의 속옷을 보면서, 속옷은 갈아입을까. 내가 가져다 줘야 하는 것 아닌가. 갈등했다. 마트에서도 쫓겨났으니 내일은 남편에게 가볼까. 아니 일자리부터 구해야지. 집에서 아주 먼 일자리를 찾아봐야겠다. 내가 누군지, 내 남편이 어떤 짓을 저질렀는지 아무도 모르는 곳. 도대체 사람들은 어떻게 알았을까. 나는 누구에게도 말하지 않았는데. 이상하다. 이상한 일이다. 남편은 왜 그 애에게 뻔질나게 전화했을까. 수표는 어디서 났지? 돈이라곤 쥐꼬리만큼 벌어오면서! 냉장고 앞에 납작 엎드린 채 싱크대에서 꺼낸 식칼로 냉장고 아래를 획획 휘저었다. 경찰의 이름이 적힌 명함이 툭 튀어나와 벽 모서리에 처박혔다. 핸드폰을 꺼내 경찰에게 전화를 걸며 습관처럼 시계를 봤다. 남편은 잘까. 속 편하게 잠이나 처 자고 있을까. 오랫동안 지속되던 신호음이 뚝 끊기면서,

"여보세요."

경찰의 목소리가 들렸다. 그의 목소리를 듣자마자 나도 모르게 손에 쥔 식칼을 다잡았다.

"……."

"누구십니까?"

나를 뭐라고 설명해야 하나. 강간범 혹은 살인범의 아내요. 아니, 강간범 혹은 살인범일지도 모를 사람의 아내요. 당신이 붙잡아둔 그 남자의 아내. 누명 쓴 남자의 아내요. 억울한 그의 아내.

"전데요."

적당한 단어를 생각해낼 수 없어 나는 그저 저요, 저예요, 전데요를 반복했다.

"이름을 대세요."

경찰에게 내 이름을 말하고 싶진 않았다.

"우리 집에서 보리차 드셨잖아요."

"아, 보리차."

그가 낄낄 웃었다.

"그래요. 보리차."

그가 웃음을 멈추고 큼. 헛기침을 하더니 물었다.

"무슨 일입니까?"

"수표 얼마였어요? 십만 원이었어요?"

"뭐라고요?"

"남편 이름 적힌 수표요. 얼마예요?"

"아, 백만 원이요. 그건 왜 묻습니까?"

대답을 듣자마자 바로 핸드폰 슬라이드를 내렸다. 백만 원. 그렇게 큰돈을, 우리 집 월세보다 큰돈을 남편은 어디서 어떻게 구한 걸까. 돈 관리는 오직 내 몫이었다. 남편에겐 매달 삼십만 원이 들어간 체크카드만 줬다. 남편은 그 돈으로 밥 먹고 차비하고 술 먹고 다 했다. 다 해냈다. 나는 경찰에게 다시 전화를 걸어 따졌다.

"우리 남편은 아니에요."

"네?"

"우리 남편한텐 그런 돈 없어요. 나쁜 놈들이 수표에 그이 이름을 멋대로 적은 거라고요."

"아, 이 아줌마. 내가 등신인 줄 아나. 수표 추적 다 했거든요. 그 돈, 남편 회사에서 나온 거야. 뭘 몰라도 한참 몰라. 수표 아니라도 증거 많아. 다 생겼어."

"생겨요?"

"아줌마 남편이 피해자 만나는 CCTV도 여러 개 건졌고, 다른 피의자가 벌써 자백도 했어. 아마 모레쯤 구치소 갈걸?"

"우리 남편은 뭐래요? 우리 남편도 인정해요?"

"그건 아줌마가 와서 직접 물어보던가. 웃기는 아줌마네. 면회 한 번 안 오면서 궁금하긴 한가봐? 난 아예 신경도 안 쓰는 줄 알았지. 그런 가족도 많거든. 일단 서에 잡혀 오면 내놓은 사람……"

경찰의 말을 다 듣지도 않고 전화를 끊었다. 그가 인정했을까. 정말 여자애를 강간하고 죽였을까. 설마 내 남편이. 연애할 때, 그런 물음을 주고받은 적 있다. 자기는 내가 죽을병에 걸려도 날 사랑할 거야? 자기는 내가 불구가 되어도 날 지켜줄 거야? 자기는 내가 직장을 잃고 노숙자가 되어도 날 믿어줄 거야? 그때마다 남편과 나는 생각할 가치도 없다는 듯 응, 하고 대답했다. 불구가 되어도, 죽을병에 걸려도, 노숙자가 되어도 너는 너니까. 내가 사랑하는 건 너의 건강이나 직장이 아니잖아. 그런 질문과 대답을 주고받으며 사랑을 확인했다. 하지만 우리가 주고받던 그 어떤 질문에도 내가 만약 살인범에 강간범이라면 따윈 없었다. 그건 상상조차 할 수 없는 일이었다. 강간과 살인을 저지를지도 모를 사람이란 걸 그때 알았다면, 그래도 나는 그를 사랑했을까. 그와 결혼했을까.

지킬 수 있는 약속만 하는, 언제나 신중한, 모난 구석 없고 누구에게도 미움받지 않던 사람. 지나치게 평범한 그가 내 눈엔 너무 특별해 보였다. 세상에서 가장 진짜에 가까운 사람이 내 남편이라는 확신. 그것 하나로 모든 가난과 피로와 불행을 견뎌왔다. 그러니까 그를 믿어야 하나. 지갑을 열어 그의 사진을 꺼내 뚫어지게 쳐다봤다. 동네 사진관에서 빌린 양복을 입고 찍은 증명사진. 그는 그대로다. 검은 피부와 덥수룩한 머리. 오른쪽 눈 옆에 난 까만 점까지, 처음 만났을 때부터 지금까지 조금도 변하지 않았다.

하지만.

그는 내가 알던 그가 아닌지도 모른다. 완전히 다른 존재. 원래 끔찍하고 무서운 사람.

'아니, 뭔가 잘못됐어.'

나도 모르게 중얼거렸다.

'단단히 잘못됐어. 이런 식으로 내 인생이 꼬일 리 없지. 나는 절대 파렴치범의 아내가 아니야. 용납할 수 없어. 그런 인생은 상상도 해본 적 없어. 당신, 이렇게 날 망칠 순 없어. 당신을 믿는다고 말해줘야지. 당신은 내 남편이니까.'

좁은 방에 내 목소리만 왕왕 울려댔다.

"나는 당신 편이야. 날 믿어. 내가 구해줄게. 지켜줄게. 안쓰럽고 애달픈 당신. 당신은 죽을 때까지 그런 사람이어야 해."

경찰은 날 보더니 씩 웃었다.

"잘 왔어. 아줌마."

나는 그의 눈을 피하며 남편을 만나게 해달라고 했다.

"아줌마가 설득 좀 해봐. 당최 자백을 안 해. 여자애가 불쌍하다는 말만 하고……. 아줌마 남편 사이코 아냐? 아니, 사이코인 척하는 건가? 이러다간 혼자 살인까지 다 뒤집어쓴다니까. 결정적 증거까지 나왔는데 입 꾹 다물고 앉아서."

경찰의 말을 흘려들으며 남편에게 해줄 말만 속으로 되뇌었다. 방을 빼서라도 변호사를 구해줄게. 난 당신을 믿어. 당신 그런 사람 아니잖아. 면회신청서를 작성하면서 남편 이름을 네 번이나 틀리게 썼다. 그가 나에게 어떤 말을 할진 모르지만, 내가 그에게 들어야 할 말은 하나

뿐이다. 나는 아니라는, 절대 안 그랬다는, 정말 억울하다는 말.

　면회소에 앉아 오랫동안 기다렸다. 내 차례가 어서 오길 바라는 마음과 영영 안 오길 바라는 마음이 시소처럼 오르내렸다. 그의 얼굴이 기억나지 않아 몇 번이나 지갑 속 사진을 꺼내 봤다. 머릿속엔 텔레비전에서 보았던 흉악범의 얼굴만 둥둥 떠다녔다.

　유리 너머로 그가 나타났다. 너무 낯설어 마른침을 삼켰다. 그가 자리에 앉으며 밭은기침을 뱉어냈다. 어디 아파? 라고 물어보려는데

　"왜 그랬어."

라는 말이 튀어나왔다. 남편이 텅 빈 눈으로 나를 봤다.

　"왜 그랬어. 이 새끼야."

　남편이 고개를 천천히 저었다.

　"좋았어? 딴 여자랑 하는 게 더 좋았어? 새파랗게 어린년이랑? 돈은 어디서 났어? 나는 돈 때문에 애까지 지웠는데, 넌 뭐야. 뭐하는 새끼야. 이 씨발 놈아!"

　"아니야."

　남편이 말했다.

　"당신까지 왜 이래. 날 그렇게 몰라? 난 아니야."

　"몰라. 모르겠어. 당신이 뭔데! 어쩜 이럴 수가 있어. 어쩜 나한테 이래!"

　태어나서 한 번도 내본 적 없는 욕과 큰소리가 폭죽처럼 터져 나왔다.

　"죽이긴 왜 죽여! 그냥 몇 번 하고 말지 죽이긴 왜 죽여!"

　발을 구르며 소리 질렀다. 눈물과 침 때문에 남색 바지가 검은색으로

변해갔다. 남편의 눈빛이 요란하게 흔들렸다.

"난 아니야. 안 그랬어. 억울해 여보. 당신은 날 믿어야지. 믿어줘야지."

"차라리 귀신을 믿지! 귀신이랑 살지!"

"당신까지 왜 이래, 여보."

"당신은 나한테 왜 이래."

"여보."

"부르지 마."

"난 아니야."

"말하지 마."

"도와주려고 그랬어. 나는. 도와주려고."

"닥치라고. 더러운 새끼."

"정말이야. 믿어줘."

"증거가 다 있다는데! 난 이제 어떡해. 어떡해!"

헝클어진 머리카락이 눈가와 양 볼에 덕지덕지 달라붙었다.

"여보."

남편의 손이 유리를 향해 다가왔다.

"오지 마."

몸을 뒤로 뺐다.

"믿어줘."

남편이 유리에 손을 대고 말했다.

"난 아니야."

"개새끼."

손등으로 얼굴을 훔쳤다. 콧물과 눈물과 침이 걸쭉하게 묻어났다.

"당신까지 이러지 마."

남편이 겨우 말했다.

"내가 뭔데."

나도 겨우 말했다.

"여보."

"나 마트에서 잘렸어."

"여보."

"당신 때문에 동네 사람들도 다."

"여보. 난 아니야."

"벌써 소문 다 났어."

"그런 거 믿지 마."

"그럼 뭘 믿어? 난 뭘 믿어!"

"날 믿어. 내 말을 믿어."

"당신을 어떻게 믿어. 당신이 뭔데. 당신은 날 믿어?"

멍하니 앉아 있는 남편을 두고 도망치듯 면회실을 나왔다. 찬 바람이
불었다. 오물을 털어내듯 온몸을 바르르 떨었다. 이혼을 종용하던 친구
에게 전화가 왔다.

"다 잊어."

친구가 말했다.

"다 잊고 새 출발해."

누군가의 남편, 혹은 아내들이 뒤엉켜 지나갔다.

'날 믿어. 내 말을 믿어.'

남편의 마지막 말이 왕왕 다가왔다.

"우니?"

친구가 물었다.

"억울해."

알 수 없는 대답이 튀어나왔다.

"난 아니야. 절대 아니야. 정말, 정말 억울해." ▪

편혜영

개들의 예감

ⓒ 백다흠

1972년 서울 출생.
서울예대 문창과와 한양대 국문과 대학원 졸업.
2000년 『서울신문』 등단. 소설집 『아오이가든』
『사육장 쪽으로』 『저녁의 구애』. 장편소설 『재와 빨강』.
〈한국일보문학상〉 〈이효석문학상〉 〈오늘의 젊은 예술가상〉 〈동인문학상〉 수상.

개들의 예감*

남자는 바짓주머니에 두 손을 찔러넣고 이쪽을 보고 있었다. 오종현은 비닐커버를 씌운 와이셔츠를 손님에게 건네주려다 가게 밖에 서 있는 남자를 보았다. 남자가 우연히 그곳에 있는 게 아니라는 것쯤은 알았다. 얼마간 거리를 두고 있었으나 남자가 자기를 뚫어지게 보고 있다는 것도 알았다. 계속 살필 수는 없었다. 손님이 와이셔츠를 담아 갈 봉지를 달라고 했다. 오종현은 카운터 아래로 허리를 구부려 비닐봉지를 꺼내 와이셔츠 두 벌을 담아 손님 손에 들려 주었다. 손님이 문을 밀어 가게를 나가면서 밖에 서 있던 남자가 잠시 가려졌고 문에 매달아놓은 종이 촐랑맞게 울리며 닫히자 남자가 다시 보였다. 남자는 이번에는 노골적으로 오종현을 노려보고 있었다. 아까는 그저 사물에 시선을 둔 것처럼 무심해 보이는 눈빛이었다면 이제는 확실히 적대와 경멸이 담긴

* 연왕모의 시집 『개들의 예감』에서 빌려옴.

눈빛이었다. 추위 때문인지 두 손을 코트주머니에 찔러넣고 있었다. 그런 차림새는 남자를 위축되고 초라해 보이게 했는데 그럼에도 그를 지켜보는 눈빛만은 사냥을 앞둔 날짐승의 것처럼 생생했다.

　가게 전면 유리에 쓰인 '와이셔츠 세탁 990원'이라는 글자 사이사이로 남자의 얼굴이 보였다. 남자는 세탁소 맞은편 정자 아래 서 있었다. 간혹 정자의 팔각지붕에서 굵은 빗방울이 뚝뚝 듣는 게 세탁소 안에서까지 보였다. 새벽에 무섭게 퍼붓던 비는 곳곳에 진창을 만들었으나 오후에 갠 후로 다시 내릴 기미는 보이지 않았다. 아파트 주민 이용시설인 정자에는 네 개의 간이벤치와 서너 개의 운동기구가 놓여 있었다. 회전운동을 하는 원반과 높이가 다른 두 개의 철봉, 간소한 복근 운동기구였다. 남자가 서 있는 뒤쪽으로 머리가 희끗희끗한 노인 하나가 원반에 두 발을 올려놓고 몸을 이리저리 돌려대고 있었다. 무겁게 굳은 남자 얼굴 뒤로 실룩거리는 노인의 큼직한 엉덩이가 일정한 속도로 나타났다 사라졌다 했다. 웃음을 참으려고 애쓰며 오종현은 카운터에 놓인 전화 수화기를 들었다. 웅, 소리가 울리는 전화기를 귀에 대고 잠시 시간을 끌었다가 참았던 웃음을 터뜨렸다. 남자의 적의에 찬 눈빛을 아무렇지도 않게 생각한다거나 남자를 비웃고 있다는 느낌이 풍기지 않도록. 전화통화 중에 웃음을 터뜨린 것이지 적어도 남자 때문에 웃은 것은 아니라는 듯이. 남자의 기분을 상하지 않게 하려고 딴청을 피우는 그 정도의 수고는 아무것도 아니었다. 시종 눈을 부릅뜨고 노려보는 남자가 더 힘들 게 분명했다. 입동이 지난 후 부쩍 찬 바람이 불고 있었다. 새벽녘 비가 온 후 기온은 더욱 내려갔다. 적의를 단단하게 하는 데 제격이지만 적의로만 버티기에는 어려운 날씨이기도 했다. 게다가 월요일이었다. 세탁물을 맡기려는 사람이나 완성된 세탁물을 찾으려는 사람이 제일 많은 날이었다. 손님이 부쩍 많아질 시간이기도 했다. 손님들은 퇴근길이나 외출했다 돌아오는 길에 세탁물을 찾아갔고, 저녁 찬거리를 사러 나오는 길에 세탁물을 맡겼다. 가게로 끊임없이 손님이 들락거려 오종현은 세탁물을 찾으러 자주 카운터 뒤쪽 보관실로 가거나 카운터 밑으로 허리를 구부릴 것이다. 세탁소 앞 도로를 걷는 행인들이 정자 아래 서 있는 남자의 시야를 수시로 가로막을 것이다.

어느 순간 손님이 밀려들기 시작했다. 남자를 두려워하고만 있기에는 너무 바빠졌다. 밖에 서 있는 남자 한 번 쳐다볼 시간이 없었다. 오종현은 세탁물을 받고 내역을 입력하여 인수증을 내주고 대금을 받았다. 손님에게서 인수증을 받고 커버 씌운 세탁물을 찾아 개수와 품목을 확인하고 내주었다. 비닐커버를 쓰고 천장에 매달린 세탁물을 뒤적이고 있노라면 인생이라는 것이 고작 세탁해야 할 옷과 세탁한 옷 사이를 그저 무한히 왕복하다 끝나고 말 것이라는 생각이 들기도 했다. 물론 그런 생각도 순식간에 지나갔다.

바빴지만 모든 일이 수월했다. 7시 30분이 조금 지나 109동 여자 손님이 오기 전까지는. 여자는 세탁물 중 하나가 도착하지 않았다고 우겼다. 털목도리가 부착된 갈색 가죽재킷을 맡겼는데, 목도리 없이 재킷만 도착했다는 것이었다. 오종현은 여자에게 가죽재킷이라고만 적힌 인수증을 보여주었다. 모자나 목도리 같은 부속물의 경우 반드시 인수증에 표기한다는 설명과 함께. 여자는 그의 말은 들으려고 하지도 않고, 세탁소의 당연한 수법에 속아 넘어가지 않겠다는 듯 단호한 목소리로 당장 목도리를 내놓으라고 말했다.

여자는 세탁소의 실수인 것처럼 목소리를 높였지만 그는 여자에게 화를 내지도 사과하지도 않았다. 아파트 단지에만 세 곳의 세탁소가 있었다. 여자는 매주 한 번씩 세탁물을 맡기는 흔치 않은 단골이었다. 오종현은 여자가 입는 옷, 덮고 자는 이불, 신고 다니는 운동화와 집 거실에 깔린 러그를 알았다. 오종현은 인수증에 적히지 않은 의류 부속물의 경우에는 분실시 책임이 없다는 사실을 여자에게 차분한 어조로 상기시키고, 그래도 자신이 노력하고 있다는 것을 보여주기 위해 본사에 확인 전화를 걸었다. 담당자는, 급한 용무가 있을 때면 언제나 그런 것처럼 자리에 없었고, 오종현은 여자를 의식하여 매우 중요한 일이니 반드시 전화를 부탁한다는 내용의 메모를 남겼다.

전화를 끊은 후 오종현은 여자에게 사과했다. 자신이 생각하기에도 지나칠 정도로 고개를 조아렸다. 나중에야 지나친 사과가 잘못을 인정하고 보상한다는 의미로 비쳤을지도 모른다는 생각이 들기는 했지만, 그때는 가게 밖에 서 있는 남자를 떠올리며 적의를 가진 상대가 인생을 얼마나 피로하게 만드는지 생각했고 그러자 여자의 화를 누그러뜨리고 싶어졌다. 그가 인생을 수월하게 살기 위해 지키려는 것이 있다면 친절과 무관심이었다. 친절은 평판을 좋게 하고 일을 매번 수월하게 성사시켰다. 무관심은 인생을 한가하고 태평하게 만들었다. 그는 대체로 사람들에게 친절하게 굴었고 자주 근황을 물었고 그것을 기억했으며 시종 정중함을 유지했다. 사람들의 속내에 무관심했기 때문에 가능한 일이었다.

여자는 오늘 내로 목도리를 가져다 주지 않는다면 내일 당장 피해보상신청서를 작성하여 내용증명으로 보내겠다고 했다. 오종현은, 여자가 피해보상절차를 자세히 알고 있는 것으로 보아 전에도 이런 상황을 겪었던 것은 아닌지, 그러니까 단지 내 세 곳의 세탁소 중 그의 세탁소에만 오는 이유가 있는 건 아닌지 의심스러워졌다. 생각해보면 여자가 사는 109동에서는 그의 세탁소보다 거리상 더 가까운 세탁소가 있었다. 그런 생각을 하느라 여자가 격앙된 목소리로 재킷 가격을 말하는 것을 듣지 못했다. 뭐라고요? 그가 되묻자 여자가 그럴 줄 알았다는 듯 입술 끝을 올리며 웃었다. 그가 금액을 듣고 놀랐다고 생각한 게 틀림없었다. 실제로 옷값을 듣고 그는 깜짝 놀랐다. 지난 십오 년간 비교적 고액의 고정수입이 있던 그가 듣기에도 놀랄 정도로 비싼 금액이었다. 당황한 그를 두고 여자가 신경질적으로 가게 문을 열고 나갔다. 문에 달린 종이 오랫동안 울었다.

종소리가 멎고 나서 오종현은 마침내 다시 정자 아래 선 남자와 대면했다. 그를 응시하는 남자의 눈빛은 아까보다 확실히 무뎌져 있었다. 바깥이 어두워져 잘 보이지는 않았으나 분명 그런 느낌이었다. 오종현은 처음 남자를 보았을 때, 남자가 세탁소로 들어와 난동을 부리는 걸 상상했다. 보관실에 걸려 있는 세탁물을 걸레처럼 바닥으로 내동댕이치고 본사에 보낼, 커다란 자루에 넣어둔 세탁물을 가게 여기저기 내던지거나 분에 못 이겨 아예 찢어버리는 모습을. 그리하여 세탁하기 전 옷들과 세탁 후의 옷이 뒤섞여 구분되지 않는 모습을. 혹은 거대한 돌맹이를 던져 세탁소 전면 유리창을 박살 내고 날카로운 유리파편을 갖다 대 그를 위협하는 장면을. 그의 멱살을 잡거나 얼굴에 주먹질을 하고 카운터 위에 있는 전화기나 메모지, 신용카드 단말기 같은 것을 닥치는 대로 집어던지는 일을.

그가 상상한 일은 하나도 일어나지 않았다. 적어도 지금까지는. 남자는 자성이 다른 자석처럼 일정한 거리를 유지하며 그를 지켜보고 있을 뿐이었다. 그는 남자가 기분이나 기질에 좌우되어 경솔한 행동을 하지 않고 적절한 거리를 유지할 줄 안다는 것에 조금 끌리는 동시에 반발했다. 남자의 태도에는 그와 세탁소에 대한 무시와 경멸이 담겨 있었다.

　창업을 결심하고 대뜸 떠올린 것이 세탁전문점이었지만, 지금에 와서 왜 그랬는지 생각하면 마땅한 대답이 떠오르지 않았다. 가장 큰 이유는 날마다 말끔하게 다림질된 와이셔츠를 입을 수 있다는 것이었다. 오종현은 은행을 다닐 때는 물론이고 퇴직 후에도 거의 매일 와이셔츠를 입었다. 좋아서는 아니었다. 그에게 가장 많은 옷이 와이셔츠였다. 또 하나의 이유를 들자면 날마다 출근해야 할 곳이 있어야 한다는 것이었다. 그는 퇴직 후 단 하루도 집에서 늦잠을 자거나 동네를 산책하거나 서점을 어슬렁거리는 일로 시간을 보내고 싶지 않았다. 그렇다고 해서 아편굴처럼 담배 연기와 게임하는 소리로 꽉 찬 피시방의 주인이 되어 라면이나 과자를 팔고 재떨이를 바꿔주고 교대할 아르바이트생을 기다리며 시간을 보내고 싶지도 않았다. 늦은 밤까지 전화로 치킨과 생맥주를 주문받거나 바쁠 때면 아르바이트생이나 주방 아주머니가 있는데도 쟁반을 들고 튀긴 닭이나 절인 무 같은 것을 나르거나 비용을 줄이기 위해 직접 기름에 통닭을 튀겨야 하는 일은 결코 하고 싶지 않았다. 누군가 음식 먹는 것을 쳐다보며 살아야 한다는 게 싫어서였다. 오종현은 조용하고 말이 없던 아내가 어느 날 배달된 치킨을 먹다가 기름이 묻은 손가락을 쫙 벌리고 번들거리는 입가로 웃으며 텔레비전을 보는 장면을 보았는데, 그런 아내의 모습을 무척 불결하고 추악하게 여긴다는 걸 깨닫고 내심 충격을 받았다. 오종현은 누군가 음식 먹는 장면을 쳐다보기 힘들어지는 것으로 그 사람을 싫어한다는 걸 깨닫곤 했다. 은행에서 함께 여신업무를 담당하던 김 대리를 싫어하는 것도 커피를 마실 때 입을 헹구듯 가글하는 걸 보고 나서였고, 점심시간에 부대찌개 냄비에 상담부 여직원의 침 묻은 숟가락이 들어오는 순간 밥맛을 잃고 나서야 여직원에 대한 솔직한 감정을 인정했다.

아내가 이혼을 하자고 했을 때 그는 닭발처럼 벌어진 아내의 기름 묻은 손가락과 번들거리는 입술을 떠올리며 비교적 순순히 이혼에 합의했다. 아내가 등을 돌리고 싶었던 것이 금전적 시간적 감정적으로 인색한 은행원이었는지 세탁전문점 사장인지 알 수 없었다. 이유가 무엇이든, 분명 여러 가지 이유가 겹친 것이겠지만, 세탁소에서 일을 시작하고 나자 혼자인 게 다행이라는 생각이 들기도 했다. 만약 이혼하지 않았다면 하루 종일 에프엠 라디오를 틀어놓고 세탁소 카운터에 아내와 나란히 앉아 지나다니는 사람을 쳐다보며, 간간이 찾아오는 손님을 응대하며, 구겨지고 냄새 풍기는 세탁물을 받고 비닐 씌운 세탁물을 건네주며 지내게 될 것이었다. 카운터 앞에 나란히 앉아 있노라면 서로가 이제 겨우 사십 대 중반임에도 어느새 빨랫감처럼 축 처지고 시큼한 땀냄새를 풍기게 되었다는 걸, 이제는 연민과 의리로만 묶여 있다는 걸 알게 될 것이었다.

전화벨이 울렸을 때 오종현은 먼저 가게 밖을 내다보았다. 정자 아래 서 있던 남자가 보이지 않았다. 오종현은 전화벨이 울리도록 두었다. 유리문에 적힌 번호를 보고 남자가 전화를 걸어오는 것인지도 몰랐다. 수화기를 들지 않았는데도 위협하듯 낮고 갈라진, 분을 숨기지 못해 씩씩거리는 목소리가 들려오는 것만 같았다. 전화는 끈질기게 울렸다. 마지못해 수화기를 들어올리는 동안 수화기 저편에서 성급한 여자 목소리가 새어 나왔다. 목소리는 그가 예상한 남자 목소리같이 위협하듯 낮게 가라앉아 있었다. 109동 여자였다. 여자는 아까보다 더 화가 난 것 같았다. 그는 그제야 본사 담당자에게 전화가 걸려오지 않은 게 생각났지만 창밖을 살피느라 여자에게 사정을 설명하지 못했다.

남자는 보이지 않았다. 정자에는 두 명의 노인이 벤치에 앉으려다 바닥이 차가운지 금세 일어나 서성이고 있었다. 추위에 지친 것일까. 남자는 그에 대한 분노가 일시적 반응이라고 생각했는지도 모르고, 계속된 증오가 자신에게만 수모를 준다는 걸 불현듯 깨달았는지도 몰랐다. 사정이야 어찌 되었든 남자가 보이지 않는다는 것, 지금 그에게는 그것이 가장 중요했다.

오종현은 불쑥 수화기를 내려놓았다. 화를 내던 여자 목소리가 뚝 끊기고 정적이 찾아왔다. 심장이 박동하는 소리가 텅 빈 가게 안을 채웠다. 전화가 울렸다. 받지 않았다. 손을 길게 뻗어 전화 콘센트를 뽑았다. 실내등을 껐다. 가게 문을 잠그는 동안에도 계속 전화벨 울리는 소리가 들리는 것 같았다. 실제로 울렸다. 그의 휴대전화였다. 액정에 낯선 번호가 찍혀 있었다. 받지 않았다. 휴대전화 전원을 껐다. 그는 세탁소 전화를 휴대전화로 연결하는 서비스를 이용하고 있었다. 여자가 전화를 걸어오는 것일 터였다. 그는 눈살을 찌푸리며 불운한 일은, 이전에도 그랬던 것처럼, 왜 혼자 오는 법이 없을까 생각했다. 불운은 늘 동반자를 필요로 하며 경사가 급한 주기율을 가진 게 틀림없었고, 그는 단숨에 정상 부근에 닿으려는 참이었다. 주기율의 원리상 정상에 도달했으니 더 나쁠 일은 없다는 것은 위로가 되지 않았다. 109동 여자는 그가 본 적도 없는 털목도리를 찾아내라고 할 것이고, 본사에서는 피해보상규정을 들먹일 것이며, 누구의 착오이든 운이 좋아 찾으면 다행이지만 찾지 못한다면 여자로부터 내용증명을 받게 될 것이고, 여자와 본사로부터 보상책임도 없는 일에 대해 끊임없이 추궁을 당할 것이다. 그런 일을 겪는 동안에도 남자는 계속 나타나 그를 위협하려 들 것이다.

셔터를 내리는 동안 오종현은 자신을 향해 다가오는 발소리에 여러 번 깜짝 놀랐다. 남자가 다가와 목덜미를 잡는 상상을 했으나 매번 그의 상상으로 그쳤다. 셔터에 열쇠를 채운 후 용기를 내 정자 쪽을 바라보았다. 어둠 속에 남자가 서 있는 것만 같았으나 깡마른 철봉대를 잘못 본 것이었다.

남자가 어딘가에서 자신을 지켜보고 있을 거라고 생각하자 평소의 보폭을 완전히 잊어 우스꽝스럽게 빠른 속도로 아파트 단지를 걸어 내려갔다. 이 시간에는 운동 삼아 아파트 단지 안을 빠르게 걷거나 뛰는 사람이 많았다. 불규칙한 소리 가운데에서 남자의 발소리를 가려내기는 힘들었다. 그는 여전히 발소리가 다가오면 놀랐고 멀어지면 안도하면서도 뛰어 도망가는 것처럼 보이지 않으려고 다리에 힘을 주어 애써 속도를 늦췄다.

출입구 경비실 앞을 지날 때 오종현은 불쑥 멈춰 서서 제복 차림의 경비원에게 인사를 건넸다. 두 명의 경비원이 교대근무를 하는 사무소였는데 다행히 말 많은 경비원이 자리를 지키고 있었다. 경비원이 멀뚱한 눈빛으로 보다가 그의 기대대로 시계를 흘깃 보았고 오늘따라 왜 일찍 문을 닫았느냐고 물었고 그의 대답을 기다리지 않고 자기 얘기를 하기 시작했다. 그는 경비원의 얘기를 들으며 주변을 서성이거나 자기 주변에서 멈춰 선 발소리를 살폈으나 그런 걸 분간해내기에는 감각이 무디다는 것만 확인했다. 경비원은 관리규약 변경 건으로 주민 동의를 받으러 다니는 일이 얼마나 고된지 털어놓고 있었다. 그는 시계를 들여다봤다. 경비원이 알아차리지 못하고 계속 말을 이었다. 그는 경비원의 말을 끊고 돌연 인사를 하고 재빨리 그 자리를 떠났다.

아파트를 벗어나 버스정류장까지 가는 길 양편으로 상가건물이 늘어서 있었다. 그는 '최신형 휴대폰 0원' 이라는 입간판을 세워놓은 판매점 앞에 멈춰 서서 쇼윈도를 뚫어져라 바라보았다. 들여다보기만 해서는 차이를 구별할 수 없을 만큼 많은 휴대전화기가 융단케이스 위에 놓여 있었다. 들어와서 보시죠. 가게 안에서 나온 점원이 말했다. 그는 점원의 말에 어떤 대꾸도 하지 않고 퍼뜩 몸을 일으켜 주머니에 넣어둔 휴대전화의 전원을 켰다. 여러 통의 전화가 같은 번호로 걸려와 있었다. 남자는 숨어 있는 게 틀림없었다. 대낮같이 환한 쇼윈도를 통해 뒤를 살피고 휴대전화를 만지며 시간을 끌었지만 나타나지 않았다. 물론 쇼윈도에 비치지 않을 정도의 거리를 두고 그를 지켜보는 것인지도 모르지만.

그 생각에 이번에는 길을 건너 안경전문점으로 불쑥 들어갔다. 텔레비전을 보고 있던 안경사가 반색하며 오종현을 맞았다. 그는 눈이 시리고 침침해 시력검사를 받아보고 싶다고 했다. 안경사가 그를 컴퓨터 시력검사기 앞에 앉혔다. 턱을 올려놓고 테에 눈을 대고 있으니 안경사가 몇 개의 렌즈를 바꿔 끼워넣으면서 시력을 쟀다. 글쎄요, 별로 달라지지 않았는데요. 안경사가 차트를 들여다보고 고개를 갸웃했다. 불과 한 달 반 전에 그는 새로 안경을 맞췄다. 안경사가 벽면의 시력검사판을 가리킬 때는 어떤 글자인지 짐작할 수 있는 경우에도 잘 보이지 않는다고 대답했다. 보인다고 대답한 글자의 수는 많지 않았다. 컴퓨터 측정결과랑 좀 다르긴 하지만, 노안이라는 게 갑자기 진행되기도 하는 거라서요. 안경사가 말끝을 흐렸다. 그의 갑작스런 조절력 저하에 당황한 것 같았다. 그는 순전히 시간을 끌기 위해 노안의 증상을 물었는데, 안경사의 설명을 들으며 자신에게 노안의 거의 모든 증상이 나타나기 시작했다는 걸 깨달았다. 안경사의 얘기가 끝난 후 그는 벗어둔 안경을 끼고 가게를 한 바퀴 둘러보았다. 누가 봐도, 그러니까 그를 주시하고 있을 남자가 봐도 안경점에서 하는 이런 행동은 지극히 자연스러울 거라고 생각하면서. 그때 휴대전화가 울렸고 번호를 확인한 그는 새로운 렌즈로 노안보정을 권하는 안경사에게 며칠 후에 다시 검사를 받아보겠다고 했다. 안경사가 전화를 받지 않는 그를 의아하게 바라보며 고개를 끄덕였다. 휴대전화를 진동으로 바꾸고 안경점을 나왔을 때도 남자는 보이지 않았다.

버스정류장으로 가는 동안 그는 주변을 오가는 여러 발소리를 들었다. 그중에서 남자의 소리를 구별할 수 없다는 게 그를 괴롭혔다. 발소리는 몰랐지만 그는 남자가 내는 많은 소리를 알고 있었다. 천둥 같은 트림 소리나 시도 때도 없이 깊게 가래를 끌어올리는 소리, 톤이 높고 끝이 짧아 촐싹맞게 들리는 재채기 소리, 유난한 코 고는 소리 같은 것을. 인터폰을 통해 들려오는 묵직하고 쌀쌀맞은 목소리를 알았고, 실성한 듯 아내를 비난할 때 하는 말과 아내와 다툰 후 목청껏 소리를 지르며 욕하는 소리를 알았다. 마루를 쿵쾅거리며 걷는 부주의한 발소리, 요란하게 닫히는 방문 소리, 거실 바닥에 내려둔 휴대전화의 진동 소리, 전등 스위치를 켜거나 끄는 소리, 화장실에서 샤워를 하며 부르는 콧노래 소리를 알았다.

그 많은 소리를 알았으나 자신을 뒤따를 때 나는 발소리는 몰랐다.

소리 외에도 남자가 휴일 아침이면 반드시 말러 교향곡 2번과 4번, 5번을 번갈아 듣고 정오가 되면 말러를 끄고 텔레비전 뉴스를 보기 시작한다는 것을 알았다. 남자는 정규 프로그램 송출이 끝난 후에는 케이블 뉴스 프로그램을 틀어놓았다. 채널을 돌리지 않고 진득하게 한 채널만 보는 타입이었다. 아이는 없고 개를 키우고 있는데, 개와는 주로 고무

공을 가지고 공원 잔디밭에서나 어울릴 놀이를 거실에서 하며 놀았다.

그는 남자 이름이 정이식이라는 것도 알았다. Y대학 출신이었고, 시청에 있는 S물산에 다니고 있으며 주로 K은행 신용카드를 사용하고 쇼핑할 때는 L백화점을 이용했다. 외국계 보험회사에 생명보험을 가입했거나 가입한 적이 있었다. 아파트관리비, 가스요금 같은 공과금을 K은행계좌로 자동납부했다. 세계 유수 기업의 경영인을 표지모델로 하는 잡지를 정기구독하고 있으며 주로 A항공사를 이용했다. 경기도에 있는 골프장 실버회원이었고 2,500cc급 검정색 승용차를 가지고 있었다. 당연히 남자의 집도 알았고 남자의 집 현관에 이전에 살던 사람들이 다니던 교회 십자가 스티커가 떼어지고 자국만 남아 있다는 것을 알았다. 현관문에 그의 집과 같은 상호의 디지털 키가 설치되어 있고 보통의 아파트가 그렇듯 우유 투입구가 잠겨 있다는 것도 알았다.

그런 것들을 알기 위해 법에 저촉되거나 양심을 거스르는 일을 한 것은 하나도 없었다. 남자가 내는 소리는 그의 집 어디에서나 생생하게 들렸으므로 귀만 닫지 않는다면—물론 아무리 귀를 닫아도 들리는 소리가 대부분이었다—늘 들을 수 있었다. 남자가 이사 온 후 오종현은 자신이 고래가 된 것은 아닌가 생각했다. 인간이 들을 수 있는 소리는 물론이고 초음파의 영역, 그러니까 고래나 들을 수 있는 소리라고 생각했던 것까지 모두 들렸다. 신상에 관한 것은 남자의 집 우편함을 얼마간 주의해서 살펴보기만 하면 알 수 있었다. Y대학 총동문회보, S물산 소식지, 각종 카드명세서와 광고 우편물, 고지서, 골프장 회보 등이 정기적으로 우편함에 꽂혔다. 우편물을 훔치거나 버리거나 몰래 뜯어보는 일은 하지 않았다. 아무리 화가 난 상황이라고 해도 공중도덕을 지키려고 절제력을 발휘했다. 그런 자신이 썩 마음에 들었고 최소한의 예의를 지켰다는 점에서 도덕적 우월감을 느끼기도 했다.

오종현은 사람들을 밀치고 막 도착한 버스에 올라탔다. 그의 뒤로 몇 명이 더 올라탔으나 남자는 없었다. 버스에서 대면하는 것은 너무 시시하다고 생각해 좀 더 극적인 장소를 찾고 있는지도 몰랐다. 정류장을 출발하고 나서 오종현은 뒤를 돌아보았다. 정류장에 있는 사람들은 일제히 그가 탄 버스와 반대방향, 그러니까 정류장으로 버스가 들어오는 방향으로 고개를 돌리고 있었다. 그가 탄 버스를 노려보는 남자는 없었다.

의자 깊이 몸을 묻었다. 긴장이 풀리는 것 같았으나 그렇게 느끼는 순간 초조해졌다. 고요하고 태평하다 싶으면 오히려 긴장이 되었다. 어떤 정적은 폭력의 전조이기도 하다는 걸 남자 때문에 알았다. 남자가 내는 소리에는 일정한 순서가 있었다. 쿵 하고 공이 떨어지면 개가 촐랑맞게 뛰고 남자가 개를 쫓아 쿵쾅거리며 거실을 걷는 소리가 이어졌고 잠시 아무 소리도 들리지 않다가 남자가 욕을 하며 개를 걷어차고 개가 낑낑대는 소리가 들려왔다. 자정이 지나 남자가 귀가하는 소리가 나면 크게 음악 소리가 들렸고 음악이 멈춰 잠잠해진다 싶으면 아내와 싸움하는 소리가 났다. 화가 난 목소리가 들려오면 여자 우는 소리가 났고 잠시 조용하다가 무엇인가 바닥에 떨어지거나 깨지는 소리가 났다.

누군가를 소리로 먼저 알게 되는 것은 가능하긴 하지만 흔한 일은 아니었다. 목소리만으로 친해졌다고 생각해도 막상 대면하면 오해에 지나지 않는다는 걸 확인하기가 쉬웠다. 신입사원 시절 신용장 할인문제로 매일 통화하던 본사 여직원이 있었다. 얼굴도 본 적 없는 여직원은 상냥했고 나중에는 그와 유선상으로 업무의 고충을 털어놓을 정도로 친해졌으나, 본사로 연수를 가서 만나게 되었을 때에는 데면데면 굴었다. 며칠 뒤 여직원과 다시 업무상 통화를 하게 되었을 때에는 오래된 친구를 만난 것처럼 시시한 얘기부터 떠들어댔음에도 불구하고. 그런 일은 담당자가 바뀌기 전까지 계속되었다. 여직원은 다음 날부터 담당자가 바뀔 거라고 얘기해주었지만 왜 바뀌는지는 말해주지 않았다. 여직원이 퇴사했다는 것은 후임자에게 들었다.

남자가 있지는 않은지 살피기 위해 내려야 할 버스정류장을 지나쳤다. 조심성 있는 행동에 감탄했으나, 곧 그런 것에 자부심을 느끼기에는 나이가 적지 않다는 걸 깨달았다. 버스에서 내려 한 정거장을 되짚어 걸어가는 길은 외지고 인적이 드물어 오종현은 더 불안해졌다. 계속되는 휴대전화의 진동이 그의 심장을 더 뛰게 했다. 여자는 끈질기게 전화를 걸어오고 있었다. 보지도 못한 털목도리가 목을 죄는 기분이었다. 그나저나 남자는 어디로 사라져버린 것일까. 왜 여자처럼 자신을 좀 더 압박하지 않는 걸까. 오종현은 쉽게 분노를 포기해버린 남자에게 안도감을 느끼기보다 실망감을 느낀다는 걸 깨달았고, 그런 마음이 드는 것에 당황하여 진동이 계속되는 휴대전화를 꼭 쥐었다.

이사를 선택할 수도 있었다. 그렇게 하지 않을 생각이었다. 이미 실직과 이혼으로 많은 것이 바뀌었다. 바뀌지 않은 것은 주거지뿐이었다. 아파트를 지키려고 많은 빚을 져야 했지만—이혼 후 그는 혹독한 재산분할을 겪었다—변화를 감당하느니 부채를 감수하는 편이 나았다. 아내가 떠난 후에도 아파트는 별로 달라진 것이 없었다. 아내는 옷과 화장품, 그동안 공들여 모은 수십 개의 앤티크 찻잔 이외에 아무것도 가져가지 않았다. 아내가, 그가 집에 있을 때면 늘 커피를 마시던, 덴마크산 잔을 가져가버린 걸 알고 곧 백화점으로 가서 최대한 비슷한 것을 사 왔다. 그에게 익숙한 소파와 침대, 붙박이장과 가전제품은 그대로 남았다. 아내와 함께 살 때 살림을 도와준 분이 계속 드나들었기 때문에 먹는 것이나 청소, 정리상태도 달라지지 않았다. 성대를 수술하여 바람 빠지는 소리를 내며 공허하게 짖는 강아지와 낡은 고무공도 남았다. 아내가 애지중지 키우던 강아지를 맡지 않겠다고 했을 때에는 배신감이 느껴졌으나 내색하지는 않았다. 쉰 듯이 가느다랗게 새어 나오는 소리가 영 익숙해지지 않아 그는 강아지를 한 번도 쓰다듬어주지 않았지만 아내는 그걸 모르는 것 같았다.

많은 사람이 살던 집을 팔고 세탁소가 있는 아파트단지로 이사할 것을 권했지만 그에게는 그럴 마음이 조금도 없었다. 그에게 필요한 것은 가까운 통근 거리가 아니었다. 그에게는 주거공간과 분리된 노동장소와 출퇴근시 적당한 피로감이 느껴지는 거리가 필요했다. 세탁소는 그의 아파트에서 버스로 아홉 정거장 떨어진 도심지 아파트단지에 있었고, 출퇴근 시간마다 심한 정체를 보이는 교차로 두 곳을 통과해야 했다. 교차로에 꽉 막힌 차들을 삶이 정체된 것인 양 피로한 얼굴로 바라보며 행여 지각하지 않을까 버스 안에서 동동거리는 사람들은 그에게도 필사적으로 유지해야 할 일상이 있다는 안도감을 주었다.

후문을 통해 아파트단지에 들어설 때에도 남자는 보이지 않았다. 이쯤 되면 남자를 만나지 않고 집까지 갈 수 있는 가능성이 높아진 셈이었다. 그와 남자가 사는 동棟까지는 여러 갈림길이 있었고 1층 현관과 두 개 층인 지하출입구 중 하나를 선택하여 엘리베이터를 타면 되었다. 선택에 영 운이 따르질 않아 남자를 만나게 될지두 모르지만, 지금까지 나타나지 않은 것으로 보아 그렇지 않을 확률이 더욱 높았다.

만약 그날 남자의 집에서 나는 소리를 듣지 않았다면 어떻게 되었을까. 그럴 가능성은 거의 없었다. 그가 집에 있는 한 윗집 소리를 듣지 않을 일은 거의 없었다. 사직한 후 그는 은행에 관한 화제를 꺼내는 게 싫었고 그러다 보니 자연스럽게 직장을 다니면서 연을 맺었던 사람들과 멀어졌고 바쁜 직장생활로 소원했던 친구들과 새삼스럽게 만날 일은 생기지 않았다. 세탁소 영업이 끝나면 대개 곧장 집으로 돌아왔고 아주머니가 준비해둔 밥으로 늦은 저녁을 먹고 뉴스채널을 보며 강아지와 놀다가 반신욕을 하고 잠드는 게 일과였다.

소리는 자정 무렵에 들렸다. 오종현은 마감뉴스를 보고 있었다. 윗집에서 쿵쿵거리는 소리가 들리기 시작했다. 그는 한숨을 내쉬었다. 쿵. 공이 떨어지고, 탁탁탁탁, 개가 뛰어가고, 몇 초의 짧은 휴지 후에 컹컹거리며 짖는 소리가 들렸다. 그런 조합이 몇 번 반복되는 동안 뉴스가 끝났다. 공동주택에서 생활소음과 진동은 감수해야 한다는 걸 알았다. 은행동료들 중에도 윗집에 사는 아마추어 피아니스트 솜씨에 대해, 꼭 한밤중에 진동청소기를 사용하는 윗집 여자에 대해, 거실에서 농구를 하며 거침없이 뛰어노는 아이들과 야단칠 줄 모르는 지각없는 부모에 대해 투덜거리는 사람이 많았다.

오종현은 남자가 잠들지 않는 한 자신도 잠들 수 없다는 걸 알았다. 피곤한 밤을 보내기에 반신욕은 더없이 효과적이었다. 욕실에 있으면 소리가 비교적 명확히 들려 소리의 정체를 상상할 필요가 없다는 것도 좋았다. 하반신이 생고기처럼 붉게 익어갈 무렵, 개의 신음 소리가 점점 커지기 시작했다. 남자가 뭔가를 걷어차는 것 같았는데, 그럴 때마다 개가 신음했다. 여자가 말리는 소리도 들렸다. 남자는 들은 척도 하지 않았다. 겁먹은 개가 낑낑댔다. 저절로 인상이 찌푸려졌다. 그는 남자나 그의 아내, 남자가 키우는 개를 본 적이 없었다. 다행이었다. 얼굴을 아는 사람에게 적대감을 느끼는 일은 사회적 양심이 방해할 터였다.

욕조에서 몸을 일으켰다. 욕실 거울에 배꼽까지 붉어진 몸이 비쳤다. 은행을 그만둔 후 한층 더 비대해진 복부와 복부를 중심으로 거뭇하게 이어진 털, 기력을 잃고 축 늘어진 검은 사타구니가 보였다. 오종현은 애처로움 없이 벌거벗은 몸을 바라보았다. 뭔가가 깨졌다. 개의 신음 소리가 들렸다. 말리는 여자 목소리가 들렸다. 반사적으로 몸을 움츠렸다. 늘어진 사타구니가 좀 작아졌다. 다시 뭔가가 깨지는 소리가 났다. 여자 비명 소리가 들렸다. 개의 비명 소리도 들렸다. 지금까지 들리던 것과 상이한 소리였다. 몸에 오스스 소름이 돋았다. 욕조에서 나오면 금세 체온이 떨어졌다. 오종현은 두툼한 목욕가운을 걸쳤다. 쿵. 천장이 흔들리고 후닥닥 걸어가는 소리가 들렸다.

그게 다였다. 갑자기 아무 소리도 들리지 않았다. 내내 최대 음량으로 틀어져 있던 스테레오 스피커 전원이 갑자기 꺼진 것 같았다. 귀가 멍멍해서 소리가 안 들리는 것인지도 몰랐다. 욕조의 고무마개를 뺐다. 물이 빠져나가는 소리가 선명했다. 물 빠지는 소리 외에는 아무 소리도 들려오지 않았다. 비명 소리에 이어진 둔탁한 마찰음은 무엇이었을까. 개가 혹은 상상하기도 싫지만 여자가 남자에게 얻어맞아 쓰러진 것이라면. 어쩌면 그는 무엇인가가 죽어가는 소리를 들은 것인지도 몰랐다. 어쩌면 누군가 살인을 저지르는 걸 소리로써 알게 된 것인지도 몰랐다. 살인과 학대는 윗집의 일이고 자신은 이대로 욕조를 걸어나가 침대에서 푹 잠들면 그만이었다. 공황과 안도가 동시에 밀려왔다.

오종현은 욕실에서 오도 가도 못하고 서 있다가 우연히 눈길이 가닿은 욕조 구멍에 손가락을 집어넣어 머리카락 뭉치를 끄집어냈다. 아주머니가 청소하는 모양새는 나날이 그의 마음에 안 들었다. 그는 더러운 줄도 모르고 머리카락을 한 올 한 올 나누어 욕조에 붙였다. 어깨 길이쯤 되는 갈색 직모와 짧고 검은 직모, 곱슬거리는 흰 개의 털, 구불거리는 뻣뻣한 사타구니 털이 섞여 있었다. 어깨 길이의 직모를 그는 한참 바라보았다. 아내의 머리 길이가 꼭 그 정도 되었다. 그렇다고는 해도 아내가 집을 떠난 것은 벌써 오래전 일이었다. 손을 씻고 욕실을 나가려는데 그의 주목을 끌려는 듯 다시 쿵 소리가 들려왔고 잘못 들은 게 아닐까 싶을 정도로 이내 잠잠해졌다. 오종현은 천천히 새 속옷을 꺼내 입고 이불이 정돈된 침대에 누웠고 뒤척이다 어느 틈엔가 잠들었다.

다음 날 밤에는 아무런 소리도 들려오지 않았다. 유난스러운 침묵이 그후로도 얼마간 이어졌다. 고요했다. 밤이면 모두 빠져나간 수영장 물속에 드러누워 있는 것 같았다. 그는 윗집의 근황을 전해주지 않는 천장을 바라보았다. 조용했으나 두려웠다. 언제 다시 소리가 시작될지 몰라서 두려웠고 마지막으로 들린 비명 소리와 무겁게 낙하하는 소리가 뭘 의미할지 생각하니 두려웠다.

윗집에서 아무런 소리가 들리지 않게 된 일주일쯤 후 그는 퇴근길에 아파트 현관 유리문에 붙은 전단지를 보았다. 아파트 화단에서 발견된 개의 사체와 관련한 제보자를 찾는다는 내용이었다. 별일 다 있죠? 아주 짓이겨 죽였더라고요. 경비가 좁은 창문으로 머리를 내밀며 말했다. 그렇게 죽였는데 어떻게 아무도 소리를 못 들었나 몰라요. 그는 경비에게 요새 윗집 남자를 본 적 있느냐고 물었다. 경비는 또 그가 층간소음을 항의하려는 줄 알고 짐짓 무표정하게, 그러나 진력난 표정을 숨기지 않고 그 사람들이야 차 타고 다녀서 지하주차장으로 드나드는데, 얼굴 볼 일이 있겠느냐고 발뺌했다. 그는 고개를 돌려버린 경비원을 쳐다보다가 아파트 안으로 들어왔고 뭔가가 가득 들어 있는 남자네 집 우편함을 열어보려다가 마침 도착한 엘리베이터에 올라탔다.

어두컴컴한 집 안으로 들어설 때, 며칠 전 들려왔던 비명 소리가 참기 힘들 정도로 복기되었다. 그는 한 번도 윗집 남자를 증오해본 적이 없었고 소음으로 인해 분노를 느껴본 적도 없었고 항의의 표시로 서툰 행동을 한 적도 없었다. 고작 경비에게 투덜대는 게 전부였다. 그러니 무엇이 그를 충동질했는지는 확실치 않았다. 신고한다고 해도 남자는 절대로 동요하지 않을 거라는 갑작스러운 확신이 생기기는 했다.

경찰 소속 동물보호감시관이 출동하는 데는 다소 시간이 걸렸다. 그는 사이렌 소리에 감시관이 도착한 것을 알았는데, 잠시 후에는 남색 잠바 차림의 두 사내가 경비와 함께 그의 집 현관문 앞에 서 있었다. 오종현은 신고를 할 때 신원을 절대 밝히지 말아달라고 거듭 요청했음에도 불구하고 감시관이 버젓이 집을 방문했다는 데에 충격을 받았다. 두 사내는 이웃의 이목을 끌고 싶지 않은 오종현이 집 안으로 들어오라고 하는데도 굳이 사양하며 복도에 선 채로 신고내용을 다시 캐물었다. 오종현은 작은 목소리로 개가 죽은 날의 상황을 설명했다. 감시관은 검은 수첩을 꺼내 그의 얘기를 적다 말고 물었다. 그러니까 비명을 지른 게 개예요, 여자예요? 오종현이 머뭇거리자 감시관이 다시 물었다. 소리를 들으신 거죠? 본 건 없고요? 그가 고개를 끄덕이자 감시관이 수첩을 딱 소리가 나게 덮었다. 의심을 피하기 위해 오종현은 그동안 남자가 얼마나 지독하게 개를 괴롭혀왔는지 설명했는데, 말이 채 끝나기도 전에 경비가 끼어들었다. 그 집에는 개가 없는 걸로 아는데요. 당황한 오종현이 무슨 말인가 하려는데 위층에 엘리베이터 서는 소리가 들렸다. 감시관 두 명이 경비와 함께 위층으로 올라갔다. 오종현은 계단참으로 위층을 올려다봤다.

남자를 올려다보는 순간, 오종현은 자신의 실수를 깨달았다. 엘리베이터에서 막 내린 남자는 피곤하고 신경질적으로 보이기는 했으나 개를 학대하고 머리통을 짓이겨 죽일 것 같은 인상은 아니었다. 두 명의 감시관이 남자와 함께 집으로 들어갔고 삼십 분도 되지 않아 밖으로 나와서는 그대로 돌아가버렸다. 심문은 간단히 끝났다. 그는 부주의한 의심과 불필요한 상상력에 대해 경비에게 훈계를 듣고, 아파트 구조의 특성상 벽을 타고 전해지는 소음의 정확한 위치를 파악하는 게 어렵다는 평이한 설명을 반복해 듣고, 그러므로 그가 모두 위층에서 들린다고 생각한 소리들은 실은 아랫집이나 옆집, 몇 층 아래나 위쪽의 어느 집에서 나는 소리일 수 있다는 말을 여러 차례 들을 것이다. 그는 층간소음에 앙심을 품고 경솔하게 이웃을 매도한 일로 두고두고 비웃음을 살 것이다.

그날 이후로, 오종현은 벽을 통해 뭔가 소리가 들리기 시작하면 시간이나 횟수를 가리지 않고 욕실로 가 천장을 두드려댔다. 아무 반응이 없자, 몰래 윗집의 고지서를 뜯어 전화번호를 알아내서는 밤마다 전화를 걸었다. 위층에서 울리는 전화벨 소리가 그에게도 들렸다. 가책은 느껴지지 않았다. 전화를 거느라 오종현은 제대로 잠을 자지 못했지만, 남자도 제대로 잠들 리 없으니 그것으로 충분했다.

여러 갈림길 중 오종현은 지상 현관을 택했다. 현관으로 들어서며 인생이 내내 숨기고 있던 우연을 만날지도 모른다고 생각했으나 경비만 그를 멀뚱히 바라보고 있었다. 그날 이후로 경비는 그에게 인사를 하지 않았다. 1층은 텅 비어 있었다. 그는 다소 풀 죽은 표정으로 층계 발치에 있는 남자의 우편함을 보았다. L백화점에서 보내온 광고물이 덜렁 들어 있었다. 지하로 내려가는 불 꺼진 계단참은 뭔가 숨어 있어도 모를 정도로 어두웠지만 그게 다였다. 남자가 몸을 웅크리고 어둠 속에 숨어 있으리라고 생각한 것은 지나친 기대였다. 남자는 그를 쫓는 일을 포기했거나 아예 가치 없는 일로 여겼다. 그 사실은 그에게 안도감보다는 외로움을 느끼게 했다. 누구도, 심지어 자신 때문에 고통을 받는 당사자조차도, 가해자로서의 자신의 고통을 모른 척한다는 것 때문이었다.

그는 엘리베이터를 몇 번이나 그냥 보내고 서 있다가, 또다시 진동이 오는 휴대전화를 손에 꼭 쥐고 지하에서 올라와 막 문을 벌린 엘리베이터로 들어갔다. 엘리베이터에 타고 나서야 오종현은 자신이 실은 남자를 기다리고 있었다는 걸 깨달았다. 먼저 타고 있던 남자가 그를 힐끔 바라보았다. 오종현은 새로운 기대감으로 심장이 박동하는 걸 애써 감추느라 층수 누르는 것도 잊고 남자가 아까와는 다른 차림이라는 것도 알아차리지 못했다. 엘리베이터가 올라가는 동안 남자는 꼼짝도 하지 않다가 오종현이 계속 진동이 오는 휴대전화를 받지 않자 힐끔 쳐다보고 이내 시선을 돌렸다. 남자가 노골적으로 경멸해주기를 바랐으나 숫자 표시판을 바라보고 있는 남자의 눈은 잠에 취한 짐승의 눈처럼 만사에 무심했다.

내리려는 남자의 팔을 오종현이 힘주어 잡았다. 왜 그러십니까? 남자가 깜짝 놀라서 물었다. 오종현은 남자가 자신을 알아보지 못하는 것에 당황했다. 순전히 고통을 줄 생각으로 남자의 팔을 있는 힘껏 비틀었다. 아, 뭡니까? 왜 이러는 겁니까? 누구예요? 남자는 아파서가 아니라 당황해서 되는 대로 질문을 하고 그에게 잡힌 손을 빼내려고 힘을 줬다. 오종현은 남자의 생소한 목소리를 되씹고 되씹었다. 그러는 동안 엘리베이터 문이 닫히려다가 남자의 몸에 부딪쳐 다시 열렸다. 남자가 고통스럽게 신음을 내뱉었는데, 그에게 팔을 붙들려서가 아니라 문에 몸을 부딪쳐서 그러는 것 같았다. 그 때문에 남자는 난데없이 폭행을 당하고 있다는 걸 상기한 듯 오종현에게서 벗어나기 위해 온몸에 힘을 주기 시작했다. 문을 닫고 하강하는 엘리베이터 안에서 남자의 목에 선 푸른 핏줄이 도드라졌다. 놓으세요, 놓으라고요. 왜 이러십니까? 남자가 드디어 잡힌 팔을 빼냈다. 남자는 씩씩거리며 오종현을 노려보았다. 오종현이 다시 잡으려 하자 참을 수 없다는 듯 힘을 주어 그의 멱살을 잡았다. 당신 누군데 그래? 응? 뭣 때문에 이러는 거야? 오종현은 몸이 바닥에서 조금 들린 채로 남자를 마주 보았다. 남자의 눈에는 얻어맞은 것에 대한 당혹함과 순수한 분노만 담겨 있었다. 오종현의 마음이 편안해졌다. 남자로부터 받을 걸 받은 기분이었다. 이제야 실수를 만회한 기분이었다. 이 순간을 위해 내내 실수를 하며 버텨온 기분이었다.

남자에게 멱살을 잡힌 채로 1층에 도착했다. 문이 열리자 엘리베이터를 타려고 기다리던 사람들이 깜짝 놀라 그들을 보았다. 남자가 오종현의 멱살을 잡은 손에 힘을 풀었다. 사람들이 올라타고 문이 다시 닫히려고 할 때 남자가 오종현의 몸을 잡아 바깥으로 내던졌다. 엘리베이터 문이 닫혔다. 경비가 홀로 남아 놀란 표정으로 그를 보고 있었다. CCTV를 통해 소동을 지켜보고 있었던 게 틀림없었다. 입안에서 피비린내가 느껴졌다. 내내 이를 악물고 있어 그런 것 같았다. 오종현은 피맛이 나는 침을 모아 바닥에 뱉고 천천히 어두운 계단으로 발을 내디뎠다. 3층까지는 계단에 불이 켜졌지만 이후로는 켜지지 않았다. 어림짐작으로 층수를 헤아려 올라가서는 현관문의 비밀번호를 눌렀다. 열리지 않는 데 당황하여 호수를 보니 한층 더 올라와 있었다. 오종현은 차가운 현관문에 귀를 가져다 댔다. 쿵쾅거리는 조심성 없는 남자의 발소리와 개가 탁탁탁탁 뛰어오는 소리를 기다렸으나 아무런 소리도 들리지 않았다. 한기를 견디지 못해 문에서 볼을 뗐을 때, 어디에선가 아무 소리도 내지 못하는 개가 짖어대는 소리가 들려왔다. ▪

역대 수상작가 최근작

통영-홍콩 간
윤 대 녕

백합의 벼랑길
전 경 린

학습의 生
조 경 란

윤대녕

통영-홍콩 간

1962년 충남 예산 출생. 1990년 『문학사상』 등단.
소설집 『은어낚시통신』 『남쪽 계단을 보라』 『많은 별들이 한곳으로 흘러갔다』
『누가 걸어간다』 『제비를 기르다』 『대설주의보』.
장편소설 『옛날 영화를 보러 갔다』 『달의 지평선』 『미란』
『눈의 여행자』 『호랑이는 왜 바다로 갔나』 등.
〈오늘의 젊은 예술가상〉 〈이상문학상〉
〈현대문학상〉 〈이효석문학상〉 〈김유정문학상〉 수상.

통영-홍콩 간

1

서울역–인천공항 간 고속철도가 개통되던 날 백白은 홍콩으로 떠나기 위해 집을 나섰다. 통영에서 돌아온 지 일주일 만이었다. 전날 밤 서울 일원을 비롯한 중부지방에 폭설이 내릴 거라는 텔레비전 속보를 지켜보다 백은 새벽녘에야 잠이 들었다. 눈은 자정이 지나면서부터 갑자기 퍼붓기 시작했다. 그렇다면 공항리무진 버스 대신 서울역까지 지하철을 타고 가 고속철도를 이용하는 편이 보다 안전할 터였다. 백이 타고 갈 비행기는 오전 열 시 오십 분 발 타이항공이었다. 출국 수속을 위해 공항에 아홉 시까지 도착하려면 일곱 시 삼십 분에는 집에서 나가야만 했다. 백은 무거운 피로감에 짓눌리면서도 여섯 시에 저절로 눈이 떠졌다. 베란다 밖을 살펴보니 여전히 산발적으로 눈발이 휘날리는 가운데 장갑

차처럼 생긴 제설차가 염화칼슘을 뿌리며 도로 한복판으로 지나가고 있었다. 백은 마른입에 토스트와 커피로 꾸역꾸역 빈속을 채운 다음 욕실에 들어가 억지로 똥을 누고 덜덜 떨면서 샤워를 하고 나왔다. 며칠 전부터 보일러에 문제가 생겼는지 더운 물이 제대로 나오지 않았다.

무사히 집으로 돌아오게 될지 장담할 수 없다는 생각을 하면서도 백은 동파를 염려해 보일러조절기를 일단 외출로 맞춰놓았다. 집을 나설 때도 백은 현관에서 도로 신발을 벗고 올라가 주방의 가스밸브가 잠겼는지 재차 확인하기까지 했다.

마을버스를 타고 성신여대입구역에 내려 서울역으로 가는 4호선 지하철에 올라탔을 때, 백은 문득 내가 지금 왜 어디로 가는 거지?라는 새삼스러운 자각에 사로잡혀 있었다. 연말이라 서울보다 더 어수선하고 복잡할 게 뻔한 홍콩에서 혼자 나이를 한 살 더 갉아먹을 생각을 하니 진즉부터 마음이 쓸쓸했다. 한 달 전 여행사를 통해 비행기와 호텔을 예약할 때만 해도 백은 굳이 홍콩에 가려 했던 건 아니었다. 정작 가고 싶었고 또 가야만 했던 곳은 통영이었으나 차마 그쪽으로는 발길이 떨어지지 않아 우회하는 심정으로 홍콩을 택한 것이었다. 홍콩은 백이 숙淑을 처음 만난 곳이었다. 그런데 백은 일주일 전에 돌발적으로 이미 통영에 다녀온 터였다. 그래서 예약을 취소할까도 생각했으나, 어쩌면 이번이 마지막 여행이 될지도 모른다는 생각에 주저하다 집을 나서게 된 것이었다.

서울역에서 공항으로 가는 고속철도 타는 곳을 찾아내느라 백은 무거운 트렁크를 끌고 무려 십여 분을 헤매야만 했다. 지하철역 구내는 물론이고 서울역 청사 안에는 공항철도 이용객을 위한 그 어떤 안내판도 설치돼 있지 않았다. 물어물어 서부역 출구 옆에 있는 에스컬레이터를 타고 지하 7층까지 내려가는 동안 백은 신경이 독미나리처럼 곤두서 있었다. 그럼에도 고속철도는 정확한 시각에 출발했고 상쾌한 엔진음을 내며 불과 사십 분 만에 백을 인천공항까지 안전하게 수송해주었다.

공항에서도 예기치 못했던 시행착오가 백을 기다리고 있었다. 탑승수속 데스크에서 한 시간 가까이 줄을 서 이윽고 백의 차례가 되었을 때, 데스크의 여직원이 그의 얼굴을 슬쩍 올려다보며 이렇게 말하는 것이었다.

여긴 오리엔탈 타이항공인데요. 타이항공은 뒤편에 있으니 그쪽으로 가셔야 합니다.

탑승시간을 얼마 남겨놓지 않은 상황에서 백은 자신의 분별없음을 탓하며 그만 주저앉고 싶은 심정이었다. 지루하게 서서 기다리는 동안 그새 심신이 지쳐 있었던 것이다. 실랑이를 벌일 여지가 없었으므로 백은 타이항공 데스크를 찾아갔다. 백은 또 줄을 서서 기다려야 한다면 과연 견딜 수 있을까, 라는 극심한 우려에 사로잡혀 있었는데 웬일인지 타이항공 데스크 앞은 비교적 한산했다. 그때 바짓주머니에서 휴대폰이 부르르 진저리를 쳤다. 여직원이 여권을 확인하고 좌석이 배정된 항공권을 발매하는 동안 백은 휴대폰을 꺼내 확인했다. 놀랍게도 그것은 통영에서 보내온 문자메시지였다. 백으로서는 기대할 수 없되 내심 기다리고 있던 연락이었다.

오늘인가요? 홍콩에 가신다는 날이. 조심히 다녀오세요.

대체로 건조하고 무덤덤한 내용이었으나 백은 때맞춰 도착한 숙의 메시지를 받고 마음이 금세 노인처럼 단순해졌다. 자신이 홍콩에 가는 이유를 이제야 뚜렷이 알게 된 느낌이었다. 백은 서둘러 출국심사대로 다가갔고 이윽고 탑승구 앞에 놓인 소파에 주저앉아 깊은 숨을 몰아쉬었다.

지금 인천공항이오. 홍콩에 가서 연락해도 되겠소?

하지만 비행기가 이륙하기 직전까지 그녀는 대꾸를 해오지 않았다.

2

백이 숙淑을 찾아간 것은 6년 9개월 만의 일이었다.

백은 그날 외출했다 오후 아홉 시 무렵 집으로 돌아왔다. 낮에는 병원에서 의사와 마주 앉아 수화를 하듯 조용한 대화를 나눴고 오후에 백화점에 잠깐 들렀다가, 지난 몇 년간 자신이 근무했던 회사의 사장을 불러내 함께 저녁을 먹었다. 그는 백의 대학동기이면서 진심을 나눌 수 있는 유일한 친구였다. 굳이 말하자면 백을 구원해준 사람이기도 했다. 그동안 백의 사정을 뻔히 알면서도 말없이 그를 지켜보며 보살펴주고 끝까지 관용을 베풀었다. 한 달 전에 백이 그만 자리를 정리할 뜻을 내비쳤을 때도 그는 좀 더 신중하게 생각해보는 게 어때? 라며 진심 어린 표정으로 말했다.

또 한 해가 지나가고 있군.

식당 문을 열고 들어와 백의 맞은편에 와 앉으며 그가 말했다.

이명耳鳴인지, 이맘때가 되면 내 귀엔 어디선가 늘 아이 우는 소리가 들려오곤 해. 역시 내가 고아 출신이라서 그런가?

백은 그저 묵묵히 듣고 있었다.

아까 오후에 바람이 쏘이고 싶어 임진각으로 드라이브 다녀왔어. 한강 주변에 철새가 많이 날아와 있더군. 자, 들지.

반주라도 한잔하지 그래?

백은 종업원을 불러 산사춘을 주문했다. 그와 마주 앉아 있으면 백은 불안감을 잊을 수 있었다. 그래서 아마 이때까지 버틸 수 있었을 것이다. 청국장 안에 들어 있는 묵은지를 젓가락으로 집어 입으로 가져가며 그가 백의 표정을 살폈다.

안 그래도 연락을 해야지 싶었는데, 잘 지내고 있는 거지?

백은 동문서답을 했다.

연말 즈음이라 그냥 얼굴 한 번 보려고 전화했어.

덧붙여 백은 홍콩에 가서 연말연시를 보내고 돌아올 거라는 얘기를 했다.

홍콩? 그 먼 데를 혼자 왜.

그는 백과 숙의 관계에 대해서도 어느 정도는 알고 있었다. 음식을 다 먹어갈 무렵 그가 백에게 넌지시 말했다.

내가 이런 말을 할 수 있는 건 아니지만, 홍콩이 아니라 통영에 내려가봐야 하는 게 아닐까?

……

물론 불법입국을 하는 심정이겠지. 다녀와서 자칫 후회할 수도 있을 테고. 하지만 자네가 아니라 통영에 있는 사람을 위해 내려간다고 생각하면 얘기가 달라지지 않을까? 왜 가끔은 우리 사람만이 할 수 있는 일이 있잖나. 요컨대 자신을 완전히 잊고 상대만을 생각하며 그것을 실천하는 일 말이야.

백도 이번이 아니면 더 이상 기회가 없으리라는 것은 잘 알고 있었다.

비록 상처가 되더라도 만나서 서로 고통을 나누는 편이 나는 그나마 인간적이라고 생각해. 물론 그것도 상대가 받아들이지 않으면 힘든 일이지만.

그 말이 순간 백의 가슴을 잘 벼린 칼처럼 훑치고 지나갔다.

백은 무심코 손목시계를 들여다보았다. 여덟 시가 가까워지고 있었다. 앞에서 가만히 지켜보던 그가 혼잣말처럼 중얼거렸다.

시간이 흐를수록 사념만 무성해지고 움직임은 둔해지기 마련이지. 이제 그만 일어날까?

자리에서 일어나기 전 백은 그에게 쇼핑백을 내밀었다. 백화점에서 산 넥타이와 그의 부인에게 줄 화장품세트였다. 그는 백의 어깨를 툭 치며 쓸쓸하게 웃어 보였다.

크리스마스 선물인가?

아니, 근하신년. 나는 예수님과 가까워질 기회가 없었거든. 산에 다니면서 절에는 가끔 들러봤지만.

헤어지기 전에 그가 익숙한 말투로 물어왔다.

많이 힘든가?

…….

자네한테는 외람된 말이 되겠지만, 힘들다는 것도 따지고 보면 살아있음의 환희에 속하는 게 아닌가 싶어. 아까 임진각에서 회사로 돌아오면서 스치듯 그런 생각이 들더군. 실은 아내가 요즘 많이 안 좋아. 최근에 유방암수술을 받았거든.

…….

빨리 집에 들어가봐야겠어. 자네도 조심히 들어가고.

그는 쇼핑백을 들어 보이고는 돌아서 지하주차장으로 내려가는 엘리베이터를 탔다.

지하철과 버스를 번갈아 타고 집으로 돌아오는 동안 백은 극도의 적

막감에 사로잡혀 있었다. 친구와 헤어지고 나니 더욱 그런 느낌이 몰려왔다. 백은 집에 들어오자마자 무슨 영감에 이끌린 사람처럼 인터넷에 접속해 통영으로 내려가는 고속버스 시간표를 알아보았다. 심야 열한 시 우등고속버스가 남아 있었다. 지금 집에서 나가면 얼마든지 탈 수 있는 시간이었다. 백은 인터넷상으로 예매를 해놓고 간단히 여행가방을 챙겨 집을 나섰다.

백이 강남고속버스터미널에 도착한 시각은 열 시 삼십 분이었다. 찬바람이 술술 드나드는 대합실에서 서성이는 동안 백은 의식적으로 화장실에 다녀왔고 그제야 생각난 듯 유료 인터넷에 접속해 숙에게 짧은 메일을 보냈다.

지금 통영으로 내려가오. 그동안 내 전화번호가 바뀌었으니 메일 확인하면 이쪽으로 연락 바라오. 어렵더라도 부디 만났으면 하오.

백은 일 년에 두어 번 명절 즈음에 숙에게 메일을 보내곤 했으나 답장을 받은 적은 없었다. 그러니 이번에도 그녀가 연락을 해오리라 기대할 수 있는 상황은 아니었다. 통영으로 내려가는 동안 백은 아까 생수를 사러 편의점에 들렀다 충동적으로 구입한 휴대용 소주를 홀짝거리다 고속버스가 대전을 지날 즈음 혼절하듯 잠이 들었다.

새벽 세 시가 넘어 백이 내린 곳은 예전의 그 고속버스터미널이 아니었다. 주위에는 고층 아파트들과 모텔 네온사인이 보였고 길 건너편으로 이마트도 있었다. 백은 일단 택시에 올라타 기사에게 여객선터미널 앞에 있는 서호시장으로 가자고 했다. 잠에서 깨어나니 견딜 수 없는 공복감이 밀려왔던 것이다. 거기라면 밤새 문을 열어놓은 식당이 있을 거였다.

근데 여기가 어디죠?

통영에 마지막으로 와본 게 언제냐고 기사가 되물어왔다.

10년요? 지금 손님이 내리신 곳은 죽림신도시예요. 전에는 갈대가 무성한 바닷가 습지였는데, 7-8년 전부터 매립공사를 시작해 이태 전쯤 지금의 모습을 갖췄죠.

말투가 여기 분이 아닌 것 같네요.

저요? 안양에 오래 살다 3년 전에 내려왔어요. 집사람 고향이 여기거든요. 살아보니 이만한 데도 없더군요. 주말에 가까운 욕지도나 매물도로 나가서 낚시도 하고 가끔 집사람하고 애들 데리고 부산에도 횅하니 다녀오고, 뭐 크게 욕심이 없어서 그런지 걱정거리도 없는 편이에요. 올해 중학교에 들어간 딸애가 하나 있는데 초등학교 4학년 때 통영으로 이사를 와서 금방 사투리를 쓰더라고요. 그래서 여기서 버티고 살아도 되겠구나 싶었죠.

백은 어쩐지 동화책에서나 나올 법한 얘기를 듣고 있는 기분이었다. 대꾸하는 대신 백은 충무김밥을 잘하는 집으로 데려다 달라고 했다.

그럼 강구안에 있는 한일식당으로 가시죠. 서호시장과 가까운 곳인데 이 시간에도 영업을 할 겁니다.

까맣게 잊고 있었으나 백도 아주 오래전에 가본 적이 있는 식당이었다. 그 주변에 오미자꿀빵을 파는 가게가 있었지 아마? 이런 생각을 하며 백은 무심코 휴대폰을 꺼내 액정화면을 들여다보았다. 하지만 통영까지 오는 동안 아무도 자신을 찾은 사람은 없었다. 썰렁한 식당에 혼자 앉아 백은 김밥을 우물거리며 흐린 창밖으로 내다보이는 강구안의 어두운 새벽 바다를 내다보고 있었다. 미륵도의 조선소에서 뻗어온 불빛만이 바다에서 용수철처럼 꿈틀거리고 있었다. 술을 더 마셔볼까 하다가 백은 쇳덩이같이 무거워진 몸을 의식하고는 제풀에 고개를 가로 저었다. 새벽 서호시장으로 들어오는 물고기들이 보고 싶어 식당주인에게 물으니 한 시간쯤 뒤면 시장이 열릴 거라고 했다. 그때쯤에는 바다의 물빛도 되살아나리라.

식당에서 나온 백은 여객선터미널 앞을 지나쳐 바다를 옆에 끼고 통영대교 아래까지 걸어갔다가 다시 서호시장으로 되돌아왔다. 운하에 일렁이는 물고기 가죽 같은 물결 위로 오색의 불빛들이 되살아난 꿈처럼 흔들리고 있었다. 이윽고 썰물이 시작되는지 돌연 물살이 휘돌면서 쿠르르 하는 소리를 냈다.

추운 어시장 안을 어슬렁거리며 백은 아침에는 복국 대신 오랜만에 물메기탕을 먹어야지, 라는 하잘것없는 생각을 했고 모텔로 갈지 찜질방으로 갈지 궁리하다 결국 여객선터미널 맞은편에 있는 모텔로 들어갔다. 겨우 양치만 하고 불을 끄고 침대에 눕자 예의 화염 같은 고통이 여지없이 엄습했다.

백은 백정처럼 온몸에 땀을 흘리고 있었다.

3

숙에게서는 오후가 될 때까지 연락이 없었다. 백은 정오가 임박해 눈을 떴고 부랴부랴 모텔에서 나와 물메기탕을 먹는 동안 막연히 동피랑에 올라가보고 싶다는 생각을 하고 있었다. 강구안과 인접한 곳이니 걸어서 갈 수 있는 거리였다. 통영의 날씨는 12월 하순임에도 초봄 같았으며 하늘은 갈맷빛으로 투명했다. 잠을 설친 탓인지 백의 몸은 돌처럼 무거웠다. 동피랑의 '검은 길'을 따라 올라가며 백은 마지막인 듯 연신

바다를 돌아보았다. 그리고 매점 앞에 놓인 평상에서 인스턴트커피를 마시며 휴대폰의 액정화면을 거의 오 분 간격으로 확인하는 허무한 동작을 되풀이했다.

숙에게서 두 시까지도 연락이 오지 않자 백은 택시를 타고 미륵도로 건너갔다. 택시는 해저터널 입구를 지나 곧바로 통영대교로 진입했다. 산양도로를 일주하는 동안 백은 달아공원에서 다도해를 내려다보며 한동안 끊었던 담배를 피워 물었다. 그사이 기습적으로 해무가 일며 먼 데 떠 있는 섬들이 백의 시야에서 지워지고 있었다. 통영에 잘못 내려온 것은 아닐까, 라는 생각이 든 것도 그 무렵이었다. 난데없이 찾아온 자신을 숙이 덥석 반길 리 없다는 자괴감이 시간이 갈수록 백을 괴롭혔다. 백은 이른 저녁을 먹고 서울로 올라가리라 생각하며 주차장으로 내려갔다.

택시가 통영대교 진입로에 이르자 백은 갑자기 말을 바꿔 해저터널 입구에 내려달라고 운전기사에게 말했다. 서울로 올라가기 전에 미수동 바닷가를 거닐어보고 싶었다. 돌아보기도 아득하지만 이십 대에 혼자 여행을 와서 해저터널을 걸어서 통과했던 기억이 되살아났던 것이다. 더불어 다찌집을 찾아가 저녁을 먹고 싶었다. 택시에서 내릴 때 그리고 백이 그토록 기다렸던 문자가 도착했다.

지금 통영인가요?

낯선 전화번호였지만 숙이 보내온 게 틀림없었다. 지체할 여유가 없었으므로 백은 숨을 몰아쉰 다음 서둘러 답장을 보냈다. 마치 기적 같은 순간이 지나가고 있었던 것이다.

미수동 해저터널 입구에 서 있소.

한 시간 후에 그쪽으로 갈게요.

숙을 기다리는 사이 백은 조선소까지 왕복하며 바다 건너 동피랑을 그새 지나간 꿈인 듯 아득히 바라보고 있었다. 이윽고 해저터널 입구로 되돌아오자 그녀가 이정표처럼 조그맣게 서 있었다. 숙을 목격한 순간 백은 환각을 본 듯 의구심에 사로잡혔다. 그녀는 그동안 나이를 먹지 않은 듯했다. 전과 달라진 게 있다면 머리 스타일 정도였다. 피부는 전보다 오히려 건강해 보였고 눈빛도 초점이 뚜렷하고 맑았다. 그녀는 곧 마흔세 살이 될 터였다. 그러한 잠시 백은 2003년 봄 홍콩에서 그녀와 처음 만났을 때도 비슷한 느낌을 받았었음을 떠올렸다. 당시 숙은 서른다섯 살이었는데 이십 대 후반쯤으로 보였다. 나중에야 비로소 백이 알게 된 사실이지만 그녀가 지니고 있는 젊음 뒤에는 그녀를 늙지 못하게 하는 상처가 도사리고 있었다. 말하자면 과거에 경험한 치명적인 고통이 세월이 흘러도 사라지지 않은 채 그녀를 붙잡아두고 있었던 것이다. 그 자체가 또한 견디기 힘든 고통이라고 언젠가 숙은 고백한 적이 있었다.

두 사람은 조금 전에 백이 왕복했던 조선소 방향으로 나란히 걸어갔다.

지금 사는 곳은 어디지? 통영에도 신도시와 이마트가 들어섰던데.

긴 침묵 끝에 백이 먼저 말문을 열었다.

무슨 뜻이냐는 듯 슬그머니 백을 돌아보고 나서 숙이 대꾸해왔다.

죽림신도시엔 아직 가보지도 못했어요. 구터미널 근처에 있는 아파트에 살아요. 처음 통영에 내려와 전세를 얻어 살던 집이죠.

백은 바다 건너 막연히 그쪽이라고 짐작되는 곳을 바라보았다. 봄 같던 날씨가 오후로 기울면서 바람이 조금씩 차가워지고 있었다.

차는 안 가지고 다니나? 아까 걸어서 온 것 같던데.

역시 의아스러운 눈빛으로 백을 돌아보며 숙은 한숨을 몰아쉬었다.

전에 서울에서 타고 다니던 그 흰색 아반떼예요. 도둑처럼 찾아와서 한다는 말이 고작 그것뿐예요?

한 가지 질문을 더 해도 될까?

대답을 기다리지 않고 백은 덧붙였다.

혼자 사는 거요?

그럴 리가요. 3년 전에 식구가 하나 생겼어요. 부모가 버리고 간 여자애를 양녀로 입적해 함께 살고 있어요. 뜻하지 않게 어느 날 딸이 생긴 거죠. 종교단체에서 운영하는 사회복지시설에서 일할 때 알게 됐어요. 당시 그 애는 중학생이었는데 임시로 그곳에 맡겨져 있는 상태였어요. 한 달 간격을 두고 부모가 집을 나갔다고 하더군요. 학교에 다닐 형편도 아니어서 거기서 청소 일이나 하고 저와 함께 장애우 아이들을 돌보는 일을 했죠. 하지만 그 애는 장애우들과 늘 문제를 일으켰어요. 어찌 보면 당연한 일이었죠. 그래서 그곳에서조차 곧 쫓겨날 처지였어요. 그러던 어느 날 제가 일을 마치고 집으로 돌아가려고 신발을 신고 있는데 뒤에서 그 애가 나를 부르더군요. 엄마…… 저 좀 데려가면 안 돼요? 순간 저는 온몸이 콘크리트 덩어리로 변하는 느낌이었어요. 숨을 쉴 수조차 없었죠. 그리고 곧 고통이 찾아왔어요. 그건 그 애 때문에 느끼는 고통이 아니었어요. 저는 도망치듯 문을 열고 밖으로 뛰쳐나갔죠. 정신을 차리고 보니 어두운 동피랑언덕에 짐승처럼 떨면서 혼자 비를 맞고 앉아 있더군요. 저는 어쩔 수 없이 그 애한테로 돌아가야 한다고 생각했어요. 그리고 복지관으로 돌아가 이를 앙다물고 그 애의 따귀부터 때렸어요. 나 혼자도 감당하기 힘든 마당에 그렇게라도 하지 않았으면 그 애를 받아들일 수 없었던 거겠죠.

…….

이름은 냉이라고 제가 새로 지어주었어요. 고추냉이 할 때 그 냉이 말예요. 연둣빛으로 매콤하게 잘 자라라고요. 내년이면 저도 고3 학부형이 되네요. 신통하게도 공부를 제법 잘해요. 서울에 있는 대학에 가고 싶어하고요.

학자금은 마련해됐나?

숙은 중학교에서 기간제 교사로 일하고 있었다. 냉이를 입양하고 나서 몇 개월 후에 학교에 자리가 났다고 했다. 하지만 임시계약직이다 보니 안정된 직장이랄 수는 없었다.

모아둔 돈은 별로 없지만 어찌어찌 되지 않겠어요?

백은 서울에서 내려올 때 자신이 가지고 있는 얼마간의 예금과 아파트를 숙의 명의로 해주고 싶다는 생각을 하고 있었다. 하지만 그런 얘기를 당장 꺼낼 수는 없는 노릇이었다. 해저터널 입구로 되돌아올 즈음 바다에 급히 어둠이 드리워지며 운하의 불빛들이 밤짐승들처럼 되살아나기 시작했다.

새벽 바람에 통영엔 왜 내려온 거죠?

다찌집으로 통하는 계단을 올라가며 숙이 뒤늦게 백에게 물어왔다. 밤바다가 내다보이는 창가 자리에 앉을 때까지 백은 입을 열지 못했다.

무슨 일이 있는 거죠?

이미 짐작하고 있다는 듯 숙은 단순하게 물었다. 백은 곧이곧대로 말하지는 않았다. 쉬고 싶어서 얼마 전에 직장을 정리했다고 그저 에둘러서 말했다. 숙은 백의 눈길을 피한 채 줄곧 입을 다물고 있었다.

연말에 홍콩에 좀 다녀오려고. 그 전에 꼭 한 번 만나봤으면 했어.

붉게 변한 눈으로 백의 얼굴을 빤히 노려보다 숙은 다시금 외면하듯 바다로 시선을 돌렸다. 온갖 음식들이 차례차례 상을 채웠으나 두 사람은 가끔 젓가락을 가져가는 시늉만 되풀이했다. 술도 소주 한 병밖에는 비우지 않았다.

오늘 올라갈 거예요?

무슨 뜻인지 몰라 백은 숙을 마주 보았다.

아마 그래야 하지 않을까?

하지만 홍콩으로 떠나기 전까지 백은 별다른 약속이나 미뤄둔 일은 없었다. 다찌집에서 나와 두 사람은 해저터널로 들어섰다. 그리고 터널을 빠져나올 때까지 두 사람은 아무 말도 나누지 않았다. 다만 터널 중간쯤을 지날 때 숙이 취중인 듯 이렇게 중얼거렸을 뿐이었다.

홍콩엔 뭐 하러 가는 걸까?

…….

그예 일이 닥친 거겠지.

…….

안 그러면 새벽 바람에 왜 난데없이 찾아왔겠어.

…….

터널을 벗어나자 바닷가 도로 옆에 새로 생긴 횟집들이 줄지어 서 있었다. 백은 고개를 돌려 조금 전까지 두 사람이 앉아 있던 다찌집 건물을 바라보았다.

아이가 기다릴 텐데 그만 들어가봐야 하지 않아? 내일 출근도 해야 할 테고.

숙은 들은 척도 않고 백에게 말했다.

혹시 더 먹고 싶은 거 없어요? 당신 생선 좋아하잖아요.

백은 잠자코 있다가 볼락구이가 먹고 싶다고 했다. 볼락과 열기가 많이 잡히는 철이었다. 볼락구이에 맥주를 마시는 동안 숙이 말했다.

냉이에게는 사실 그대로 말했어요. 전생의 남편이 다니러 왔다고요.

이제 웬만큼 알아들을 줄 아는 나이니까요.

뜨겁게 달궈진 자갈을 입에 물고 있는 심정이 되어 백은 속으로 진저리를 치고 있었다. 백이 거듭 시계를 들여다보자 숙이 주저하듯 말했다.

급한 일 없으면 오늘은 통영에서 쉬고 내일 올라가요. 안색이 많이 안 좋아 보이네요. 술도 그만 마시고요.

두 사람은 여객선터미널까지 걸어가 그 앞에서 헤어졌다. 백이 어제 묵었던 모텔로 들어가려는 참에 저만치 걸어가던 숙이 천천히 되돌아왔다.

내일 몇 시쯤 올라갈 거죠?

통영에 내려왔으니 점심으로 복국이나 먹고 올라갈까 싶어.

어쩌면 오후 네 시쯤에 시간이 날지도 모르겠네요.

4

그 애는 고속버스터미널 앞에서 서성이고 있는 백에게로 허수아비처럼 기웃거리며 다가왔다. 하늘색 스키점퍼와 청바지 차림에 흰색 단화를 신고 있었고 마른 몸매에 키가 무척이나 컸다. 2미터쯤 전방에서 고개를 갸웃이 들고 백의 얼굴을 솟대처럼 바라본 다음 그 애는 백에게 마저 다가와 편의점에서 일하는 아르바이트생의 말투로 입을 열었다.

네 시에 여기서 누군가를 만나기로 했죠?

백은 직감적으로 그 애가 냉이라는 것을 알아차렸다. 그 애의 어깨 너머를 살펴보았으나 숙의 모습은 보이지 않았다. 통영의 하늘은 그날도 드높이 푸르렀다. 크고 마른 탓에 얼굴이 다소 각이 져 보였으나 십 대 특유의 도발적이면서도 불안정한 생동감이 배어 있는 눈빛이었다.

엄마가 학교 일이 늦어져서 제가 대신 나왔어요. 실망하신 거죠?

백은 냉이를 만나게 될 줄은 전혀 몰랐기 때문에 내심 당황하고 있었다. 재빨리 궁리를 해보았으나 이 아이와 무엇을 할지 백은 난감했다. 저녁을 먹겠느냐고 백이 묻자 그 애는 눈을 치켜뜨며 고개를 가로저었다. 입가에는 야릇한 웃음기가 서려 있었다.

커피를 마시는 건 어때요? 긴장을 해서 그런지 갑자기 담배가 피우고 싶어졌어요.

대학생 새내기 정도로는 보이니 커피숍에서 담배를 피워도 별문제는 되지 않을 터였다. 두 사람은 엇박자의 걸음걸이로 횡단보도를 건너 커피숍으로 들어갔다.

서울엔 스타벅스가 편의점만큼 많다면서요.

그보다 스타벅스가 많은 곳은 홍콩이지. 통영의 충무김밥집처럼 흔하거든.

백이 무심코 내뱉은 말에 그 애는 뜨악한 표정을 짓더니 무심한 척 웃어넘겼다.

충무에서 통영으로 이름이 바뀐 게 언제지?

1995년요. 근데 그건 왜요?

인형처럼 눈을 깜박이고 나서 그 애가 시큰둥하게 대꾸했다. 그 애는 눈을 자주 깜박이는 버릇이 있었다.

그렇다면 충무김밥도 통영김밥으로 바꿔 불러야 하지 않을까?

그제야 그 애는 백의 말투가 원래 그렇다는 것을 눈치챈 모양이었다.

저도 초등학교 때는 충무김밥이 임진왜란 당시 이순신 장군이 병사들에게 지급한 전투식량에서 유래한 줄 알았어요.

점퍼주머니에서 말보로를 꺼내 입에 물고 불을 붙이며 그 애는 천연덕스럽게 말했다.

담배는 언제부터 피웠지?

왠지 담임 교사 같은 말투네요. 입시 부담 때문에 피우고 있는데, 대학생이 되면 끊을 생각이에요.

글쎄, 그렇게 될까? 결국 술도 마시게 될 텐데.

아뇨, 피부관리 들어갈 거예요. 스무 살엔 여자로 다시 태어날 거니까요. 이번엔 제가 물어봐도 될까요?

백이 대꾸할 겨를도 없이 냉이가 재차 물어왔다.

엄마하고는 왜 헤어졌어요? 물론 성격 차이라고 말하겠지만.

……나중에 엄마한테 물어보는 게 더 설득력 있는 대답이 될 것 같은데. ·

그걸 왜 엄마가 대답해야 하는 건데요? 이해하기 힘드네요.

커피와 설탕이 서로를 이해한다고 생각해? 물론 커피를 마시는 사람도 커피를 이해하기 힘든 것은 마찬가지지만.

저를 아주 어린애 취급하시네요.

누가 누군가를 이해한다고 할 때는 대개 자신이 호의를 베풀고 있다고 믿는 사람이 갖고 있는 일종의 이기적인 편견에 속하는 경우가 허다하지. 그것도 아니라면 사람은 자기가 받아들이고 싶은 것이거나 이미 알고 있는 것만을 쉽게 이해하려고 들지.

이맛살을 씨푸린 채 그 애는 자신이 들고 있는 커피잔 속을 잠깐 들여다보았다.

이해란 낱말은 인간관계에서 쓰기에는 적합하지 않다고 생각해. 수학이나 논리에서 개념을 파악할 때 필요한 용어지.

그럼 이해를 통하지 않고 서로를 어떻게 알 수 있죠?

상대에 대한 자족적인 호의나 이기적인 편견보다는 자기 고백적 솔
직함이 서로의 마음에 접근하기 위한 바탕이 돼야 하지 않을까?

왜 사람들이 그토록 소통을 원한다고 생각하세요.

혼자라는 건 존재로서 결국 아무 의미가 없다는 걸 알아서겠지.

함께 있어서 더 고통스러운 사람들도 있어요.

그것은 상대에게 무언가를 무리하게 요구하기 때문이라고 생각해.
모든 요구는 근본적으로 잘못된 거야. 그럴 만한 자격을 가진 사람은
아무도 없거든.

어렵네요. 실은 아까부터 머리가 지끈거려요. 그럼 사람이 사람에게
궁극적으로 원하는 게 뭘까요?

이해가 아닌 진실이겠지. 그리고 인간다운 그 무엇. 사람은 누구나
인간다워지고 싶은 간절한 바람이 있거든.

그 애의 표정은 다소 상기돼 있었다.

아까와 같은 질문이 되겠지만 통영에 내려오신 이유가 뭐죠? 질문할
자격이 없다는 건 알아요.

백은 단순하게 대답했다.

엄마를 꼭 한 번 만나야겠다는 생각이 들어서.

그 이유에 대해 엄마도 알고 있나요?

아마 그럴 거라고 생각해.

그럼 한 가지만 더 물어봐도 돼요? 엄마 말고 좋아하는 여자는 없나
요. 오랫동안 헤어져 살았잖아요.

……마르타 아르헤리치라는 여자가 있어. 나는 대학생 때부터 그녀
가 늙어가는 과정을 줄곧 지켜봤는데, 그것만으로도 지금은 행운이라
고 생각해. 아르헨티나 출신의 피아니스트지. 한국에 다녀간 적도 있고

그날 나는 그녀를 만나기 위해 양복을 차려입고 공연장에 갔었어. 물론 더할 나위 없이 좋았지.

공항으로 마중 나간 것은 아니고요?

그 애는 비로소 후후거리며 웃었다.

홍콩에 가신다고 들었어요.

소문이 빠른 편이군.

아직까지 우린 서로에게 유일한 상대니까요.

대학에 들어가면 뭘 전공할 거지?

신문방송학과에 진학해 아나운서가 되는 과정을 공부할 거예요. 앞으로 제 인생이 어떻게 될지는 잘 모르겠지만요.

그렇다면 눈을 습관적으로 깜빡이는 버릇은 고치는 게 좋겠군. 발을 쉼 없이 흔들어대는 것도 상대를 불안하게 만들곤 하지. 또 담배는 성대에 영향을 미치게 마련이고.

알고 있지만 시간이 필요한 문제예요.

서울 말투는 엄마한테 배운 건가?

예습해뒀죠. 사투리를 쓰는 아나운서가 되고 싶지는 않으니까요.

갑자기 화면이 정지한 듯 그 애는 한동안 눈을 감고 있었다. 표정이 문득 파리한 빛으로 변해 있었다. 이윽고 힘겹게 눈을 뜨고 나서 그 애가 입을 열었다.

이건 미리 부탁드리는 건데, 이따 헤어지기 전에 우리 허그하면 안 될까요?

……왜 그런 생각이 들었지? 그것은 정적靜寂을 요구하는 일인데.

제 몸이 그걸 원한다고 방금 전해왔어요. 그런데 정적이 뭐죠?

운명의 순간이 도래할 때 존재는 어쩔 수 없이 입을 다물게 되지.

냉이는 담배를 거푸 입으로 가져갔다. 백은 그 애와 마주 앉아 있는 동안 과거에 경험한 상처의 기억이 여전히 그 애를 괴롭히고 있음을 깨달았다. 불안정한 눈빛으로 그 애가 백에게 물어왔다.

지금 이 순간 가장 하고 싶은 게 있다면 그게 뭘까요? 제가 해 드릴 수 있는 일 말예요.

허그.

아니, 그 전에 말예요.

백은 그제야 이런 생각이 들었다. 숙은 왜 냉이를 보낸 걸까. 시간은 오후 다섯 시를 지나고 있었다. 백은 여섯 시 사십 분 버스를 타고 서울로 올라갈 예정이었다. 그다음 버스는 열한 시 심야 우등이었다.

일어나서 좀 걸을까? 아니면 이른 저녁을 먹든지.

이마트에 가서 쇼핑하고 나서 저녁 먹어요.

그럴 만한 여유까지는 없었으나 백은 냉이를 데리고 이마트로 갔다. 카트를 밀고 1층 잡화매장을 한 바퀴 도는 동안 냉이는 어떤 물건도 눈여겨보지 않았다.

혹시 필요한 게 있으면 내가 크리스마스 선물로 사줄 수도 있는데, 라고 백은 넌지시 말해보았다.

지금은 그럴 만한 관계는 아니라고 생각해요.

이마트에 함께 올 만한 관계라면 가능하지 않을까?

아직은 신경 쓰여요.

그럼 지하 식품매장으로 내려가지. 엄마한테 줄 포도주라도 한 병 사게.

이렇게 말하는 사이 백은 숙이 오지 않으리라는 것을 저절로 깨달았다. 그녀가 자신과 다시 만나는 것을 두려워하고 있다는 것도.

엄마는 술을 전혀 안 드세요. 술 마시고 자면 무서운 꿈을 꾼대요. 카트 갖다 놓고 이제 밥 먹으러 가요.

…….

그냥 이마트에 와서 같이 카트 밀고 돌아다니고 싶었어요. 왜 그런지는 모르겠지만.

백은 그 애와 식당에 마주 앉아 돈가스세트를 함께 나눠 먹었다.

서울에 오면 돈가스를 제법 잘하는 식당을 소개시켜주지. 좀 비싼 게 흠이지만.

실은 화덕에서 직접 구운 이탈리안 피자가 더 먹고 싶어요. 밥은 늘 그저 그런 게, 저는 쌀밥을 보고 있으면 이상하게 마음이 슬퍼져요. 벽에 걸려 있는 제 옷을 볼 때처럼 말예요. 혹시 아세요? 왜 그런 건지.

밥은 곧 어머니를 뜻하거든.

포크와 나이프를 든 채 그 애는 초점 없는 눈으로 백의 얼굴을 멍하니 바라보았다. 뒤미처 백은 자신이 실수했음을 깨달았다. 그는 재빨리 말머리를 돌렸다.

엄마는 요즘 뭘 갖고 싶어하지?

잠에서 깬 듯 푸들처럼 고개를 흔들더니 냉이가 되받았다.

평소의 사고방식이나 가치관과는 전혀 어울리지 않는 것들을 가끔 애타게 원하곤 해요. 뭐 뻔한 것들이긴 하지만요. 아시죠? 루이비통 가방이나 프라다 구두 같은 것. 지독할 정도로 엄격하고 검소하면서.

…….

근데 낮엔 혼자 뭘 했어요?

여객선터미널에서 배를 타고 욕지도에 가서 낚시하는 사람들을 구경하다 왔어.

여전히 습관적으로 눈을 깜빡이고 쉼 없이 다리를 떨면서 그 애가 심드렁하게 대꾸했다.

물고기 좋아하나 봐요. 우린 날씨 좋으면 연화도로 가끔 소풍 가는데.

대학생 때는 겨울방학이 되면 매물도나 욕지도로 낚시를 다니곤 했지. 지금은 꿈이나 다름없는 일이 돼버렸지만.

왜요? 라고 되묻는 듯하다가 그 애는 고개를 숙인 채 꾸역꾸역 밥 먹는 일에만 열중했다.

고속버스터미널로 돌아와 그 애와 허그를 하고 헤어질 때 냉이가 귓속말로 백에게 속삭여왔다.

방금 정적이 다녀갔어요.

백은 잠깐 사이 목울대가 뻐근해졌다. 냉이와 허그를 하고 있다는 사실이 무언가 알 수 없을 위안을 주고 있었다. 고속버스가 터미널을 빠져나갈 때 백은 차창 밖을 내다보았다. 가로등 아래서 냉이가 이쪽을 바라보며 우두커니 서 있었다. 이제 이만하면 된 거지? 라고 되뇌며 백은 뜨거워진 눈을 감았다.

서울로 돌아오니 눈이 내리고 있었다.

5

비행기가 홍콩국제공항에 내릴 때까지 백은 늪 같은 잠에 빠져 있었다. 날이 갈수록 점점 잠이 늘어나고 있었다. 랜딩기어가 작동하는 소리를 듣고 백은 무겁게 눈을 떴고 왠지 그래야만 하는 것 같아서 시곗바늘을 현지시각에 맞춰 한 시간 전으로 돌려놓았다. 수화물창구에서 한참을 기다려 트렁크를 끌고 입국장을 나서는 동안 백은 언젠가 자신이 숙에게 했던 말을 떠올리고 있었다.

통영과 홍콩은 서로 멀리 떨어져 있지만 놀라울 정도로 닮았습니다.

그날 홍콩의 날씨는 일주일 전 백이 찾아갔던 통영과 흡사했다. 호텔에서 운영하는 리무진버스를 타고 백은 주룽반도와 홍콩섬을 잇는 해저터널을 통과해 예약해놓은 하버그랜드호텔에 도착했다. 데스크는 연말연시를 보내려고 몰려든 해외여행객들로 주말의 대형 할인매장을 방불케 했다. 아무튼 어디를 가나 줄을 서지 않으면 안 되게 돼 있는 모양이었다. 체크인을 하기 위해 기다리는 동안 백은 꺼놓았던 휴대폰을 켰다. 그러자 자동로밍이 되면서 통신회사와 외교부에서 보내온 문자들이 다투어 떠올랐다. 하나하나 삭제를 하며 확인해보았으나 더 이상 통영에서 보내온 메시지는 없었다. 기내식을 먹지 않았으므로 백은 심한 허기를 느끼고 있었다.

백이 엘리베이터를 타고 도착한 방은 29층 복도 끝에 있었다. 전망좋은 방을 부탁했으나 여행사가 백에게만 특별히 신경을 써줄 리는 없었다. 그나마 침대 모서리 쪽으로 다가서면 홍콩섬의 일부와 주룽반도를 엿볼 수 있다는 것에 만족하기로 하고 백은 무슨 약속이라도 있는 사람처럼 바삐 호텔에서 빠져나왔다. 그리고 지하철을 타고 센트럴역에 내려 근처에 있는 백화점 푸드코트에서 볶음국수를 먹었다. 그곳 또한 연말 분위기와 겹쳐 부산스럽기는 마찬가지였다. 거의 격렬함에 가까운 소란스러움 속에서도 백은 어느덧 야릇한 안도감에 빠져 있었다. 7년 9개월 전의 느낌이 익숙하고 생생하게 되살아났던 것이다. 되레 통영에 머물렀던 시간들이 아득하고 멀게 느껴졌다.

홍콩에 머물기로 한 3박 4일 동안 백은 2003년 3월 30일부터 4월 3

일까지 숙과 함께 시간을 보냈던 장소들을 돌아볼 계획이었다. 그게 아니라면 굳이 홍콩에 올 이유가 없었을 터였다. 지금 백이 앉아 있는 푸드코트도 말하자면 그 장소들 중 하나였다. 더 이상 삶을 지속할 수 없다면 과거의 기억이라도 복원하고 싶다는 것이 백이 서울을 떠나올 때 품고 있던 심정이었다.

푸드코트에서 나온 백은 잠시 망연한 느낌을 받았으나, 육포를 팔고 있는 가게를 발견하고 그 옆을 모로 지나쳐 만다린오리엔탈호텔 쪽이라고 짐작되는 방향으로 무작정 걷기 시작했다. 그것은 거의 무의식에 가까운 행보였다. 연속적으로 서로 어깨를 부딪치지 않고는 걸을 수 없을 만큼 거리는 사람들로 넘쳐났고 그때와 다름없이 신호등을 지키지 않고 횡단보도를 건너는 무수한 사람들을 보며 백은 오히려 정겨운 느낌마저 들었다. 백은 당장 만다린오리엔탈호텔로 가려는 것은 아니었다. 다만 무언가 잡아끄는 대로 막연히 영감에 의지해 걷고 있을 뿐이었다.

정확히 어느 지점이라고 말할 수는 없지만 익숙하게 눈길을 잡아끄는 장소에서 백은 발길을 멈췄다. 중국풍의 전통의류와 기념품들을 판매하는 '상하이 탕'이라는 가게 앞이었다. 백은 쇼윈도를 통해 화려한 옷들이 전시돼 있는 가게 안을 들여다보았다. 그곳은 그해 백과 숙이 서로 낯선 사람으로 우연히 처음 마주친 장소이기도 했다. 나중에 두 사람은 그곳을 다시 지나게 되는데, 그때 숙이 이런 말을 했던 것을 백은 기억하고 있었다.

여자에게 옷은 마지막 구원 같은 것이에요. 언젠가는 치파오를 꼭 입어보고 싶어요.

거기서 길을 놓친 채 백은 대로 쪽으로 나갔다. 그러자 온갖 명품점들이 입점해 있는 쇼핑몰이 눈에 들어왔다. 그중 한 매장 앞에는 사람들이 줄지어 서 있었는데, 웬일인가 싶어 눈여겨보다 백은 이내 사정을 눈치챘다. 실은 전에도 목격했던 장면이었고 그들이 구입하려고 하는 물건은 다름 아닌 루이비통 가방이거나 구두였다. 백은 이제 줄을 서는 일에는 이골이 난 듯 무심코 그들 뒤에 가서 섰으나 십여 분이 지나도록 매장 안으로 들어갈 차례가 오지 않자 포기하고 발길을 돌렸다.

택시를 타고 호텔로 돌아오는 길에 백은 운전기사에게 만다린오리엔탈호텔 앞을 지나서 가자고 부탁했다. 내일은 트램을 타고 타이핑산 꼭대기인 엘리자베스피크에 올라가보리라고 백은 생각했다. 홍콩도 어둠이 내리자 몸이 떨려왔다.

6

숙이 홍콩에 처음이자 마지막으로 온 것은 그해 3월 30일이었다. 그녀는 서른다섯이라는 비교적 늦은 나이에 결혼해 홍콩으로 신혼여행을 온 터였다. 당시 숙은 중학교에서 생물 과목을 가르치고 있었고 큰이모의 중매로 시청에 근무하는 세 살 터울의 남자를 만나 두 달 후에 결혼식을 올렸다. 숙이 늦은 나이게 결혼을 하게 된 것은 그때까지 결혼을 특별히 염두에 두지 않고 살았기 때문이었다. 막상 결혼날짜가 가까워지자 숙은 왜 자신이 그동안 독신으로 살아왔는가를 섬뜩하게 깨달았다. 그러자 남의 일처럼 묻어두었던 과거의 일이 독버섯처럼 되살아났다.

중학교 2학년이 되던 해 그녀는 외삼촌에게 성폭행을 당한 경험이 있었다. 군에서 휴가를 나온 길에 그는 누나를 찾아왔다가 마침 집에 혼자 있는 숙을 강제로 범한 것이었다. 열다섯 살이 될 때까지 한 번도 떠나본 적이 없는 자신의 방에서 숙은 인형처럼 무력한 존재가 되어 침묵과 공포에 떨면서 자신이 분리되는 고통을 겪었다. 지금껏 자각하고 있던 자신이란 절대적인 존재가 강요된 체념 속에서 타인으로 변해가는 순간을 숙은 두 눈을 부릅뜬 채 지켜보고 있었다.

그 일을 알고 난 후에 어머니가 보여준 태도는 그녀를 더욱 회복 불가능한 상태로 만들었다. 아버지에게 사실을 숨긴 채 어머니는 숙을 병원으로 데려가 검사를 받게 하고 치료를 시킨 뒤, 다음 날 백화점에서 옷을 몇 벌 사주고는 숙이 입을 다물도록 만들었다. 그런 과정에서 숙은 자신을 부인하게 되었으며 가까운 사람을 포함한 타인에게 그 어떠한 믿음도 갖지 못하게 되었다. 그녀가 살아가기 위해 할 수 있는 유일한 일은 그 일이 자신한테 일어나지 않았다고 믿는 것뿐이었다. 그후 망각과 최면의 상태에서 숙은 어느덧 삼십 대 중반의 나이에 이르렀고 실제로 중학교 때 외삼촌에게 당한 성폭행을 대부분 잊고 지냈다.

숙은 장차 남편이 될 사람에게 그 일을 얘기하지 않는 한 결혼생활에 별문제가 되지 않으리라고 생각했다. 아니, 그렇게 믿고 싶었다. 그리고 늦게나마 결혼을 통해 아이라는 순결한 존재를 얻어 오랫동안 잃어버리고 살았던 자신을 되찾을 수 있게 되기를 염원했다. 그런데 결혼식장으로 들어서는 순간, 숙은 자신의 염원이 이루어지지 않으리라는 불길한 예감을 받았다. 결혼식이 진행되는 동안 그 느낌은 현실처럼 뚜렷해졌다.

식이 끝나고 신랑의 후배가 운전하는 회색 아우디 뒷좌석에 앉아 공항으로 가고 있을 때 숙은 하마터면 중간에 내려달라고 소리칠 뻔했다. 결혼식이 끝날 즈음부터 내리기 시작한 비 때문에 도로는 자주 막혔고 그때마다 숙은 옆자리의 신랑을 돌아보았다. 그는 전날 밤 친구들과 늦도록 마신 술 탓인지 어느새 코를 골며 잠들어 있었다. 숙은 그의 낯선 얼굴을 훔쳐보며 내내 허둥거리고 있었다. 그의 얼굴에서는 그 어떠한 기대나 흥분과 설렘의 빛도 찾아볼 수 없었다. 이미 피로와 권태에 찌든 중년의 표정이 복면 속에 드러나 있었다. 숙은 옆에 잠들어 있는 남자가 자신이 아니라 단지 어떤 여자와의 결혼을 필요로 했다는 것을 깨달았다. 인천공항에 도착한 숙은 필사적이라고 말할 수밖에 없는 용기를 내 신랑에게 절박하게 말했다. 다시는 이런 기회가 오지 않으리라 생각하면서.

저, 아주 죄송한 말씀이지만, 이 결혼 취소하면 안 될까요?

겨우내 동굴에서 웅크리고 있던 곰이 잠에서 깨어나듯, 신랑이 무표정한 눈빛으로 숙을 바라보았다. 그의 눈은 심하게 충혈돼 있었다. 그는 왜냐고 묻는 대신 이렇게 말했다.

여기까지 와서 그런 말을 하면 여러모로 곤란하지 않습니까?

그는 옆으로 바투 다가와 숙의 팔을 은근히 압박하듯 거머쥐었다.

결혼 전후로 여자들이 생각이 많다는 얘기는 나도 들은 바 있습니다. 시간도 없는데 비행기에 타고 나서 마저 얘기합시다.

비행기가 이륙하고 나서 그가 한 말은 이러했다.

부부유별이라는데 앞으로 말을 하는 데 있어 극구 조심해야겠습니다. 구사일언까지는 아니더라도 평소 삼사일언은 습관이 돼야지요.

그는 승무원에게 위스키를 주문한 뒤 스트레이트로 한 병을 다 마시고 나서 다시 코를 골며 잠이 들었다. 홍콩으로 날아가는 동안 숙은 되살아난 공포와 두려움에 시달리고 있었다. 아니나 다를까. 호텔에 들어 짐을 풀기도 전에 그가 추행과 다름없이 숙을 유린하기 시작했다. 수치심을 느낀 데 대한 보상심리 때문이었는지도 모른다. 숙은 반사적으로 저항했으나 그럴수록 그는 더 난폭해졌다. 태풍 같은 시간이 몰려간 뒤 숙은 중학교 때 겪은 일을 그에게 들려주었다. 왜 그랬는가는 숙으로서도 알 수 없었다. 어쩌면 그에게 인간만이 갖고 있는 선의나 관용에 대한 한 가닥 기대를 걸고 싶었는지도 모른다. 그는 병든 아이를 바라보듯 숙의 얼굴을 노려보다 욕실로 들어가 샤워를 하고 나왔다. 주섬주섬 옷을 걸쳐 입고 나서 그가 말했다.

당신은 참 어리석은 사람입니다. 골프 치러 온 셈 치고 나는 먼저 한국으로 돌아갈 테니 뒷일은 그쪽이 알아서 하시죠. 여기서 며칠 쉬고 귀국한 다음 나를 찾아오든지 말든지 알아서 하란 말입니다.

홍콩에 혼자 남게 된 숙은 다음 날 저녁까지 밖에 나가지 않고 미라처럼 침대에 누워 있었다. 그녀가 한 일은 아침에 식당으로 내려가 빵과 커피로 간단하게 요기를 하고 올라온 것뿐이었다. 잊었던 듯 호텔 방에 걸려 있는 달력을 보니 3월의 마지막 날이었다. 거기엔 아무 특별한 의미가 없었지만 숙은 다시금 자신에게 버림을 받은 것처럼 마음이 황량했다.

·숙이 호텔 밖으로 나온 것은 밤 아홉 시쯤이었다. 그녀는 데스크에서 가까운 번화가를 물었고 여직원은 그녀에게 지하철노선도와 관광안내지도를 내주며 센트럴역으로 갈 것을 권했다. 마음을 놓치지 않기 위해 그녀는 쇼핑이라도 할까, 라는 단순한 생각에 사로잡혀 있었다. 센트럴역에서 빠져나온 숙은 돌연 맹렬한 허기를 느꼈다. 그녀는 근처 백화점 지하에 있는 푸드코트로 내려가 볶음국수와 딤섬과 디저트로 아이스크림까지 허겁지겁 먹어치웠다.

푸드코트에서 나온 그녀는 쇼핑가가 있는 방향으로 걸어가다 우연히 '상하이 탕' 앞을 지나게 되었다. 그리고 그 앞에 서 있는 마흔 살쯤 된 어떤 남자를 보게 되었다. 그는 팔짱을 낀 자세로 골똘하게 가게 안을 들여다보고 있었다. 무엇을 보고 있는 걸까? 그녀는 무의식중에 그 남자 옆에 다가가 섰다. 이어 무심결에 서로 눈이 마주쳤으나 곧 반사적으로 외면했다. 아주 짧은 순간이었지만, 두 사람은 그때 서로가 한국인임을 직감적으로 알았다. 백은 그날 서울에서 혼자 홍콩으로 여행을 온 길이었다.

숙은 지나가는 사람들에게 물어 명품점이 입점해 있는 더 랜드마크 건물을 찾아갔다. 루이비통 가방이라도 살까 생각했는데, 매장 입구부터 사람들이 줄을 지어 서 있었다. 그 광경을 보고 숙은 홍콩에 도착한 이후 처음으로 피식, 웃음이 나왔다. 그리고 자신이 웃고 있다는 사실에 짐짓 당황했다. 그로부터 긴장이 이완되는 느낌이 찾아왔다. 그날은 더 이상 가방을 살 생각이 없었으나 숙은 일부러 줄지어 서 있는 사람들 뒤에 가서 섰다. 거리는 온갖 사람들로 붐비고 있었는데 숙은 지나가는 사람들의 얼굴을 하나씩 눈여겨보며 문득 자신에게 회복할 힘이 남아 있음을 감지했다. 더불어 이 번잡하고도 소란스러운 홍콩에 서서히 동화되고 있는 자신을 발견했다. 서울에 있을 때와는 다른 야릇한 안도감과 해방감이 느껴지는 것이었다. 그리하여 그가 일찌감치 떠나준 것이 차라리 잘된 일이라는 생각마저 들었다.

7

그날 백이 혼자 홍콩에 온 이유는 굳이 말하자면 수년 전에 만났다 헤어진 여자를 잊기 위해서였다. 백은 대기업의 홍보실에서 근무하면서 가끔 여자를 만나기도 했으나 결혼까지는 이르지 못했다. 그 이유가 근본적으로 자신에게 있다는 것을 백은 잘 알고 있었다. 백의 집안에는 가족력이 있었다. 이를테면 유전에 속하는 치명적인 병이 있었는데, 누대로 젊어서부터 간염을 앓았고 사십 대 혹은 오십 대에 간경화나 간암으로 이른 죽음들을 맞이했다. 아버지는 쉰둘에 세상을 떠났으며 재작년에 죽은 형도 고작 마흔여섯에 불과했다. 때문에 백으로서는 결혼에 대해 늘 소극적인 태도를 취할 수밖에 없었다.

서른 살에 백은 거래처의 중견간부인 다섯 살 연상의 여자와 사귄 적이 있었다. 가난한 집안의 장녀로 성장한 그녀는 성공에 대한 강박관념이 병적일 정도여서 하루 네 시간 이상은 자지 않았고 누가 집에서 쫓아내기라도 하듯 새벽에 출근해 자정에 퇴근했다. 그리고 주말에는 이런저런 모임을 만들어 부지런히 인맥을 관리했다. 결혼을 염두에 두고 있었으나 어디까지나 자신보다 능력이 뛰어난 남자여야 했고 게다가 가문까지 고려 대상이었다. 그러다 서른을 훌쩍 넘기게 되자 골드미스의 마지막 자존심이랄 수 있는 연하남과의 연애를 시작했다. 연상녀에 대한 막연한 로망을 품고 있던 백은 적극적으로 다가온 그녀에게 쉽게 마음이 끌렸다. 그러나 관계가 지속되면서 백은 지나치게 계산에 능하고 이기적이면서 심지어는 억압적이기까지 한 그녀에게서 마음이 급속도로 멀어졌다.

인호 씨는 왜 매사에 보다 적극적이지 않아? 남자라면 야심을 품고 살아야 하는 거 아니야?

백은 꽤나 열심히 사는 편이었고 직장에서도 그런 평가를 받고 있었다.

그리고 왜 집안 얘기는 안 해?

별로 내세울 게 없는 가문이거든.

그럼 왜 나랑 만나는 거야? 여자한테 밥 얻어먹는 게 그렇게 좋아?

물론 얻어먹은 게 사실이지만 그동안 철저하게 더치페이를 해온 걸로 아는데. 그리고 프러포즈는 그쪽이 먼저 하지 않았던가?

그녀는 경악한 표정으로 백을 바라보며 혀를 찼다.

그게 도대체 남자가 할 소리야?

사랑을 나눔에 있어 남녀의 구분이 그토록 필요한 건가? 백은 오랜 생각 끝에 헤어지자고 그녀에게 말했다. 더 이상 옹졸해지는 자신을 두고 볼 수가 없었던 것이다.

뭐, 헤어져? 이제 나이 든 여자는 싫어졌다 그런 얘기야?

평소엔 만날 시간도 없을뿐더러 고작 하는 일이라는 게 일요일 오후에 감방처럼 밀폐된 오피스텔에서 만나 밥 먹고 술 마시고 섹스하는 거잖아. 그리고 자정이 되기가 무섭게 부적절한 관계를 맺는 사람들처럼 머쓱하게 헤어져야 하지. 진심을 나눌 겨를도 없이 말이야. 이봐, 세속적인 것은 아름답고 소중하게 보일 때가 있어. 하지만 속물적인 것은 아무리 화장으로 감추더라도 그 추함을 숨길 수 없는 거야.

지금 나한테 속물이라고 했어? 그럼 네가 원하는 세속적인 것은 뭔데?

보다 많은 시간을 공유하고 또한 인간적이고 문화적인 관계를 원해. 주말엔 대학로에 나가 영화나 연극도 보고 북촌에 가서 시골 칼국수도 먹고 삼청동 한옥을 개조한 집에서 맥주도 함께 마시며 서로에 대해 미처 몰랐던 부분을 조용조용 얘기하고 싶어. 대개의 다른 사람들처럼 말이야.

우리가 지금 대학생이야? 그렇게 낭만적인 사고에 젖어 앞으로 어떻게 살아가려고 그래. 그리고 그건 강북 사람들이나 하는 일이야.

백은 그녀가 불행하게 보였다. 급기야 그녀는 백에게 욕설을 퍼부으며 흐느끼기 시작했다. 그녀는 누구한테든 버림받고는 견디지 못하는 성격이었다.

이후의 연애는 서른다섯 살 가을에 시작되었다. 같은 회사 디자인파트에서 근무하는 동갑내기 여자였다. 그녀는 나이에 비해 성숙한 타입이었고 늘 상대를 배려했으며 재능도 뛰어났다. 게다가 디자이너였으므로 스타일도 좋은 편이었다. 어느 날 회식자리에서 백은 그녀에게 프러포즈를 했다.

남영 씨처럼 매력적인 여자라면 누군가 옆에서 호위해주는 사람이 있겠죠?

갈비집에서 등심을 구워 먹는 중이었고 조금만 주의를 기울이면 다른 사람의 귀에도 들릴 만한 상황이었다. 그녀는 백의 맞은편에 앉아 고기를 굽고 있었다. 그녀는 곤혹스러운 표정으로 백을 응시하다가 차갑게 외면했다.

회식이 끝나고 나서 따로 만나죠. 할 얘기가 있습니다.

듣다 못한 그녀가 툭 쏘아붙였다.

그게 지금 불판에서 연기가 피어오르고 있는 고깃집에서 할 얘긴가요?

일 차 끝나고 문 앞에서 기다리겠습니다. 밤엔 눈이 온다고 하더군요.

식당에서 나올 때 백의 예보대로 진눈깨비가 흩뿌렸으나 그녀는 회사동료들을 따라 이 차 자리로 옮겨갔다. 다음 날 오후에 백은 그녀에게서 걸려온 전화를 받았다.

주말에 저녁 사줄래요?

무얼 드시고 싶으신데요.

오랜만에 종로에 나가 프라이드치킨에 생맥주 마시고 싶어요.

종로는 강북에 있었고 광화문에는 이십 대부터 백이 자주 가던 생맥주집이 있었다. 백은 확인차 물어보았다.

그걸로 마마의 저녁이 되겠어요?

이 차는 제가 살게요. 하지만 회사에서는 각자 움직여요.

그날은 금요일이었고 두 사람은 퇴근 후 광화문에서 만나 통닭에 생맥주를 마셨다.

어쩌다 저한테 관심을 갖게 된 거죠?

탐문 조로 그녀가 물어왔다.

나는 그 이유를 알고 있지만 말하고 싶지는 않습니다.

그녀가 신기하다는 표정으로 되물었다.

그건 왜죠?

말을 해버리고 나면 공허해질 게 분명하니까요. 믿지도 않을 테고요.

왜 제가 믿지 않을 거라고 생각하죠?

남영 씨가 짐작하는 것보다 나는 그녀를 훨씬 더 좋아하고 있으니까요.

얼마나 좋아하는데요?

광화문만큼이라고 백은 사실대로 말했다.

스무 살에 처음 서울에 올라온 후로 이때껏 나는 광화문을 짝사랑하며 살았습니다. 기쁠 때나 슬플 때나 늘 여기에 와서 혼자 마음을 달래곤 했죠. 새해 첫날에도 마지막 날에도 광화문 거리를 걸으며 이 거리를 닮은 여자를 만나게 해달라고 마음 속으로 빌었죠.

아주 이상한 비유네요. 근데 광화문이 어떤 곳이죠?

서울의 모든 다정함과 따뜻함이 고여 있는 공간이죠. 또한 유서 깊은 곳이기도 하고요.

유서 깊은 곳, 이라고 되받으며 그녀는 후후거리며 웃었다.

그래서 저와 계속 만날 작정이에요?

그래서는 안 되는 이유라도 있나요?

나중에 후회하게 될 텐데요.

열 시쯤 두 사람은 프라자호텔 스카이라운지 바로 자리를 옮겨 칵테일을 마셨다. 마르가리타잔을 들고 몸을 숙여오며 그녀가 말했다.

저 실은 광화문 잘 알아요. 인호 씨만큼 광화문을 좋아하고요. 정동에 있는 여고를 나왔거든요. 그래서 아까 속으로 아주 많이 놀랐어요.

……

우리 앞으로 딱 일 년만 만나요. 더 오래 만나면 서로 돌이킬 수 없는 상처를 받을 게 분명해요.

왜 그런 말을 하는 겁니까.

바야흐로 봄이었고 그렇다면 내년 봄에는 그녀와 헤어져야만 했다. 그후 봄이 가고 여름 가을이 가고 겨울이 왔다. 12월 중순의 어느 날 광화문에서 만난 그녀가 자신이 나온 여고로 백을 데리고 갔다. 그 유서 깊은 교정을 비감 어린 표정으로 돌아보고 나서 그녀는 경향신문사 근처에 있는 한식집으로 백을 데리고 갔다. 식사가 끝나갈 무렵 그녀가 백에게 말했다.

우리 오늘까지만 만나고 그만 헤어져요.

아직 일 년이 되려면 조금 남았는데요.

백은 굳이 이유를 따져 묻지 않았다. 아마도 말 못할 사정이 있겠지.

저는 이미 결혼을 해본 경험이 있어요. 지난 일 년 동안 제가 얼마나 힘들었는지 이제 아시겠죠?

그래도 함께 살면 어떻겠느냐고 말하려는 순간, 백은 저절로 입이 다물어졌다.

한 달 뒤 그녀는 역시 이혼 경험이 있는 변호사와 결혼을 하고 나서 회사를 그만두었다.

백은 그녀를 만나기 전의 누에고치 같은 생활로 돌아갔다. 하지만 모든 게 예전 같지 않았다. 그녀와 헤어지고 나서 백은 더 이상 광화문에도 나가지 않았다.

그로부터 4년이나 지난 어느 날 그녀로부터 불쑥 전화가 걸려왔다. 그녀는 대체로 잘 살고 있으며 백을 그리워하고 있다고 말했다. 왠지 농담 같지 않은 투로 봄에 휴가를 내서 둘이 함께 홍콩에 다녀오자고 말한 것도 그녀였다. 작년에 가족과 홍콩에 다녀왔는데, 쇼핑도 할 겸 다시 가보고 싶다는 말도 덧붙였다.

이번에 가면 '상하이 탕'에 들러 꼭 치파오를 사 와야겠어요. 뭐 입고 나갈 일은 없겠지만 말예요.

그동안 그녀를 잊지 못하고 살았던 백은 고심 끝에 혼자 홍콩에 다녀오는 쪽을 택했다. 백으로서는 그것이 그녀를 잊기 위한 방편이라고 생각했던 것이다.

8

백이 홍콩섬의 가장 높은 지대인 엘리자베스피크에서 숙을 다시 만난 것은 그해 4월 1일 토요일 오후 네 시 무렵이었다. 센트럴역에 내려 피크트램을 타는 곳까지 걸어가는 동안 백은 공원이나 건물 옆에 무리 지어 앉아 있는 남루한 모습의 사람들을 보았고 알고 보니 그들은 동남아에서 돈을 벌기 위해 홍콩에 들어와 있는 이주 노동자들이었다. 주말이 되면 딱히 갈 데가 없어 소풍 삼아 아는 사람들을 만나러 나와 있다는 것이었다.

45도 각도로 가파르게 올라가는 트램 안에서 백은 핸드레일을 부여잡은 채 주룽반도와 홍콩섬과 그 사이에 떠 있는 배들을 내려다보며 심한 현기증에 시달리고 있었다. 그러한 상태를 백은 남영을 잊는 과정으로 애써 해석하려 했다. 트램에서 내린 백은 에스컬레이터를 타고 곧바로 전망대로 올라갔는데, 발아래 아찔하게 펼쳐진 광경을 보자 그만 구토까지 치밀었다. 거세게 불어대는 바람도 한몫 거들고 있었으리라.

백은 자신이 묵고 있는 호텔을 찾기 위해 홍콩섬의 동쪽인 포트레스힐 구역을 무의미하게 내려다보았다. 그즈음 누군가 머뭇거리며 다가와 한국말로 사진을 한 장 부탁한다며 백에게 말을 건네왔다. 돌아보니 놀랍게도 어젯밤 '상하이 탕' 앞에서 마주쳤던 여자가 머리칼을 휘날리며 서 있었다. 눈앞에서 날벌레떼가 윙윙거리는 듯한 혼란스러운 느낌이 찾아왔다 바삐 사라진 뒤, 백은 디지털카메라를 받아 들고 그녀의 얼굴을 주의 깊게 바라보았다. 그녀는 얼굴이 햇감자처럼 창백했으나 그런 모습과는 어울리지 않게 인형처럼 웃고 있었다. 그 부조화스러운 느낌이 순간 백의 마음을 흔들어놓았다. 혼자십니까? 라고 백이 묻자 그녀는 알 듯 말 듯한 대꾸를 해왔다.

오늘은 그게 더 좋은 것 같은데요.

백은 파인더 안으로 다시 그녀를 눈여겨보았다. 그러자 그녀의 얼굴에서 서서히 미소가 걷혔다. 백은 버튼을 누른 뒤 카메라를 돌려주며 그녀에게 말했다.

그 카메라로 저도 한 장 찍어주면 안 될까요?

네? 라고 되물은 뒤 그녀는 이맛살을 찌푸린 채 서 있었다.

여기까지 힘들여 올라왔는데, 그냥 한 장 찍어두고 싶어서요. 다시 올 일이 없을 것 같기도 하고요.

그럼 제가 사진을 보내줘야 하는 건가요?

굳이 그렇게까지는 하지 않아도 됩니다.

이해할 수 없다는 듯 고개를 갸웃거리다가 그녀는 백을 모서리 난간에 기대게 하고 두 장의 사진을 연속촬영했다.

전망대에서 내려온 두 사람은 1층 스타벅스에 앉아 아메리카노를 마셨다. 어제 잠깐 스치듯 보았을 뿐인데 백은 그녀에게서 어느덧 익숙한 느낌을 받고 있었다. 백이 더듬거리며 그런 얘기를 하자 그녀는 눈을 부릅뜬 채 그를 바라보다가 오른손 검지를 자신의 입술에 갖다댔다. 그리고 깜빡 눈을 감았다 뜬 뒤 역시 알아듣기 힘든 말을 중얼거렸다.

이유는 잘 모르겠지만 갑자기 머리가 지끈거리네요.

…….

네, 그래서 조금 힘드네요.

저 때문인가요?

백은 조심스럽게 물었다.

그런 것 같지만, 꼭 그런 것만도 아니에요.

아무래도 제가 먼저 일어나는 게 좋을 것 같습니다.

그녀는 대꾸 없이 고개를 숙인 채 눈을 감았다. 피크트램을 타고 가파른 길을 올라와 전망대에 머무는 동안 잠시 중심이 와해된 것이라고 백은 제멋대로 생각했다. 남은 커피를 마저 마시고 나면 좀 나아지리라. 백은 소리를 죽여 일어나 밖으로 나갔다. 그리고 담배를 피우며 이제 그만 이곳을 내려가야겠다는 생각을 하고 있었다.

잠시 후 그녀가 기웃거리며 백에게 다가왔다.

저, 실례인 줄은 알지만 오늘 저녁까지만 저와 함께 있어주면 안 될까요? 나중에 사진 보내드리는 걸로 하고요.

오해를 경계하는 말투로 그녀가 백에게 정중하게 부탁해왔다. 틀림없이 무슨 사정이 있겠거니 싶어 백은 고개를 주억거렸다.

괜찮습니다. 저도 어차피 혼자인걸요.

엘리자베스피크를 내려가기 전에 그녀는 피크타워 지하에 있는 밀랍인형박물관에는 가보고 싶다고 했다. 주로 영화배우들의 모습을 실물에 가깝게 밀랍으로 만들어 전시해놓은 곳이었으나 백은 아예 관심조차 없었다. 그녀는 장국영의 밀랍인형 앞에서 사진을 찍으며 1998년 5월 그가 영화 「금지옥엽 2」의 홍보차 한국에 왔을 때, 신사동의 시네마천국으로 꽃다발을 사 들고 사인을 받으러 간 적이 있다는 얘기를 했다. 그녀가 서른 살 때의 일이었다. 학생들을 인솔하고 간 것은 아니고요? 라고 백이 물었으나 그녀는 웃지 않았다. 숙은 비틀스의 밀랍인형 앞에 백을 세워놓고 사진을 한 장 더 찍었다.

그날 장국영이 센트럴역 근처에 있는 만다린오리엔탈호텔 24층에서 투신자살한 것은 홍콩 시간으로 정확히 오후 일곱 시 육 분이었다. 그 시각 두 사람은 엘리자베스피크에서 빨간 미니버스를 타고 내려온 다음 융께이(鏞記)라는 유명한 거위요리 음식점을 찾아가 번호표를 받고 계단에 앉아 입장순서를 기다리고 있었다. 무려 사십 분 이상을 기다리는 동안 백은 숙에게 밑도 끝도 없이 이런 제안을 했다.

내일 저랑 마카오에 다녀올래요?

계단 벽에 머리를 기댄 채 졸고 있던 숙이 움찔하더니 눈을 떴다. 놀란 모양이었다. 백은 수습하듯 변명 조로 늘어놓았다.

지금 마카오 관광책자를 보고 있었거든요. 그게 아니더라도 우린 지금 홍콩의 한 음식점 계단에서 사십 분이나 함께 앉아 있고 또 저녁도 함께 먹을 거잖아요.

여전히 잠기운이 가시지 않은 얼굴로 숙이 백을 돌아보았다.

이상한 일이네요. 방금 그쪽하고 마카오에 가 있는 꿈을 꾸었거든요. 오늘은 뭔가 믿을 수 없는 일들이 계속해서 일어나고 있어요.

잠시 후 카운터에서 지배인으로 보이는 여자가 마이크로 백이 쥐고 있던 번호표에 찍힌 숫자를 호출했다. 바로 그 순간 식당 안에서 일대의 소란이 일었다. 뒤미처 밖에서 대기하던 사람들이 안으로 우우 몰려들어갔고 안에서 식사를 하던 사람들과 뒤섞여 순식간에 아수라장이 되었다. 그들은 누구 할 것 없이 벽에 걸려 있는 텔레비전 앞으로 다투어 모여들고 있었다. 텔레비전에서는 정규방송을 중단한 채 장국영의 투신자살 소식을 속보로 내보내고 있었다. 그날이 만우절이었기에 충격의 여파는 더욱 컸다.

그 사건이 두 사람에게 어떤 영향을 미쳤는가를 알기는 힘들다. 다만 무언가 붕괴되는 순간에 두 사람은 홍콩이라는 도시에서 함께 있었으며 그 순간만큼은 서로 운명적으로 연결돼 있다는 느낌을 받았는지도 모른다. 두 사람은 식사를 포기한 채 소호거리로 옮겨가 이방인들 틈에 끼어 앉아 말없이 맥주를 마셨다. 어디를 가든 전시처럼 분위기가 흉흉했다. 자정이 지나 두 사람은 카페에서 나와 어렵사리 택시를 잡아타고 숙이 묵고 있는 호텔로 갔다.

호텔로 들어서던 숙이 무엇을 잊은 듯 택시 안에 앉아 있는 백에게 되돌아왔다.

저 지금 체크아웃하고 다른 호텔로 옮겨야겠어요.

오늘은 그냥 이 호텔에 머무는 게 좋을 것 같은데요. 이미 시간도 늦었고요.

숙은 절박한 표정으로 말하고 있었다.

실은 더 이상 여기 머물 수 없는 이유가 있어서요.

백은 막연한 심정으로 숙을 바라보았다.

엊그제 바로 이 호텔에서 저는 어떤 남자에게 강간을 당했거든요.

9

12월 30일 백은 페리터미널에서 배를 타고 마카오에 다녀왔다. 배가 바다에 떠가는 동안 백은 통영에서 보내온 문자메시지를 받았다.

홍콩도 여기처럼 봄 날씨 같은가요? 통영처럼 거기도 하늘이 푸른가요?

백은 기억 속에서조차 희미한 한 자락 구원을 받은 것 같았다. 무연히 바다를 내다보다 백은 사념에 빠진 듯 고개를 숙이고 눈을 감았다. 그리고 배가 마카오에 도착할 때까지 그대로 있었다. 백이 통영으로 답장을 보낸 것은 마카오에 내려 호텔 카지노에서 운영하는 무료 셔틀버스를 타고 시내로 나가는 버스 안에서였다.

지금 세인트폴대성당으로 가는 길이오.

홍콩보다 다소 기온이 낮은 느낌이 들었으나 추위를 느낄 정도는 아니었다. 백은 점심으로 그해 숙과 함께 갔던 식당을 찾아가 볶음밥과 춘권을 먹고 맞은편에 있는 스타벅스 야외탁자에서 에스프레소를 마시며 오랜만에 담배를 피웠다. 백의 옆자리에는 초등학생 딸을 데리고 온 한국인 부부가 앉아 있었는데, 눈이 마주치자 이물 없이 웃어 보였다.

혼자 오셨나 봐요.

백과 나이가 비슷해 보이는 남편이 가벼운 말투로 물어왔다. 백은 그저 에둘러서 말했다.

아뇨, 세인트폴성당에서 누군가와 만나기로 했습니다.

그들 가족은 테이크아웃 커피를 들고 자리에서 먼저 일어나며 백에게 좋은 여행이 되길 바란다며 다시 웃어 보였다. 마카오 또한 어디를 가나 사람들로 북적였다. 심지어는 성당으로 걸어가는 동안 백의 귀에 심심찮게 모국어가 들려왔을 정도였다.

그해 4월 2일 백과 숙은 오후 두 시 무렵 세인트폴성당에 도착했고 일찌감치 찾아온 더위를 피해 성당으로 올라가는 계단 옆 나무 그늘에 앉아 오랫동안 얘기를 나눴다. 그 전날 그러니까 장국영이 투신자살한 밤에 두 사람은 백이 머무는 호텔에서 함께 밤을 보냈다. 맥주를 두 병 나눠 마셨을 뿐, 그날 밤 두 사람은 많은 얘기를 나누지는 않았다. 몹시 지쳐 있었던 것이다. 신혼여행을 온 부부처럼 각자 샤워를 하고 나와 잠옷으로 갈아입고 새벽 세 시쯤 잠자리에 들었다. 그때까지도 텔레비전에서는 장국영의 죽음과 관련된 프로그램을 계속해서 내보내고 있었다. 붕괴의 느낌이 채 가시지 않은 상태에서 두 사람은 수수께끼 같았던 하루를 각자 돌아보고 있었다. 하루 사이에 마치 일 년의 시간이 흐른 것 같았다.

무거운 침묵 속에 잠겨 있다 백은 왠지 그래야만 하는 것처럼 숙의 등을 가슴으로 끌어당겼다. 잠시 후 숙은 단단히 쌓여 있던 벽돌이 허물어지듯 흐느끼기 시작했다. 커튼 사이로 스며들어온 유람선의 불빛이 천장에 신기루처럼 나타났다 천천히 사라져갔다.

백이 잠에서 깨어난 것은 어떤 존재의 무게를 감지하고 나서였다. 꿈인가? 백은 잠꼬대를 하듯 웅얼거렸다. 힘겹게 눈을 뜨자 희부연 어둠 속에서 숙이 검지를 백의 입술에 가져다 댔다. 몇 시쯤인지 백은 짐작조차 할 수 없었다.

아무 말도 하지 말아요. 움직이지도 말고요, 절대로.

그녀는 백의 몸 위에서 잠옷을 벗어 침대 아래로 떨어뜨렸다. 그녀의 손은 부드러웠으나 소름이 끼칠 정도로 차가웠다. 백은 숨을 멈춘 채 눈을 감았다. 시간이 지속되면서 숙의 행동은 점점 거칠어졌다. 어느 순간부터 백은 괴롭다는 느낌을 받고 있었다. 백은 그녀에게 지배당하고 있다는 것을 깨닫고 불현듯 눈을 뜨려다, 도로 감았다. 백은 자신을 통해 그녀가 무언가를 회복하는 중이라는 걸 깨닫고 있었다. 그것은 쾌락보다는 분명 고통에 가까웠고 그녀가 흘리고 있는 땀이 눈물이라는 것을 알고 나서 백은 자신을 체념하는 상태에 빠지고 말았다. 그렇듯 제의祭儀와도 같은 순간들이 환각처럼 지나가고 있었다. 마침내 고통을 참지 못하고 백은 단말마의 비명을 토해냈다.

오랜 침묵이 흐른 뒤 숙이 백의 귀에 속삭여왔다. 사막처럼 건조한 목소리였다. 이제는 마음이 웬만큼 가라앉았어요. 밤의 해저는 늘 이런 느낌이겠죠?

밤의 해저에는 늘 세이렌의 노래가 들려오죠. 그녀에게 유혹당한 어부가 앞으로의 운명을 생각하며 지금 여기에 누워 있잖습니까. 근래 스타벅스 커피를 너무 많이 마신 게 화근인 것 같습니다.

스타벅스라뇨?

스타벅스 로고 속의 여신이 다름 아닌 세이렌이라더군요.

지친 듯 희미하게 웃고 나서 그녀는 믿을 수 없으리만치 이내 잠이 들었다.

세인트폴성당은 약 170년 전에 화재로 소실돼 성당의 전면만 남아 있는 독특한 건물이었다. 그 폐허의 계단에 앉아 두 사람은 콜라를 마시며 비현실적으로 맑고 푸른 하늘을 올려다보고 있었다. 먼저 입을 연 것은 숙이었을 것이다.

이틀 후면 우리는 서울로 돌아가야 할 텐데, 이제 어쩌죠?

그녀는 불안해하고 있었다. 백은 홍콩에 오게 된 경위를 말하며 자신도 지금 이전으로는 돌아갈 수 없게 되었음을 숙에게 고백했다. 그리고 가족력에 대해서도 얘기했다.

숙은 다시금 수렁에 빠진 듯 오랫동안 밀랍인형처럼 앉아 있었다.

그래도…… 저와 함께 살아보지 않을래요? 나중에 후회하게 되더라도 포기하거나 체념할 수 없는 관계라는 게 있다고 생각해요. 그게 어쩌면 운명인지도 모르겠지만.

백은 운명이란 말을 속으로 되뇌어보았다. 그러자 불행이란 말이 잇따라 떠올랐다. 혼자 고통을 감추고 사는 것보다 더 불행하지는 않을 거라고 생각해요.

그럼 함께 사는 동안 나는 어젯밤처럼 늘 주체가 타자로 변하는 경험을 해야 하는 건가요?

숙은 계단을 오르내리는 사람들 쪽으로 얼굴을 피하며 공허하게 웃었다.

그건 두고 봐야겠지만, 가끔은 아마 그렇게 되지 않을까요?

어둠이 내릴 즈음 마카오에서 돌아온 두 사람은 주룽반도로 건너가 빅토리아항의 산책로를 걸으며 홍콩섬의 야경을 바라보았다.

홍콩과 통영은 서로 멀리 떨어져 있지만 놀라울 정도로 닮았습니다. 물론 홍콩의 야경이 더 화려하긴 하지만, 통영엔 운하가 있죠.

전 아직 못 가봤어요.

주룽반도와 홍콩섬이 해저터널로 이어져 있는 것처럼 통영과 미륵도가 그렇죠. 통영은 일제강점기에 일본인들이 많이 들어와 살았던 곳입니다. 따지자면 홍콩도 그런 곳이라 할 수 있겠죠. 두 도시 모두 폐쇄적이면서 동시에 개방적인 분위기가 묘하게 어우러져 있어요.

빅토리아항에서 몽콕의 야시장으로 옮겨간 두 사람은 맥주를 마시고 그다지 필요하지는 않지만 기념이 될 만한 물건들을 샀다. 그리고 다음 날은 공항 근처에 있는 디즈니랜드에 가서 꼬박 하루를 보낸 다음 호텔로 돌아와 서울로 돌아갈 채비를 했다.

마카오에선 돌아왔나요? 지금은 어디서 뭘 하나요?

통영에서 오후 여덟 시에 도착한 메시지였다.

빅토리아항에서 홍콩의 야경을 보고 있소. 이제 몽콕의 야시장에 가볼까 하오.

우리도 미수동 다찌집에서 저녁을 먹으며 운하의 야경을 바라보고 있어요.

우리, 라는 말에 백은 문득 냉이를 떠올렸다. 백은 홍콩에 와서 줄곧 그녀의 존재를 잊고 있었다. 몽콕의 야시장을 돌아보는 도중 백은 곧 무너질 듯한 피로감이 몰려와 급히 택시를 타고 호텔로 돌아왔다. 그리고 밤새 도마뱀처럼 재재 몸을 뒤척이고 있었다.

10

백과 숙은 서울로 돌아와 일 년을 함께 살았다. 비록 결혼식은 올리지 않았으나 혼인신고를 하고 엄연한 부부로 살았다. 그리고 기적처럼 아이가 생겼으나 임신 3개월째에 숙은 유산을 하고 말았다. 그즈음이었을 것이다. 백은 잦은 피로감과 구토증세에 시달리다 어느 날 머릿속으로 번개가 지나가는 느낌을 받고 곧장 병원으로 달려갔다. 예감했던 대로 간수치가 높게 나왔다. 너무 일찍 찾아온 손님이라고 투덜거리며 백은 매 순간 식은땀을 흘리며 버티고 있었다. 휴직을 하고 집에서 요양을 하는 동안 백은 급기야 숙의 인생을 좀먹고 있다는 자괴감에 시달리기 시작했다.

두 달 후 백은 회사에 복직을 했으나 보름 뒤에 엘리베이터 안에서 쓰러져 다시 병원으로 실려갔다. 회사에서는 이런저런 수를 써서 백에게 사직을 권했고 병원에서 돌아온 뒤 백은 참고 참았던 말을 기어이 숙에게 내뱉었다.

나는 이 집에서 그만 나가야겠어. 그동안 몸이 닳도록 생각했으니 받아들여줬으면 해. 당신 때문이 아니라 내가 더 이상 나를 못 견디겠어.

숙은 못 들은 척 베란다로 나가 빨래를 걷어 거실로 돌아왔다. 텔레비전에서는 아홉 시 뉴스가 끝나고 나서 기상캐스터가 일기예보를 전하고 있었다. 내일은 전국적으로 봄비가 내리고 나서 꽃샘추위가 찾아오겠습니다. 출근하시는 분들은 옷을 두툼하게 껴입는 게 좋겠습니다.

꽃샘추위가 끝나고 나면 남쪽지방부터 꽃 소식이 들려오겠습니다.

어디로 가려고요?

소파에 앉아 빨래를 접으며 숙이 잠긴 목소리로 백에게 물어왔다.

꽃이 가장 일찍 피는 곳으로 내려갔다가 개화지점을 따라 천천히 올라오려고. 어렸을 때부터의 꿈이었거든.

백은 천연덕스럽게 시를 쓰는 투로 말했다. 대학에 다닐 때 백이 시인이 되고 싶어했다는 것쯤은 이제 숙도 알고 있었다.

그건 양봉업자들이 하는 일이에요. 그래, 올라와서는 또 어디로 갈 건데요? 휴전선 이북으로는 갈 수 없을 테고요.

백은 거기서 말문이 막혔다.

기다리고 있을 테니까, 이 집으로 돌아오세요.

…….

돌아오지 않으면 당신은 약속을 저버린 사람이 되는 거예요. 그건 알고 있죠? 당신이 이 집에서 나간다고 해서 내 삶이 달라지는 게 아니란 거죠.

백은 아무 말도 할 수 없었다. 숙은 악다구니를 쓰듯 말했다.

돌아올 수 없다면 당신은 죽어야 해요. 돌아오기 전에 말예요. 비록 얼마를 살더라도 죽는 날까지 함께하기로 우리는 약속했어요. 그게 이 세상 모든 사람들이 살아가는 방식이기도 하고요.

미안하게 됐소.

만약 당신이 돌아오지 않으면 나도 이곳을 떠나겠어요. 더 이상 여기서는 살 수가 없을 테니까요. 안 그런가요?

백은 다음 날 제주도로 내려갔다 보름을 머문 뒤 진해와 통영과 진주와 하동을 거쳐 4월에는 전주 부모의 집에서 며칠을 보낸 다음 다시 동

쪽으로 옮겨가 포항과 영덕과 동해 삼척을 거쳐 강릉에서 마지막 밤을 보낸 다음 5월 말에야 서울로 돌아왔다. 하지만 백은 끝내 숙에게로 돌아가지 않았다.

백은 대학 때 학보사에게 함께 일했던 친구가 운영하는 충무로의 기획사에 자리를 얻어 다시 출근을 시작했다. 기업에서 수주한 홍보물을 제작해 납품하는 업체였다. 친구는 백의 사정을 잘 알고 있었으므로 주치의처럼 늘 배려해주곤 했다. 그리고 가끔 숙에게 돌아갈 것을 백한테 권하기도 했다. 하지만 이미 때가 늦어 있었다.

숙은 7월 말까지 백을 기다리다 학교에 사표를 내고 통영으로 내려갔다. 그랬다는 사실도 백은 한참 뒤에야 알았다. 숙과 헤어지고 나서 6년 9개월의 세월이 흐르는 동안 백의 몸은 시소처럼 늘 아슬아슬하게 높낮이를 되풀이했다. 그러다 결국 돌이키기 힘든 지경이 되어 회사를 그만두게 된 것이었다.

백은 요즘 살아오면서 기억에 남는 순간들을 돌아보는 버릇이 생겼다. 그럴 때마다 백은 숙이 자신한테 했던 말이 떠올라 뼈아픈 후회와 죄책감에 몸을 떨곤 했다. 그것은 어쩌면 죽음에 대한 공포보다 더한 고통이었다.

11

홍콩에서 떠나오기 전날 백은 아침 겸 점심으로 만다린오리엔탈호텔에서 애프터눈세트로 끼니를 대신했다. 스콘과 샌드위치, 케이크까지 딸려 나왔으므로 한 끼 식사로는 모자람이 없었다. 한 해를 보내고 새해를 맞는 행사를 준비하느라 호텔은 분주하게 움직이고 있었다.

두 시쯤 백은 '상하이 탕'에 들러 냉이에게 줄 치파오를 사고 더 랜드마크까지 천천히 걸어갔다. 그리고 횡단보도 앞에서 백은 마카오에서 만났던 한국인 가족과 다시 마주쳤다.

오늘도 혼자시네요?

백은 또 그날처럼 에둘러서 대꾸했다.

아뇨, 저기 랜드마크에서 약속이 있습니다.

아, 그러시군요.

이런 대화가 오가는 중에 신호등이 녹색으로 바뀌었고 백은 그들에게 눈인사를 건네고 횡단보도를 건너기 시작했다. 그때 백은 횡단보도 양쪽에서 서로 어깨를 부딪치며 건너오는 사람들을 정지화면인 듯 바라보고 있었다. 이를테면 잠든 아이를 안은 남자, 휴대폰을 들여다보는 청년, 오른쪽 어깨에 분홍색 가방을 멘 북유럽에서 온 듯한 인상의 금발머리 여자, 신호대기 중인 빨간 이 층 버스에 탄 사람들, 초등학생쯤 돼 보이는 여자아이의 손을 잡고 있는 부인, 지팡이를 든 맹인, 동남아 이주 노동자로 보이는 중년 여자, 키가 아이처럼 작은 백발 노부인, 누군가에게 줄 선물 봉투를 들고 있는 중년 남자…… 순간 백의 가슴으로 묘한 떨림이 스치고 지나갔다. 자신도 그 사람들 중 하나라는 사실이 가슴 벅차게 다가왔던 것이다.

루이비통 매장 앞에는 그날도 사람들이 긴 행렬을 이루고 있었고 백은 얼마를 기다리더라도 이번에는 꼭 가방을 살 생각이었다. 사십여 분을 기다리는 동안 백은 통영으로 문자메시지를 보냈다.

저녁에 거위요리를 먹으러 갈 생각인데 혹시 함께 가겠소? 그때 못 먹은 거위요리 말이오.

그러나 저녁 여덟 시에 백이 식당에 도착할 때까지 답장은 오지 않았다. 쇼핑백을 든 채 백은 다시 지하철과 버스를 갈아타며 그해 숙과 함께 갔던 레이문이라는 조그만 어촌마을을 찾아갔다. 디즈니랜드는 내일 일찌감치 탑승수속을 마친 뒤 잠시 다녀올 생각이었다. 밤이 되어 시내로 돌아오자 경찰이 나와 여기저기서 도로를 통제하고 있었다. 역시 새해맞이 행사 때문인 듯했다. 식당에 도착한 백은 거의 한 시간을 기다린 뒤에야 안으로 들어갈 수 있었고 거위요리를 먹으면서도 거듭 휴대폰을 확인했다.

그날 밤 백이 마지막으로 가볼 곳은 소호거리였다. 어둠이 내리면서 거리는 부풀어 오르듯 사람들로 넘쳐나기 시작했다. 사이사이 그 틈을 비집고 걸어가는 동안 백은 거칠게 닥쳐오는 외로움과 대면하고 있었다. 마치 세상의 끝에 혼자 와 있는 느낌이었다.

사람들에게 이리 떠밀리고 저리 떠밀리는 사이 백의 눈에 긴 회랑 같은 에스컬레이터의 입구가 나타났다. 지구상에서 가장 긴 힐사이드 에스컬레이터가 시작되는 지점이었다. 이 에스컬레이터를 타야만 인파를 피해 소호거리까지 갈 수 있을 터였다. 이어 저마다 손에 촛불을 든 일군의 사람들이 백의 뒤에서 에스컬레이터에 줄지어 올라탔다. 그중 한 사람에게 물어보니 그들은 연말 미사를 보기 위해 힐사이드 꼭대기에 있는 성당으로 올라가는 가톨릭 신자들이었다.

에스컬레이터가 중간쯤 올라가고 있을 때 백의 휴대폰 벨이 울렸다. 통영이었다. 백은 떨리는 손으로 휴대폰을 귀로 가져갔다. 전화를 걸어온 것은 뜻밖에도 냉이였다. 그녀는 침착하고 밝은 톤으로 백에게 먼저 안부를 물어왔다.

거위요리는 잘 드셨나요?

…….

그런 것 같지만 혼자 먹는 음식은 대개 무미건조한 법이지. 특히 비싼 음식일수록.

혹시 저한테 줄 선물은 사셨나요? 아 참, 해피 뉴 이어!

하지만 그게 무엇인지는 지금 얘기하고 싶지 않아. 참고로 말하자면 서울―홍콩 간 왕복 비행기 요금보다 값이 더 비싸더군. 입국시 세관에 신고할 일이 생겼다는 뜻이지. 해피 뉴 이어!

그 애는 무슨 뜻인지 킥킥거리며 웃었다.

실은 저 엄마 몰래 홍콩에 가려고 어제까지 계속 비행기표 알아보다 결국 실패했어요. 우린 극적인 인연은 없나 봐요.

…….

그리고 저 무척 죄송한 말씀인데요, 그동안 받으신 문자 모두 제가 보낸 거예요.

백은 내심 당황하고 화가 치밀어 올랐지만, 차마 그런 내색은 할 수 없었다.

왜 그런 몹쓸 짓을 했지?

실은 엄마가 문자 보내보라고 했어요. 이제 괜찮은 거죠?

그렇지는 않다고 백은 솔직하게 말했다. 딴청을 부리듯 지금 어디냐고 냉이가 냉큼 물어왔다.

힐사이드 에스컬레이터를 타고 소호로 가고 있다고 백은 중계방송을 하듯 무감한 어조로 말했다. 그러자 냉이가 와우, 하며 이렇게 외치는 것이었다.

거기, 왕가위 감독이 「중경삼림」 찍은 곳 아니에요?

그래, 저쪽 아파트 어디선가 지금도 임청하가 쏘아대는 총소리가 들려오는군.

저번에 만났을 때는 긴가민가했는데, 아저씨랑 왠지 말이 잘 통하는 것 같아요.

그건 좋을 대로 생각해. 그건 그렇고 혹시 옆에 엄마 있으면 통화할 수 있을까?

잠깐만요, 라는 냉이의 목소리가 멀어지고 나서 한동안 시간이 흘러 갔다. 그리고 다시 냉이의 목소리가 들려왔다.

안 받으시겠대요.

…….

그런데 말이죠, 이런 생각은 혹시 안 해봤어요? 만약 두 분이 헤어지지 않았더라면 저는 지금 어디서 무엇을 하고 있을까요? 「중경삼림」에 나오는 임청하처럼 노란 가발에 선글라스를 쓰고 밤거리를 쏘다니는 킬러가 되지 않았을까요? 한 번쯤 그래보고 싶은 생각이 없는 건 아니지만.

그런 말이 백에게 당장 위안이 될 리는 없었다. 에스컬레이터가 올라 가는 언덕 양쪽에는 무수한 카페들이 들어차 있었고 그 안에 앉아 있는 사람들은 대다수 해외에서 온 여행객들이었고 삼삼오오 모여 앉아 술 을 마시며 자정이 되기를 기다리고 있었다.

엄마한테 용서를 구한다고 전해줘.

냉이는 가만히 듣고 있다 제멋대로 전화를 끊었다.

백이 소호에 있는 야외카페에서 두 시간을 앉아 있는 동안 숙에게서 전화가 걸려왔다. 서울 시간으로는 자정을 십 분 정도 남겨둔 시각이었 다. 용서를 구한다고 백은 되풀이했다. 숙은 주저하지 않고 대꾸해왔다.

용서를 구한다는 말은 상대가 용서를 할 수 있을 때나 하는 말이에 요. 이미 받아들일 수 없다는 것을 알면서도 이해해달라고 할 수는 없는 거죠. 당신은 이제 아무 선택의 여지가 없는 사람이 되었고 그건 저역시도 마찬가지예요.

그렇더라도 백은 용서를 구할 수밖에 없었다.

당신이 오늘 밤 거기서 객사를 하더라도, 우린 지난 칠 년 가까이를 함께 더 살 수 있었어요.

그리고 긴 침묵이 이어졌다. 전화가 끊겼나 싶을 때 다시 숙의 목소리가 들려왔다.

이제 어쩔 거죠? 동전이라도 던져서 같은 면이 나오는지 서로 맞춰볼까요? 물론 그렇더라도 당신에겐 여전히 선택할 수 있는 권리가 없어요.

백이 줄곧 입을 다물고 있자 숙이 직설적으로 물어왔다.

얼마나 더 살 수 있다고 해요?

백은 더듬거리며 의사와 주고받은 얘기를 그대로 숙에게 전했다. 이제는 얘기해야 하는 것이다. 다시금 먹물 같은 침묵의 순간들이 흘러갔다. 그리고 이번에는 전화가 저절로 끊겨 있었다.

백은 카페에서 일어나 힐사이드의 계단을 내려갔다. 힐사이드 에스컬레이터는 오전에는 출근하는 사람들을 위해 아래 방향으로 내려가고 오후가 되면 위쪽 방향으로 올라가는 것이다. 백이 계단을 내려가는 사이에 자정이 되었는지, 홍콩섬에 밀집해 있는 거대한 고층빌딩숲에서 일제히 하늘로 폭죽이 솟아오르기 시작했다. 그와 동시에 힐사이드 양편에 있는 카페촌에서 함성이 울려퍼졌다. 백은 계단 모서리에 서서 꿈인 듯 사위를 두리번거렸다.

그때 끊겼던 전화 벨이 다시 울렸다. 백은 부신 눈으로 까마득히 하늘을 올려다보며 냉이가 전해오는 말에 잠자코 귀를 기울이고 있었다.

이제 그만 집으로 돌아오시래요. 통영에서 기다리시겠대요. ▪

전경린

백합의 벼랑길

1963년 경남 함안 출생.
경남대 독문과 졸업. 1995년 『동아일보』 등단.
소설집 『염소를 모는 여자』 『바닷가 마지막 집』 『물의 정거장』.
장편소설 『아무 곳에도 없는 남자』 『내 생애 꼭 하루뿐일 특별한 날』
『황진이』 『엄마의 집』 『풀밭 위의 식사』 등.
〈한국일보문학상〉〈문학동네소설상〉〈21세기문학상〉〈이상문학상〉〈현대문학상〉 등 수상.

백합의 벼랑길*

오전에, 뜻밖의 부고를 받았어요. 우리 아래층에 혼자 살았던 노인이 세상을 떠났군요. 당신은 몰랐겠지만, 그는 내게 유일한 이웃이었어요.

부고에 적힌 '별세'라는 단어의 의미를 새삼 생각해보았어요. 세상과 작별하는 일. 문득, 우리가 사는 이곳을 다른 곳에서 바라보는 기분이 들었어요. 그 옛날 원시인처럼요. 그가 이곳에서 떠나갔다면, 어딘가 그가 떠나가 있는 다른 세계가 있어야 할 것 같았지요. 하지만 그게 아니란 것을 나는 늘 느껴요. 우리가 가는 곳은, 늘상 우리가 숨 쉬고, 팔과 다리를 휘젓고, 우리의 뺨을 부비는 바로 이 공기 속이지요. 우리가 가고 있는 곳이고, 우리가 가 있을 곳.

---

* 발표 당시 원제는 '백합과 공룡의 벼랑길'이었으나, 필자의 뜻에 따라 '백합의 벼랑길'로 제목을 바꿔 수록한다.

잘 지내나요. 이따금 내 곁의 햇살 속을 더듬으며 당신에게 인사를 했어요. 떠난 것들이 다 그렇듯, 당신은 내 뺨과 입술에 닿는 공기처럼 나를 감쌌으니까요. 깊은 밤에 자다가도, 두 팔을 어둠 속에 뻗고 당신을 불렀어요. 당신이 없는 채로, 내 곁에 있는 것도 좋았어요.

내가 노인을 처음 보았을 때, 그는 이미 상당 부분 세상을 떠나 있었어요. 몸피가 마르고 척추가 꼿꼿했고 이마가 단정했지요. 야윈 얼굴 깊숙이 박힌 퀭한 눈은 서늘한 그림자 속에서도 너무 맑아 흰자위에 진줏빛이 반짝였어요. 그리고 몸 전체의 잔뼈들조차 바르고 단정했고 늑골 부위는 애욕이 증발된 자리처럼 공허했어요. 숱이 적은 머리카락을 바짝 당겨 고무줄로 묶었었지요. 1932년생이라고 했어요. 평생 고등학교 영어 교사를 했다더군요. 그 당시에는 초등학생들에게 과외지도를 하고 지냈어요. 수업이 있는 오후에는 현관이 신발들로 넘쳤어요. 현관문 밖으로 비어져 나온 신발들이 마치 쏟아진 이빨들 같았죠.
하지만 무엇을 하는지 집 안은 고요하기만 했어요. 아이들이 문제지에 답을 쓰고 있었거나 속으로 문법을 외우고 있었는지 모르죠. 노인은 성격이나 기분 같은 것이 없는 사람 같았어요. 나이를 제대로 먹으면 누구나 그렇게 되는 것인지도 모르겠어요. 중립적이고 신중하고, 그리고 환한 분이었어요. 그는 나에게 친절했던 유일한 주민이었죠.

당시에 난, 햇빛알레르기를 앓았지요. 햇빛이 스치기만 해도 사포로 문지르는 듯 얼굴이 아프고 가려웠어요. 외출이라도 하고 난 뒤엔 피부가 붉게 부어올랐다가 잠시 후엔 빳빳하게 굳었지요. 집에 틀어박혀 지내도 자주 콧등이나 뺨, 목이나 귀밑에 붉은 두드러기가 돋았죠. 의사는 체질이어서 고칠 수 없다고 했어요. 나에 대한 모든 해석은 실은 체질로 마무리되고 말지요. 자기 체질이라는 점액질에 감싸여 꿈같은 궤적을 그리는, 그것이 삶일지도 모르겠어요.

난 안방의 남향 창에 커튼을 치고 그 위에 두꺼운 겨울 천들을 덧붙여야 했어요. 그러고도 못 견뎌 낮 동안은 안방에서 쫓겨 나오곤 했어요. 광선을 아무리 막아도 열기 자체가 알레르기 세균을 증식시키기라도 하듯 피부반응이 일어났지요. 난 냉장고 속처럼 작고 서늘한 북향방의 앉은뱅이책상이나, 부엌의 식탁에서 일을 했어요.

물론 다니던 직장도 그만두었고, 일을 안 할 수는 없으니 선배 혼자해나가는 소규모 출판사의 하청을 받았지요. 원고를 받아 윤색하는 일이었어요. 주로 유명 인사들이 쓴 에세이류였어요. 선배는 원고를 받기위해 저자들을 찾아다니며 몇 년씩 공을 들이곤 했죠. 서울뿐 아니라강원도의 산골들과, 전라도의 시골들, 제주도, 지리산 구석구석, 서해의 섬까지 찾아간다고 들었어요. 내용보다는 저자들의 유명세에 힘입어 별 광고 없이도 조금씩 팔리는 책들이었는데 의외로 책 수명이 길어재미가 쏠쏠하다고 했어요.

종일 글자에 눈을 박고 있다가 오후 세 시 무렵 챙이 넓은 모자로 무장한 뒤 현관문을 밀고 나가 북향 계단참에 서곤 했어요. 그 계단참은테라스처럼 허공에 돌출되어 있어서 바람 쐬기에 좋았어요. 정면에 커다란 밤나무가 서 있는 앞산에서, 가을에는 샛노란 아카시아 나뭇잎이바람에 날려 들어오고 겨울엔 흰 눈송이들이 날려 왔지요. 여름엔 비가들이쳤고 봄엔 산벚꽃잎이 날려 왔어요. 난 그곳 계단에 앉아 담배를피우거나, 차를 마시거나 산향을 삼키며 멍하니 정신을 놓곤 했지요.당시 내 의지처는 아마도 그 앞산이었던 것 같아요.

어느 날 부산스러운 소음이 들려 계단참 아래를 내려다보니 노인이 우리 아파트 동 앞에서 화단을 만들고 있더군요. 순모 털실로 듬성듬성 짠 머플러같이 따스한 햇살 사이로 성기고 포근한 바람이 불어온 날이었어요. 그 바람이 얼굴을 스칠 때마다 난 미묘하게 가려워서 눈을 움찔거렸어요. 당신과 내가 함께했던 마지막 봄이었지요.

그 아파트는 산속에 서 있었는데, 내가 살았던 동은 암반 위에 세워져 있어서 축대까지만도 거의 2층 높이의 계단이 걸려 있었어요. 내가 사는 아파트의 뒷동은 또 2층쯤을 더한 높이의 축대 위에 서 있었고요. 비스듬히 올린 그 축대는 여름과 가을엔 코스모스를 닮은 오렌지색 꽃무리와 나팔꽃으로 뒤덮였어요. 하지만, 꽃들이 모두 져버린 긴 겨울 동안 아파트는 유형지의 수용시설처럼 삭막했지요.

내 창가의 수양버들 가지에 싹이 돋던 무렵이었어요. 노인은 축대 아래에 돌을 쌓고 산 밑에서 종이부대로 흙을 날라 붓고 있더군요. 노인과 현관문을 마주한 집의 어린 쌍둥이들이 노인을 따라다니고 아직 어린 봄 햇빛이 노인의 등을 아른아른 비추었어요. 이른 가을 햇볕은 노란 레몬빛, 이른 봄 햇빛은 흰 목련빛이더군요. 그러고 보니 레몬은 참 현세적인 색이고 목련은 저 먼 피안의 색이군요.

나는 흙을 나르는 노인을 내려다보다가 묶은 머리통의 모양이 어처구니없도록 귀여워서 실소를 했어요. 오며 가며 그저 눈인사나 하던 사이였지만 그날은 잘 아는 사이처럼 거리감이 사라지고 없었어요. 하긴, 그렇게 지낸 지도 몇 년이나 되었으니까요.

나는 담배 끝을 쥐고 마지막 모금을 깊숙이 빨아들였어요. 니코틴 냄새가 끈적하고 예리하게 정수리로 몰려들었어요. 담뱃불을 끄고 천천히 계단을 내려가 노인에게 인사했어요. 그리고 불쑥 물었답니다.

"저도 이 화단에 꽃을 심어도 되나요?"

앞 동의 할머니 둘이 축대 위 방석만 한 양지에 앉아 있다가 나를 내려다보았고 쌍둥이들이 햇빛 때문에 얼굴을 찡그리고 올려다보았어요. 내가 왜 그랬을까요? 이 세상에 화단 하나가 새로 생기고 있었기 때문일까요? 동네 사람들에게 평판이 나쁜 줄 알았기 때문에 무슨 오기가 났던 것일까요? 어쩌면, 그것이 내 마음의 표면 위에 떠오른 변심의 어떤 단초가 아니었을까요? 내가 당신에게서 등을 돌린 첫날.

그건 내가 이웃에게 말을 걸었던 첫 문장이었어요. 저도 이 화단에 꽃을 심어도 되나요. 가까이서 들여다본 노인의 눈빛은 곧고 맑았을 뿐 아니라 은밀했어요. 진실들을 말로 전하지 않고 영원히 비밀로 묻은 눈빛 말이에요.

노인은 작게 웃음 지으며 고개를 끄덕였어요. 그러시오, 그래요……. 노인도 대낮에 몸을 붙이고 다니는, 나잇살이나 먹은, 나와 당신을 모르지 않을 텐데 내색 없이 흔쾌히 허락했어요. 나는 축대 위에서 내려다보는 할머니들을 희뜩 올려다보았어요. 할머니들이 내 이야기라도 쑥덕거렸는지 소리 없이 앙글거리던 눈들을 화들짝 피했어요.

백합을 심고 싶었어요. 당신 알아요? 백합은 공룡의 추억을 가지고 있는 여름 꽃이에요. 백악기에도 피었던 정말 오래된 꽃이죠. 백합은 햇볕 속에서 아무런 피해의식도 없이 평화롭고도 화려해요. 난 커다란 물뿌리개도 살 생각이었어요. 매일 작업을 마친 뒤에 물뿌리개에 물을 가득 채우고 태연하게 내려가 나의 백합에게 물을 주리라고 마음먹었어요. 그리고 새하얀 귀처럼 깊고 커다란 백합꽃에 입을 대고 내 마음을 조금씩 이야기하고 싶었어요.

그때 2층에 사는 두 여자가 나왔어요. 그 아파트는 1층이 지하같이 길에서 아래로 내려가야 했고 2층은 1층인 양 길과 닿는 구조였잖아요. 그래서 길과 우리 아파트 동의 2층 사이에 짧은 시멘트 다리들이 네 개의 통로마다 걸려 있었지요. 머리카락이 긴 여자는 늘 그렇듯이 연푸른 머릿수건을 쓰고 있었어요. 항상 입는 긴 스커트도 그대로였고요. 갈색 혹은 푸른색 스커트들 말이에요. 화장기가 전혀 없는 얼굴이 약간 누랬어요. 가꾸면 눈에 띄게 예쁜 여자일 텐데, 그냥 버려둔 채 세월이 흐르는 오래된 집의 뒷정원 같은 여자였어요. 은밀하기도 하고 피폐하기도 하고 고집스럽기도 한데 이상하게 향긋한 모습. 꽃말처럼 사람에게도 말이 있다면, 그 여자의 말은 이런 것이 아닐까요.

'나를 가만히 놔둬요, 나도 당신들을 그대로 놔둘게요.'

머리카락이 짧고 늘 바지를 입는 여자는 골판지 상자를 들고 있었어요. 골격은 약간 더 굵었으나 그 여자 역시 긁힌 자국이 많은 유리처럼 어딘가 피폐했고 조용했고 창백한 사람이었죠. 둘 다 오래된 베지테리언인지도 모르겠어요. 기름기라곤 없는 피부였거든요. 시든 야채같이 평화로운 식물성 여자들. 번갈아가며 짐을 들고 번갈아가며 운전을 하는 것을 몇 년째 보았어요. 아마 번갈아가며 세탁도 하고 요리도 하겠지요.

두 여자들은 노인에게 가벼운 목례를 하고 지나갔어요. 난 그 여자들의 음성을 들어본 적이 없었어요. 여자들은 축대 아랫길로 올라가 얼마 뒤 천천히 차를 몰고 다가왔어요. 요즘은 거의 보이지 않는 오래된 경차였는데 뒷좌석은 붉은 담요로 감쌌고 앞좌석은 노랑이 많이 든 퀼트시트를 씌워 차 안이 가난하고 따스한 거실 같더군요. 두 여자가 지나가며 나와 노인에게 눈인사를 했어요. 나도 놀란 눈으로 속눈썹을 깜박여주었죠. 차는 우리 곁을 스치듯 지나 마을버스 종점 방향으로 사라졌어요.

여자들은 늘 오후 세 시쯤에 그 길을 따라 나갔지만 여자들이 어디로 가는지, 그곳에서 날마다 무엇을 하는지는 알 수 없었지요. 여자들이 집으로 돌아오는 것은 본 적이 없었어요. 아주 늦은 밤이나 새벽에 돌아오겠지요. 여자들은 자기들만의 나라에 사는 외국인이었어요. 하긴 누구나 그렇긴 해요. 당신과 나도 그렇고, 혼자 산 노인도 그렇고, 축대 위에서 내려다본 노파들도 그렇고, 어린 쌍둥이들도 그랬어요. 누구나 그 마을의 외국인들이었죠. 그건 내게는 이웃이라는 사람들 사이의 적절한 거리 같기도 했어요.

화단을 만드는 축대 밑 길은 벼랑길처럼 좁고 궁색한 길이었어요. 그 길의 한쪽은 아파트 안으로 흘러 내려가 마을버스 종점으로 갔고 한쪽은 산허리에 달라붙어 가다가 언덕 위에서 자동차도로와 짐승의 창자 속같이 좁은 내리막 골목길로 갈라졌죠. 표시는 없었지만 주민들은 일방통행로처럼 한쪽에서만 들어오는데, 타지 사람이 방향을 잘못 잡고 들어와 한가운데서 마주치기라도 하면 오도 가도 못하고 실랑이를 벌이곤 했어요. 난 그 길을 벼랑길이라고 불렀어요. 몇 번의 봄과 가을, 몇 번의 여름과 겨울 사이에, 내 모든 것이 그 아래로 쏟아져 내린 벼랑길.

기억나요? 사랑니 뽑았던 날요. 봄꽃들이 폭죽이 터지듯 마구 피어나던 때였어요. 그해엔 개나리와 목련, 제비꽃과 벚꽃과 라일락이 시차도 없이 한꺼번에 개화했지요. 이상기후로 인해 봄이 짧아 꽃들이 서두르는 것이라고 하더군요. 늦겨울부터 간간이 염증을 일으켜 잇몸이 붓고 피가 났었어요. 당신은 혀로 부어오른 내 잇몸을 훑고 염증의 피를 빨아 맛을 보곤 했어요. 당신은 내 모든 것의 맛을 보려고 했죠.

살이든 피든 눈물이든 냄새든 분비물이든……. 병원에 가야 해, 라고 당신이 말했지만 난 그냥 넘겼어요. 며칠 견디면 나아지곤 했으니까요. 마침내 뺨까지 부어오르고 두통이 오더니 목이 부어 침을 삼키기도 힘겨웠어요.

그날은 채에 친 가루같이 가는 비가 내렸어요. 우리는 커다란 우산을 둘이서 쓰고 전철역 앞 3층의 치과에 갔어요. 그런 통증과 불편함을 어떻게 참고 지냈는지 의사가 의아해하더군요. 나는 당신이 나를 사랑해서였다고 생각했어요. 세상이 아득히 멀었던 것처럼, 그런 통증과 불편함마저 둔감했거든요. 사진을 찍은 뒤 치과 화장실에 갔다가 왼쪽 볼이 부어올라 균형을 잃은 얼굴을 보았어요. 사랑을 격렬하게 나눈 직후여서인지, 혹은 사랑니의 격통 때문인지 눈 속에 실핏줄까지 터져 있더군요. 조금 전까지 잇몸에서 흘러나온 핏물을 나누어 삼키고 이마를 맞대고 서로 눈을 떼지 못한 채 병원에 들어왔던 당신과 나를 떠올리니 어처구니가 없었어요. 그런 얼굴을 당신은 어떻게 사랑할 수 있는지 어리둥절하더군요. 이웃 주민들의 눈빛에서 새어 나오던 질책처럼, 우린 좀 미쳐 있었던 거예요.

돌아가니 당신은 모니터에 떠오른 치아 엑스레이 사진을 보고 있었어요. 안전한가요? 당신이 묻고 있었어요. 의사는 나를 진료의자에 앉게 한 뒤 모니터에 떠 있는 사진을 보며 설명을 시작했어요. 사진상에 왼쪽 아래 사랑니는 나지 않고 완전히 누워서 바로 앞의 어금니를 밀고 있었어요. 어금니는 앞으로 기울어진 상태였고 그 사이에 심한 염증이 생긴 데다 충치까지 진행되고 있었죠.

"메스로 잇몸을 찢고 매복 사랑니를 발치한 후 잇몸을 성형해야 해요. 마취하는 시간까지 대략 한 시간 잡고 오셔야 합니다. 오늘 예약을 하고 가십시오. 한 3일 뒤쯤 시간이 잡힐 겁니다."

"위험하지는 않습니까?"

"매복 사랑니가 신경 가까이에 있어 조심해야 합니다. 하지만 걱정 마세요. 위험하지만, 우리는 늘 사랑니를 뽑는걸요."

의사는 대답을 교묘하게 피하며 도무지 안심이 되지 않게 설명했어요.

"안전하냐고요?"

당신은 때론 타인들에게 심술궂고 무례했어요.

"안전하게 해야죠."

의사는 당신을 무시하며 외면했어요.

당신은 사랑니를 뽑은 뒤 미쳐버린 어떤 남자에 관한 소문을 듣고 온 참이었어요. 사랑니를 뽑은 뒤 입술의 반에 감각을 잃은 사람 이야기도 어디서 듣고 왔죠. 혀의 일부에 맛을 잃은 사람도 있다고 했어요.

예약을 한 뒤 당신은 내 어깨를 안고 신경질적으로 치과에서 나왔어요. 그사이 비가 그쳤지만 우린 커다랗고 검은 박쥐 우산을 쓰고 골목 안으로 들어가 경복궁 서문 앞에서 무턱대고 위로 올라갔어요. 조용한 길이죠. 맞은편 경복궁 담에 잇댄 포석이 깔린 길엔 유럽인으로 보이는 덩치가 우람한 남자 셋이 청와대 방향으로 걸어가고 있었어요. 플라타 너스 가로수들이 수직으로 높이높이 서 있었어요. 겨우 50미터 안인데 바깥 자하문 길과는 전혀 다른 적요한 기류가 흐르고 있었어요.

"참 닮았지?"

"참 닮았어요."

우리는 우산 속에서 선문답을 주고받았어요. 그리고 내가 중얼거렸죠.

"너를 뽑아낸 뒤에 미쳐버리는 나, 너를 뽑아낸 뒤에 입술의 반에 감각
을 잃어버리는 나, 너를 뽑아낸 뒤에 혀의 어떤 맛을 상실하는 나……."

당신은 나를 끌어안고 힘껏 얼굴을 밀어붙여 부어오른 뺨을 아프도
록 짓눌렀어요. 비는 진작 그쳤는데, 우린 우산 속에 있었지요.

무슨 이유인지 주택지에는 늦은 오후부터 불을 켜는 집들이 있었어
요. 맞벌이 부부의 집에 아이가 학교에서 돌아와 빈집이 서먹해 본능적
으로 불을 켜는지 몰라요. 어쩌면 북향 창들의 천장이 낮은 부엌을 가
진 혼자 사는 노파가 흰 쌀을 씻고 일찌감치 밥을 짓느라 불을 켜는지
도 모르죠. 노파는 냉장고를 뒤져 보잘것없는 재료들을 꺼내놓고 쳐다
보다가 도마를 펴고 시든 감자나 무를 칼로 썰기 시작하겠지요. 관절염
을 앓는 노파는 문득 성가셔서 먹다 남은 졸아붙은 찌개에 물만 붓고
데울지도 몰라요. 도심의 사무실 건물들에도 불이 빨리 켜지는 창들이
있어요. 아마도 사무실을 혼자 꾸려가는 영세한 사장들이 영업을 마치
고 들어와 전등 아래서 서류정리를 시작하는 거겠지요.

띄엄띄엄 도시에 불이 들어오는 그 시간이 내가 방의 창에 드리운 두
꺼운 천들을 걷고 바깥을 내다보는 시간이었어요. 하늘의 파란빛이 일
순 질리듯이 짙어지는 시간이죠. 성에가 낀 창문처럼 추워 보이는 흰 달
과 찢긴 틈에서 빠져나온 것 같은 금성이 백열전구의 빛처럼 떠 있기도
했어요. 황혼과 함께 저녁이 오면 고층빌딩에 스카이라인을 알리는 붉
은 조명등도 켜져요. 상공을 지나는 비행기들에게 알리는 불빛이라고
들었어요. 그리고 누군가의 전화를 받거나, 물을 한 잔 마시거나 화장실
을 다녀오거나 하는 사이에 서울타워의 기둥에 파충류의 몸통을 연상케

하는 초록빛 조명이 들어와요.

흉한 빛이지만 어쨌든 나름대로 정이 들어버린 타워죠. 어느 흐린 날 낮에 가까이 가서 보니 레미콘공장의 시멘트와 모래와 자갈을 뒤섞는 설비처럼 회색 시멘트기둥이었는데 엄청나게 크고 높았지요. 그날 당신과 난 케이블카를 탔어요. 내려가는 속도가 생각보다 빠르고 경사가 가파르더군요. 도시는 온갖 색의 보석으로 휘감은 셀 수 없이 많은 탑들처럼 반짝거리고 있었어요.

창밖으로 얼굴을 내밀고 저녁 바람에 얼굴을 씻는 사이 왼편 삼청동 쪽으로 흘러가는 자동차들이 어느새 라이트들을 켜요. 빛들은 그렇게 오케스트라의 악기처럼 등장해 제 음률을 연주해요. 가라앉는 어둠을 배경으로 음표처럼 깜박이는 불빛들의 연주를 듣고 있는 사이 조선 시대의 왕궁은 도굴된 무덤들처럼 점점 더 캄캄하게 아래로 가라앉는 것 같았어요.

아, 나는 긴 숨을 쉬어요. 오후가 저녁으로 기우는 시간에 날마다 뼈들이 아파왔어요. 존재가 인내하던 불안의 끈을 놓쳐버리고 안도감 같은 공허의 검은 안개 속으로 실려 가는 거예요. 꾸물꾸물 저녁을 챙겨 먹고 원고를 보거나, 서랍정리 같은 것을 하거나 텔레비전을 보며 밤 시간을 보내고 세수를 한 뒤 커튼을 내리기 위해 창으로 다가가면, 밤이 보였어요.

밤은 검정색 헝겊으로 귀를 틀어막은 짐승 같았지요. 그 실어와 난청의 밤 저편에 낙산언덕이 안개 속에 금모래를 뿌려놓은 듯 아련히 반짝 거렸어요. 낙타가 앉아 있는 모습이라고 하죠. 오래 바라보고 있으면 뿌려진 불빛들이 모여 낙타의 형상을 이루고 내 창을 향해 걸어올 것만 같았어요.

그러다가 궁금증이 생겨났어요. 피안 같은 저곳에서, 앉아 있는 낙타의 등에 올라, 내가 사는 이편을 보면 어떻게 보일까? 그곳에 서면 아름다움과 흉측함의 비밀이 마술처럼 드러날 것만 같았어요. 나는 그 말을 당신에게는 하지 않았어요. 나 혼자 가서 보고 싶었거든요.

의사는 벌린 입안에 달콤한 딸기향 스프레이를 뿌렸어요. 잇몸 마취제였지요. 그리고 얼얼한 잇몸 마취주사를 놓았어요. 한 번, 두 번, 세 번. 가느다란 주삿바늘이 잇몸 속에서 휘어지는 느낌이 들었어요. 마취주사를 맞고 진료의자에 누워 기다리고 있을 때, 눈앞에 당신 얼굴이 불쑥 나타났어요. 꼭 아이를 받으러 온 남편 같은 얼굴이었어요. 오지 말라고 당부했는데도 당신은 회사에서 굳이 외출을 한 거예요. 의사가 다시 왔고 간호사가 나가서 기다리라고 냉담하게 당부했어요. 당신은 의기소침한 얼굴로 대기실 의자로 가서 기다렸어요. 간호사가 별난 보호자라고 혀를 내두르는 빛이 역력하더군요.

당신이 나간 후 간호사가 내 얼굴에 입 부위만 구멍이 뚫린 천 마스크를 덮었어요. 초록색이었을 거예요. 마스크가 덮이자 혼란스러워지더군요. 누구도 아닌 생명의 원형질이 된 것 같았지요. 아마 그편이 의사가 작업하기엔 편하겠지요. 먼저 입을 한껏 벌리게 해 쩍 벌린 꺾쇠로 고정시키더군요. 그리고 메스로 잇몸을 절개하고 속을 파헤쳤어요. 누워 있는 사랑니가 드러나자 펜치로 단단히 집고 흔들어 댔어요. 목까지 뽑을 기세더군요. 찌걱찌걱 소리가 나더니 이빨이 우두둑 깨어졌어요. 그 순간 눈물이 흘러나왔어요.

그것은 참담한 고독감이었어요. 나사가 풀려 다리 한쪽이 빠져버린 의자와 손잡이가 떨어진 찻잔, 타이어가 퍼진 채 오래 잊힌 녹슨 자전거 같은, 그런 망가진 사물들의 고독을 알게 되었어요. 의사는 망치 같은 것으로 두드려서 부수어 가며 사랑니를 빼냈어요. 의사는 잇몸을 기운 후 담배필터처럼 생긴 솜을 끼워주었어요. 그리고 아이스팩과 진통제를 처방해주었지요.

그날 당신은 치과에서 나를 데리고 나와 택시를 잡았어요. 남대문으로 가자고 했죠. 나는 마취가 풀리지 않아 혀와 입술이 굳어 있었어요. 입술을 이빨로 건드려 보면 밖으로 뒤집힌 채 세 배쯤 부풀어 있는 것 같았어요. 혀끝에만 남은 신경이 거슬려 혀를 이뿌리에 계속 비벼 대며 나는 왜 가는지 묻지도 않고 실려 갔어요.

우리가 내린 곳은 남대문의 시장이었어요. 갈치조림 식당들이 늘어선 좁은 골목을 지나자 가방 가게가 늘어선 길이 나왔어요. 일본 여자들과 중국 여자들이 흥정을 하고 있었어요. 당신은 수입품 몰의 지하로 나를 데려가 찻잔을 고르라고 했어요. 찻잔이라니…… 당신은 내가 며칠 전 찻잔을 깨뜨리고 아쉬워하던 것을 마음에 담아두었던 것이지요. 난 받침이 높고 손잡이가 가느다란 고전적인 형태의 머그잔 세 개를 골랐어요. 옅은 노랑색 바탕에 흰 백합꽃이 새겨져 있었지요. 당신은 무선 전기포트도 사주었어요. 당신은 포장한 상자들을 양손에 들고 돌아서더니 순식간에 내게 입을 맞추었어요. 입술 반쪽에 마취도 풀리지 않았지만, 다시 사람이 된 것 같더군요. 녹색 천의 마스크가 걷히고 얼굴이 돌아온 것 같았어요. 사람이라는 느낌은 참 향긋한 것이지요.

그 수입 쇼핑몰의 1층 식품코너에서 우리의 이웃인 두 여자를 보았어요. 좁은 통로에 사람들이 지나다니고 있어서 느리게 빠져나가느라 우연찮게도 여자들을 관찰하게 되었지요. 인도 문양의 두건을 쓴 여자들은 네덜란드 버터와 치즈, 독일제 피클과 소스, 살라미 햄 같은 것을 앞에 쌓아 두고 수첩의 메모를 보고 있었어요. 목소리도 살짝 들렸어요. 후추가 필요하다든가, 미네랄소금을 찾아야 한다든가 하는 말들……. 상상했던 것보다 더 낮고 건조한 음성이었어요. 맥주와 담배 맛이 밴, 좀 스산하고 탁하고 평화로운 음색.

여자들은 어딘가에서 카페를 하는 것 같았어요. 아마도 부드러운 음악이 흐르고 싱그러운 허브향이 베인 지하의 조그만 카페겠지요. 맥주와 커피가 있을 거예요. 스파게티와 피자와 볶음밥 같은 메뉴가 있지 않을까요? 오징어와 해바라기씨 같은 안주도 있을지 몰라요. 약간 인도 풍의 여자들이니 탄두르 같은 카레요리도 있을 것 같아요.

우리가 곁에 멈춰 선 것을 한 여자가 알아보더군요. 나는 미소까지 지으며 고개를 까닥했어요. 그리고 마쳐된 입술을 겨우 움직여 말을 걸었어요. 카페를 하나 봐요. 하지만, 여자는 냉담했어요. 순간적으로 나를 밀어내고 돌아서는 작은 도마뱀 같은 초록빛 시선이 당황스러웠지요. 나를 가만히 놔둬요. 나도 당신들을 가만히 놔둘게요. 나는 그녀들의 꽃말을 생각했어요. 그녀들과 나의 닮은 점을 그때서야 깨달았어요. 이웃들과 달리, 우리는 서로 심판하지 않아요. 그 여자들에게 우리는 자기들의 카페와 주방 바깥의 사람, 인생 바깥의 사람, 스쳐 갈 뿐 알고 싶지는 않은 외국인, 아무리 보고 또 보아도 서로의 증인이 되지는 못하는 사람들, 그녀들과 우리, 서로가 무채색 배경에 지나지 않는 타인들이었지요. 서로 심판하지 않기 위해 더욱더 무관심해진 타인들, 그것이 이웃이었어요.

당신은 늘 술을 많이 마셨어요. 당신 아내와 나 사이에서, 나와 당신 아이들 사이에서, 당신 집과 내 집 사이에서, 햇살과 비와 낮과 밤 사이에서, 현실과 꿈 사이에서, 당신은 스스로 해치며 무너지고 있었어요.

술 취한 날 당신은 택시를 타고 벼랑길을 거꾸로 밀고 들어와 그곳 주민들과 말썽을 일으켰어요. 내가 데리러 나올 때까지 버티곤 해서, 그렇지 않아도 유명한 우리 커플을 더욱 유명하게 만들었죠. 당신은 그 길에서 내 창을 향해 소리 지르기도 했고, 그 길에서 어스름에 내 온 얼굴에 입 맞추기도 했어요. 인사불성으로 술에 취해 밤새 그 길에 쓰러져 잔 날도 있었고, 어느 날은 당신에게 넌더리가 나 도망치는 나를 쫓아 달리기도 했었지요. 그 벼랑길에 난 백합 구근을 심었어요.

노인의 부고장이 온 주소는 그곳이 아니었어요. 그곳은 이제 헐리고 없으니까요. 그 낡은 아파트는 이주가 끝난 뒤 최신 공법으로 폭파되어 소리도 없이 무너져 내렸어요. 내가 햇볕을 피해 천들을 덧붙이고 덧붙였던 그 방의 창은 허공의 어느 좌표쯤이었을까요? 모든 것이 무의미해진 뒤에도 그 창에 걸리던 풍경은 잊을 수 없어요. 그리고 봄 태풍이 온 날 맞은편 낙산에 올라가 본 그 창 쪽의 풍경도요.

비바람이 치고 있었지만 시야는 맑고 고요했어요. 뭔가 조금 이상한 날씨였죠. 나는 챙이 넓은 모자를 스카프로 묶어 얼굴을 꽁꽁 가려야 했어요. 우산은 물론이고 우의까지 챙기고 나섰지요. 여우비처럼, 환한 날 몰아치는 여우태풍 같은 것도 있을까요……. 그곳에선, 서울의 남쪽과 북쪽과 서쪽의 길고 크고 넓은 풍경이 한눈에 보였어요. 파노라마 기법으로 훑는 시네마스코프의 대형 화면처럼 풍경이 내 눈을 따라 흐르는 것 같았어요. 비바람 덩어리가 마포 쪽과 서대문에서 사선으로 몰려와 광화문과 종로 쪽으로 빠르게 몰아쳐 가서 명동과 남산에서 휘돌다가 멈추는 듯하더니 을지로와 안국동으로 움직여 효자동을 거쳐 부암동과 평창동으로 내달려 수유리 쪽으로 넘어가는 것이 생생하게 보였어요. 비바람이 치는데도 모든 풍경이 비현실적으로 선명하더군요. 대략 그쯤이려니 하고 방향을 정한 뒤 자세히 살펴보니 아득히 먼 산허리에, 내가 사는 아파트가 비스듬히 서 있는 것도 보였어요. 꼭 일회용 라이터를 세워놓은 것 같더군요. 바람 속에서 넘어질 듯 위태로웠어요. 난 그곳에 주저앉아 오래 내 창 쪽을 바라보았어요.

그날 본 게 무엇이냐고요? 그곳에서 내가 본 것은, 백합꽃 핀 벼랑길을 거대한 몸으로 매달리듯 걸어가는 피투성이 공룡이었어요. 내가 본 것은 백악기부터 시작된 실어와 난청의 아득한 고집이었어요. 우린 삶에 등 돌린 채 꿈속에서 다른 꿈속으로 떠밀리기만 하고 있었어요. 셀수 없이 많은 남자와 여자 들이 서로를 후벼 파며 하강하는 심연이 보였어요. 그만, 당신 손을 놓고 싶었어요.

봄꽃들이 다투어 피던 그 봄에 우리는 거의 매일 다투었어요. 술에 취하면 당신은 내가 앓는 햇빛알레르기를 까맣게 잊어버리고 어처구니없는 소리들을 잘도 했지요. 우리가 그 동네 단골집에서 마지막으로 맥주를 마셨던 날도요. 집이 굴속처럼 어둡고 답답하다. 너는 왜 외출을 안 하느냐, 틀어박히는 그 성질 때문에 올해도 꽃놀이를 못 갔다. 너와살면 봄이 일 년에 세 번 네 번 찾아온다 해도 꽃놀이 한 번 못 갈 것이다. 나는 둘이 함께 새로운 사람을 사귀고 싶은데 너는 낯선 사람은 무조건 피한다. 너는 왜 친구도 소개해주지 않느냐. 난 너와 생활을 하고 싶다. 왜 우리의 세상엔 너와 나 단둘뿐이냐, 너와 있으면 북극의 얼음 집에 사는 것처럼 외롭다. 우리가 서로에게 그토록 파고들었으니, 바위 라 해도 뚫었을 텐데, 우리는, 우리는 말이에요. 검은 헝겊으로 귀를 틀 어막은 밤처럼 캄캄했어요. 당신이 내 고향에 가서 가족에게 인사를 시 켜달라고 했을 때 나는 닭다리 뼈를 내려놓고 말했어요.

"우리 헤어져요."

당신은 일어서서 테이블 너머로 팔을 뻗어 시정잡배처럼 내 몸을 잡 고 흔들었어요.

후라이드치킨 접시가 바닥에 떨어져 뒹굴고 맥주잔 하나가 떨어져 깨어졌어요. 출입구 앞 낮은 칸막이 너머에서 닭을 튀기던 주인 여자가 놀란 눈으로 우리를 쳐다보았어요. 나는 당신을 뿌리치고 밖으로 뛰쳐 나왔어요. 뒤따라 나온 당신은 그게 준비해둔 말이냐, 갑자기 한 말이 냐고 따졌어요.

"우린 다했어. 당신도 알아, 우리가 모든 것을 했다는 것을."

당신은 대답을 못했어요. 내 가방을 낚아채더니 아파트 키를 빼내고 도로 술집으로 들어갔어요. 난 술집 사이의 좁다란 틈으로 들어가 짐승 의 내장 속 같은 골목길을 일부러 돌고 돌아 느리게 걸어 올라갔어요.

그 골목은 당신이 뒷걸음으로 빠져나가야 할 길처럼 좁고 길고 겁더 군요. 난 뒤로 걸어보았어요. 누군가가 쇠막대기를 들고 뒤통수를 자꾸 만 후려치는 것 같더군요. 그래도 계속 걸었어요. 어깨와 등과 머리가 여기저기 부딪치고 팔다리가 벽에 쓸리고 광대뼈가 쓸렸어요. 골목이 꺾이는 지점에서는 벽 모서리가 옆구리 깊숙이 박혔어요. 나는 계속 뒤 로 걸었어요.

지금 생각하면 이상해요. 왜 나는 당신만 뒷걸음으로 나가야 한다고 생각했을까요? 나 역시 이렇게도 오래 뒷걸음질을 치고 있는데 말이에요.

그날, 당신은 내 아파트에 먼저 와 있더군요. 축대 아래서 올려다보니 안방 창에 불이 켜져 있었어요. 난 보랏빛 라일락이 터널을 이룬 긴 계단 길을 한 발 한 발 올라갔어요. 달콤한 라일락향이 뺨과 팔과 다리의 쓸린 상처 속으로 꿀처럼 파고드는 것 같았어요. 계단 길 끝, 노인이 만든 벼랑길의 화단 앞에 쭈그리고 앉아 손바닥으로 흙을 더듬어보았어요. 내가 심은 백합 구근은 아직 싹을 틔우지 않았더군요. 4층 나의 아파트 계단에 오르니 불 켜진 부엌 창에 당신의 그림자가 어른거렸어요. 아마도 술잔을 찾거나 안주를 찾아 냉장고를 뒤졌겠지요. 내 생애 속에서 다시는 당신 얼굴을 보고 싶지 않았어요.

스스로를 벼랑길 아래로 떠밀듯이 난폭한 다짐을 하며 난 몸을 돌리고 계단을 되짚어 갔어요. 그리고 노인의 집 벨을 눌렀어요. 노인이 문을 열어주었어요. 내 얼굴이 눈물에 젖어 금속처럼 번쩍거렸겠지요. 난 그 집 안으로 깊숙이 들어갔어요. 더 이상 아무 일도 일어나지 않는 고독한 집으로요.

그날 난 노인의 북향 방에서 잤어요. 다음 날도 다음 날도, 당신이 나를 찾아 그 많은 계단을 오르내리며 골목을 헤집고 다닌 동안, 난 노인의 방에 숨어 있었어요. 노인은 당신의 움직임을 감지하고 있었어요. 이사를 하겠다고 했더니 우선 자기 집에서 쉬라고 했어요. 노인은 테이블보를 걷어 남향 창의 햇빛을 막아주고 장을 보러 갔어요. 노인은 그 주에 영어 과외는 쉬었어요. 그 주 내내 방문자는 아무도 없었어요.

노인은 채식주의자였고 매일 오전 아파트 옥상에 올라가 태극도 체

조를 한 후에 일광욕을 했어요. 노인은 나의 햇빛알레르기 증상을 가여
워했어요. 끼니마다 야채요리를 만들면서 햇빛과 채소의 아름다움과
선량함을 이야기했지요. 그리고 백과사전을 펼쳐 들고 햇빛 부분을 찾
아 이야기해주었어요.

"더 엄밀히 말하면 태양의 전자기 복사의 스펙트럼이에요. 지구가 태
양과 수평에 있을 때 낮 동안 태양 복사가 이루어져 대기에 걸러진 뒤
우리에게 닿는 거예요. 알레르기를 고치고 싶으면 먼저, 햇빛을 향해
마음을 열어요. 햇빛은 자율신경계를 안정시켜 주고 뼈와 장기를 튼튼
하게 해주며 기분을 즐겁게 해줘요. 햇빛 자체가 신성이지요. 이 세상
어디에 가든, 여름에 15분, 겨울에 45분 맨얼굴로 챙 넓은 모자를 쓰고
일광욕을 하세요. 평온해지고 모든 일이 잘될 거예요. 우리는 식물로부
터 충분히 영양을 공급받을 수 있어요. 식물은 광합성을 해서 태양 광
선을 화학에너지로 바꾸어 식물 체내에 저장했다가 인간의 몸속에 들
어가면 태양에너지를 방출해 영양을 공급하는 거예요. 그것은 평화로
운 에너지예요. 우리는 무엇에든지 너무 깊이 빠져들면 안 돼요. 심연
은 우리의 영역이 아니에요."

노인은 당신과 나에 대해서는 한마디도 하지 않았어요. 다만 심연은
우리의 영역이 아니라고 말했어요. 그날 열쇠장수를 불러 현관문을 따
고 이삿짐센터에 맡길 비상키와 중요한 물건을 챙기고 있을 때, 그만
당신과 마주쳤던 거예요. 오후 세 시에 당신은 예기치 않게 출몰했지
요. 내가 걸쇠를 걸어두고 문을 열어주지 않자 당신은 참지 못하고, 믿
어지지 않는 힘으로 부엌의 방범 창틀을 흔들어 부수기 시작했어요. 방
범 창틀이 거의 떨어지려 할 때, 경찰 패트롤카가 비상벨을 울리며 왔

어요. 그리고 두 명의 경찰이 계단을 올라와 정확하게 당신 앞에 섰어요. 당신은 주민들이 모두 나왔을 정도로 떠들썩하게 저항하며 패트롤카에 실려 갔지요. 그리고 다음 날, 난 그 동네를 떠나왔어요.

그날 신고한 사람은 내가 아니에요. 아마도 노인이 아닐까요? 혹은 두 여자인지도 모르겠어요. 어쩌면 맞은편 동에 사는 노파들일 수도 있고 내가 영원히 모를 또 다른 이웃일 수도 있겠지요.

내가 떠난 후 당신은 무사히 집으로 돌아갔어요. 지금도 이따금, 비가 내리거나 바람이 많이 부는 어느 날, 자정이 넘은 귀갓길에 당신은 택시 안에서 전화를 걸어요. 하지만 내 속의 어떤 목소리로도 당신의 음성을 받을 수가 없어요. 어쩌면 당신을 떠나온 후 예전 목소리를 잃었는지도 몰라요. 어쩌면 난, 그 후 입술의 반에 감각이 없어졌는지도 몰라요. 혀가 어떤 맛을 상실했는지 몰라요…….

생각나요? 우리의 유리창 앞에 늙은 수양버들이 서 있었지요. 키가 크고 둥치가 굵고 긴긴 가지가 풍성했어요. 우수 무렵 그 나뭇가지에 어리던 연둣빛 안개와 봄날 동안 주렴의 구슬처럼 총총히 맺히던 그 많은 잎사귀들, 초여름부터 무성해져서 가닥가닥 서로 뭉치거나 흩어지며 우리 창 앞에서 너울거렸지요. 바람이 많이 불면 가지들이 수평으로 들려 흡사 창 바깥으로 흘러나가버릴 것 같이 물결쳤어요.

난 겨울의 메마른 줄기도 좋아했어요. 눈이 올 것처럼 흐리고 바람이 마구 불던 어느 겨울 오후, 가느다랗고 긴 회초리가 허공을 마구 매질했지요. 이대로는 안 된다고, 몸부림치는 것 같았어요. 가지들이 한바탕 발작하듯 휘몰아치고 나면 내 마음이 다 후련했어요. 다음 날 아침, 봄눈을 세재거품처럼 뒤집어쓰고 있던 모습도 잊을 수 없네요. 목욕 중인 순한 곰 여인 같았어요. 비눗물을 깨끗이 씻고 나면 오랜 세월을 묵은 전설의 곰이 머리카락을 가지런히 빗고 고운 여자로 변신할 것 같았어요.

당신이 내게로 온 것은 그 나무 때문이라고 했어요. 당신은 정말 그렇게 말했어요. 그냥 뾰족한 이유가 없으니 하는 소리겠지 했는데, 그 봄날, 이제 막 잎사귀가 돋기 시작한 수양버들이 창의 프레임 속에서 사라졌을 때, 가슴이 쿵, 하고 내려앉았어요. 창을 왈칵 열고 상체를 밖으로 쑥 내밀어봐도 나무는 어디에도 없었어요. 대신 이마에 부딪칠 듯 맞은편 동의 아파트 벽이 와락 달려들더군요. 정말 세게 부딪친 것 같이 멍했어요. 그날 모든 것이 달라졌다는 것을 느꼈어요. 모든 일에는 배경이라는 것이 있으니까요. 배경이란 우리가 어떻게 할 수 없는 힘으로 우리에게 작용하는 거니까요.

그 나무 한 그루가 그동안 맞은편 벽을 그렇게도 멀리 밀어놓았었다니, 그런 착시와 객관적 거리 사이에서 이따금 세상의 상처가 벌어지듯, 상처가 벌어지듯……, 사랑이 시작되는 게 아닐까요. 그 나무가 베어지지 않고 여전히 여신처럼 긴긴 머리카락을 바람 속에 휘날리고 있다면, 이별은 없었을까요? 모르겠어요. 나는 우리의 이별엔 그 나무가 연루되어 있는 것 같아요. 당신의 말 때문이겠지요.

당신의 말은 반쯤은 농담이고 반쯤은 흘려버리는 식이죠. 진심의 행방도 모호하고 책임소재도 없는 불능의 어법. 당신은 엉터리예요. 문제는 처음에 내가 그것을 알아봤다는 거예요. 당신은 아도니스이고 협잡꾼이고 시정잡배이고 광인이고 배우이고 여우예요. 그런 줄 알면서도, 당신을 전혀 믿지 않으면서도 나는 당신이 거기 있는 것을 받아들였어요. 그런 묵인이 우리 사랑의 시작이었어요.

나를 그렇게 하게 한 정체가 무엇일까요? 내 몸의 어떤 원소가, 내 마음의 어떤 불길이, 내 운명의 어떤 차가운 결함이 그 묵인을 자초했는지 이따금 생각해보지만, 지금은 모든 것이 타버려서 흰 재만 날려요. 그리고, 지금도 아침에 잠에서 깨서 멍하니 흰 천장을 올려다볼 때면 허언으로 점철된 당신의 말들이 미칠 듯이 그리워져요. 그리고 당신의 얼굴이나 눈, 당신의 마음 같은 게 아니라, 당신의 발, 뒤통수, 등과 같이 마음으로부터 더 먼, 아무 표정도 짓지 않는 것들이 사무치도록 그리워진답니다.

나는 오랫동안 심연과 표면 사이를 유랑했어요. 심연이 존재에 대한 끝없는 의심과 회의와 타오르는 갈망이라면 표면이란 우리 모두의 습관의 평면이겠지요. 우리는 다른 사람들처럼 생각해야 하고 습관을 꽉 붙들고 살아가야 하지만, 때로 급류에 배가 뒤집히듯 혼자만의 심연에 빠져버리는 것 역시 어쩔 수 없답니다. 무용한 고행이지만, 그것이야말로 단념하기 어려운 개인적인 고집이니까요. 이곳에 온 후로 하루하루가 다 같은 날 같았어요. 똑같이 외롭고 지루한 날들이었지요. 그런데도 당신의 전화를 받지 않고, 당신에게 전화하지도 않고, 당신 있는 곳에 찾아가지도 않는 것은, 내가 떠난 그 자리에 당신을 그대로 세워 두기 위해서예요. 더는 멀지 않은 그곳에, 그대로요. 그리고 이제야 안답니다. 그 자리에 서 있었던 것은 당신이 아니라 다름 아닌 나인 것을.

생의 뒷면을 보지 못하면서, 타인들처럼 생각할 줄도 모르는 나는 늘 이상한 일을 겪어왔어요. 예를 들면 노인의 부고가 온 일 같은 거. 부고가 어떻게 내게 왔는지 모르겠어요. 그곳을 떠나온 지 3년이나 흘렀잖아요. 노인은 대체 내 주소를 어떻게 알았을까요. 노인은 별세를 알리고 싶은 이들의 명단을 정리해두었던 것일까요. 그리고 노인이 죽은후, 내게 부고를 보낸 사람은 누구일까요. 친구일까요, 자녀일까요. 그는 노인이 나의 유일한 이웃이었다는 사실을 아는 사람일까요.

노인의 사인은 심장마비이고 사망시간은 밤 열한 시경, 장소는 집이라고 씌여 있었어요. 부고장 말미에 호상이라고 적혀 있더군요. 슬하에딸 하나가 있었어요. 발인일시와 발인장소와 장지, 그리고 나에게 부고를 보내주었을 친족대표와 우인대표의 이름을 훑고 연락처를 보고 있다가 노인의 이름으로 눈길이 갔어요. 그 위로 당신의 이름 석 자가 겹치더군요⋯⋯.

어느 날, 세월이 흐른 뒤, 어느 날 말이에요. 당신이나 내가 세상과작별했다면, 우리, 흘러 다니는 소문으로 그 소식을 알리지 말아요. 예의를 갖춘 정식 부고를 주고받고 싶어요. 별세의 날이 다가올 즈음 비밀스러운 주소 하나를 누군가에게 맡기는, 그 정도 부탁은 가족에게 할수 있지 않을까요. 또다시 오랜 시간이 흘러간 뒤에 말이에요. 우리가낙엽처럼 가벼워져서 한 걸음으로 훌쩍 공기 속으로 넘어가게 될 때요.이것이, 내가 편지를 쓰고 있는 이유예요. 하지만 늘 그랬듯이, 이유는중요하지 않아요. 편지는 내 절실함을 스스로 다독이는 부질없는 버릇일 뿐이니까요. 이 편지도 다른 편지들처럼, 수신자인 당신과는 무관하게 내 서랍 속에 수납되겠지요. 늘 그랬듯이, 이것이 마지막 편지가 되기를 바라요.

아, 그리고 이제 햇빛알레르기가 나았다는 소식을 전해요. 의사는 반신반의했지만, 난 그 신비로운 일을 믿어요. 이 몇 년 사이, 당신을 포함해 내 속의 모든 것이 하얗게 타버렸는데, 병인들 어떻게 남아 있겠어요. 어제는 이른 아침에 눈 덮인 산으로 갔어요. 흰 숲속에 사람들의 발자국이 낸 길이 바느질 자국처럼 좁다랗게 걸려 있었어요. 그 길을 딛고 올라가다가 잡목림 산 중턱에서 나무 둥치들 사이로 떠오르는 황금빛 해의 광휘를 만났어요. 공기 속으로 녹는 따스한 찻물처럼 숲을 적시는 광휘 속으로 한 발 한 발 들어가니 소나무와 갈참나무 둥치들 사이로 온전히 둥근 해가 불끈 튀어나왔어요. 눈 안에, 입안에, 머리카락 안에, 혈관 안에, 겨드랑이와 다리 사이에, 온몸 구석구석에 햇살이 스며들었어요. 얼굴 위에도요. 아무도 모를 거예요, 긴 세월의 격리 뒤에 온 그 평범한 허용이 얼마나 사치스러운 것인지를. 나무의 우듬지들도 온통 은은한 광휘로 물들었지요. 모세혈관 같은 잔가지들이 먼 뿌리의 눈물과 함께 해의 복사열을 빨아들이며 허공의 끝을 움켜쥐는 것 같았어요. 나의 말초혈관들과 신경들도 새 가지를 뻗을 것같이 꿈틀거렸어요.

햇빛 속에 얼마나 오래 있었는지 모르겠어요. 식물이 광합성하듯, 내 몸에서도 광합성이 일어나는 것 같았어요.

식물의 행복을 알 것 같았어요. 몸이 얼얼해져서야 산에서 내려왔는데, 내 눈길 닿는 곳곳마다, 흰 눈 위에 노란 쥐오줌 얼룩이 졌어요. 웬 산에 쥐오줌 얼룩이 이렇게 많은가, 하며 두리번거리다가 그것이 내 눈에 들어온 일출의 잔광인 것을 알아채고 실소를 했어요. 한 번 나온 웃음은 혈관을 타고 온몸으로 번져나갔어요. 그사이 내 눈 속의 잔광은 송홧가루 얼룩처럼 옅어졌지요. 하산 길은 날듯이 가벼웠어요. 기쁨이란 실은, 아무도 모를 노랑 얼룩같이, 자기 안을 가만히 비추는 것들이지요. 그러니, 우리 생의 기쁨이란 슬픔보다 더더욱 비밀스러운 것이

아닐까요? ▪

조경란

학습의 生

ⓒ 김진호

1969년 서울 출생. 서울예대 문창과 졸업.
1996년 『동아일보』 신춘문예로 등단.
소설집 『불란서 안경원』 『나의 자줏빛 소파』 『코끼리를 찾아서』
『국자 이야기』 『풍선을 샀어』. 장편소설 『식빵 굽는 시간』 『가족의 기원』
『우리는 만난 적이 있다』 『혀』 『복어』. 중편소설 『움직임』.
〈문학동네 작가상〉 〈오늘의 젊은 예술가상〉 〈현대문학상〉 〈동인문학상〉 수상.

학습의 生

1

야산은 언덕처럼 평평하고 완만한 형상이었다. 저녁이 되면 산이 아니라 마당과 집 전체를 점유하려는 것이 목적인 사나운 짐승처럼 변했다. 실체와 그 실체를 찍은 사진에 큰 차이가 있듯 산이 가깝다는 사실과 그 산 밑에서 생활을 한다는 것은 달랐다. 그런 점에 대해서는 집을 선택하기 전까지, 그 집에 살아보기 전까지 남편도 나도 알 턱이 없었다. 그것이 우리가 저지른 마지막 실수라는 점에선 그나마 다행이었다. 밤이 깊어질수록 불빛도 인기척도 모두 사라지고 주위에는 냉기만 남는다. 별들조차 이쪽 땅의 세계와는 무관한 듯 단일한 세기로 빛을 발할 뿐이다. 암흑이 있다면 이럴 거라는 짐작이 든다. 그러나 암흑의 깊이에 대해서는 설명할 도리가 없다. 사차원이라면 말이 달라진다. 그건 무중력상태를 의미하기도 하며 살아 있는 것은 어떤 작은 힘으로도 방향을 갖고 움직일 테니까 말이다.

견딜 수 없는 불안은 거의 없었다. 견디기 어려운 불안들은 언제나 있었다. 커튼을 들추고 밤의 산을 바라보는 일은 후자에 속했다. 그러나 빛이 밝아오기 시작하는 동틀 녘이면 나는 절레절레 머리를 흔들곤 한다. 여기는 내가 새로 선택한 환경일 뿐이다. 나와 나를 둘러싼 것들로 존재하는. 나를 새로운 환경에 내려놓는 일은 시작부터 쉽지 않은 결정이었고 마지막까지 후회로 남게 될지도 알 수 없다. 다른 선택도 없었다. 이 암흑이거나 사차원의 세계에 적응하거나 체념하거나, 둘 중 하나만 남았을 뿐. 무중력상태에서는 인간의 뼈와 근육이 빠른 속도로 쇠약해진다. 나의 뼈와 근육 들은 점점 더 조직이 헐거워지고 염증이 번지는 것 같다. 내 몸에서 일어나는 이 형질상의 변화를 보면 나는 내가 알지 못하는 사이에 무중력상태에 떠 있곤 하는 것일까.

간혹 방문을 원하는 사람들이 있다. 도시에 살고 있는 옛 동료나 성인이 된 몇몇 제자들, 사촌들, 그리고 나와 더 오래 알고 지냈지만 지금은 나보다 남편과 더 가깝게 지내는 사람들. 그들에게 이 집의 위치를 설명해야 할 때면 매번 곤혹스러워진다. 나는 집을 찾아오는 방법을 종이에 써보았다. 올림픽대교를 타고 미사리 쪽으로, 팔당대교 방향으로 오다가 양평 가는 이정표 보고 오른쪽으로 쭉 빠져 네 개의 터널을 지나 조안면 방향으로, 구 양수대교를 건너 직진, 왼쪽 버스정류장을 끼고 좌회전, 서종면 쪽으로 팔 킬로미터, 명달리 노문리 쪽으로 우회전, 다리 세 개를 건너 세 번째 다리에서 직진, 언덕 넘어 오른쪽 밤색 벽돌집. 이렇게 적어놓고 보니 이 집은 정말 여기에 존재하는, 실체를 갖고 있는 집 같기는 하다. 지난 삼 개월 동안 내방객들이 많은 건 아니었다.

성별도 관계망도 연령대도 다 달랐다. 한 번에 잘 찾아오는 사람이 없다는 점만큼은 일치했다. 사람들은 멀지도 않은 거리에서 다리 세 개를 모두 건너야 한다는 사실에 주춤거렸다. 일 킬로미터 간격으로 세워져 있는 다리들을 건널 때마다 여길 지나는 게 맞느냐고 세 번씩 전화하는 사람도 있었다.

다리 이야기를 하려는 것은 아니다. 왜 다리 앞에서 사람들은 망설이게 되는 것일까 하는 의문이 들었을 따름이다. 그래도 이 집은 진짜 존재하는 공간으로는 여겨지지 않는다. 이 불확실한 느낌은 거실 창에 이마를 댄 채 밤을 보내기 시작하면서부터 생긴 눈앞의 지워지지 않는 얼룩 같은 것일지도 모른다. 마흔아홉의 생을 돌아보기란 쉽지도 않은 데다가 시간도 오래 걸렸다. 그러나 단순한 삶이었고 멀리서 본다면 때로 소극笑劇에 가까운 삶이었다고 생각한다. 나는 창에서 이마를 떼고 꼿꼿이 선 채 마당과 그 마당을 잠식한 야산의 울퉁불퉁한 검은 그림자를 노려보았다. 그런 밤의 불안은 아직 온기는 남아 있지만 쓰러진 내 육체를 얼결에 내가 지탱하고 서 있는 꿈의 크기와 맞먹는다.

어느 날 나는 한 뜻밖의 소리를 듣게 되었다. 마당 한구석이 무너져 내리는 것 같은 쿵, 소리. 이곳이 절대 무중력의 상태도, 암흑도 아니라는 것을 일깨워주듯 둔중하고 무거운 무엇인가가 쿵! 하고 떨어져 내리는 소리를. 아니 움직임이라고 해야 할까, 진동이라고 해야 할까. 나는 내도록 땅에 쓰러져 있던 사람처럼 온몸으로 그 진동을 느끼고 있었다. 그 쿵, 하고 떨어지는 소리만큼 실제적이며 단호한 소리를 그때껏 들어본 적이 없다.

2

　야산 너머로는 강이 흐르고 그 강을 경계로 해서 시가 갈렸다. 좁은 포장도로를 달리다 보면 분교 하나와 대형 플라스틱 만화캐릭터를 세워놓은 놀이방이 있고 계곡을 중심으로 펜션과 가든, 모텔 들이 밀집돼 있었다. 구조는 특별한 데가 없었지만 그 주변에서 호젓이 떨어져 나와 있는 집의 위치와 도시에서는 가져보지 못한 넓디넓은 마당과 앞산에 보이는 소나무 벚나무 단풍나무 사이로 아직 영산홍 진달래가 모닥모닥 피어 있는 정한한 풍경이 마음을 끌었다. 집을 보러 왔던 지난봄. 그날 남편은 오래 나를 진료해왔던 닥터 윤의 후배가 하는, 앞으로 내가 다니게 될 병원의 위치를 확인하고도 집을 중심으로 반경 삼 킬로미터를 돌고 또 돌았다. 나는 잠자코 옆자리에 앉아 차창 밖을 내다보았다. 이제 이곳에서 살 것인가 아닌가 하는 결정만 남았고 그것으로 우리에게 남은 일은 더 이상 없었다. 끝까지 그는 남편으로서의 의무를 다하고 싶어했다. 그래야만 앞으로 내 쪽에서 더는 아무것도 요구하지 않을 거라고 기대하는 건 아니었을까. 여전히 전방을 주시한 채 남편이 정말 후회하지 않을 거야? 라고 물었다. 나는 그 질문이 주목하는 대상에 대해 짚어보았다. 그리고 아니, 라고 짧게 대꾸했다. 남편의 질문은 우리의 이혼이 아니라 나의 퇴직에 관한 것이었으니까. 나는 둘 다 후회하지 않고 그 두 가지 결정은 오래전부터 혼자 준비하고 계획해왔던 거였다. 고개를 돌려 남편의 실루엣을 바라봤다. 사랑이란 그 대상에게 자신이 속하게 되기를 스스로 노력해야 하는 거라고 침묵으로 가르쳐주었던 사람. 그것은 가치 있는 깨달음이었지만 그걸 얻기까지 너무 많은 시간을 보냈다. 우리가 이렇게 된 것은 남편의 잘못도 나의 탓도 아니다. 사랑을 시작하기는 쉬울지 몰라도 사랑 자체는 결코 쉽지 않다는 것을 서로 알아차린 두 사람 사이에서 일어날 수 있는 통상적인 결과일 뿐이었다. 남편은 차를 다시 복덕방 쪽으로 돌렸고 입주는 5월에 하기로 결정했다.

집에서부터 자동차를 몰고 세 개의 다리를 건너면 복덕방과 조립식 주택회사가 나온다. 거기서부터 북쪽으로 십 미터쯤 도로를 지나면 '무순상회'가 나타난다. 집에서 가장 가까운 마트였고 가정식백반을 하는 식당을 겸하고 있었다. 마트라고 하기엔 궁색했지만 종류가 꽤 다양한 채소나 과일을 입구에 늘어놓고 팔았다. 헛일 삼아 주문해 먹은 된장찌개나 비지찌개 같은 음식도 입에 맞아 일주일에 두세 번은 들르게 되었다. 내 나이 또래 부부가 운영하는 것 같았다. 남자는 보이지 않을 때가 많았다. 네다섯 번쯤 그 가게에 갔을 때 여주인이 말을 건네왔다. 상추와 참치캔, 두부를 사놓고 식당 평상에 앉아 점심 겸 저녁으로 모듬전이나 한 접시 먹고 가려던 참이었다. 물잔을 놔주러 왔던 여주인이 저 다리 건너 사신다면서요? 아는 척을 해 무심코 고개를 끄덕였다. 그러자 여자가 이렇게 한 번 더 물었다. 선생님이셨다면서요? 나는 평상 옆에 바짝 붙어 서 있는 여주인의 얼굴을 올려다보았다. 여자가 어쩐지 싱긋 웃고 있는 것 같았다. 좁은 마을이었다.

낮 기온이 오르기 시작하자 자리에서 일어나기가 더 어려워졌다. 더위와 습도 때문이었다. 얼굴 바로 앞에서 윙윙거리는 모기조차 손을 들어 쫓을 기운이 없는 날이 많았다. 날씨가 화창해지면 간신히 운전을 해 무순상회로 갔다. 콩국수를 먹고 있는데 안면을 트게 된 상회 바깥주인이 슬며시 평상에 와 앉았다. 이곳 토박이인 데다가 일대에서 일어나는 일이라면 모르는 게 없는 남자였다. 아직 개발되기 전, 문을 열면

이 일대가 온통 산과 들이었던 시절에 남자는 오리, 산양, 사슴, 꿀벌 같은 특수가축을 사육하는 일을 했다고 했다. 남자는 틈이 날 때마다 그 시절 자신이 사육했던 오리의 일 인당 소비량과 다른 축종에 비해 사료에 대한 의존도가 상대적으로 낮아 소자본으로 사육이 가능했던 산양산업, 그리고 소비층 확대가 가장 큰 어려움이었다던 사슴산업에 대해 말하기를 좋아했다. 그런 이야기는 상회 남자에게만 들을 수 있는 이야기였지만 서너 번 듣다 보면 그게 사육에 관한 거라기보다는 식용과 보신에 관한 말이라는 걸 알아차릴 수 있었다. 남자는 나에게 요즘 몸이 많이 축나 보인다고 말을 던졌다. 여름을 나는 게 힘드네요. 나는 조금 웃었다. 남자가 아예 상 맞은편에 자리 잡고 앉았다. 혼자 지내시기 적적허시죠? 남자의 얼굴은 진지해 보였다. 동네 사람들이 보기에 나는 남편과 함께 집을 보러 왔다가 그 집에서 혼자 살게 된 여자로 보일 터였다. 그러지 말고 산양이나 한 두어 마리 사다 길러보시는 거 어때요? 그럼 덜 적적할 텐데, 남자가 운을 뗐다. 남자 입에선 시큼한 식초 냄새가 풍겼다. 글쎄요, 산양이라. 남자는 내 집의 유난히 널찍한 마당과 앞산과 먼저 살던 사람이 마당 한구석에 놓고 갔다는 빈 닭장 이야기를 꺼냈다. 닭장이라니, 그런 게 내 집 마당에 있는지도 몰랐다. 남자가 내 집에 관해 더 세세한 것까지 알고 있는지도 모르는 일이었다. 유쾌한 직감은 아니었다. 다시 산양 이야기로 돌아가 남자는 체구가 작고 귀가 늘어져 있지 않은 놈으로 파주에서 두 마리쯤 사다 줄 수 있다고도 했다. 그러곤 산양을 기르는 일의 이점, 즉 초식동물이라 깨끗하며 임신기간도 짧고 똑똑한 놈은 말귀까지 알아듣는다고 늘어놓기 시작했다. 남자의 표정은 내가 그 외딴집에서 혼자 지내는 게 정말 걱정스럽다는 얼굴이었다. 이마의 땀을 훔치면서 나는 산양에 대해 떠올려보았다. 건조하고 청결한 환경을 좋아하며 높은 곳에 올라가는 것을 즐기고 습기와 악취를 싫어하는 동물. 높은 곳에 올라가는 걸 좋아한다는 점만 제외하면 나와 비슷한 데가 많은 동물이기는 했다. 나는 남자에게 그 산양이라는 게 염소를 말씀하시는 거지요? 라고 물었다. 그러자 아주 좋은 질문을 했다는 듯 남자가 흐뭇한 얼굴로 그렇죠, 그러니까 정확히는 흑염소라고 할까. 나는 피식 웃으며 남자의 말을 차단하듯 상위로 젓가락을 내려놓았다. 무순상회 부부와 이야기를 나눌 땐 늘 이런 식이다.

평상에서 일어나려는데 한 더벅머리 사내아이가 가방을 메고 상회 입구로 들어왔다. 주인 남자가 손을 까닥여 아이를 이쪽으로 불렀다. 얼굴은 아직 애 티가 흘렀지만 체구는 크다는 말로는 부족할 만큼 과체중인 것처럼 보이는 아이였다. 키는 또래 아이들 평균을 조금 넘을까. 인근 중학교에 다니는 아들이라고 했다. 사내아이는 상체를 오그린 자세로 쭈뼛거리며 걸어왔다. 이런 돼지 새끼, 이 더러운 땀 좀 봐라. 남자는 아이 목덜미께를 손바닥으로 한 대 쳤다. 시늉뿐인 게 아니었는지 쩍 소리가 났다. 나는 저도 모르게 목을 움찔거렸다. 남자가 인사드려라 인마, 서울서 오신 고등학교 선생님이시다, 했다. 아이가 재빨리 머리를 무릎까지 숙였다 들었다. 나는 아직도 그 마트의 상호인 '무순'이 무슨 뜻인지 모른다. 그게 소년의 이름이라는 것은 알게 되었지만 어떤 의미를 갖고 있든 그 커다란 덩치에는 어울리지 않는 이름이라고 순간 생각했다.

장마철이 시작되었고 이제 나는 집 밖으로는 움직이지 못하게 되었다. 먹을 것도 없고 먹을 수 있을 만한 것도 다 떨어졌다. 불 옆에서 조리를 한다는 건 엄두도 내지 못했다. 누군가 나에게 고통을 주겠다면 그 방법은 간단하다. 습기로 가득 찬 공간으로 나를 밀어넣거나 뜨거운 불 옆에 서 있게 하거나 짜고 매운 음식을 억지로 먹이면 그만이다. 내가 더 운이 좋지 않다면 그렇게 하는 것만으로도 결국 난 실명에 이를 수 있게 된다. 내가 두려운 것은 그런 순간이 아니라 포도막염이 진행돼 언젠가 앞을 못 보게 될지도 모를, 아직 다가오지 않은 일에 대한 고통이다. 나는 궁리 끝에 무순상회로 전화를 걸었다. 상회 여자는 어딘가 억지스럽고 과장된 목소리로 진즉에 말씀하시지, 했다.

먼 데서 털털거리는 낡은 스쿠터 소리가 들리면 나는 자리에서 일어나 슬리퍼를 찾아 신고 겨우 현관 앞까지 나간다. 식료품과 생수를 신고 무순상회 소년이 그렇게 내 집을 드나들게 되었다.

세 번째 배달을 온 날, 소년은 말했다.

마당 좀 빌려주실 수 있을까요.

기가 꺾인 목소리였다.

나는 소년이 손에 들고 있는 쇠공을 내려다보며 물었다.

그걸로 내 집에서 뭘 하려고 하니?

3

오랫동안 교직에 있었지만 나는 아이들을 믿지 않았다. 그럴 만한 불미스러운 일을 겪은 것도 아니다. 내가 선생으로서 자격이 없는 사람이거나 신뢰가 가지 않는 유형에 속했을 수도 있다. 교과서를 잘 활용해도, 나로서는 진심이라고 해도 좋을 인생의 충고를 해줘도 학생들의 도덕성은 높아지지 않았고 더 친밀해지지도 않았다. 그뿐이었다. 발령을 받자마자 중학교에서 사 년 근무하고 퇴직할 때까지 같은 사립재단의 여자고등학교에 있었다. 중학교 남자아이와는 어떤 식으로 대화하는지 잊어버렸다. 무순은 중학교 3학년이라고 했다. 붙임성이라고는 전혀 없는 데다 간단한 의사표현을 하는 것조차 불편해하는 눈치였다. 더벅머리나 좀 짧게 치면 훨씬 보기 좋을 텐데. 나는 속으로 혀를 찼다. 제가 애써 설명하는 내용을 내가 제대로 알아듣지 못하자 아이는 진땀을 흘리는 것 같았다. 쉽게 좀 말해봐. 나는 아이 옆에 쭈그리고 앉았다. 내가 이해한 건 아이가 내 마당에서 운동을 하고 싶어하며 그게 쇠공을 멀리 던지는 경기라는 것까지였다. 투포환이라는 경기에 대해서 더 깊은 지식을 갖고 있을 리 없었다. 어쩌다 스포츠뉴스 같은 데서 스치듯 본 게 다였을 뿐. 아이는 답답하다는 듯 제 머리를 쥐어박으며 아줌만 선생님이었다면서 왜 이렇게 모르는 게 많아요? 했다. 글쎄 그 무거운 걸·왜 애써서 던지는지 모르겠네. 나는 눈을 껌벅거리며 무순을 봤다. 그러니까 이건 공을 가장 멀리 던지는 사람이 이기는 경기라고요. 그리고 아이는 투척投擲에 관해 말했다.

  나는 아이가 마당에서 그 쇠공을 갖고 시범을 보이는 모습을 바라보았다. 내가 한 손으로는 도저히 들어 올릴 수 없을 것 같은 무겁고 단단해 보이는 쇠공을 아이는 턱 밑까지 올렸다가 미끄러지듯 발을 이동해 지면을 획 차며 공을 던졌다. 아이의 시선은 멀리 가 있었다. 나는 공이 날아가는 방향을 눈으로 좇으며 생각했다. 아이가 말하는 것은 투척이 아니라 꿈이나 희망 같은 것일지도 모른다고. 그런 점에서 보면 이 아이도 다른 아이들과 다를 게 없었다. 그 또래 아이들은 제가 가진 능력보다 자신을 과대평가하는 경향이 있다. 삼 초 혹은 오 초쯤. 마당에 정적이 흘렀다. 공은 멀리 날아가지 못하고 바닥으로 힘없이 툭 떨어졌다. 공부 쪽으론 글렀다고 털어놓을 때보다 더 풀 죽은 모습으로 아이

는 긴 팔을 털레털레 흔들며 내 옆으로 와 앉았다. 지난해 가을 학교대
표로 시 경기에 출전했다가 허리를 다쳤다고 했다. 그 뒤로 대표팀에서
도 밀려났다고. 아이는 뒤를 보는 자세를 하고 있다가 포환을 더 멀리
던지는 방법을 개발해낸 미국의 패리 오브라이언 선수처럼 멋진 투포
환 선수가 되는 것이 꿈이라고 했다. 나는 고개를 끄덕였다. 무순이 말
하고 싶어하는 건 역시 꿈일까. 땀 냄새가 풍기는 아이 몸에서 열기가
끼쳤다. 나는 세 뼘쯤 옆으로 옮겨 앉았다. 비가 그친 하늘에는 꺼무레
한 엷은 구름들이 층층이 겹쳐 있었고 그 틈으로 햇살이 떨어져 내렸
다. 꿈이 아니라 고독. 나는 그런 것에 대해 말하고 싶은 충동을 느꼈
다. 어른이 되면, 털어놓는다는 게 그만 상대에게 약점을 보여주는 것
처럼 느껴지는 이야기들.

　나는 아이에게 너 혹시 수업시간에 니코마코스 윤리학에 대해서 배
웠니? 라고 물어보았다가 어리둥절해하는 아이 표정을 보곤 어, 미안,
이라고 수습했다. 고등학교에 가야 배우게 될 터였다. 무순의 꿈에 관
한 이야기는 나에게 아리스토텔레스의 아들인 니코마코스가 정리한 윤
리학 책을 떠올리게 했다. 아버지가 아들에게 들려주는 도덕 이야기의
형식으로 왜 사는가, 무엇을 위해 사는가, 같은 질문에 대한 답을 체계
적으로 제시하고 있는 책이었다. 정체성에 관한 문제로 시험에 자주 출
제되었고 '현대사회와 도덕문제' 단락 중 핵심적인 부분이기도 했다.

　그게 뭔데요?

　무순이 호기심을 보였다.

　아니, 넌 네가 뭘 하고 싶은지 잘 아는 거 같아서.

　그런데 아줌마, 아프다면서요?

　그래, 조금.

어디가요? 겉으론 안 그래 보이는데.

너, 허벅지에 그건 뭐니? 누가 널 때리니?

아이는 말이 없었다.

나도 더는 묻지 않았다.

내 병은 드러내놓을 만한 것이 못 될지도 모른다. 구강궤양이나 관절, 안구, 피부, 중추신경계 등 여러 장기가 파괴될 수 있는, 유전적인 요인이 가장 큰 자가면역질환 중 하나다. 내 케이스는 예외적인 데가 있었다. 다행이라면 이 병에 흔하게 생기는 음부궤양이 나한테는 나타나지 않았다는 사실이고, 그 반대라면 이십 대나 삼십 대에 발병했다 나이가 들수록 서서히 중증도가 덜해진다는 이 병이 나에게는 그렇지가 않다는 거였다. 유전적인 요인 외에 바이러스와 세균에 대한 면역반응이 염증질환과 관련 있다고 알려진 병이었다. 공기가 좋은 곳에서 살고 음식섭취에 주의해야 했다. 쉽게 피로해지고 무기력감에 사로잡혔다. 외상은 거의 없어 보인다. 그러나 의사들의 말에 따르면 이 병은 내 몸이 나를 적으로 여기고 끊임없이 공격하는 종류의 무서운 질병에 속했다.

4

무순에게 투포환을 처음 알게 해준 사람이 누구인지 궁금해졌다. 그 투척경기를 이해시키기 위해 힘의 정의나 속도 같은 것들을 가르쳐준 사람이. 무순은 내게 힘에 관해 설명하면서 만약 공을 든 손이 수직인 방향으로만 힘을 싣는다면 포환은 멀리 날아가지 못한 채 위로만 똑바로 올라갔다가 다시 아래로 뚝 떨어지게 될 거라고 말했다. 공을 손에 쥐었다고 해서 먼저 던지기부터 해서는 안 된다는 뜻일까. 공을 손에 쥔 다음에는 가장 멀리 던질 수 있는 데까지 시선을 보내고 그다음에 공을 어떻게 자신이 원하는 곳까지 보낼 수 있는지 다양한 방법에 대해 고려해보지 않으면 안 된다고 덧붙였다. 던지는 게 아니라 이건 밀어내기에 가까워요. 무순은 거기에 방점을 찍었다. 나는 아이가 하는 말을 새겨들으며 밀어내기, 라고 읊조려보았다. 그다음에 아이는 내게 투사각도에 대해 제가 아는 지식들을 말해주기 시작했다. 그런 말을 할 때의 무순에게서는 매사에 주눅 든 태도와 흐릿해 보이는 눈빛 같은 건 다 사라져버린 듯했다. 조밀하고 응축된, 어떤 단단한 것을 손에 쥔 아이 같았다. 나는 무순이 말하는 힘이나 속도의 원리에 대해 잘 알지 못했다. 그러나 A가 B에게 힘을 가하면 B도 A만큼 움직이며, B는 크기가 같은 반대방향의 힘을 A에게 미친다는 것쯤은 어렵지 않게 이해했다. 힘의 그런 상호적인 성질에서부터 작용·반작용의 법칙이 나온 거라고 나는 설명을 보태며 아이에게 이렇게 예를 들었다. 네가 공이고 내가 이 마당이라면 떨어지는 공의 힘이랑 내가 그걸 맞받는 힘이랑 그 크기가 같다는 거지. 그러자 무순은 와 아줌마, 선생님 맞긴 맞네요, 하면서 입을 벌리고 웃었다. 나는 웃는 아이를 맞바라보았다. 무순이 살찐 목을 뒤로 젖히고 진짜 애처럼 천진하게 웃는 모습을 처음 보기도 했지만 더 낯선 것은 내가 웃고 있다는 사실이었다. 아이를 만난 지 보름 만이었다. 웃음소리는 크고 생경스럽게 들렸다. 아이는 공을 든 채 마당 한 끝으로 가 섰고 나는 그 웃음을 수습하지 못해 난처해하면서도 혼자서 흠흠 웃음을 흘리고 있었다. 그런데 아이는 만약 A가 움직이지 않으면 B도 움직이지 못한다는 사실을 알고 있을까. 나는 이 웃음소리에 내포된, 아직 내가 알지 못하고 어쩌면 훗날 나에게 큰 변화를 가져다줄 결과에 대해서 지금은 넘겨짚고 싶지 않다.

강수량이 평년 기준치를 넘고 있었다. 습기가 들어차지 않도록 창문이란 창문은 모조리 닫은 채 에어컨과 보일러를 번갈아 틀어가며 습도 조절에 신경을 썼다. 그래도 누워 지내야 하는 날이 늘었고 무엇보다 비가 오는 날이면 무순은 내 마당에서도 연습을 할 수가 없었다. 배달해 온 식료품들을 거실 안으로 들여다 놔주고 간 줄 알았던 아이가 비가 쏟아지는 마당에서 쇠공을 던지고 있는 모습을 본 적도 있었다. 그런 날의 공은 쿵, 이 아니라 퍽, 푹, 둔탁한 소리를 내며 떨어졌다. 나는 무순을 안으로 부르지 않았고 집으로 돌아가라고 말하지도 않았다. 세 개의 정원 등 스위치를 올려주었을 뿐 내가 할 수 있는 일은 아무것도 없었다. 상회 여자에게 전화를 걸어 야채와 생선 목록을 더 늘려주고 식당에서 파는 도토리묵이나 감자전, 비지찌개 같은 음식들도 주문해 먹고 싶다고 말했다. 여자는 그럼 배달료가……, 하며 말을 감췄다. 미성년자인 무순이 스쿠터를 타고 돌아다니는 것은 명백히 불법에 속하는 일이다. 여자의 말속에는 그런 뜻도 담겨 있을 것이다. 배달료는 걱정하지 마세요. 나는 쌀쌀맞게 대꾸했다. 앞으로 상회 여자에게 무엇을 더 부탁하게 될지도, 내 쪽에서 아쉬운 소리를 해야 할 일이 생길지도 몰랐다. 틈을 줘도 쉽게 주지는 말아야 했다. 음식배달까지 하느라 이틀에 한 번꼴로 무순이 집으로 오게 되었다. 일주일에 한 번씩 나는 무순에게 여자의 요구치보다 높은 배달료와 음식값을 지불해주었다. 그 때문인지 여자는 종종 깻잎절임이나 장아찌, 오이지무침, 멸치볶음 같은 밑반찬들도 함께 보냈다. 모두 내게는 너무 짜거나 자극적이어서 먹을 수 없는 음식이었지만. 무순은 무덤덤한 얼굴로 그 큰 덩치를 안으로 오그린 채 양손을 내밀곤 내가 내미는 돈봉투를 받아들었다. 나는 스파이크 바닥같이 울퉁불퉁 굳은살이 박인 아이의 손바닥을 내려다보았다. 그 손에 어울리는 건 단단하고 둥근 쇠공밖에 없는 것 같았다. 나는 한 달에 한 번씩 상회로 가서 직접 계산하겠다고 여자에게 전했다. 그러시든지. 여주인이 전화를 툭 끊었다.

상회 남자 말대로 야산자락과 경계를 이루는 내 집 마당 한쪽에 커다란 닭장이 있었다. 망 군데군데 아직 닭털들이 달라붙어 있었다. 예각처럼 생겨 무순에겐 쓸모가 없을 귀퉁이 쪽으로 닭장을 끌어다 놓았고 비가 그친 날에는 자동차를 마당에서 빼 세 번째 다리 아래로 주차시켜 놓았다. 마당에 굴러다니는 빈 화분들과 벽돌 조각들도 치웠다. 무순과 나는 주전자에 물을 담아 마당 왼쪽에 원을 그렸다. 무순에게 필요한 원지름은 이 미터가 넘었고 그 서클의 원심에서부터 육십오 도쯤 되는 각도 선을 양쪽으로 길게 표시했다. 물로 그린 축축한 원을 보고 무순은 한 번 히죽 웃었다. 나는 정원용 플라스틱 의자에 앉아 사 킬로그램짜리 쇠공을 턱 옆에 받쳐 들고 원 한가운데 서 있는 아이를 지켜보았다. 티셔츠가 딸려 올라간 등허리에 빗자루 대나 호스로 내리친 것 같은 멍자국이 보였다. 나는 얼른 눈을 딴 데로 돌렸다. 아이는 던지는 방향과 반대편에 서서 몸을 굽혔다. 왼발을 살짝 움직이면서 오른발을 이동시키는 것. 아이는 그것을 글라이딩이라고 가르쳐주었다. 허리를 회전할 때 힘은 이제 어깨, 팔, 손목으로 이동한다. 사십 도 각도쯤, 아이는 허공을 휘젓는 기합 소리와 동시에 전력을 다해 공을 밀어냈다. 나는 공이 날아가는 방향으로 눈을 돌렸다. 날아가는 그 힘의 중심을 보고 싶었다. 공이 세상에 머문 순간, 그건 찰나에 지나지 않을 것이다. 그러나 그것은 마치 눈앞에 하나의 구멍을 낸 것처럼 보였다. 내가 아직 알지 못하고 아직 가보지 못한. 나는 나의 눈과 나의 귀와 내 몸으로 전해지는 감각에 집중하고 있었다. 공은 허공에서 중력과 잠시 버티다 바닥으로 쿵, 떨어졌다. 어디선가 오랫동안 밀봉된 병뚜껑을 단번에 열었을 때 나는 확실하고 쾌활한, 그런 소리가 들린 것 같았다. 아직 원안에 서 있는 아이가 나 잘했어요? 하는 얼굴로 돌아보고 있었다. 그제야 나는 브라보, 다소 과장된 손뼉을 힘없이 짝짝 쳤다. 떨어진 공을 주워 와 아이는 공을 들고 공이 날아갈 방향을 가늠하고 팔을 뻗듯 공을 던지고 공을 줍는 동작을 되풀이했다. 스윙을 할 때의 무순에게서는 그 어느 때보다 역동적인 힘이 흘러나왔다. 내가 느낀 생의 감각은 그 손을 떠나는 순간의 쇠공처럼 둥글고 활발했다. 나는 열감이 훅 느껴지는 얼굴을 서둘러 두 손으로 감싸 쥐었다.

물은 금방 말랐다. 무순이 가고 나면 보통의 흙과는 다른, 오직 나만 알아볼 수 있을 적갈색의 커다란 원만 마당에 남았고 집이 깊은 정적에 휩싸이고 나면 그것만이 누군가 내 집에 다녀갔다는 사실을 증명해주는 것 같았다.

나는 여전히 잠을 못 이룬 채 집 안을 서성거렸다. 내가 걸린 예외적인 병과 그 병에서조차 예외적인 증상과 헤어진 남편과 야산의 그림자와 아이, 그 아이에 대한 생각을 했다. 무순은 자신의 바람대로 뛰어난 투포환선수가 될 수도 있을 것이다. 그러나 그렇게 되지 못할 가능성이 더 클지도 모른다. 아이의 허리는 계속 낫지 않을 수도 있고 구타를 일삼는 상회 남자의 매질은 그치지 않을지 모르고 남사의 위협처럼 고등학교로 진학조차 할 수 없게 될지 모른다. 한순간에도 삶은 가망 없는 방향으로 흘러갈 수 있었다. 나는 아이에게 맨 처음 투포환을 가르친 사람에 대해 다시 떠올려보았다. 내가 할 일이 있다면 투포환이 없을 아이의 삶에 대해서 고민해야 하는 것처럼 느껴졌고 동시에 나는 내가 그런 것, 그 또래 남자아이한테 하고 있는 이 염려가 공연하다는 걸 깨달았다. 아이의 삶에 개입하고 싶지 않았다. 그러나 나의 결심은 지켜지지 않았다. 그건 애초부터 넉넉히 시접을 잡았다가 늘렸다 줄였다 하는 것과는 다른 일이었다. 나는 무순에게 자동차를 운전하는 법을 가르쳐주겠다고 제안했다. 세상의 다양한 직업들을 소개해줄 수도 있고 좋은 책을 권해줄 수도 있었지만 지금 당장 내 집에서 내가 스스로 몸을 움직여 가르쳐줄 수 있는 것은 자동차 운전밖에 없는 것 같았다. 다행히 무순은 흥미를 보였다. 그게 운전을 배우는 것에 관한 거였는지 아니면 우리, 저와 나 사이에 일어난 변화에 관한 것인지는 알 수 없었다.

무순이 내 집에 머무는 시간은 점점 길어졌다.

5

금요일 아침, 맑게 갠 서쪽 하늘에 무지개 모양의 채운彩雲이 떠 있었다. 어쩌다 봄에 드물게 볼 수 있고 그 구름이 보이면 지진이 일어날 징조라는 말도 있었다. 그런 억측이 무색할 만큼 구름의 갖가지 빛깔은 찬란해 보였다. 나는 진료예약을 확인하고 옷을 갈아입었다. 자동차는 마당에도 다리 밑에도 없었다. 무순이 어디 내가 모르는 곳에 차를 세워둔 것일까. 다시 집으로 들어가 콜택시 번호를 찾아 눌렀다.

병원은 서울·춘천 간 고속도로와 벽계천 사이에 위치해 있었다. 남편이 여기에 집을 얻은 데는 이곳이 친환경농업특구로 지정된 지역이라는 것과 친구인 닥터 윤의 믿을 만한 후배가 병원을 갖고 있다는 이유가 큰 몫을 했을 것이다. 그러느라 정작 이곳이 겨울에는 북서 계절풍의 영향으로 한랭하고 여름에는 강수량이 많다는 사실을 간과했을 거였다. 나는 그곳이 어디이든 상관없었다. 우리가 헤어져 살 수만 있다면. 의사는 지난번 시험 삼아 바꿔본 스테로이드 연고에 관해 물었다. 전방 포도막염 때문에 최소한으로 사용을 줄여야 할 치료제였다. 특별히 새로 나타난 증상도 없고 망막에도 눈에 띌 만한 변화는 없다고 했다. 증상은 호전되지도 더 나빠지지도 않았다. 닥터 윤보다 십 년쯤 아래로 보이는 젊은 의사는 이 병은 잘 먹고 잘 쉬고 규칙적으로 생활하는 게 중요합니다, 라고 닥터 윤이 마지막으로 나를 진찰했을 때 한 당부를 똑같이 했다. 나는 웃음을 가리며 밤에 검은 물체가 눈앞을 휙 지나가는 것 같을 때가 있다고 털어놓았다. 나는 내가 왜 웃고 있는지 알 수 없었다. 그날 무순과 한 번 터뜨린 웃음이 시도 때도 없이 새 나올 때가 있었다.

　나온 김에 무순상회에 들러 직접 장도 보고 이른 점심도 먹고 갈 요량이었다. 무순상회 옆 세탁소에 먼저 들렀다. 맡긴 여름 이불 한 채와 시트들을 찾아내는 데 시간이 걸리는 모양이었다. 나는 출입구에 비스듬히 기대서 상회 입구에 종이박스째 들어 있는 늙은오이와 애호박, 호박잎, 메론, 수박 같은 것들을 보고 있었다. 그 재료들을 이용해 내가 만들 수 있는 음식과 소화시킬 수 있는 음식에 대해서도 떠올렸다. 식당 평상에는 아직 손님이 없어 보였다. 찾은 세탁물을 커다란 보따리에 한데 묶은 여주인이 자꾸만 내 얼굴을 흘깃거리는 것 같아 신경 쓰였다. 계산을 하면서 나는 왜요? 물었다. 아니 저기. 세탁소 여자는 말을 아끼며 출입구 쪽을 가리켰다. 왜 그러시는데요. 나는 무덤덤하게 물었다. 세탁소 여자도 무순상회 부부처럼 내가 말하지 않은 나에 관한 어떤 이야기를 알고 있는 거겠지 싶었다. 무순 엄마가 되게 화가 났어. 세탁소 여자가 소곤거렸다. ……? 무순이가 선생님 집에만 가면 늦게 온다고. 세탁소 여자 목소리가 더 작아졌다. 내가 세탁소에 들어섰을 때 여자가 수직으로 세워놓은 구식 다리미에서 쉿쉿거리며 김이 피어올랐다. 윗부분이 원뿔처럼 뾰족한 다리미 바닥은 스치기만 해도 살갗을 발라내버릴 듯 달아올라 보였다. 여자는 거기까지만 말했지만 누가 들어도 그건 이야기의 전부는 아니었다. 오늘은 저 집 들르지 말고 그냥 가세요, 선생님. 나는 거스름돈을 요구했고 묵직한 보따리를 가슴에 안았다. 세탁소 여자가 문 앞까지 따라 나와 물었다. 자기, 윤리 선생님이었다면서? 나는 하늘을 올려다봤다. 그사이 채운은 사라지고 없었다. 이불 보따리를 끌어안은 채 무순상회로 성큼 들어갔다.

  아이는 아무것도 모르는 얼굴이었다. 상회 여자가 아직 아무 말 하지 않은 것 같았다. 일주일에 서너 번쯤 여일하게 내 집으로 배달을 왔다. 식료품들과 랩으로 씌운 음식접시를 식탁 위에 내려놓고 나면 아이는 마당 한 귀퉁이에 갖다 둔 공을 들고 원 안으로 걸어가 제가 학교 운동장에서는 할 수 없는 것, 제 부모에게는 하고 싶다고 주장하지 못한 것들을 했다. 나는 원을 표시해놓은 물이 마를까봐 조바심치며 멀찍이 떨어뜨려놓은 플라스틱 의자에 앉아 책을 펼쳐놓고 있었다. 이제 아이는 소매가 긴 옷이나 바지로 멍든 몸을 일부러 가리려고 하지도 않았다. 제게 필요한 바벨이나 타이어, 로프 같은 운동기구들을 마당 한쪽에 갖다 놓았고 배달을 안 오는 날에도 내 마당으로 들어와 공을 던지다 가곤 했다. 내가 부탁하지 않아도 쓰레기봉지들을 길 밖으로 내놓기도 했으며 뭔가 힘을 써서 해줘야 하는 일은 없을까, 어른 같은 눈으로 집 안팎을 둘러보고는 했다. 나는 아이가 아무것도 알지 못하기를 바랐다. 상회 여자가 그날 물건을 사고 돌아서는 내 뒤통수에 대고 그 어린것도 사내라고 했던, 그와 유사한 어떤 것을 암시하는 말들을 무순에게 하지 않기를 바랐다. 아이는 공을 힘껏 던지고 떨어진 공을 줍고 그것을 다시 더 멀리 밀어내는 데 집중하고 있었다. 그 모습을 지켜보고 있는 나, 힘을 받지 않는 한 결코 움직일 수 없는 물체에 대해 떠올리고 있는 나는 평온했고 그것이 다였다. 이 사이에 다른 것이 끼어들어서는 안 된다고 생각했다. 트레이닝을 하려는지 아이가 다리를 앞뒤로 벌린 자세를 취하고는 바벨을 가슴 위로 갖다 대고 있었다. 멀찌감치 떨어져 있었지만 나는 아이의 털이 숭숭 나고 땀이 흐르고 군데군데 멍든, 드러난 굵은 팔과 다리를 보았다. 만진다면 아직은 젖먹이처럼 연하고 부드러울지도 모를.

남편과 나는 우리가 헤어지는 서로의 이유에 대해 끝까지 말하지 않았다. 내가 남편과 헤어지겠다는 각오를 한 것은 술 취한 남편이 나 한 달 전에 수술했다, 당신 몰래 해서 미안해, 한 그날 밤쯤이었을까. 결혼한 지 오 년 만에 임신 육 주라는 진단을 받은 날이었다. 술 냄새를 풍기며 남편은 내 옆에서 잠이 들었다. 의사가 들려준, 내가 앓고 있는 병을 가진 여러 환자들 중 한 젊은 여자와 남자의 이야기가 떠올랐다. 여자의 외음부와 남자의 음낭에 궤양이 생겨 사랑을 나누고 싶어도 성기가 찢어지는 아픔 때문에 나눌 수 없는. 나는 아직은 건강한 나의 성기와 남편의 성기에 대해 생각했다. 오래 닿아본 적 없는 우리들의 성기에 대해서. 내 배 속의 아이는 우리가 마지막으로 간신히 교합했을 때 만들어진 생명이었다. 남편 말대로라면 남편이 수술받기 전 나와 최후로 나눈 행위에서 비롯된. 아이는 자연유산 되었다. 그 일과 남편의 고백은 우리 관계에 대한 결정권이 나에게로 넘어왔다는 걸 뜻했다. 같이 더 살아야만 했던 나머지 시간은 수습의 상태에 가까웠다. 나는 서른세 살이었고 지금으로부터 꼭 십오 년 전의 일이다.

공을 던지는 아이는 투척이 아니라 자신을 둘러싼 것들, 저항하고 싶은 것들에게 조용한 투쟁을 하고 있는 사람처럼 보였다. 어떤 힘은 억제돼 있고 어떤 힘은 터져 나왔으며 어떤 힘은 진공처럼 닫혀 있었다. 아이는 내가 모르는 특질이 다른 힘을 갖고 있는 존재 같았다. 나는 내가 느끼는 것이 정확한지 내가 믿는 것이 옳은지 확신할 수 없었다. 다만 지금 내 마당에 앉아 느끼는 이 친밀한 공기가 아이에게도 그런지 그렇지 않은지 묻고 싶었다. 나는 아이에게 포장해 온 음식들이 이미 상해 있다는 점에 대해서, 오이와 감자가 썩고 물러진 것들이며 통조림 또한 유통기한이 지난 거라는 사실에 대해서 말할 수 없을 것이다. 상회 여자가 나에게 보내는 그런 식의 경고와 악의에 관해서. 아이는 공을 던지는 행위에 집중하고 몰입해야 한다. 그날 세탁소에 들렀다 무순 상회로 간 날. 내가 겁을 집어먹은 건 여자의 오해가 아니라 앞으로 아무도 내 집에 오지 않고 먹을 것을 배달해주지 않을 거라는 이유 때문이었을지 모른다. 내가 느낀 건 수치가 아니라 부끄러움이었다고 언젠가 나는 아이에게 말해야 한다. 저녁이 오고, 쇠락하는 빛 속에서 아이는 태평한 얼굴로 다시 공을 던지고 있었다. 아이가 돌아가고 나면 기다렸다는 듯 산 그림자가 덥석 몰려들 거였다. 옅은 암적색 하늘로 멀리 쇠공이 밀려났다. 내부에 납을 채워 더 무겁고 단단한 쇠공처럼 구형으로 응집된, 이 똘똘 뭉쳐진 불안한 평화와 고통으로 나는 얼굴을 일그러뜨린 채 눈을 크게 뜨고 앉아 있었다.

6

그런 시간은 오래가지 않았다. 나는 아이에게 자동차를 모는 방법이 아니라 우정이나 신뢰를 지키는 방법에 대해 먼저 가르쳐야 했을지 모른다. 그것이 얼마나 깨지기 쉬운 것이며 지키기 어려운지, 한 번 무너지면 얼마나 회복시키기 어려운지에 관해서 말이다. 자동차가 보이지 않는 때가 잦았다. 무순이 내 집에 무람없이 드나드는 것처럼 나는 아이가 내가 준 스페어 키로 다리 밑 공터로 가 운전연습을 하거나 운전만큼이나 혼자 있을 수 있는 데가 있어서 좋다고 했으니 차창을 잠그곤 운전석에 혼자 앉아 있겠거니 짐작할 따름이었다. 무순은 알 듯 말 듯 한 표정으로 공을 던지러 계속 마당을 드나들었다. 차에 관해서는 말이 없었다. 우리 둘 사이에 그런 것쯤은 일일이 말하지 않아도 이해가 허용되는 사이처럼 느껴졌다. 어차피 무순은 자동차를 몰고 세 개의 다리 너머로는 나갈 수도 없었다.

가전제품 상점에서 청소기를 골라 계산하려다 말고 나는 차를 몰고 황망히 집으로 돌아왔다. 자동차 안은 퀴퀴한 냄새로 가득했다. 식탁 의자에 턱을 괴고 앉았다. 물을 한 잔 따라 마셨다. 한 잔 더 마셨다. 쉽게 화를 내서도 실망을 드러내서도 안 된다. 상대는 고작 열대여섯 살짜리 남자아이였고, 그 나이라면 제가 무엇을 하고 있는지 때로 저도 잘 모를 수 있다. 잘못했다고 한마디만 하면 돼. 나는 아이를 벌써 용서하고 있었다. 벽시계를 올려다봤다.

끽, 하고 대문 열리는 소리가 들렸다. 현관문이 열리고 아이가 아줌마, 안에 계세요? 묻는 소리가 들렸다. 여느 때와 다를 것이 없었다. 시간도 아이의 행동도 목소리도. 한 손바닥으로 아랫배를 감싼 채 아이가 들을 수 있도록 여기, 라고 기척을 냈다. 종이박스를 들고 아이가 주방으로 들어와 나를 보고는 웃었다. 아이는 자주 웃었고 걸을 때도 등을 펴고 걷곤 했다. 나는 아이가 식탁 위에 내려놓은 종이박스를 열어보았다. 박스에 든 호박, 콩나물, 당근, 느타리버섯, 김, 꽁치 통조림, 생닭

한 마리, 백김치를 차례차례 꺼냈다. 박스 한쪽에는 해물전과 두부부침이 담긴 플라스틱 접시 두 개가 랩으로 말려 있었다. 포장을 뜯지 않았는데도 쉰 냄새가 코로 확 끼쳤다. 나는 받아 들었지만 내가 먹을 수 없는 음식과 그것에 대해서 항의하지 못하는 나 자신에 대해 생각했다. 그 부패한 냄새가 지시하는 몇 가지 것에 대해서도. 상회 여자는 아이에게 아무 말도 하지 않았다. 그리고 여자는 여전히 나에게 적의를 갖고 있었다. 숨을 크게 내쉬었다. 오늘따라 쉰 냄새는 악취에 가까울 만큼 심했다. 눈까지 따가워졌다. 그 냄새에서 나는 다른 한 가지 것을 더 발견했다. 더 이상 내가 그런 적의를 견딜 만한 이유가 없어졌다는 사실을. 눈을 비비다 말고 플라스틱 접시를 패대기치듯 집어 던졌다. 이런 건 개도 못 먹는 거야. 싸늘한 눈으로 아이를 쳐다보며 말했다. 제가 뭘 잘못 가져온 거예요? 영문을 모르겠다는 표정으로 아이가 식탁으로 더 다가왔다.

너, 왜 내 지갑까지 훔쳤니?

아이가 내 얼굴을 내려다봤다. 아이가 나를 내려다보는 게 못마땅했다. 나는 자리에서 일어나 허리를 폈다.

차를 가져간 것도 너고 내가 집을 비울 때마다 서랍들을 들쑤셔놓는 사람도 너지?

아이 눈동자가 흔들렸다. 그 눈에서 내 눈을 떼지 않았다.

아이는 내가 느닷없이 제 머리를 한 대 후려치기라도 한 듯한 표정을 짓고 있었다. 그런데도 아니라고도 사실이라고도 말하지 않았다. 아이는 침묵했다. 상한 음식 냄새보다 아이의 침묵이 더 견디기 힘들었던 이유를 그 순간엔 알지 못했다. 치밀어 오르는 화를 누르며 나는 숨을 골랐다. 지갑은 중요하지 않았다. 그 속에 든 현금도 신용카드도. 중요한 것은 지갑이 없어짐으로 해서 우리의 신뢰, 아니 우정은 끝난 거라는 그 명시적인 사실밖에 없었다. 너는 내가 유일하게 의심하지 않은 사람이었다. 나는 그런 말을 하고 싶었을까. 아이는 허둥거리는 눈으로 나를 봤다가 바닥에 떨어진 음식접시를 봤다가 했다. 어깨는 처음 보았을 때처럼 몸 안쪽으로 오그리고 있었다. 그 몸에서는 어떤 힘도 느껴지지 않았고 그런 걸 보았다는 시간조차 믿기지 않았다. 내 눈앞에는 땀범벅이 된 남루한 티셔츠를 걸친, 따돌림이나 당하고 열등감에 사로잡힌 뒤룩뒤룩 살찐 사내 녀석 하나가 서 있을 뿐이었다. 나는 냉랭한 얼굴로 팔짱을 꼈다. 내 분노 밑에 깔린 두려움과 그 두려움에 대해 다 말하게 될까봐 나는 다시 말했다.

겨우 이거였니.

…….

무순은 입을 다물기로 작정한 사람 같았다. 그 침묵이 나를 더 화나게 한다는 걸 모르는 얼굴이었다. 잘못했다고 한마디도 하지 않았다. 밖에서 호루라기 소리가 들린 것 같았다. 아이는 입술을 붙이고 서 있었다. 나는 의자에 털썩 주저앉았다. 극심한 피로감이 몰려들었다. 나는 머리를 흔들어댔다. 내 잘못을 부인이라도 하듯. 깊은 침묵 속에서 나는 새로운 사실을 알아차렸다. 만약 이것이 승자와 패자를 가리는 싸움이있다면 저 애가 이겼고 나는 패했다. 아이가 필요로 한 것은 내가 아니라 쇠공을 있는 힘껏 밀어내고도 남을 만한 크기의 내 마당이었을 뿐. 나는 아니었다. 내가 너를 필요로 한다, 라는 감정은 드러내지 말았어야 했다. 어떤 관계든 그걸 먼저 드러내는 사람이 패자가 되기 마련이다. 그래서 나는 잠시나마 나에게 생기와 평온한 시간을 가져다주었던 무순에게 이렇게 말해야만 했다.

다시는 내 집에 오지 마라.

7

아이가 다녀간 그날, 현관 앞 디딤돌엔 못 보던 쇠공 하나가 놓여 있었다. 무순의 공보다 절반쯤 작아 보이는 공이었다. 작아도 가벼워 보이지 않는 게 이상했다. 내가 줄곧 껴안고 있는, 돌이킬 수 없는 모든 실패한 것들의 집약된 덩어리로 보였다. 나는 슬리퍼를 신은 발로 디딤돌 옆 시든 고무나무 화분 밑으로 공을 밀쳐놓았다. 현관을 드나들며 빨래를 걷고 마당을 통해 올라갈 수 있는 만큼까지 야산을 쏘다니다 오고 날씨가 좋은 날에는 마당 의자에 앉아 차를 마셨다. 상회 남자 말대로 닭장을 끌어다 놓고 산양이나 한 마리 길러보는 것도 나쁘지는 않을 것 같았다. 남자의 말은 사실일지도 몰랐다. 나는 한때 이곳이 사슴과 오리, 산양과 꿀벌 일색이었던 풍경을 떠올려보려고 애썼다. 더는 생각할 게 없을 때까지 꼼짝하지 않다가 결국 자리에서 벌떡 일어나 그 공이 있는 데로 걸어가고 말았다. 거기 그 자리에 쇠공이 있다는 걸 모르는 것과 알고 있는 것은 전혀 다른 일이다. 에이, 그렇게 책만 읽을 게 아니라 아줌마한테도 운동이 필요하다니까요. 그러니까 자꾸 아프고 기운이 없는 거예요, 라고 아이는 아는 척을 하고는 했다. 아줌마한테는 여자 중학생 애들이 드는 공도 무거울 거예요, 나중에 용돈 모아서 여자 초등학생들이 쓰는 이 킬로그램짜리 공 사 드릴게요, 했던 말도 떠올랐다. 그러면 나는 중학생용도 아니고 초등학생용이라니 그건 좀 너무했다, 투덜거리곤 했다.

일주일이 지났지만 아이는 돌아오지 않았다. 다른 사람이 배달을 해오지도 않았고 상회 여자로부터 전화가 걸려오지도 않았다. 내가 이 집에 처음 살기 시작했던 지난봄으로 되돌아간 것 같았다. 나를 겨냥하는 듯한 밤의 냉기와 시커먼 산 그림자는 여전했다. 달라진 게 있다면 지금 나에겐 이 은빛 쇠공 하나가 생겼다는 사실이다. 한 번은 그 아이 앞에서 무순이 쓰는 사 킬로그램짜리 공을 들어본 적이 있었다. 두 무릎 위까지도 들어 올리지 못하고 엉겁결에 공을 바닥으로 떨어뜨리고 말았다. 너무 무겁고 육중했다. 단순히 사 킬로그램의 무게가 아니라 거기에는 밀어내는 힘, 던지는 힘까지 포함돼 있었고 그걸 의식하지 않고 든다면 그저 손에 드는 것만으로도 벅차게 느껴지는 그런 무게. 발밑으로 공을 떨어뜨리고 당황한 나를 보며 무순은 킥킥거렸다. 확실히 그건 사 킬로그램짜리 쌀포대를 들어 올리는 것과는 달랐다. 나는 지금 두 손으로 받쳐 들고 있는 여자 초등학생용 공을 내려다보았다. 허리 높이까지 들어 올렸고 조금만 더 이 무게에 익숙해진다면 손끝에 힘을 모은 한 손으로 공을 턱 옆에 끼고 다리를 회전시켜 아이가 그랬듯 먼 데로 시선을 던지곤 밀어낼 수도 있을 것 같았다. 무순의 짐작이 맞았다. 이것이 몸에 꼭 맞는 옷처럼 적절한 무게였다. 나는 다리를 벌리고 선 채 지름 팔십이 밀리미터, 무게 이 킬로그램짜리 주철공이 주는 압각壓覺을 손바닥 안에서 천천히 느끼고 가늠하다 일격이라도 하듯 공을 위로 번쩍 치켜들었다.

남편에게 전화가 걸려왔다. 뭐하고 지내? 남편은 다정하게 물었다. 정말로 내가 무엇을 하고 지내는지 궁금하다는 어투였다. 나는 남편에게 혹시 투포환이라는 거 알아? 짐짓 물어보았다. 텔레비전도 잘 보지 않고 운동경기라면 그 어떤 종목에도 관심 없는 남자였다. 투포환? 그거 공 멀리 던진 선수가 이기는 육상경기 아냐? 뜻밖에도 남편이 정확히 알고 있다는 게 신기해서 어, 맞아, 얼른 대꾸했다. 아마 고대 돌 던지기 경기에선가 유래했을걸. 그래? 그런데 당신 갑자기 투포환은 왜? 그냥, 누가 그 공을 하나 주고 갔어. ……누가? 남편은 되물었다. 나는 송수화기를 잠깐 귀에서 떼어냈다. 남편과 나는 헤어진 후에야 비로소 서로의 이야기를 듣고 싶어하고 말하고 싶어하는 것 같았다. 나는 더이상 말하지 않았다. 누가 나에게 쇠공을 주고 갔는가 하는 것은 비밀로 부쳐둬야 할 것 같았다. 최소한 이 여름을 지난여름이라고 말할 수 있을 때까지만이라도.

지갑은 찾지 못했다. 신용카드를 정지시키려고 전화했더니 내가 쓰지 않은 내역들이 나와 있었다. 두 군데 모두 미성년자는 출입할 수 없는 장소였으며 금액은 대단치는 않았다. 무순상회에서 한두 달쯤 음식과 식료품을 배달시켜 먹을 수 있는 액수 정도. 그날, 내가 다시 오지 말라고 했을 때 내쳐 서 있던 아이가 돌아서면서 이렇게 한마디했다. 아줌만 좀 다를 줄 알았어요. 무순이 돌아가고 난 뒤 나는 실내가 완전히 어두워질 때까지 식탁의자에 앉아 있었다. 차가워진 공기가 통증을 더 일으킨다는 점도 잊고 있었다. 나는 아이가 한 말에 대해서 골똘히 생각했다. 아줌마는 좀 다를 줄 알았어요. 그리고 나는 자리에서 일어나 실내를 돌며 전등 스위치를 하나하나 켰다. 적어도 아이는 아줌마도 똑같아요, 라고는 말하지 않은 것이다. 나는 주방 바닥에 떨어진 것들을 치우고 쌀을 씻고 생선을 구웠다. 아줌마도 똑같아요, 라는 말속에는 실망이, 아줌마는 좀 다를 줄 알았어요, 라는 말속에는 나에 대한 무순의 기대가 포함돼 있었다. 그렇게 내 식대로 해석하고 나자 아직 아무것도 늦진 않았다는 기대가 얼마쯤 생기기도 했다. 그날 내 이성은 거기 없었다. 내가 느낀 내밀한 혼란들이 나를 사로잡고 있었을 뿐. 겨우 이거였어, 라는 말은 무순한테가 아니라 내가 나 자신한테 한 말에 가까웠을지 모른다. 아이의 고집스러운 침묵은 그 점을 지적하고 있었고 결국 내가 그 후회를 가슴에 쐐기풀같이 담고 있게 될 것을, 아이도 나도 알고 있었던 것이다.

희끗희끗 지나가곤 하는 마당의 검은 물체를 보게 되는 건 망막 탓이 아니다. 나는 상회 남자가 내 자동차를 끌고 나가는 것도 야산 아랫길을 통해 수시로 집 안으로 들어와본다는 사실도 모른 척했다. 이 집이 예전에 남자에게 어떤 집이었는지도 알고 싶지 않다. 내가 알고 싶은 것은 따로 있었다. 무순의 기록이 십구 미터를 넘었을 때 우리가 힙합 댄서들처럼 어깨를 들썩거리며 서로의 오른손 주먹을 세게 맞부딪치며 즐거워했던 그 순간이 다시 올까 오지 않을까. 나는 주전자에 밀가루를 담아 마당에 뿌려 원을 새로 그렸다. 무순이 공을 던지러 들어가야 하는 장소, 공이 지면으로 떨어질 때까지는 벗어날 수 없는 곳. 원은 부조를 한 듯 흰색으로 선명히 빛났다.

8

긴 봄과 짧은 여름이 지나갔다. 백로가 지나자 이상 고온현상도 한풀 꺾였다. 아침저녁으로 선득한 바람이 대기 속에 섞여 있다 점점 두껍게 고여가는 것 같았다. 매일 죽어가는 별들과 매일 새로 태어나는 별들이 여전히 태양 주위를 돌고 밤이면 그 별과 달이 내성적으로 빛났다. 그 자연적인 질서와 흐름은 나와는 무관해 보였다. 나의 시간은 흐르지 않고 고여 있었다. 나는 불을 사용하지 않고서도 할 수 있는 몇 개의 요리법을 익히기도 하고 자동차를 몰고 먼 데까지 다녀올 만큼 체력이 회복

되기도 했지만 그런 것을 변화라고 부르기는 어려웠다. 나의 시간은 지난여름에 멈춰 있었다. 나를 움직이게 하는 것도 내가 움직이게 할 만한 것도 없었다. 나와 나 사이에는 거대한 진공만이 존재하는 것 같았다. 그럴 때면 무기력한 팔을 움직여 쇠공을 한 번 던져보기도 했다. 공은 멀리 밀려나지 못한 채 언제나 내 그림자와 가까운 곳으로 꺾이듯 떨어져버렸다.

9월 셋째 주 금요일 아침에 현관문 밖에 종이박스가 하나 놓여 있는 것을 보았다. 반으로 접은 신문 크기의 눈에 익은 상자였다. 상자를 들어 식탁 위로 옮겼다. 다녀간 지 얼마 안 됐는지 상자 바닥에 미지근한 감촉이 느껴졌다. 내용물을 꺼내 식탁에 일렬로 늘어놓았다. 깻잎과 상추, 대파, 표고버섯, 다시마, 생닭 한 마리, 캔에 든 복숭아와 고등어, 인스턴트 우동, 백김치, 그리고 삶은 옥수수 세 대. 식탁은 잘 차려진 밥상 같아 보였고 모두 내가 먹을 수 있는 음식이었다. 전기밥통에 쌀을 안치고 스위치를 눌렀다. 밥이 되기를 기다리는 동안 나는 나의 마지막 수업시간을 떠올려보았다. 학생들에게 교과서의 맨 마지막 페이지를 펼치라고 말했다. '나의 미래'라고 붙은 큰 제목 밑의 세 가지 질문 중 두 번째 것을 선택하여 이십여 분 동안 글쓰기를 시켰다. 학생들은 오래 생각하지 않았다. 한 번쯤 '내가 삼십 세가 되었을 때 내 삶의 모습'에 관해 상상해본 듯한 모습이었다. 스스로를 능력보다 과대평가하는 버릇이 꼭 나쁜 것만은 아닐지 몰랐다. 시간이 지나자 학생들에게 자발적으로 발표를 시켰다. 예닐곱 명이 교단으로 나와 자신이 쓴 글을 읽었다. 자선단체에서 봉사를 하고 있을 것 같다거나 세계여행을 하거나 오지에서 아이들을 가르치고 있을 것 같다는 내용이 대부분이었다. 내가 무엇을 기대하고 있었든 그런 내용의 글은 없었다. 책상 통로를 지날 때 한 학생이 쓴, 내가 하고 싶은 일을 하고 있는 삼십 세가 되어 있을 것 같다는 짧은 문장이 눈에 띄었다. 나는 그 학생에게 하고 싶은 걸 찾았냐고 물었다. 아직 모르겠다고 학생이 고개를 저었던 게 떠오른다. 그것이 내 교사생활의 마지막 수업이었다. 나는 이 아침, 현관 앞에 이 박스를 몰래 놓고 간 아이 생각을 했다. 그 아이가 그런 글을 쓰게 된다면 어떤 글을 쓰게 될까. 아마도 훌륭한 투포환선수가 되어 있을 거라고 쓸 수밖에 없지 않을까. 그게 아이가 알고 있는 전부이며 제가 살고 싶어한 삶일 테니까. 적어도 내가 그 아이를 마지막으로 만난 순간까지는 말이다. 밥 익는 냄새가 풍겼다. 나는 단지 내 몸을 적으로 알고 나를 공격하는 병을 견디기 위해서가 아니라 이 허기 때문에라도 밥과 찬을 먹어야 했다.

쿵,
쿵,

잠에서 깨어났다.

쿵,

마당 쪽에서 들리는 소리였다.

기억을 떠올리는 것과 기억한다는 것은 다르지만 저 소리, 쿵, 쿵, 내 마당을 울리는 소리만큼은 내 기억 속의 것과 내가 기다리던 소리와 똑같았다. 나는 모로 누운 채로도 쇠공을 들고 원 안으로 걸어 들어가는 아이, 침착하게 공을 들어 올려 몸을 뒤로 돌렸다가 발을 회전시키며 공을 휙 밀어내는 동작을 떠올릴 수 있었다. 아이가 멀리 더 멀리 밀어내는 공, 그 호를 그리며 날아가는 공을. 정지된 내 생명을 먼 데로 밀어내는 것 같은 힘. 공이 지면에 쿵, 부딪칠 때마다 내 몸이 흔들리는 것 같았다. 나를 에워싸고 있는 이 깊고 과묵한 시간과 어둠이 조금씩 뒤로 밀려났다. 나는 반듯하게 돌아누워 그 울림이 전하는 말에 귀 기울였다. 내가 사는 곳은 암흑도 사차원의 상태도 아니다. 이곳은 저 쇠공이 밀어내는 강한 힘으로 허공을 꿰뚫고 지나가는 세계다. 나는 보지 않고서도 쇠공을 던지고 줍고 다시 던지는 아이를 본다. 그 공이 날아가는 궤적도. 그것은 마치 내 힘의 크기 같아 보인다. 내가 보는 것이 현재다, 라고 나는 말하고 싶다. 나는 또 무순에게 말한다. 네가 정말 위대한 투포환선수가 되고 싶다면 너는 지금의 그 원처럼, 그 보호된 고독 속에서 네 삶을 살아야 할 거라고. 그건 무순이 나에게 하는 말이었을까. 누가 누구에게 하는 말이었을까. 정원등을 켜야 할 텐데, 막무가내로 잠이 쏟아진다. 쇠공이 쿵, 떨어지는 간격이 점차 길어졌다. 그 속에 한 사람은 동작 하나하나마다 실전의 순간을 염두에 둔 자세로 공을 밀어내고 떨어진 공을 반복적으로 줍고 있었다. ▪

심사평

수상소감

'왜 소설인가, 무엇이 소설인가'에 대한 답변들

김동식 · 박성원 · 소영현

문학의 낙관적 미래를 예견하기 쉽지 않은 현실이다. 문학의 위상이
점차 낮아지고 있으며, 출판계의 사정이 악화일로를 치닫고 있다. 문단
안팎의 자구책이 큰 실효를 거두고 있다고 말하기는 어렵다. 장편소설
을 활성화하고자 한 노력들이 문단과 출판계의 흐름을 바꾸기도 했지
만, 정직하게 말하자면 아직 뚜렷한 성과를 이끌어내지는 못하고 있다.
따지자면 부정적 여파로서 단편소설에 대한 관심도 전반적으로 낮아졌
다. 최근 주목할 만한 단편소설이 적지 않은가 하는 이야기가 심심치
않게 떠돌고 있기도 했다. 설상가상 격으로 바야흐로 정치의 계절이 돌
아왔다. 좋은 소설마저 합당한 관심을 누리기 어려운 시절로 접어들고
있는 것이다.

이런 사정을 염두에 두자면 의아한 상황일 수도 있겠으나 심사는 시
종일관 유쾌한 분위기에서 진행되었다. 예년과 마찬가지로 계간지

2010년 겨울호에서 2011년 가을호까지, 월간지 2010년 12월호부터 2011년 11월호까지 게재된 단편소설을 대상으로 심사를 진행했고, 1차 추천작을 중심으로 논의 끝에 열세 편의 소설을 심사 대상작으로 삼는 데 합의했다. 들여다보자면 심사자 모두가 추천에 합의한 대상작은 많지 않았다. 심사자의 관심이 특정 작가나 작품으로 집중되지 않았던 것이다. 그러나 작품의 질적 저하의 결과라기보다 오히려 평균 이상의 수준을 보여준 소설이 많았으며 무엇보다 작품이 보여준 개성이 뚜렷했던 탓이 크다. 심사자들이 직면한 곤혹스러움은 '비교'의 시선을 허락하지 않는 각기 다른 '세계'들을 두고 부득이하게 우열을 가늠해야 했다는 데서 왔다.

'어떤 소설을 선정할 것인가'보다 '어떤 소설을 배제할 수밖에 없는가'에 고심해야 했기에, 입장 충돌로 인한 긴장감이 조성되지는 않았지만 합의가 쉬웠다고 말하기도 어렵다. 개성의 폭과 깊이를 더해가고 있는 신뢰할 만한 소설들, 매체와 양식, 장르를 가로지르는 변신의 몸짓들, 이후를 준비하는 새로운 상상력이 한데 어우러져 마련된 풍성함 앞에서 심사자들은 선정된 작품들에 대한 이견보다는 대상작으로 추천할 수 없었던, 끝까지 고심하게 했던 소설들에 대한 아쉬움을 토로하면서 심사를 마쳐야 했다.

장편소설의 활성화가 요청된 시기는 대체로 2000년대 이후 등단한 작가들이 변신을 꾀한 시간과 맞물린다. 올해의 단편소설들에서 확인할 수 있는 풍성함은 그런 변화의 결과일 것이다. 그러나 어쩌면 그보다 앞서 문학을 둘러싼 상황이 불러온 보다 근본적인 질문 때문인지도 모른다. 한때는 묻지 않아도 되었던 질문들, '왜 소설인가, 무엇이 소설인가', 지금 이곳에서 소설을 쓰는 이들이 이 질문을 피하기는 쉽지 않을 것이다. 여전히 이 질문과 대면하고 있는 오래도록 소설을 써온 이들이 고맙고도 고마운 것은 그래서이다. 그간 문학의 새로움이 이전 세대와의 단절을 통해서 획득된 경향이 있었다. 현재의 문단 안팎의 변화는 세대를 가로질러 각자의 방식으로 함께 질문에 답해가는 형국이다. 삼촌/이모들의 세계 위에 조카들의 세계가 겹쳐지고 있다. 보다 다채롭고 풍요로운 수확을 예감한다. 기대해도 좋으리라. ▪

가슴 절절한 「낚시하는 소녀」

최일남

저마다 노는 물이 다르고 자기 글의 브랜드화에 성공한 분들의 타작 마당이라고 해도 무방한 자리에 끼어들어 동업자들의 노작을 정성껏 열독했다. 한 해 농사의 상품上品들을 골고루 대하는 기회로 다시없었다.

소재 각각 꾸미는 솜씨 각각인 세상살이를 엿보는 재미가 컸다. 두 작품은 이야기의 발생지 자체가 한국이 아닌 외국이었다. 그만큼 오지랖이 넓어진 셈이다. 더 이상 멋을 부리기 어려운 묘사와 표현에는 오히려 좀 물렸다. 천하에 없는 미문도 놓일 자리에 놓여야 제구실을 한다는 만고강산의 진리를 재확인하게 만들었다. 아무리 빼어난 문장이나 묘사도 서사적 이야기가 뒤를 받치지 않으면 가슴에 남는 것이 없어 독후감이 허전할밖에 없는 것이다. 하나마나한 소리지만 내남없이 그렇다고 믿는다.

하여 전성태의 「낚시하는 소녀」가 아주아주 반가웠다. 장면 장면을 적절히 에두르고 절제하여 독자에게 잔잔히 전달했다. 가슴을 꽝 치도록 뻐근한 감동에 모처럼 푹 젖었다.

작중作中의 어머니는 이를테면 다우너 소처럼 망가진 몸을 끌고 성性을 팔아 어린 딸을 키운다. 액상 위산제와 가루약과 흰 알약을 달고 사는 늙은 창녀인 까닭에 벌이가 영 션찮다. 젊은 손님이 대번에 실망하여 당장 도망칠 지경이라면 알조 아닌가. 그나마 아이 눈에 띌까 두려워 밤에만 나섰다. 딸이 잠든 걸 보고서야 얼굴에 분칠을 하고 새벽녘에 돌아와 자리에 눕는다.

소설은 그러나 어머니의 밤 외출을 아이가 아는지 모르는지 분명히 귀띔하지 않는다. 시침을 딱 뗀 채 아이에게 알맞은 동화 같은 세계를 첫 대목부터 슬그머니 펼쳤다.

다닥다닥 붙은 다세대 주택의, 오동나무가 가득한 이 층 창밖으로 낚싯대를 드리우는 한가한 놀이를 시킨다. "비 끝에 난 햇살이 낚싯대에 날 서게 앉아 휘었다"는 둥, 매우 한갓지게 서두를 수식한다. 때까치가 등장하고, 있다가 사라진 고양이를 아쉬워하는 모녀의 시간이 퍽이나 평화롭다. 학교에서 지어 오랬다는 가훈을 어떻게 정했으면 좋을지 머리를 맞대는 모양이 엉뚱하여 미소를 머금게 한다.

하다가 들통 난 창녀생활이 단번에 삶을 결딴낼 법한데 작자는 그것마저도 조숙한 아이의 입이 아닌 헤드셋을 통해 알도록 처리했다. 소주를 마시고 밤새 억눌린 울음을 토한 어머니의 혼절한 새벽을, 모녀의 새로운 출발을 암시하는 계제로 바꾼 것이다. 살던 집을 떠나 일단 바다를 보고픈 마음을 아이가 새를 향해 엠피스리에 녹음하는 형식으로 일러 독자를 안심시켰다.

최진영의 「남편」도 참 좋았다. 낮밤 없이 정신없이 노동을 팔면서 사는 젊은 부부 얘긴데, 아내의 시선으로 정리한 말들이 썩썩 거침없다.

믿었던 남편이 키스방 소녀를 다른 두 사내와 함께 강간살인한 혐의
로 유치장에 갇혔다던가. 들이당짝 엄청난 사건으로 시작한 소설이 마
지막까지 해결을 못 보고 끝나거늘, 글줄의 운행이 질척거리지 않고 좍
좍 흥미로워 섣부른 엔딩보다 낫지 싶다. ▪

절제미 돋보이는 아름다운 이야기

윤흥길

예심을 통과한 열세 편은 가상현실과 실재현실 소재의 두 부류로 대별된다. 은유의 수단으로 동원된 보조관념이 실재현실 속에 종양처럼 퍼진 원관념을 똑 부러지게 적출하지 못하고 있다는 점에서 가상현실을 다룬 작품이 상상의 외연을 확장한 노고와 읽는 재미를 얻은 대신 문학성에서 잃은 게 많은 것 같은 느낌이다. 아무튼지 간에, 다들 나보다 재주 있고 다들 나보다 잘 쓰는구나, 하는 것이 한 문장으로 표현하는 나의 독후감이다.

김성중의 「머리에 꽃을」은 발칙한 상상력과 기발한 사건 전개가 압권이다. 김연수의 「인구가 나다」는 명품 바이올린을 소도구로 사용해서 사람과 사람 사이의 질긴 인연을 천착하고 있다. 박민규의 「로드킬」은 시대의 바퀴에 압사당하는 개인을 총천연색 시네마스코프처럼 스펙터클하게 그린다. 이장욱의 「어느 날 욕실에서」는 풍부한 감수성과 딴전부리기에 능한 문체가 돋보이는 액자소설이다. 최수철의 「망각의 대가들」은 인생의 근원적 문제에 부단히 관여하고 속박하는 쌍생아인 기억과 망각의 본질을 집요하게 해부한다. 최진영의 「남편」은 강력사건에 휘말린 남편을 둔 아내의 부부관계를 통해 도무지 알 수 없는 '한 길 사람 속'을 당돌한 필치로 묘사한 수작이다. 편혜영의 「개들의 예감」은 퇴직과 이혼으로 궁지에 몰린 은행원 출신 세탁소 주인이 피해망상에 의해 점차 미쳐가는 과정을 전혀 미치지 않은 인물인 척하면서 동물적 후각으로 예민하고 섬세하게 냄새 맡아내고 있는 수작이다.

전성태의 「낚시하는 소녀」는 아이답지 않게 영악스러운 딸과 어른답지 않게 어리숙한 늙은 창녀 엄마가 그리는 쌍곡선에 관한 이야기다. 애당초 만남 자체가 전혀 불가능할 것 같던 두 곡선은 딸의 엠피스리 녹음 기능 덕분에 소설의 결말부에서 서로 만나 포옹을 나누는 다행스러운 결과를 낳는다. 천형처럼 짊어진 모녀의 비극을 다루고 있음에도 불구하고 그 이야기가 가슴 시린 비극이 아니라 아름다운 동화처럼 훈훈하게 다가오는 것은 소외 군상을 대하는 작가의 따스한 눈길에 힘입은 덕분일 것이다. 감상을 철저히 배제한, 절제미 돋보이는 간결체 문장이 소재의 비극성을 오히려 서정성으로 치환하는 작업에 생색나게 일조하고 있다. 이를테면 동화적 소설과 소설적 동화가 사이좋게 만나 악수하는 형식인 셈이다.

즐겁고 흐뭇한 독후감이 시키는 바에 따라 전성태의 「낚시하는 소녀」를 수상작으로 선정하면서 더욱 가열한 정진으로 대어를 낚는 작가가 되기를 기원한다. ▪

탄탄하고 치밀한 단편소설의 정수

오정희

점차 비인간화되어가는 세상의 섬뜩함을 보여주거나 되돌이킬 수 없는 삶에의 깊은 회한과 인생의 페이소스를 격조 있게 서술하거나 고독이 야기하는 자폐의 현상학, 기억과 망각의 기원에 대한 깊은 성찰, 우화적 수법으로 우리 안의 왜곡된 욕망과 욕구에 대한 풍자성을 드러내는 등 이 시대 한국문학의 다양한 면모를 펼쳐 보이는 작품들을 읽는 일은 즐거웠다.

수상작인 전성태의 「낚시하는 소녀」는 어린 소녀의 시선과 늙고 병든 매춘부의 시선, 그리고 작가가 숨겨놓은 카메라의 시선이 절묘하게 얽히며 우리가 살고 있는 이 세상의 고립된 한 귀퉁이, 암울하고 아픈 정경들을 오롯이 펼쳐 보인다. 예정되어 있는 비극과 파국을 향해 가는 모녀 간의 애틋한 사랑과 불안, 막막함을 철저한 묘사로 일관하며 회화적인 기법으로 보여주는 이 소설은 적막하고 투명하다.

미래와 생에 대한 본능적 위기감과 불안으로 안쓰러울 만큼 일찍 철들어버리는 딸과 벼랑 끝에 선 듯 하루하루 가파르게 살아가는 엄마가 간신히 누리는 한 줌 햇살 같은 평화와 고요가 실은 얼마나 위태롭고 허약한 토대 위에서 지탱되는 것인지를, 그러나 그럼에도 불구하고 우리를 존재케 하고 살아갈 힘을 주는 것은 서로에 대한 사랑이고 연민임을 일체의 감상성을 배제한 담담한 어조로 말하면서 따뜻하고 깊은 여운을 남기고 있다.

우리 언어의 풍부하고 품격 있는 사용도, 시간과 상황과 사건, 인물의 움직임들이 한 치의 낭비 없이 탄탄하고 치밀하게 얽혀 단편소설의 정수를 맛볼 수 있게 한 점도 이 작가와 작품의 큰 미덕으로 여겨졌다. ▪

별똥을 주우러 간 사람

전성태

「낚시하는 소녀」는 발표 당시 『매미』 연작 중 일부로 발표되었다. 나로서는 특별한 경로로 구상한 소설이다. 지난여름 언론에 다큐멘터리 「워낭소리」의 이충렬 감독이 차기작으로 준비 중인 극영화 「매미소리」가 언급된 바 있다. 좋은 뉴스는 아니었다. 이충렬 감독은 「매미소리」의 크랭크인을 앞두고 뇌종양으로 쓰러졌다.

이 감독과는 그 한 해 전에 만났다. 그는 자신이 준비 중인 영화에 내가 힘을 보탰으면 하였다. 영화에 대한 그의 열정도 대단하였지만 독서량, 특히 한국문학을 아주 폭넓게 읽어온 데 놀랐다. 동시대 작가들이 써낸 작품들을 섭렵한 듯싶었다.

그는 전작 「워낭소리」에서 담아낸 삶과 죽음을 아우르는 은유를 「매미소리」를 통해 심화시켜보고 싶어했다. 죽음을 딛고 삶을 이야기하기. 나는 그 영화의 기초가 될 원작을 기꺼이 써보기로 했다. 그와 남도로 여행을 다니며 작품을 구상했다. 우리는 죽음의 풍경을 배회하면서 삶의 기미를 읽어내려고 하였다. 작품에 담고 싶은 메시지, 이미지, 미감을 우리는 구체적으로 그려나갔다.

매미의 메타포는 소리이다. 우리는 감각에서 다소 부수적으로 밀려난 청각을 새로이 깨워야 할 것 같았다. 청각으로 쪼는 문장은 어떨까? 필연적으로, 그리고 빈번하게 오게 될 침묵이 새겨질 수 있을까? 눈을 감고 소리만으로도 감지되는 영화는 가능한가?

「낚시하는 소녀」는 그 작업의 프롤로그에 해당하는 셈이다. 소설은 이제 긴 이야기를 남겨두고 있다. 모녀는 죽음에 직면하여 떠나는 자와 남는 자로서 긴 여행을 남겨두고 있다. 사투를 남겨두고 있다. 어떤 징후와 예감, 침묵과 이면을 잇는 작업은 늘 힘겹다. 어떤 심상은 쫓을수록 흐려지고, 어떤 인물들은 돌연 낯설어졌다. 백지에 눈(雪)을 그리는 심정이랄까. 가까스로 그림을 그렸을 때 감독에게 예기치 않은 병마가 찾아왔고 영화는 중단되었다.

초고로 남은, 불만스런 소설을 들여다보며 이 이야기가 다시 씌어져야 한다는 사실을 깨달았다. 이 감독이 돌연 소설 속으로 뛰어들지 않았는가. 그것은 몹시 둔중해서 기왕의 문장들이 견뎌내지 못했다. 우리가 죽음 곁으로 지나치게 가까이 다가서지 않았나, 자책했다. 정말 그런가, 그것을 확인하고 싶어 남도로 가는 길이었는데 수상 소식이 왔다.

새벽 숲길 끝 여느 무덤에 올랐다가 내려왔다. 짐짓 바짓가랑이가 이슬이나 서리에 젖었으리라 했으나 십일월 숲에는 이슬도 서리도 내리지 않았다. 십일월 숲에서 내가 묻혀 온 것은 도꼬마리열매였다. 나는 그 미물의 악착같은 열망 같은 게 지금 이 순간 이 감독에게 절실하다고 생각했다. 우리가 구상한 주인공은 가여운 딸 앞에서 기적처럼 소생

하지 않았는가. 이 상이 또 예기치 않게 극적으로 왔듯이 부디 이 감독이 별똥을 주우러 간 사람처럼 병상에서 돌아와서 그의 영화를 완성하기 바란다. 그러면 나는 그의 「매미소리」에서 더 멀리 달아난 낯선 소설을 완성할 것이다.

크나큰 손길을 내밀어주신 『현대문학』과 심사위원 선생님들께 감사드린다. ▪

2012 現代文學賞 수상소설집

낚시하는 소녀 외

지은이 ｜ 전성태 외
펴낸이 ｜ 양숙진

초판 1쇄 펴낸날 ｜ 2011년 12월 9일

펴낸곳 ｜ ㈜현대문학
등록번호 ｜ 제1-452호
주소 ｜ 137-905 서울시 서초구 잠원동 41-10
전화 2017-0280
팩스 516-5433
홈페이지 ｜ www.hdmh.co.kr

ISBN 978-89-7275-579-1 03810